中華章法學會主編

辭章章法學體系建構叢書　第二冊

篇章結構學

陳滿銘　著

萬卷樓圖書股份有限公司出版

目次

自序

歸根於「思維」來說，辭章是結合「形象思維」、「邏輯思維」與「綜合思維」而形成的。這三種思維，各有所主。如果是將一篇辭章所要表達之「情」或「理」，訴諸各種偏於主觀之聯想、想像，和所選取之「景（物）」或「事」接合在一起，或者是專就個別之「情」、「理」、「景」（物）、「事」等材料本身設計其表現技巧的，皆屬「形象思維」；這涉及了「取材」與「措詞」等問題，而主要以此為研究對象的，就是意象學、詞彙學與修辭學等。如果是專就「景（物）」或「事」等各種材料，對應於自然規律，結合「情」與「理」，訴諸偏於客觀之聯想、想像，按秩序、變化、聯貫與統一之原則，前後加以安排、布置，以成條理的，皆屬「邏輯思維」；這涉及了「運材」、「布局」與「構詞」等問題，而主要以此為研究對象的，就字句言，即文（語）法學；就篇章言，就是章法學。至於合「形象思維」與「邏輯思維」而為一，探討其整個體性的，則為「綜合思維」，這涉及了「立意」、「確立體性」等問題，而主要以此為研究對象的，為主題學、文體學、風格學等。而以此整體或個別為對象加以研究的，則統稱為辭章學或文章學。

因此辭章的內涵，對應於學科領域而言，主要含意象學、詞彙學、修辭學、文（語）法學、章法學、主題學、文體學、風格學……等。這是辭章研究的寶貴成果。其中「章法學」，由於探討的主要是篇章內容的邏輯結構，涉及篇章義旨及其風格，這樣如回歸到「思維」來看，則除了「邏輯思維」之外，還關涉到「形象思維」與「綜合思維」，所以要周遍地談篇章結構，是不能不把它們都牢籠在內的，也就是說，篇章結構應該以意象（形象思維）、章法（邏輯思維）為主，以主旨、風格

（綜合思維）為輔，再用「多、二、一（0）」邏輯結構的內涵來加以總括，才能完備無缺。

就在這種構想下，本書特以「篇章結構學」為名，並依此安排章節。第一章是「篇章結構概說」，在此先就「篇」與「章」的關係」，再依序分形象思維、邏輯思維、綜合思維與「多、二、一（0）」邏輯結構，來談「篇章結構」的內涵，以架構全書的內容。第二章是「篇章結構的形象內涵」，在此先鎖住「意」（義蘊）與「象」（材料），再以「縱向（意象）結構」，呼應第一章來談「篇章結構」的形象內涵。第三章是「篇章結構的邏輯內涵」，在此先握定「章法類型」與「章法規律」，再輔以「章法分析的切入角度」，呼應第一章來談「篇章結構」的邏輯內涵。第四章是「篇章結構的綜合內涵」，在此先置重於「主旨與綱領」與「主旨的顯隱」，再擴及「安排辭章主旨或綱領的幾種基本類型」與「辭章主旨或綱領安置於篇腹的結構類型」，呼應第一章來談「篇章結構」的綜合內涵。第五章是「篇章『多、二、一（0）』的邏輯結構」，在此先就「多、二、一（0）」邏輯結構之形成，再進一層從「多、二、一（0）」邏輯結構之風格與美感，回應以上四章來談「多、二、一（0）」邏輯結構的主要內涵。

一直以來，「篇章結構」雖在本國語文「聽、說、讀、寫」的教育中，都極受重視，而明訂於各級學校國語文課程之綱要或大綱裡，卻由於對「篇章結構」甚至於整個「語文能力」與「辭章」之研究，都還不夠全面而深入而清晰，因此推行時往往左支右絀，以致影響效果。而最近，則因為這方面的研究逐漸趨於成熟，除了相繼出現一系列相關學位論文與著作之外，在大學裡又已經開始開設了相關課程，如「章法學」（大學部）與「章法學研討」（研究所），並且一些考試也開始用「語文能力」與「辭章」研究的成果，來規劃命題內容或評分標準，如教育部高級中等以下學校及幼稚園教師資格檢定考試「國語文能力測驗」選擇題試題，就分「字形、字音、字義」、「詞彙」、「文法與修辭」、「篇章結構」、「風格欣賞」、「內容意旨」、「國學常識與應用文」、「綜合」等項來命題，這樣依據「語文能力」或辭章內涵為主來命題，在兩岸而言乃屬首次，可說是非常進步的作法。

許多人以為：一篇辭章分由各種語文能力或辭章內涵加以分析，會弄得支離破碎，而破壞辭章之完整、損害整體之美感，這是似是而非的說法。因為「創作」（寫）乃由「意」而「象」，靠的是先天（先驗）自然而然的能力，這多半是不自覺的；而「鑑賞」（讀）則由「象」而「意」，靠的是後天研究所獲得的結果，用科學的方法分析作品，自覺地將先天（先驗）自然而然的能力予以確定。如此，不經後天由「象」而「意」的分析，進行「再創造」（鑑賞）的努力，而只是一廂情願，完全訴諸「自由心證」，就無法確認作者先天由「意」而「象」的整體創造歷程、真正領略其整體辭章之美感。所謂「再創造是鑑賞的過程」，就是這個意思；而這種「再創造」之鑑賞，除了憑靠「分析」作為基石外，實在別無他途啊！

因此，辭章的分析，是必要的，且是多面向的。而「篇章結構」的分析，由於涉及「章」與「篇」，其重要性更不言可喻，卻一直苦於無適當的導論性讀物出現。為此，本書特地提出一已之研究心得，供有心於此的社會大眾自修，或作為大專院校「章法學」或「篇章結構學」課程之教材用。希望讀者能藉此由增進辭章「篇章結構」的分析能力，而擴大整體「再創造」的鑑賞效果，以真正領略其整體辭章之美感。

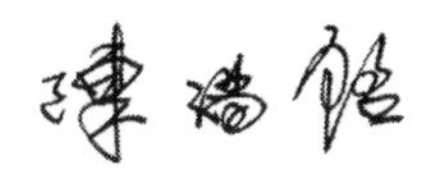

序於臺灣師範大學國文系 835 研究室

二〇〇五年三月六日

第一章
篇章結構概說

所謂「篇章結構學」，是辭章學中研究有關「篇章」內容與組織的一門學科。這門學科，因涵蓋「篇」與「章」，故必須辨明「篇」與「章」兩者的關係及其主要內涵。

第一節 「篇」與「章」的關係

辭章離不開「字」、「句」、「章」、「篇」，《文心雕龍．章句》說：「夫人之立言，因字而生句，積句而成章，積章而成篇。篇之彪炳，章無疵也；章之明靡，句無玷也；句之清英，字不妄也。振本而末從，知一而萬畢矣。」如此由「字」而「句」、由「句」而「章」、由「章」而「篇」，就形成了一篇辭章。其中「章」與「篇」是最大的單元，用於統括全文。它們雖有大小的區別，卻往往「章」含「篇」、「篇」含「章」，關係十分密切，可以說是分不開的。而這種密切的關係，如以結構表來呈現，就可以看得非常清楚。茲舉蘇軾〈超然臺記〉為例，分「篇」與若干「章」，分別附以結構分析表，概括內容與形式，作一說明，以見一斑。

蘇軾的〈超然臺記〉一文，若分「篇」與「章」兩種結構，以概括其內容與組織，則可呈現如下：

一 「篇」的結構

這篇文章，以「篇」而言，是由「先論後敘」的結構來呈現的；而此「篇」結構，乃分由「先正後反」、「先順後補」之「章」結構來支撐。據此可畫成如下結構概表：

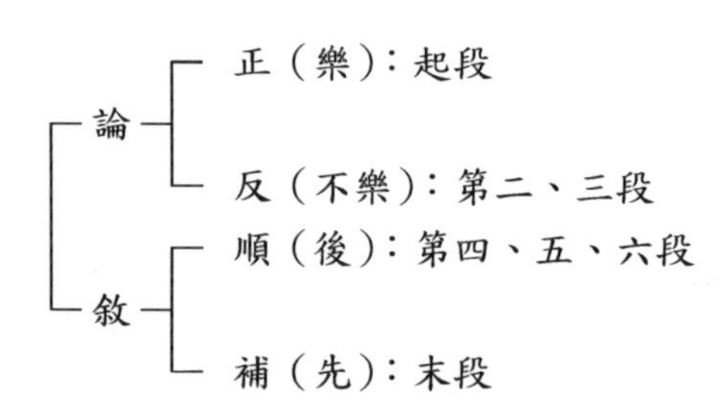

此文凡分七段，其中一、二、三等段為「論」（理），而四、五、六、七等段為「敘」（事）。「論」（理）的部分，先從正面寫「可樂」，再由反面寫「不樂」，以領出「敘」（事）的部分來。而「敘」（事）的部分，用自己由杭州移官密州的經歷，先就反面寫「宜不能樂」[1]，然後就正面，依序採順敘法，寫「樂形於外」[2]，採補敘法，敘明臺名及如此命名之用意，以回抱前文作收。

二 「章」的結構

本文既然採「先論後敘」的結構寫成，底下便分「論」與「敘」兩大部分加以探析：

（一）「論」的部分

這個部分包括一、二、三等段。作者在此，先從正面寫「可樂」，再由反面寫「不樂」，以引出「敘」的部分來。

---

1 林雲銘在「人固疑予之樂也」句下評注：「無一事非舍樂而就悲，宜不能樂。」見《古文析義合編》卷六（臺北市：廣文書局，1965 年 10 月再版），頁 317。

2 林雲銘在「發之白者，日以反黠」句下評注：「樂形於外，則其中可知。」

1 **就「正」來看**：這個部分的文字是這樣子的：

> 凡物皆有可觀；苟有可觀，皆有可樂，非必怪奇偉麗者也。餔糟啜醨，皆可以醉；果蔬草木，皆可以飽；推此類也，吾安往而不樂？

這段文字，直接從正面切入，拈出一個「樂」字，以貫穿全篇[3]，是以「凡、目、凡」的結構來寫的：

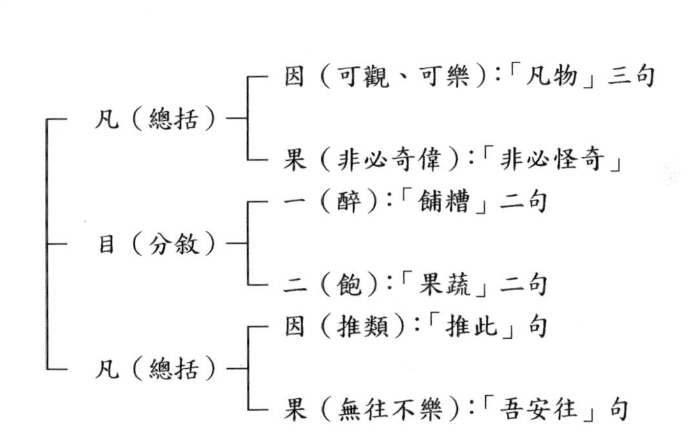

此即起段。這一段先就「在物」上來說[4]，用「凡物皆有可觀」四句，直接說明凡物不論是屬於平凡的或是瑰奇的，全有它可觀、可樂的一面，再就「處物」上著眼[5]，以「餔糟啜醨」四句，緊承上意，舉醉與飽為例，以闡發這個道理；然後用「推此類也」一句作一推擴，得出「吾安往而不樂」的結語，扣緊「樂」字，以統攝全文。

---

3 王文濡：「提出『樂』字，乃一篇主意。」見《精校評注古文觀止》卷十一（臺北市：臺灣中華書局，1972 年 11 月臺六版），頁 7。

4 林雲銘於「非必怪奇偉麗者也」句下評注：「樂字一篇之綱。四句就在物上言。」

5 林雲銘於「吾安往而不樂」句下評注：「六句就處物上言。」

2 **就「反」來看**：這個部分的文字，是這樣子的：

> 夫所謂求福而辭禍者，以福可喜而禍可悲也。人之所欲無窮，而物之可以足吾欲者有盡；美惡之辨戰於中，而去取之擇交乎前，則可樂者常少，而可悲者常多；是謂求禍而辭福。
> 夫求禍而辭福，豈人之情也哉？物有以蓋之矣。彼游於物之內，而不游於物之外。物非有大小也，自其內而觀之，未有不高且大者也，彼挾其高大以臨我，則我常眩亂反覆，如隙中之觀鬥，又焉知勝負之所在？是以美惡橫生，而憂樂出焉，可不大哀乎！

這個部分的文字，含兩段，即第二、三段，是用「先人（欲）後天（物）」的結構寫成的：

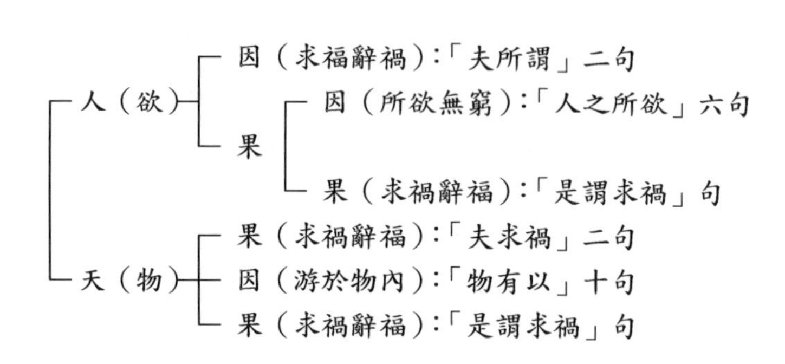

其中第二段，承著上段的「樂」字，先以「夫所謂求福而辭禍者」二句，從正面指出人之所以「求福而辭禍」，就是為了福是可喜而禍是可悲的關係；然後接以「人之所欲無窮」六句，由正而反的就人類的欲望上推論它的結果，總是可喜者少，而可悲者多；並斷以「是謂求禍而辭福」一句，反照首句，以見人心所以不樂的原因，為下段進一層的論說鋪好

路子。第三段緊承上段末句，先以「夫求禍而辭福」二句，指明這種求福而反得禍的結果，絕不合於人類的意願；再以「物有以蓋之矣」句，作個總括性的論斷，並接以「彼游於物之內」兩句，道出人之所以有這種結果，是受了器物蒙蔽，不能遊心物外的緣故。繼而以「物非有大小也」七句，具體的從物我的大小上來說明人類受到器物蒙蔽的情形。然後接以「是以美惡橫生」二句，應上段的「美惡」數句，指出它的結果，並用「可不大哀哉」一句，發出感慨收束，藉以更進一層的點明人心所以不樂的原因，從反面見出「游於物之外，則無所往而不樂」[6]的意思。

(二)「敘」的部分

這個部分包括四、五、六等段。作者在此，先就反面順敘「宜不能樂」，再就正面順敘寫「樂形於外」，然後補敘臺名及如此命名的用意：

1 **就「順」的部分來看**：這個部分的文字是這樣的：

> 予自錢塘移守膠西，釋舟楫之安，而服車馬之勞，去雕牆之美而蔽采椽之居，背湖山之觀，而行桑麻之野。始至之日，歲比不登，盜賊滿野，獄訟充斥，而齋廚索然，日食杞菊，人固疑予之不樂也。處之期年，而貌加豐；髮之白者，日以反黑。余既樂其風俗之淳，而其吏民亦安予之拙也，於是治其園囿，潔其庭宇，伐安丘、高密之木，以修補破敗，為苟完之計。而園之北，因城以為臺者舊矣，稍葺而新之。時相與登覽，放意肆志焉。
> 南望馬耳常山，出沒隱見，若近若遠，庶幾有隱君子乎？而其東則盧山，秦人盧敖之所從遁也。西望穆陵，隱然如城郭，師尚父、齊威公之遺烈猶有存者。北俯濰水，慨然太息，思淮陰之

6　《精校評注古文觀止》卷十一，頁8。

功，而弔其不終。

臺高而安，深而明，夏涼而冬溫。雨雪之朝，風月之夕，予未嘗不在，客亦未嘗不從。擷園蔬，取池魚，釀秫朮酒，瀹脫粟而食之，曰：樂哉遊乎！

這三段文字，采「先反後正」之結構來組合：

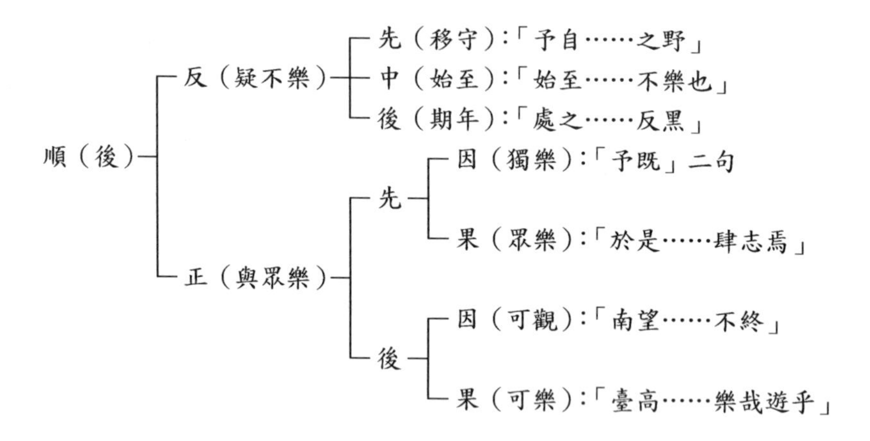

先就「反」的部分來看，這個部分由四段起句至「人固疑余之不樂也」句止。作者在這裡，先以「予自錢塘移守膠西」四句，敘明自己由杭州移守密州，捨繁華安樂而就荒涼困苦的經歷；再由「始至之日」承上啟下，引出「歲比不登」五句，描述到密州之初所過的困苦生活；然後以「人固疑余之不樂也」一句，應二、三段「反」的部分，提明這種經歷與生活，在旁人看來，是必然不樂的，以反振出「樂形於外」的下文[7]。然後就「正」的部分來看，這個部分包括四段的後半與五、六等

7　王文濡於「人固疑予之不樂也」句下評注：「反跌一句，起下文。」《精校評注古文觀止》卷十一，頁 8-9。

段。四段的後半，首以「處之其月年」一句，與上文之「始至之日」句，作時間上之聯絡，從而引出「而貌加豐」三句，針對上個部分「人固疑余之不樂也」句，用容貌的轉變來證明自己是樂形於外的。接著以「余既樂其風俗之淳」二句，泛寫與吏民和樂相處的事實，「正寫己之安往而不樂」[8]，為下文「時相與登覽」及「客未嘗不從」等句伏脈；並以「於是」二字作接榫，領出「治其園囿」八句，由樂而及於園，由園而及於臺，以敘述修治園、臺的情形；然後結以「時相與登覽」二句，說出修治園、臺的目的，在於時與吏民登覽遊樂，以表出無往不樂、遊心物外的本旨。五段承上段的「登覽」二字，依空間自然展演的過程，用「南望」、「而其東」、「西望」及「北俯」等詞作聯絡，透過想像，依次敘出臺上周遭的故實，以闡明首段「凡物皆有可觀」的說法。而末段，則先以「臺高而安」三句，寫臺榭的特色；次以「雨雪之朝」四句，寫登覽的興致；再以「擷園蔬」四句，寫登覽的工具；而由此引出「曰樂哉遊乎」一句，回應首段「醉飽」四句，以闡明「苟有可觀，皆有可樂」的意思。

2　**就「補」的部分來看**：這個部分即末段，是這樣寫的：

> 方是時，予弟子由適在濟南，聞而賦之，且名其臺曰「超然」，以見予之無所往而不樂者，蓋游於物之外也。

這幾句話的結構，可呈現如下表：

8　《精校評注古文觀止》卷十一，頁9。

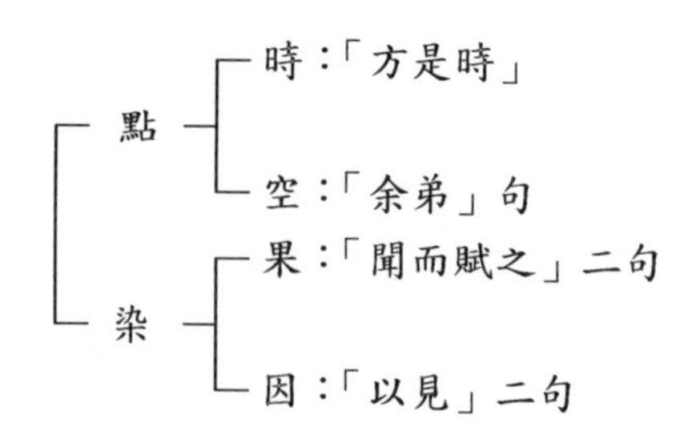

此段採「先點後染」[9]的結構來寫，先以「方是時」三字承上啟下，輔以「余弟子由適在濟南」一句，再由此帶出「聞而賦之」四句，點明臺名及如此命名的用意，扣緊「游於物外」之「樂」，以回抱全篇收結；王文濡以為「超然之意，得此一結，更暢」[10]，體會得極深刻。

作者這樣的先從正面拈出一「樂」字，作為一篇的大旨，從而就反面推論人之所以不樂，乃是由於不能超然物外的緣故；然後又由反而正的借自身安於困苦的經歷及超然臺上周遭的「可觀」、「可樂」來證明游心物外、無往不樂的道理。吳楚材指出「是記先發超然之意，然後入事；其敘事處，忽及四方之形勝，忽入四時之佳景，俯仰情深，而總歸之一樂，真能超然物外者矣」[11]，很能掌握此文特色。如此，無論「論」與「敘」、「順」與「補」，完全地維持一致的意思，這在運材或布局上

9 「點染」本用於繪畫，指基本技巧。而移用以專稱辭章作法的，則始於清劉熙載。但由於他的所謂的「點染」，指的乃是「情」〔點〕與「景」〔染〕，和「虛實」此一章法大家族中的「情景」法，恰巧相重疊，所以就特地借用此「點染」一詞，來稱呼類似畫法的一種章法：其中「點」，指時、空的一個落足點，僅僅用作敘事、寫景、抒情或說理的引子、橋樑或收尾；而「染」，則指真正用來敘事、寫景、抒情或說理的主體。也就是說，「點」只是一個切入或固定點，而「染」則是各種內容本身。這種章法相當常見，也可以形成「先點後染」、「先染後點」、「點、染、點」、「染、點、染」等結構，而產生秩序、變化、聯貫〔呼應〕之作用。參見陳滿銘：〈論幾種特殊的章法〉，臺灣師大《國文學報》31 期（2002 年 6 月），頁 181-187。

10 《精校評注古文觀止》卷十一，頁 10。

11 同前註，頁 7-8。

來說，都在變化中有統一，是極具匠心的。

由上述分析，可知辭章的結構，是分「篇」與「章」的；而「章」又可視其長短繁簡，依其結構單元，分為若干部分。而任何辭章，都可經由篇章結構的分析，以掌握全篇之條理，理清其秩序、變化、聯貫、統一的脈絡，而概括其內容與形式，融合真、善、美為一[12]。

第二節　篇章結構學的內涵

辭章是離不開內容與形式的，而以此為研究對象的，便稱之為辭章學。雖然張志公以為它「可以說是一門富有民族特點的探討語言藝術的學問」（〈談「辭章之學」〉）[13]，看來似乎只限於探討辭章的藝術形式，而把它的內容情意撇開了，但是內容必須靠形式來呈現，而形式又得依賴內容來支撐，因此就一篇辭章來說，內容與形式是交互依存，不能分開的，所謂「情經辭緯」[14]，就是這個意思。本節即由此切入辭章之篇章部分，先為「篇章結構學」作一義界，再鎖定以形象思維為主的「意象」與邏輯思維為主的「章法」，然後統「章」於「篇」，擴及以綜合思維為主之主旨與風格，來探討篇章結構學的主要內涵與相互的關係，以見篇章結構學之梗概。

---

12 陳滿銘：〈論辭章章法之四大律〉，《辭章學論文集》上冊（福州市：海潮攝影藝術出版社，2002 年 12 月一版一刷），頁 68-77。

13 鄭頤壽：〈辭章學研究的回顧與前瞻〉，《國文天地》19 卷 3 期（2003 年 8 月），頁 87。

14 劉勰《文心雕龍．情采》：「文采所以飾言，而辯麗本乎情性。故情者文之經，辭者理之緯，經正而後緯成，理定而後辭暢，此立文知本源也。」見《增訂文心雕龍校注》卷七（北京市：中華書局，2000 年 8 月一版一刷），頁 415。

一　篇章結構學的定義

篇章結構學是辭章學中重要的一環。要知道篇章結構學，就得了解整個辭章學的內涵；要了解辭章學的內涵，就得了解什麼是辭章。

一般說來，辭章是結合「形象思維」與「邏輯思維」[15]與「綜合思維」而形成的。這三種思維，各有所主。一般說來，如果是將一篇辭章所要表達之「情」或「理」，訴諸各種偏於主觀之聯想、想像，和所選取之「景（物）」或「事」接合在一起[16]，或者是專就個別之「情」、「理」、「景」（物）、「事」等材料本身設計其表現技巧的，皆屬「形象思維」；這涉及了「立意」、「取材」與「措詞」等問題，而主要以此為研究對象的，就是意象學、詞彙學、與修辭學等。如果是專就「景（物）」或「事」等各種材料，對應於自然規律，結合「情」與「理」，訴諸偏於客觀之聯想、想像，按秩序、變化、聯貫與統一之原則，前後加以安排、布置，以成條理的，皆屬「邏輯思維」；這涉及了「運材」、「布局」與「構詞」等問題，而主要以此為研究對象的，就字句言，即文（語）法學；就篇章言，就是章法學。至於合「形象思維」與「邏輯思維」而為一，探討其整個體性[17]的，為「綜合思維」，這涉及了「立意」、「確立體性」等問題，而主要以此為研究對象的，則為主題學與風格學等。而以此整體或個別為對象加以研究的，則統稱為辭章學或文章學。它們的關係：

---

15 吳應天：《文章結構學》（北京市：中國人民大學出版社，1989 年 8 月一版三刷），頁 345。

16 彭漪漣：《古典詩詞邏輯趣談》（上海市：上海人民出版社，2001 年 9 月一版一刷），頁 13。

17 陳望道：「語文的體式很多，……表現上的分類，就是《文心雕龍》所謂的『體性』的分類，如分為簡約、繁豐、剛健、柔婉、平淡、絢爛、謹嚴、疏放之類。」見《修辭學發凡》（香港：大光出版社，1961 年 2 月），頁 250。

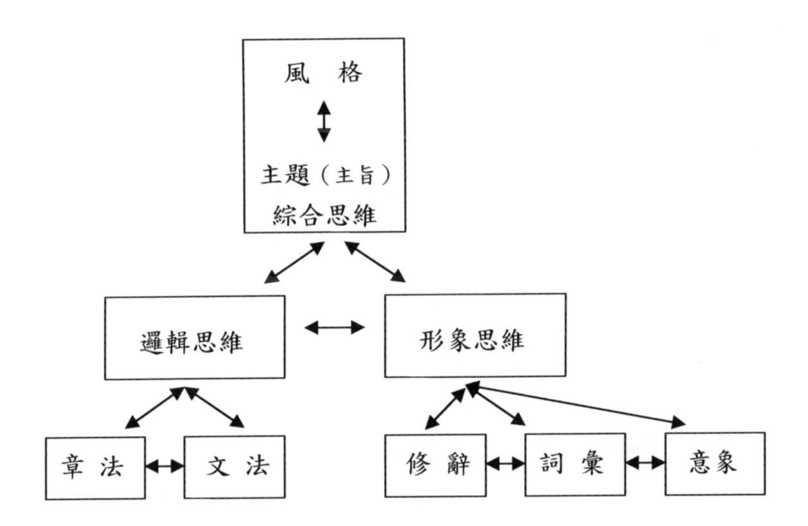

可見辭章的內涵，對應於學科領域而言，主要含意象學（狹義）、詞彙學、修辭學、文（語）法學、章法學、主題學、風格學……等。茲分述如下：

首先是意象學，此為研究辭章有關意象的一門學問。我國對這種文學中的「意象」，很早就注意到，以為它是「馭文之首術、謀篇之大端」（見《文心雕龍．神思》）。而所謂「意象」，黃永武認為「是作者的意識與外界的物象相交會，經過觀察、審思與美的釀造，成為有意境的景象。」[18]這裡所說的「物象」，所謂「物猶事也」（見朱熹《大學章句》），該包含「事」才對，因為「物（景）」只是偏就「空間」（靜）而言，而「事」則是偏就「時間」（動）來說罷了。通常一篇作品，是由多種意象組成的。如單就個別意象的形成來說，運用的是偏於主觀的形象思維。

---

18 黃永武：《中國詩學．設計篇》（臺北市：巨流圖書公司，1999 年 6 月初版十三刷），頁 3。

其次是是詞彙學，為語言學的一個部門，研究語言或一種語言的詞彙組成和歷史發展。莊文中說：「如果把語言比作一座大廈，那麼語彙是這座語言大廈的建築材料，正是千千萬萬個詞語——磚瓦、預製件——建成了巍峨輝煌的語言大廈。張志公說：『語言的基礎是辭彙，語言的性能（交際工具、資訊傳遞工具、思維工具）無一不靠語彙來實現』，還說『就教、學、使用而論，語彙重要，語彙難。』」[19] 可見語彙是將「情」、「理」、「景」（物）、「事」等轉為文字符號的初步，在辭章中是有其基礎性與重要性的。

再其次是修辭學，修辭學大師陳望道說：「修辭原是達意傳情的手段。主要為著意和情，修辭不過調整語辭使達意傳情能夠適切的一種努力。」[20]。而黃慶萱以為「修辭的內容本質，乃是作者的意象」、「修辭的方式，包括調整和設計」、「修辭的原則，要求精確而生動」[21]。可見修辭，主要著眼於個別意象之表現上，經過作者主觀的調整和設計，使它達到精確而生動，以增強感染力或說服力的目的。這顯然是以形象思維為主的。

又其次是文（語）法學，乃研究語言結構方式的一門科學，它包括詞的構成、變化與片語、句子的組織等。楊如雪在增修版《文法 ABC》中綜合呂叔湘、趙元任、王力等學者的說法說：「何謂文法？簡單地說，文法就是語句組織的條理。語句組織的條理不是一套既定的公式，而是從語文裡分析、歸納出來的規律，這種語句組織的規律，包括詞的內部結構及積辭成句的規則，因此文法可以說是語文構詞和造句的規

---

19 莊文中：《中學語言教學研究》（廣州市：廣東教育出版社，2001 年 1 月一版二刷），頁 29-30。

20 《修辭學發凡》，頁 5。

21 黃慶萱：《修辭學》（臺北市：三民書局，2002 年 10 月增訂三版一刷），頁 5-9。

律。」[22] 既然文（語）法是「語句組織的條理」、「語文構詞和造句的規律」，而所關涉的是個別概念之組合，當然和由概念所組合而成的意象與偏於語句的邏輯思維有直接之關聯。

接著是章法學，這裡所謂的「章法」，探討的是篇章內容的邏輯結構，也就是聯句成節（句群）、聯節成段、聯段成篇的關於內容材料之一種組織。對它的注意，雖然極早，但集樹而成林，確定它的範圍、內容及原則，形成體系，而成為一個學門，則是晚近之事[23]。到了現在，可以掌握得相當清楚的章法，約有四十種。這些章法，全出自於人類共通的理則，由邏輯思維形成，都具有形成秩序、變化、聯貫，以更進一層達於統一的功能。而這所謂的「秩序」、「變化」、「聯貫」、「統一」，便是章法的四大律。其中「秩序」、「變化」與「聯貫」三者，主要是就材料之運用來說的，重在分析；而「統一」，則主要是就情意之表出來說的，重在通貫。這樣兼顧局部的分析（材料）與整體的通貫（情意），來牢籠各種章法，是十分周全的[24]。這種篇章的邏輯思維，與語句的邏輯思維，可以說是一貫的。

然後是主題學，陳鵬翔在《主題學理論與實踐》中以為「主題學是

---

22 楊如雪：《文法 ABC》（臺北市：萬卷樓圖書公司，2002 年 2 月再版），頁 1-2。

23 鄭頤壽：「臺灣建立了『辭章章法學』的新學科，成果豐碩，代表作是臺灣師大博士生導師陳滿銘教授的《章法學新裁》及其高足仇小屏、陳佳君等的一系列著作。……臺灣的辭章章法學體系完整、科學，已經具備成『學』的資格。」見〈中華文化沃土，辭章學圃奇葩——讀陳滿銘《章法學新裁》及其相關著作〉，《海峽兩岸中華傳統文化與現代化研討會文集》（蘇州市：「海峽兩岸中華傳統文化與現代化研討會」，2002 年 5 月），頁 131-139。又王希杰：「章法學是一門實用性很強的學問，也有極高的學術價值。它同文章學、修辭學、語用學、文藝學、美學、邏輯學等都具有密切關係。章法學已經初步形成了一門科學。陳滿銘教授初步建立了科學的章法學體系。」見〈章法學門外閒談〉，《國文天地》18 卷 5 期（2000 年 10 月），頁 92-95。

24 陳滿銘：《章法學綜論》（臺北市：萬卷樓圖書公司，2003 年 6 月初版），頁 17-58。

比較文學中的一部門（a field of study），而普通一般主題研究（thematic studies）則是任何文學作品許多層面中一個層面的研究；主題學探索的是相同主題（包套語、意象和母題等）在不同時代以及不同作家手中的處理，據以了解時代的特徵和作家的『用意意圖』（intention），而一般的主題研究探討的是個別主題的呈現」[25]，可見「主題」包含了「套語」、「意象」和「母題」等，如果單就一篇辭章，亦即「個別主題的呈現」來說，指的就是「情語」與「理語」、「意象」、「主旨」（含綱領）等；而「情語」與「理語」是用以呈現「主旨」（含綱領）的，可一併看待，因此「主題」落到一篇辭章裡，主要是指「主旨」（含綱領）與「意象」（廣義）來說，是合形象思維與邏輯思維為一的。

最後是風格學，一般說來，風格是多方面的，而文學風格更是如此，有文體、作家、流派、時代、地域、民族和作品等風格之異[26]。即以一篇作品而言，又有內容與形式（藝術）風格的不同，即以內容來說，就關涉到主題（主旨、意象），而形式（藝術），則與文（語）法、修辭和章法等有關。而一篇作品之風格，就是結合內容與形式（藝術）所產生整個有機體所顯示的審美風貌[27]，這是合作者之形象思維與邏輯思維為一而形成，可以統攝主題、文（語）法、修辭和章法等種種個別風格，呈現整體風格之美。

以上就是辭章的主要內涵，都與形象思維或邏輯思維有著密切的關

---

25 陳鵬翔：《主題學理論與實踐》（臺北市：萬卷樓圖書公司，2001 年 5 月初版），頁 238。

26 黎運漢：《漢語風格學》（廣州市：廣東教育出版社，2000 年 2 月一版一刷），頁 3。又見周振甫：《文學風格例話》（上海市：上海教育出版社，1989 年 7 月一版一刷），頁 1-290。

27 顧祖釗：「風格的成因並不是作品中的個別因素，而是從作品中的內容與形式的有機整體的統一性中所顯示的一種總體的審美風貌。」見《文學原理新釋》（北京市：人民文學出版社，2001 年 5 月一版二刷），頁 184。

係。其中有偏於字句範圍的，主要為意象（個別）、詞彙、修辭、文（語）法；有偏於章與篇的，主要為意象（整體）與章法；有偏於篇的，主要為主旨與風格。因此篇章辭章學，是主要以意象（個別到整體）與章法為其內涵，而以主旨與風格來「一以貫之」的。

因此，篇章結構學為辭章學的一主要分支，是研究篇章意象（形象思維）、章法（邏輯思維）、主旨與風格（綜合思維）等的一門學問。

二　以形象思維為主的篇章內涵

以形象思維為主的篇章內涵，最居於關鍵地位的要推意象（整體含個別）。而所謂的「意象」，乃合「意」與「象」而成，它和辭章的內容是融為一體的。

不過，它有廣義與狹義之別：廣義者指全篇，屬於整體，可以析分為「意」與「象」；狹義者指個別，屬於局部，往往合「意」與「象」為一來稱呼。而整體是局部的總括、局部是整體的條分，所以兩者關係密切。不過，必須一提的是，狹義之「意象」，亦即個別之「意象」，雖往往合「意」與「象」為一來稱呼，卻大都用其偏義，譬如草木或桃花的意象，用的是偏於「意象」之「意」，因為草木或桃花都偏於「象」；如「桃花」的意象之一為愛情，而愛情是「意」。而團圓或流浪的意象，則用的是偏於「意象」之「象」，因為團圓或流浪，都偏於「意」；如「流浪」的意象之一為浮雲，而浮雲是「象」。因此前者往往是一「象」多「意」，後者則為一「意」多「象」。而它們無論是偏於「意」或偏於「象」，通常都通稱為「意象」。

大體而論，辭章內容的主要成分，不外情、理與事、物（景）。其中情與理為「意」，屬核心成分；事與物（景）乃「象」，為外圍成分。它可用下圖來表示：

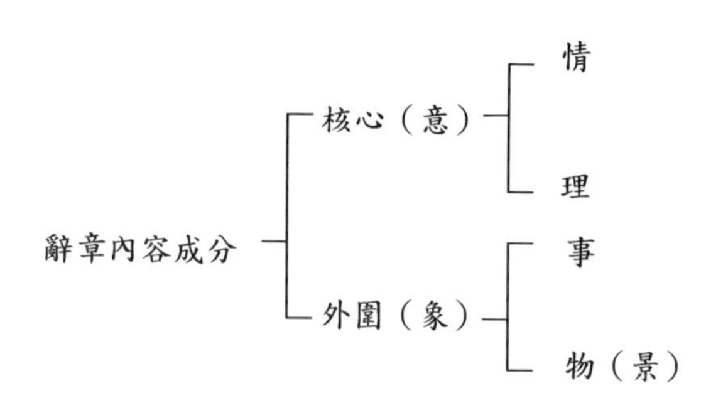

而此情、理與事、物（景）之辭章內容成分，就其情、理而言，是「意」；就其事、物（景）而言，是「象」。

由於核心成分之「情」或「理」，是一篇之主旨所在，亦即作者所要表達的思想情意，乃合形象思維與邏輯思維為一而成，涉及整體意象，所以在此暫且略而不談，只著眼於外圍的成分，亦即個別的意象來談。而所謂外圍成分，是以事語或物（景）語來表出的。也就是說，形成外圍結構的，不外「物」材與「事」材而已。

先就「物」材來說，凡是存於天地宇宙之間的實物或東西都可以成為文章的材料。以較大的物類而言，如天（空）、地、人、日、月、星、山（陸）、水（川、江、河）、雲、風、雨、雷、電、煙、嵐、花、草、竹、木（樹）、泉、石、鳥、獸、蟲、魚、室、亭、珠、玉、朝、夕、晝、夜、酒、餚……等就是；以個別的對象而言，如桃、杏、梅、柳、菊、蘭、蓮、茶、麥、梨、棗、鶴、雁、鶯、鷗、鷺、鶗鴂、鷓鴣、杜鵑、蟬、蛙、鱸、蚊、蟻、馬、猿、笛、笙、琴、瑟、琵琶、船、旗、轎……等就是。這些物材可說無奇不有，不可勝數。大抵說來，作者在處理內容成分時，大都將個別的物材予以組合而形成結構，如馬致遠〈題西湖〉中的〈慶東原〉曲：

暖日宜乘轎，春風堪信馬，恰寒食有二百處秋千架。向人嬌杏花，撲人衣柳花，迎人笑桃花。來往畫船遊，招颭青旗掛。

此曲用以寫春景，藉轎、馬、秋千、畫船、青旗等人文景色，與杏、柳、桃等自然風光予以呈現，呈現得十分熱鬧。其結構分析表為：

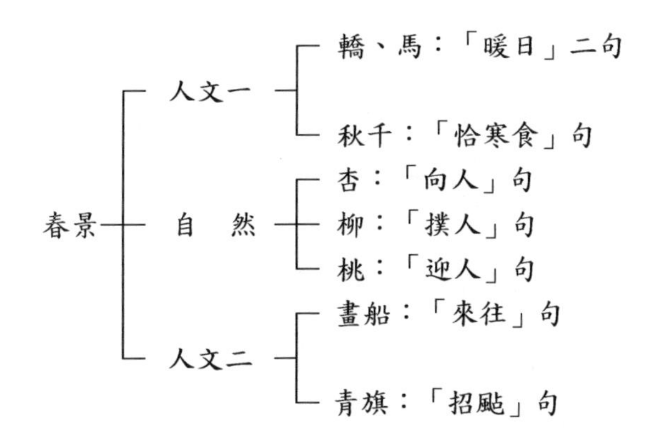

這裡所寫的轎、馬、秋千、畫船、青旗與杏、柳、桃等景物，都屬於「象」，帶出喜樂之情（意）從篇外加以統合。又如馬致遠題作「秋思」的〈天淨沙〉曲：

枯藤、老樹、昏鴉。小橋、流水、人家。古道、西風、瘦馬。夕陽西下。斷腸人在天涯。

本曲旨在寫浪天涯之苦。它先就空間，以「枯藤」兩句寫道旁所見，以「古道」句寫道中所見；再就時間，以「夕陽」句指出是黃昏，以增強它的情味力量；然後由景轉情，點明浪跡天涯者「人生如寄」、「漂泊無定」的悲痛[28]，亦即「斷腸」作結。其結構分析表為：

---

28 楊棟：《中國古代文學名篇選讀》（天津市：南開大學出版社，2001 年 3 月一版一

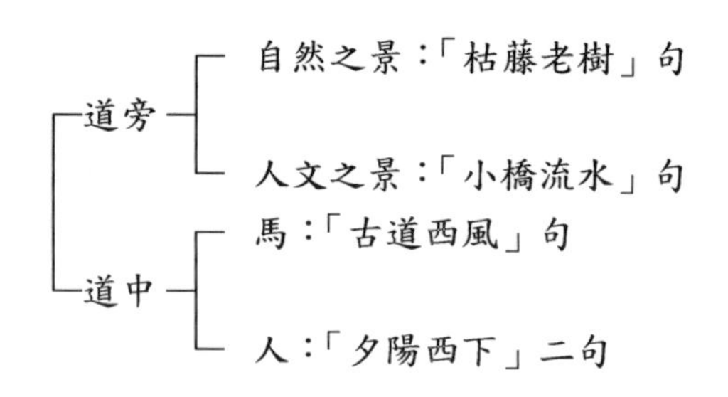

這首曲所搜取的物材特別豐富，但只要稍予歸納，即可看出它的內容成分。很顯然地，它是用「斷腸」之「意」來統合在道中、道旁所呈現之各種「象」的。

再就「事」材來說，凡是發生在天地宇宙之間的事情都可以成為文章的材料。以抽象的事類而言，如取捨、公私、出入、聚散、得失、逢別、迎送、仕隱、悲喜、苦樂、歌舞、來（還）往（去）、成敗、視聽、醒醉、動靜，甚至入夢、弔古、傷今、閒居、出遊、感時、恨別、雪恥、滅恨、修身、齊家、治國、平天下、泛論、舉證、經過、結果……等就是；以具體的事件而言，如乘船、折荷、繞室、讀書、醉酒、離鄉、還家、邀約、赴約、生病、吃糠、遊山、落淚、彈箏、倚杖、聽蟬、接信、拆信、羅酒漿、備飯菜、甚至孝、悌、敬、信、慈……等就是。這些事材，可說俯拾皆是，多得數也數不清。作者通常都用具體的事件來寫，卻在無形中可由抽象的事類予以統括。如杜甫的〈石壕吏〉詩：

> 暮投石壕村，有吏夜捉人。老翁踰牆走，老婦出看門。吏呼一何怒，婦啼一何苦。聽婦前致詞：「三男鄴城戍，一男附書至，二男新戰死。存者且偷生，死者長已矣。室中更無人，惟有乳下

刷），頁 62。

孫。有孫母未去，出入無完裙。老嫗力雖衰，請從吏夜歸。急應河陽役，猶得備晨炊。」夜久語聲絕，如聞泣幽咽。天明登前途，獨與老翁別。

這首詩旨在寫石壕地方官吏的橫暴，以反映百姓的悲苦與政治的黑暗，乃作於唐肅宗乾元二年（西元七五九年）春。這時，作者正在由洛陽經潼關，返華州任所途中[29]。它先以開端二句，簡述事情發生的原因；再以「老翁踰牆走」二十句，以平提的方式，寫「老翁」潛走與「老婦」被捉的事實。由於被捉的是「老婦」，所以只用「老翁」一句，提明「老翁」的情況，卻以「老婦」十九句，描述「老婦」被捉的經過。就在這十九句詩裡，「老婦」四句，用以泛寫「老婦」在悲苦中無奈地向前「致詞」的事；「三男」十三句，用以具寫「致詞」的內容，它自三男戍、二男死、孫方乳、媳無裙，說到由自己備晨炊，層層遞進，道出了一家悲苦至極的慘況；「夜久」二句，用以暗示「致詞」無效，結果「老婦」還是被捉了。最後以「天明」二句，用側收的方式，回應篇首三句，說自己在天明時獨向「老翁」道別。這兩句，從表面看來，只著眼於「老翁」一面加以收結，但實際上，卻將「老婦」一面也包括在內。高步瀛《唐宋詩舉要》說：「結與翁別，為起二句之去路，此一定章法，非獨結老翁潛歸而已。」[30] 而劉開揚在《杜甫》中更明確地指出：「結尾寫詩人自己『天明登前途，獨與老翁別』，見得老婦已應徵而去。」[31] 如此側收，自然就收到含蓄、洗練的效果。其結構分析表為：

29 霍松林分析，見蕭滌非主編：《唐詩大觀》（香港：商務印書館香港分館，1986 年 1 月香港一版二刷），頁 483-484。

30 高步瀛：《唐宋詩舉要》（臺北市：學海出版社，1973 年 2 月初版），頁 68。

31 劉開揚：《杜甫》（臺北市：國文天地雜誌社，1991 年 7 月初版），頁 58。

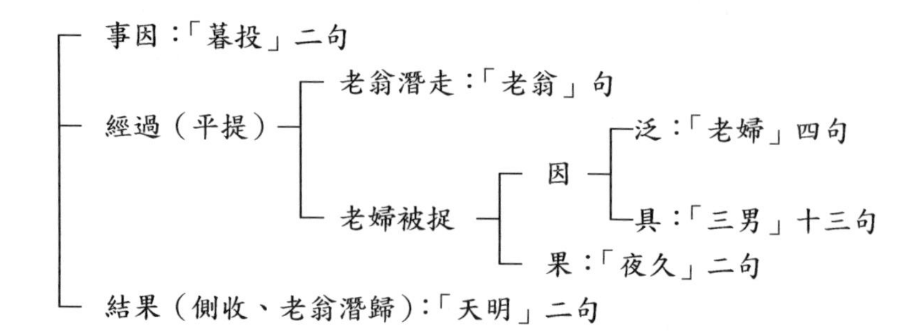

可見它乃藉各種事材，如「吏夜捉人」、「翁踰牆走」、「吏呼」、「婦啼」、「語聲絕」、「泣幽咽」、「與老翁別」等形成「象」，以反映石壕地方官吏橫暴與百姓悲苦之「意」，其結構是極具條理，而內容成分也是一目了然的。又如《孝經》的〈廣要道〉章，旨在論實踐孝道的效果，是採「先平提後側注」的結構寫成的，它的「平提」部分為：

> 教民親愛，莫善於孝；教民禮順，莫善於悌；移風易俗，莫善於樂；安上治民，莫善於禮。

這「平提」的部分，自「教民親愛」起至「莫善於禮」止，先就「齊家」一層，講孝、講悌；然後將範圍擴大，就「治國」一層，講樂、講禮。《論語・學而》說：「孝弟也者，其為仁之本與！」而〈八佾〉又說：「人而不仁，如禮何？人而不仁，如樂何？」這就是說禮樂源自於孝悌，而行孝之效果，由此可見。其結構分析表為：

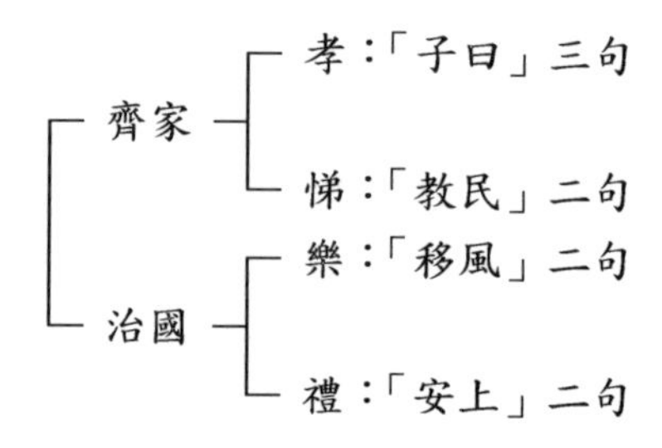

顯然作者以「孝」、「悌」推擴至「樂」、「禮」之「事」(象)，來表示「治國」之本在「齊家」、「齊家」之本又在「孝」之「道理」(意)，如此凸顯它的內容成分，使人容易掌握。

以上所舉的「物材」，主要用於寫「景(物)」；而「事材」則主要用於敘「事」。所敘寫的無論是「景(物)」或「事」，皆各自有其表現之「意象」(個別)。這樣由個別(章)而整體(篇)，便使核心成分與外圍成分融成一體了。

三　以邏輯思維為主的篇章內涵

以邏輯思維為主的篇章內涵，就是章法。這裡所謂的「章」，就如劉勰《文心雕龍·章句》之「章」含「篇」一樣，是含「篇」在內的，而章法乃建立在陰陽二元對待的基礎之上，處理的是篇章中內容材料的邏輯關係[32]，也就是聯句成節(句群)、聯節(句群)成段、聯段成篇的一種組織。到目前為止，已發現的章法約有四十種，如今昔法、久暫法、遠近法、內外法、左右法、高低法、大小法、視角變換法、時空交錯法、狀態變換法、知覺轉換法、本末法、淺深法、因果法、眾寡法、並列法、情景法、論敘法、泛具法、空間的虛實法、時間的虛實法、假設與事實法、凡目法、詳略法、賓主法、正反法、立破法、抑揚法、問答法、平側法、縱收法、張弛法、插敘法、補敘法、偏全法、點染法、天人法、圖底法、敲擊法等[33]。這些章法，正如上文所言，全出自於人

32 陳滿銘：〈論章法與邏輯思維〉，《第四屆中國修辭學國際學術研討會論文集》(臺北縣：中國修辭學會、輔仁大學中文系，2002 年 5 月)，頁 1-32。又見陳滿銘：〈辭章章法的哲學思辨〉，《辭章學論文集》上冊，頁 40-67。

33 陳滿銘：〈談辭章章法的主要內容〉，《章法學新裁》(臺北市：萬卷樓圖書公司，2001 年 1 月初版)，頁 319-360。又見〈論幾種特殊的章法〉，頁 193-222。另見仇小屏：《文章章法論》(臺北市：萬卷樓圖書公司，1998 年 11 月初版)，頁 1-510、《篇章結構類型論》上下(臺北市：萬卷樓圖書公司，2000 年 2 月初版)，頁 1-620。

類共通的理則，由邏輯思維所形成，都具有形成秩序、變化、聯貫，以更進一層達於統一的功能。而這所謂的「秩序」、「變化」、「聯貫」、「統一」，便是章法的四大律。其中「秩序」、「變化」與「聯貫」三者，主要是就材料之運用來說的，重在分析；而「統一」，則主要是就情意之表出來說的，重在通貫。茲分述如下：

（一）秩序律

所謂「秩序」，是將材料依序加以整齊安排的意思。任何章法都可依循此律，經由「移位」（順、逆）而形成其先後順序。茲舉較常見的幾種章法來看，它們可就其先後順序，形成結構，如今昔法：「先今後昔」（逆）、「先昔後今」（順）；

虛實法：「先虛後實」（順）、「先實後虛」（逆）；賓主法：「先賓後主」（逆）、「先主後賓」（順）。而這些經由「順」或「逆」之「移位」所形成的結構，隨處可見。

如曹操的〈短歌行〉：

> 對酒當歌，人生幾何？譬如朝露，去日苦多。慨當以慷，憂思難忘。何以解憂？唯有杜康。青青子衿，悠悠我心。但為君故，沈吟至今。呦呦鹿鳴，食野之苹。我有嘉賓，鼓瑟吹笙。明明如月，何時可掇？憂從中來，不可斷絕。越陌度阡，枉用相存。契闊談燕，心念舊恩。月明星稀，烏鵲南飛。繞樹三匝，何枝可依？山不厭高，海不厭深。周公吐哺，天下歸心。

這首詩主要在抒發沒有人才來幫助自己一統天下的感歎，所以傅更生認為它「意有所主，寓懷思招來之情」[34]，是用「先果後因」的結構寫成的。「果」的部分，自篇首至「何枝可依」句止，也一樣採「先果（一）後因（一）」的順序來寫：它首先以「對酒」八句，抒發對人生苦短的感慨（因），認為只得靠「酒」來解憂（果）而已；這是「果（一）」。其次首以「青青子衿」八句，就「實」，向眼前尚未歸附自己之賢才，表達長久以來的思慕之情（反——消極），並強調對那些歸附自己之賢者，是會竭誠歡迎，而加以禮遇的（正——積極）；次以「明明如月」八句，就「虛」，對賢才何時求得、理想何時實現的重大事情，表達了一憂一喜的複雜心理；末以「月明」四句，藉月下烏鵲尋枝卻無枝可依的景象，以景襯情，帶出自己對無依賢才的愛憐之情；以上二十句，先抒情、後寫景，情景交融，為「因（一）」。而「因」的部分為「山不厭高」四句，特以「山」、「水」為喻（虛），並引「周公吐哺」之典，「表明自己求賢不懈的耿耿赤忱，希望能開創一個『天下歸心』的大好局面」[35]（實）。如此以「先果後因」（篇、章）、「先因後果」、「先反後正」、「先情後景」、「先實後虛」、「先虛後實」（章）等結構，形成「秩序」來寫，曲折而成功地表出了作者憐才、一統的心意。附結構分析表如下：

34 傅更生：《中國文學欣賞舉隅》，頁 66-67。

35 蔡厚示評析，見《漢魏晉南北朝隋詩鑑賞辭典》（太原市：山西人民出版社，1989 年 3 月一版一刷），頁 123。

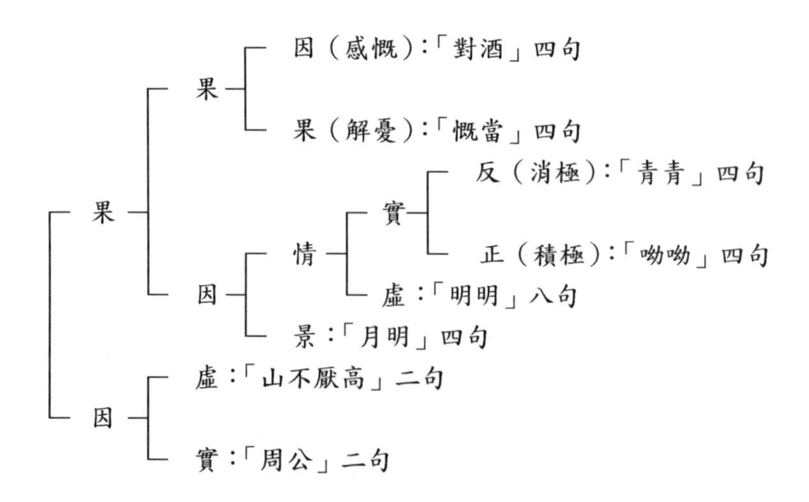

這種合於「秩序」的結構，無論順、逆，都是作者將寫作材料，訴諸人類求「秩序」的心理，經過邏輯思考，予以組合而成的。這種組合，也稱為「反復」，亦即「齊一」之形式。陳望道說：

> 形式中最簡單的，是反復（Repetition）。反復就是重複，也就是同一事物的層見迭出。如從其他的構成材料而言，其實就是齊一。所以反復的法則同時又可稱為齊一（Uniformity）的法則。這種齊一或反復的法則，原本只是一個極簡單的形式，但頗可以隨處用它，以取得一種簡純的快感。[36]

所謂「形式」，乃指「事物所有的結合關係」[37]，如「先甲後乙」者，指的就是形成秩序的「甲」與「乙」（同一事物）之結合。由此可見，章法所說的「秩序」，從另一角度說，就是「反復」、「齊一」，這對邏

36 陳望道：《美學概論》（臺北市：文鏡文化事業公司，1984 年 12 月重排初版），頁 61-62。

37 陳望道：《美學概論》，頁 60。

輯思維而言，是很常見的。

（二）變化律

所謂「變化」，是把材料的次序加以參差安排的意思。每一章法依循此律，也都可經由「轉位」而造成順、逆交錯的效果。同樣以上舉幾種常見章法來看，可形成結構，如正反法：「正、反、正」、「反、正、反」；立破法：「立、破、立」、「破、立、破」；因果法：「因、果、因」、「果、因、果」。而這些交錯「順」和「逆」而成的「轉位」結構，也隨處可見。如蘇軾的〈減字木蘭花〉詞：

> 雙龍對起。白甲蒼髯煙雨裡。疏影微香。下有幽人晝夢長。
> 湖風清軟。雙鵲飛來爭噪晚。翠颭紅輕。時下淩霄百尺英。

這首詞作於宋神宗熙寧七年（1074）[38]，題作「錢塘西湖，有詩僧清順。所居藏春塢，門前有二古松，各有淩霄花絡其上。順常晝臥其下。時余為郡。一日，屏騎從過之，松風騷然。順指落花求韻。餘為賦此。」它首先以開端三句，寫「二古松」之幽景，為前一個「賓」。其次以「下有」之句，寫正在松下晝眠之幽人，即「寺僧清順」，為「主」；最後以「湖風」四句，寫被雙鵲蹴下淩霄花的幽景，為後一個「賓」。很顯然地，作者在此，特以古松與落花之幽（賓），來襯托詩僧之幽（主）。可見此詞主要以「賓、主、賓」的結構，形成其變化。附結構分析表供參考：

---

38 鄒同慶、王宗堂：《蘇軾詞編年校注》（北京市：中華書局，2002 年一版一刷），頁 63。

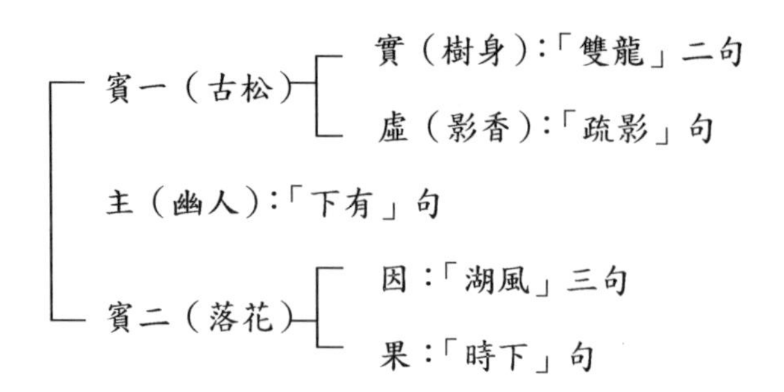

這種「變化」的規律，是對應於人類心理的。陳望道說：

> 人類心理卻都愛好富於變化的刺激，大抵喚取意識須變化，保持意識的覺醒狀態也是需要變化的。若刺激過於齊一無變化，意識對它便將有了滯鈍、停息的傾向。在意識的這一根本性質上，反復的形式實有顯然的弱點。反復到底不外是同一（縱非嚴格的同一，也是異常的近似）狀態之齊一地刺激著我們的事。反復過度，意識對於本刺激也便逐漸滯鈍停息起來，移向那有變化有起伏的別一刺激去的趨勢。[39]

因此掌握了作品中這類富於變化的結構（條理）來分析，便能切近作者之心理。

（三）聯貫律

所謂「聯貫」，是就材料先後的銜接或呼應來說的，也稱為「銜接」。無論是哪一種章法，都可以由局部的「調和」與「對比」，形成銜接或呼應，而達到聯貫的效果。在約四十種章法中，大致說來，除了貴與賤、親與疏、正與反、抑與揚、立與破、眾與寡、詳與略、張與

---

39 《美學概論》，頁 63-64。

弛……等，比較容易形成「對比」外，其他的，如今與昔，遠與近、大與小、高與低、淺與深、賓與主、虛與實、平與側、凡與目、縱與收、因與果……等，都極易形成「調和」的關係；而有的則要落到某一篇詞章來看，才能看出是「調和」還是「對比」。如無名氏的《子夜歌》：

儂作北辰星，千年無轉移。歡行白日心，朝東暮還西。

這首詩旨在寫怨情，它首先從正面寫，將自己（思婦）的感情譬作「北辰星」；然後由反面寫，將對方的歡行比為「白日」。如此作成「不變」（正）與「變」（反）的強烈對比，以表出強烈怨情[40]。可見此詩主要以正反形成對比，而使前後文聯貫在一起。附結構分析表如下：

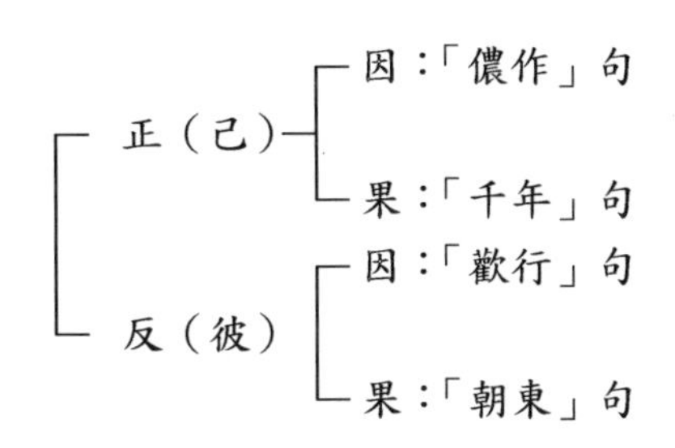

其實，「調和」與「對比」兩者，並非永遠都如此，而固定不變。所謂的「調和」，在某個層面來看，指的乃是「對比」前的一種「統一」；而所謂的「對比」，或稱「對立」，如著眼於進一層面，則形成的又是「調和」或「統一」的狀態；兩者可說是一再互動、循環，而提升，形成「螺旋結構」[41]的。所以邱明正說：

---

40 樂秀拔、龔曼群評析，見《古詩鑑賞辭典》（北京市：中國婦女出版社，1998 年 12 月一版二刷），頁 1126。

41 兩種對立的事物，往往會產生互動、循環而提升的作用，而形成螺旋結構。參見陳滿銘：〈談儒家思想體系中的螺旋結構〉，臺灣師大《國文學報》29 期（2000 年 6

> 對立原則貫穿於整個審美、創造美的心理運動之中，它無處不在，無時不有。但是審美心理運動有矛盾對立的一面，又有矛盾統一的一面。人通過自覺或不自覺的自我調節，協調各種矛盾，可以由矛盾、對立趨於統一，並在主體審美心理上達於統一和諧。例如主體對客體由不適應到適應就是由矛盾趨於統一。即使主體仍然不適應客體，甚至引起反感，但主體心理本身卻處於和諧平衡狀態。這種既對立又統一的原則體現了矛盾的雙方相互對立，互相排斥，又在一定條件下相互轉化，互相統一的矛盾運動法則，是宇宙萬物對立統一的普遍規律、共同法則在審美心理上的反映。[42]

分析或鑑賞是由「末」（辭章）溯「本」（心理—構思）的逆向活動，而創作則正相反，是由「本」（心理—構思）而「末」（辭章）的順向過程；其中的原理法則，是重疊的，是一樣的。一篇作品，假如能透過分析，尋出其篇章條理，以進於鑑賞，則作者寫作這篇作品時的構思線索，就自然能加以掌握，上述的「秩序」、「變化」的條理，是如此；即以形成「聯貫」的「調和」與「對比」來說，也是如此。

（四）統一律

所謂的「統一」，是就材料情意的通貫來說的。一般而言，辭章要達成「統一」，非訴諸主旨（情意）與綱領（大都指材料之統合）不可。一篇辭章，無論是何種類型，都可以由此「一以貫之」。如沈復的〈兒時記趣〉：

月），頁 1-34。

42 邱明正：《審美心理學》（上海市：復旦大學出版社，1993 年 4 月一版一刷），頁 94-95。

> 余憶童稚時，能張目對日，明察秋毫。見藐小微物，必細察其紋理，故時有物外之趣。
>
> 夏蚊成雷，私擬作群鶴舞空，心之所向，則或千或百，果然鶴也；昂首觀之，項為之強。又留蚊於素帳中，徐噴以煙，使之沖煙飛鳴，作青雲白鶴觀；果如鶴唳雲端，為之怡然稱快。又常於土牆凹凸處，花臺小草叢雜處，蹲其身，使與臺齊；定神細視，以叢草為林，蟲蟻為獸，以土牆凸者為丘，凹者為壑；神遊其中，怡然自得。
>
> 一日，見二蟲鬥草間，觀之，興正濃，忽有龐然大物，拔山倒樹而來，蓋一癩蛤蟆也。舌一吐而二蟲盡為所吞。餘年幼，方出神，不覺呀然驚恐。神定，捉蛤蟆，鞭數十，驅之別院。

此文旨在寫作者在兒時所常得到的「物外之趣」，是用「先凡後目」的結構寫成的。「凡」的部分，僅一段，即首段。作者直接以回憶之筆，由因而果，拈出「物外之趣」的主旨，以貫穿全文。「目」的部分，包括二、三、四等段：首先在第二段，以一群蚊子為例，細察牠們的紋理，把牠們擬作「群鶴舞空」、「鶴唳雲端」，寫出作者獲得「項為之強」、「怡然稱快」的這種「物外之趣」之情形，為「目一」。就在寫「群鶴舞空」的一節裡，「夏蚊成雷」寫的是「物內」；「群鶴舞空」至「果然鶴也」，寫的是「物外」；而以「私擬作」作橋樑，這是寫「細察紋理」的部分。至於寫「物外之趣」的部分裡，「昂首觀之」為聯貫的句子，而「項為之強」寫的則是「物外之趣」。在寫「鶴唳雲端」的一節裡，「又留蚊」句起至「使之沖煙」句止，寫的是「物內」；「青雲」二句，寫的是「物外」；而以「作」字作橋樑；這又是「細察紋理」的部分。至於寫「物外之趣」的部分，則以「為之」作聯貫，而以「怡然稱快」寫「物外之趣」。其次在第三段，以土牆凹凸處的叢草、蟲蟻為例，細察牠們的紋理，把叢草擬作樹林、蟲蟻擬作野獸，寫出作者獲得「怡然自得」的這種「物外之趣」的情形，為「目二」。就在寫「細察紋理」的部分裏，「又常於」句起至「使與臺齊」句止，寫的是「物內」；「以叢草」句起至「凹者為壑」句止，寫的是「物外」；而以「定神細視」作橋樑。至於寫「物外之趣」的部分裡，「神遊其中」為聯貫的句子，而「怡然稱快」寫的則是「物外之趣」。然後在末段，以草間的二蟲與癩蛤蟆為例，細察牠們的紋理，把癩蛤蟆擬作龐然大物，舌一吐便盡吞二蟲，寫出作者獲得「捉蛤蟆，鞭數十，驅之別院」[43]的這種「物外之趣」的情形，為「目三」。就在寫「細察紋理」的部分裡，「一日」二句寫的是「物內」；「觀之」二句，是由「物內」過到「物外」的橋樑；「忽有」句起至「不覺」句止，寫的是「物外」；而特用「蓋一癩蛤蟆之趣」的部分裡，「神定」為聯貫的詞語，而「捉蛤蟆」三句，寫的則是「物外之趣」。很特別的是：這個「物外之趣」是回到「物內」初時之情形加以交代的。十分明顯地，全文是以「物外之趣」一意貫穿，自始至終無不針對著「趣」字，統合「因」與「果」兩軌來寫，使前後都維持著一致的情意。附結構分析表如下：

---

43 這三句用得到「物外之趣」之後的動作來寫「物外之趣」。見陳滿銘：《國文教學論叢續編》（臺北市：萬卷樓圖書公司，1998 年 3 月初版），頁 146。

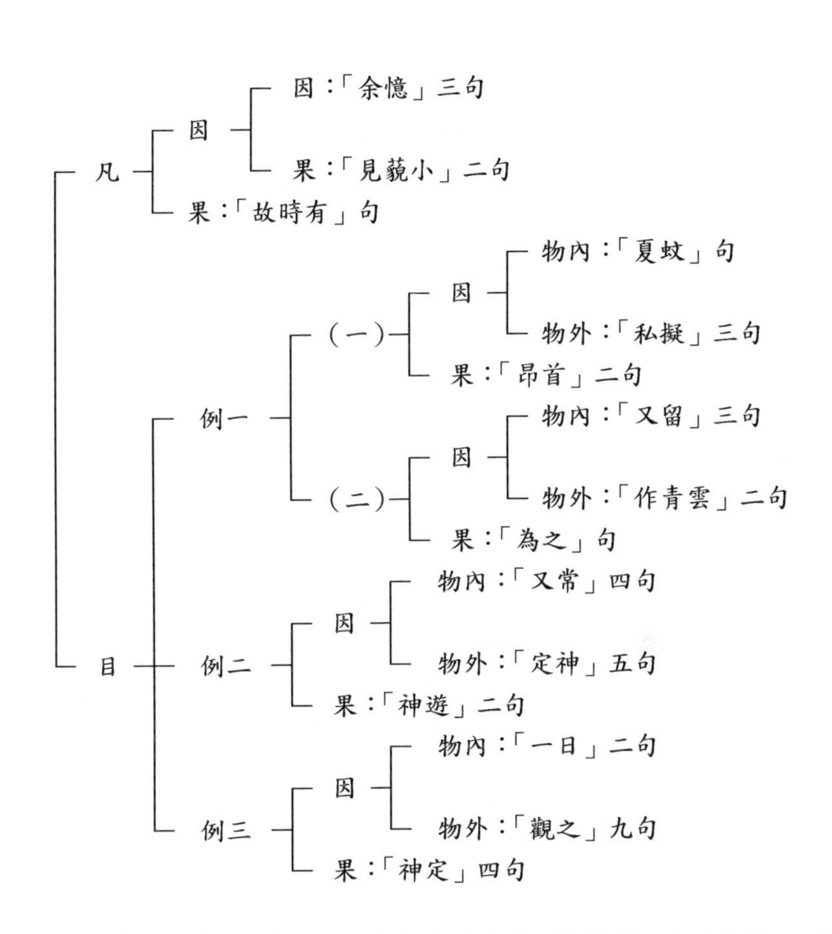

這種主旨或綱領之「統一」，說的就是「整體結構的統一和諧」，吳應天在其《文章結構學》中於論「整體結構的統一和諧」之後說：

> 此外，還有觀點和材料的統一，論點和論據的統一，這都是邏輯思維的問題，但同時顧及和諧的心理因素。[44]

這雖是單就論說文來說，但它的原理，同樣適用於其他文體。而所謂

---

44 《文章結構學》，頁 359。

「觀點和材料的統一」，擴大來說，就是主旨或綱領與全篇材料之間的統一，這和章法結構的統一，可說疊合在一起，使得辭章整體能達於最高的和諧。能疊合這種內容與形式使它們達於統一和諧，可說是運用綜合思維的結果。所以吳應天又說：

> 積極主動地進行綜合思維，文章的內容和結構形式才能很快地達到高度統一，而且可以達到「知常通變」的目的。[45]

可見邏輯思維與綜合思維的重要。

語云：「人同此心，心同此理」，這個「理」，換個詞說，就是「誠」。它透過人之「心」，投射到哲學上，即成哲學之理；投射到藝術（音樂、繪畫、電影等）上，便為藝術之理，而投射到文學上，當然就成文學之理了。如進一步地，將此文學之理落在「章法」上來說，則是「章法」之理，那就是：秩序、變化、聯貫、統一。此四者，不但在心理上以它們為基礎，呈現「真」，在章法上也以它們為原則，呈現「善」，而在美感上更以它們為效果，呈現「美」。如此來看待章法的四大律，是最為合理的。

四　以綜合思維為主的篇章內涵

這主要是指主題與風格從源頭對整體意象之梳理而言。主題之學，在上一節曾引陳鵬翔在《主題學理論與實踐》中的說法，以為一般的「主題」，包含了「套語」、「意象」和「母題」等，如果單就一篇辭章，亦即「個別主題的呈現」來說，指的就是「情語」與「理語」、「意象」、「主旨」（含綱領）等；而「情語」與「理語」是用以呈現「主旨」（含

---

45 《文章結構學》，頁 353。

綱領）的，可一併看待，因此「主題」落到一篇辭章裡，主要是指「主旨」（含綱領）與「意象」（廣義）來說，是合形象思維與邏輯思維為一的。而以風格來說，是關涉多方面的，即以文學風格而言，就像在上一節所說的，有文體、作家、流派、時代、地域、民族和作品等風格之異。如就一篇作品來看，又有內容與形式（藝術）風格的不同，其中內容就關涉到主題（主旨、意象），而形式（藝術），則與文（語）法、修辭和章法等有關。而一篇作品之風格，就是結合內容與形式（藝術）所產生整個有機體所顯示的審美風貌，這也是合作者之形象思維與邏輯思維為一而形成，可以統攝主題、文（語）法、修辭和章法等種種個別風格，呈現整體風格之美。

先就主題來看，它有兩個方面需要重視，那就是「主旨」與「綱領」。主旨與綱領同屬於主題之範圍，因此彼此之間必然有共通點，那就是兩者都是統貫全篇的，但是相異處在於主旨是一篇辭章所欲表達的中心思想，綱領則是貫串材料的意脈；因此若以珠鍊為譬，則大大小小的珍珠是材料，將之串聯起來的絲線如同綱領，但是珠鍊的最終目的是作為裝飾，這最終目的就有如文章中的主旨。

關於主旨，最值得注意的地方有二：「主旨的顯隱」和「主旨出現的位置」。所謂主旨的顯隱，就是主旨是否在篇中明白點出，而根據這一點，又可以分為三種情況：「主旨全顯者」、「主旨全隱者」、「主旨顯中有隱者」，分別可以用李密〈陳情表〉、岳飛〈良馬對〉、蘇洵〈六國論〉作為例證。此外主旨出現的位置又有四種情況，主旨出現在篇首、主旨出現在篇腹、主旨出現在篇末、主旨出現在篇外，分別可以用李斯〈諫逐客書〉、白居易〈琵琶行〉、范仲淹〈岳陽樓記〉、李白〈黃鶴樓送孟浩然之廣陵〉作為例證。

至於綱領，則依據意脈的多寡而有軌數多寡之分，譬如假設有一作文題目為〈勤勞與懶惰〉，那麼綱領的軌數有二：勤勞與懶惰，主旨可能是歸於勤勞一面；而假設作文題為〈昨日、今日、明日〉，那麼綱領的軌數有三：昨日、今日、明日，而主旨可能是珍惜時間。因此綱領可以分為單軌、雙軌、三軌，乃至於多軌等多種情形，單軌者可以用歐陽修〈采桑子〉(西湖好）作為例證，雙軌者可以用韓非子〈老馬識途〉(管仲、隰朋）作為例證，三軌者可以用袁宏道〈晚遊六橋待月記〉（春、月、朝煙夕嵐）作為例證[46]。

通常，主旨與綱領是合而為一的，如沈複的〈兒時記趣〉就是；而有時卻否，如《史記．孔子世家贊》：

> 太史公曰：《詩》有之：「高山仰止，景行行止。」雖不能至，然心鄉往之。餘讀孔氏書，想見其為人。適魯，觀仲尼廟堂，車服、禮器，諸生以時習禮其家，余低回留之，不能去云。天下君王至於賢人眾矣，當時則榮，沒則已焉。孔子布衣，傳十餘世，學者宗之。自天子王侯，中國言六藝者，折中於夫子，可謂至聖矣！

這篇贊文，是採「凡」（綱領）、「目」、「凡」（主旨）的結構所寫成的。頭一個「凡」（綱領）的部分，自篇首至「然心鄉往之」止，引《詩》虛虛籠起，以「高山仰止，景行行止」兩句，領出「鄉往」兩字，作為綱領，以統攝下文。「目」的部分，自「余讀孔氏書」至「折中於夫子」止，以「由小及大」的方式，含三節來寫：首節寫自己「讀孔氏書」與「觀仲尼廟堂」之所見、所思，以「想見其為人」與「低回留之，不能去云」句，表出自己對孔子的「鄉往」之情；次節特將孔子與「天下君王至於賢人」作一對照，以「學者宗之」，表出孔門學者對孔子的

46 以上綱領、軌數、主旨等論述，見陳滿銘：《章法學綜論》，頁 1-506。

「鄉往」之情，並暗示所以將孔子列為世家的理由；三節寫各家以孔子的學說為截長補短的標準，以「折中於夫子」，表出全天下讀書人對孔子的「鄉往」之情。後一個「凡」（主旨）的部分，即末尾「可謂至聖矣」一句，拈出主旨，以回抱前文作收。附結構分析表如下：

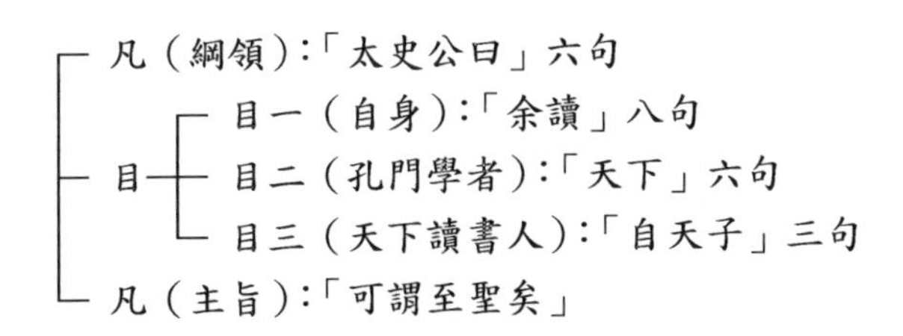

可見太史公此文，是以「鄉往」為綱領，以作者本身、孔門學者以及全天下讀書人對孔子「鄉往」的事實為內容，層層遞寫，結出「至聖」（嚮往到了極點的稱號）的一篇主旨，以讚美孔子。文雖短而意特長，令人讀了，也不禁湧生無限的「仰止」之情來，久久不止。

由此可知此文，用主旨（至聖）、綱領（鄉往）來統合全篇之「意象」（事），並且將綱領置於篇首，而把其全顯之主旨置於篇末；這凸顯了作者綜合思維的特色。

再就風格來看，由「陰陽二元對待」所形成之「剛」與「柔」，可說是各種

風格之母。而我國涉及此「剛」與「柔」的特性來談風格的，雖然很早，但真正明明白白地提到「剛」與「柔」，而又強調用它們來概括各種風格的，首推清姚鼐的〈復魯絜非書〉。它「把各種不同風格的稱謂，作了高度的概括，概括為陽剛、陰柔兩大類。像雄渾、勁健、豪放、壯麗等都歸入陽剛類，含蓄、委曲、淡雅、高遠、飄逸等都可歸入

陰柔類。」[47] 由於「剛」與「柔」之呈現，主要靠同樣由「陰陽二元對待」所形成章法與章法結構[48]，因此透過章法結構分析，是可以看出「剛」與「柔」之「多寡進絀」（姚鼐〈復魯絜非書〉）的。今舉王維的〈送梓州李使君〉詩為例：

> 萬壑樹參天，千山響杜鵑。山中一夜雨，樹杪百重泉。漢女輸橦布，巴人訟芋田。文翁翻教授，不敢倚先賢。

此乃「一首投贈詩，是寫當地（梓州）的風景土俗，並寓歌頌之意」[49]。它採「先實後虛」的結構寫成：「實」的部分，含前三聯，先以開端四句，寫「梓州」遠近之風景，再以「漢女」二句，寫「梓州」特別之土俗。其中「萬壑」二句，一訴諸視覺，一訴諸聽覺，來寫遠景；「山中」二句，藉「先久後暫」的結構，以寫近景：「漢女」二句，用「先正後反」的條理，來寫土俗。而「虛」的部分，則為末二句，以「寓歌頌之意」作結。這樣一路寫來，可說「切地、切事、切人」，十分得法。對此，喻守真詳析云：

> 此詩首四句是懸想梓州山林之奇勝，是切地。同時頷聯重複「山樹」二字，即是謹承起首「千山萬壑」而來。律詩中用重複字，此可為法。頸聯特寫「巴人漢女」，是敘蜀中風俗，是切事。有

47 周振甫：《文學風格例話》，頁 13。

48 章法可分陰陽剛柔，而由章法結構，藉其移位、轉位、調和、對比等變化，可粗略透過公式推算出其陰陽剛柔消長之「勢」，以見其風格之梗概。見陳滿銘：〈論辭章的章法風格〉，《修辭論叢》五輯（臺北市：洪葉文化事業公司，2003 年 11 月初版一刷），頁 1-51。

49 喻守真：《唐詩三百首詳析》（臺北市：臺灣中華書局，1996 年 4 月臺二三版五刷），頁 147。

此一聯就移不到別處去。結尾尋出文翁治蜀化民成俗，是切人，以文翁擬李使君，官同事同，是很好的影戲，是切人。這兩句意謂梓州地雖僻陋，然在衣食既足之時，亦可施以教化，不能以人民之難治，就改變文翁教授之政策，想來梓州人民亦不敢倚仗先賢而不遵使君的命令。[50]

解析得很深入，有助於對此詩的了解。附結構分析表如下：

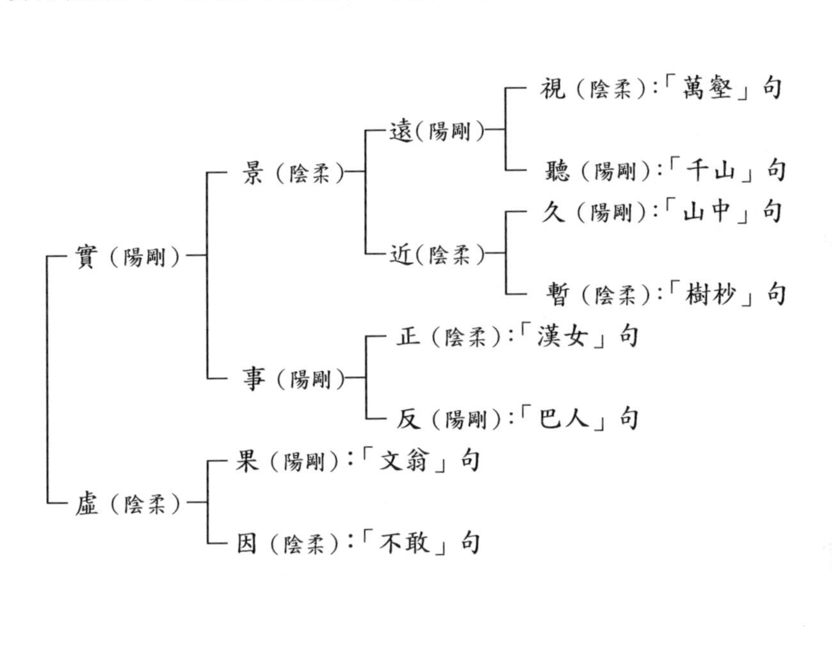

50 喻守真：《唐詩三百首詳析》，148。

如單以剛柔結構來呈現，則如下表：

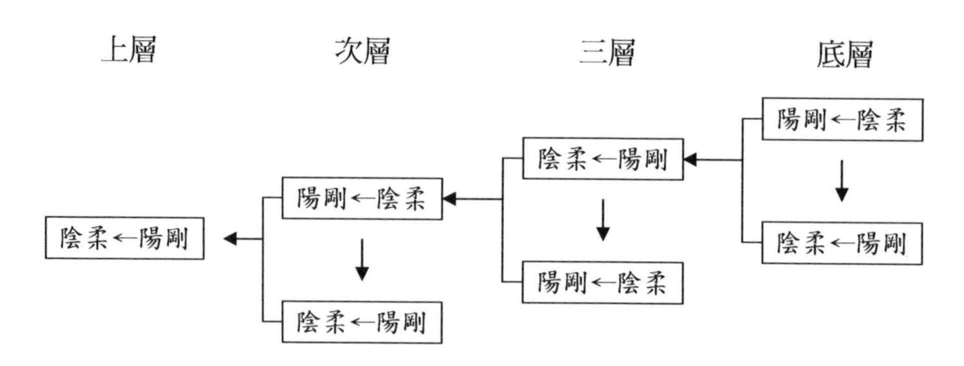

此詩之結構由四層重疊而組成：它最上層之「先實後虛」（逆、移位）乃其核心結構，其「勢」之趨向為「陽剛→陰柔」；次層有「先景後事」（順）、「先果後因」（逆）等兩個「移位」結構，其「勢」之趨向為「陰柔→陽剛」→「陽剛→陰柔」；三層有「先遠後近」（逆）、「先正後反」（順、對比）等兩個「移位」結構，其「勢」之趨向為「陽剛→陰柔」→「陰柔→陽剛」；底層有「先視覺後聽覺」（順）、「先久後暫」（逆）等兩個「移位」結構，其「勢」之趨向為「陰柔→陽剛」→「陽剛→陰柔」。總結起來看，此篇所形成之「勢」，趨向「陰柔」的有四個結構、趨向「陽剛」的有三個結構，可看出其「陰柔」之「勢」較「多」較「進」，而「陽剛」之「勢」較「寡」較「黜」；尤其最重要的核心結構[51]，即上層結構，其「勢」又趨向於「陰柔」。因此此詞顯屬偏於「陰柔」風格[52]，關於這點，周振甫分析云：

---

51 陳滿銘：〈論章法「多、二、一（0）」的核心結構〉，臺灣師大《師大學報》48 卷 2 期（2003 年 12 月），頁 71-94。

52 此詩之結構由四層重疊而組成：它最上層之「先實後虛」（逆、移位）乃其核心結構，其「勢」之數為「陰 16、陽 8」；次層有「先景後事」（順）、「先果後因」（逆）等兩個「移位」結構，其「勢」之數為「陰 19、陽 14」；三層有「先遠後近」（逆）、「先正後反」（順、對比）等兩個「移位」結構，其「勢」之數為

> 對王維這首詩的前四句，紀昀評為「高調摩雲」，許印芳評為「筆力雄大」，可歸入剛健的風格。值得注意的，是許印芳提出王維這類詩，兼有清遠、雄渾兩種風格，就意味講是清遠的，像寫既有萬壑的參天大樹，又有千山的杜鵑啼叫。經過一夜雨，看到山上的百重泉水。這裡正寫出山中雄偉的自然景象，沒有一點塵囂，透露出清遠的意味來。但從自然的景物看，又是氣勢雄渾的。假使不能賞識這種清遠的意味，就不能讚賞這種自然景物，寫不出雄渾的風格來。這個意見是值得探討的。[53]

內容情意，亦即「意味」，就辭章而言，是決定一切的根源力量，也就是「意象」之「意」；而「景象」則為「意象」之「象」。既然本詩就「意味講是清遠的」、就景象講是「雄渾」的，那麼這首詩就當以「清遠」（陰柔）為主、「雄渾」（陽剛）為輔，也就是說此詩的風格是「清遠中有雄渾」的。假如這種看法沒錯，則由「內容的邏輯結構」（章法結構）所推出來的剛柔之「勢」，正好可解釋這種現象。大致說來，這首詩雖說偏於「陰柔」，卻可算接近於「剛柔相濟」；而「剛柔相濟」，在美學中是受到極高之推崇的[54]。

可見一篇風格之形成，與剛柔、「內容的邏輯結構」（章法結構），關係十分密切。換句話說，「風格」這種「審美風貌」有偏於「陰柔」、

「陰 12、陽 12」；底層有「先視覺後聽覺」（順）、「先久後暫」（逆）等兩個「移位」結構，其「勢」之數為「陰 5、陽 4」。總結起來看，此篇所形成之「勢」，其數為「陰 52、陽 38」，如換算成百分比（四捨五入），則為「陰 58、陽 42」。這是非常接近「剛柔互濟」的「偏柔」風格。見陳滿銘：〈論辭章的章法風格〉，《修辭論叢》五輯，頁 28。

53 《文學風格例話》，頁 49。

54 陳望衡：《中國古典美學史》（長沙市：湖南教育出版社，1998 年 8 月一版一刷），頁 202。

偏於「陽剛」或偏於「剛柔相濟」的可能，是統合「意」與「象」而產生的。

因此以上所述「主題」與「風格」，全離不開「意象」，是藉「綜合思維」所產生的結果，是統合「形象思維」與「邏輯思維」而為一的。

五　辭章的「多、二、一（0）」結構

在哲學或美學上，對所謂「對立的統一」、「多樣的統一」，即「二而一」、「多而一」之概念，都非常重視，一向被目為事物最重要的變化規律或審美原則，似乎已沒有進一步探討之空間。不過，若從《周易》（含《易傳》）與《老子》等古籍中去考察，則可使它更趨於精密、周遍，不但可由「有象」而「無象」，找出「多、二、一（0）」之逆向結構；也可由「無象」而「有象」，尋得「（0）一、二、多」之順向結構；並且透過《老子》「反者道之動」（四十章）、「凡物芸芸，各復歸其根」（十六章）與《周易・序卦》「既濟」而「未濟」之說，將順、逆向結構不僅前後連接在一起，更形成循環、提升不已的螺旋結構，以反映宇宙人生生生不息的基本規律[55]。因此這種規律、結構，可普遍適用於哲學、文學、美學以及其他學科或事事物物之上，而落到文學的創作與鑑賞之上來說，則「（0）一、二、多」可呈現創作的順向過程、「多、二、一（0）」可呈現鑑賞的逆向過程。如果落到章法而言，當然也一樣適用。

就拿章法的四大規律來說，即切合於「多、二、一（0）」的結構。

---

55 《老子》之「道生一」、《易傳》之「太極」為「一（0）」，《老子》「一生二」之「二」、《易傳》之「兩儀」（陰陽）為「二」，《老子》之「三生萬物」、《易傳》之「四象生八卦」為「多」。見陳滿銘：〈論「多」、「二」、「一（0）」的螺旋結構──以《周易》與《老子》為考察重心〉，臺灣師大《師大學報》48 卷 1 期（2003 年 4 月），頁 1-19。

其中「秩序與變化」，相當於「多」（多樣）；「聯貫」，以根本而言，相當於「二」（陽剛、陰柔）；而「統一」則相當於「一（0）」。如此由「多樣」而「二」而「統一」，凸顯了章法的四大規律所形成的，不是平列的關係，而是「多、二、一（0）」的邏輯結構。

如果這種「多、二、一（0）」結構落到章法結構來說，則核心結構以外的所有其他結構，都屬於「多」；而核心結構所形成之「二元對待」，自成陰與陽而「相反相成」，以徹下徹上，形成結構之「調和性」（陰）與「對比性」（陽）的，是屬於「二」；至於辭章之「主旨」或由「統一」所形成之風格（韻味、氣象、境界）等，則屬於「一（0）」。值得一提的是，以（0）來指風格（韻味、氣象、境界）等辭章之抽象力量，是相當切當的[56]。

又如果由此擴大到辭章，自然也形成「多」、「二」、「一（0）」之螺旋結構。

其中，「多」指由「修辭」、「文（語）法」、「意象」（個別）與「章法」等所綜合起來表現之藝術形式；「二」指「形象思維」（陰柔）與「邏輯思維」（陽剛），藉以產生徹下徹上之作用；而「一（0）」則指由此而凸顯出來的「主旨」與「風格」等，這就是「修辭立其誠」《易・乾》之「誠」，乃辭章之核心所在。這樣以「多、二、一（0）」來看待辭章，就能透過「二」（「形象思維」（陰柔）與「邏輯思維」（陽剛））的居間作用，使「多」（「修辭」、「文（語）法」、「意象」（個別）與「章法」等）統一於「一（0）」（「主旨」與「風格」等）了。

而居間之「二」：「形象思維」與「邏輯思維」，是可用「意象」（整體）來加以統合的。先從「意象」之形成與表現來看，是與形象思維有關的，而形象思維所涉及的，是「意」（情、理）與「象」（事、景）

56 《章法學綜論》，頁 227-270。

之結合及其表現。其中探討「意」（情、理）與「象」（事、景）之結合者，為「詞彙學」、「意象學」（狹義），探討「意」（情、理）與「象」（事、景）本身之表現者，為「修辭學」。再從「意象」之組合與排列來看，是與邏輯思維有關的，而邏輯思維所涉及的，則是意象（意與意、象與象、意與象、意象與意象）之排列組合，其中屬篇章者為「章法學」，主要探討「意象」之安排，而屬語句者為「文法學」，主要由概念之組合而探討「意象」。由此看來形象思維與邏輯思維兩者，包括辭章的各主要內涵，都離不開「意象」。而「主旨」與「風格」便由此呈顯出來。總結它們的關係可呈現如下表：

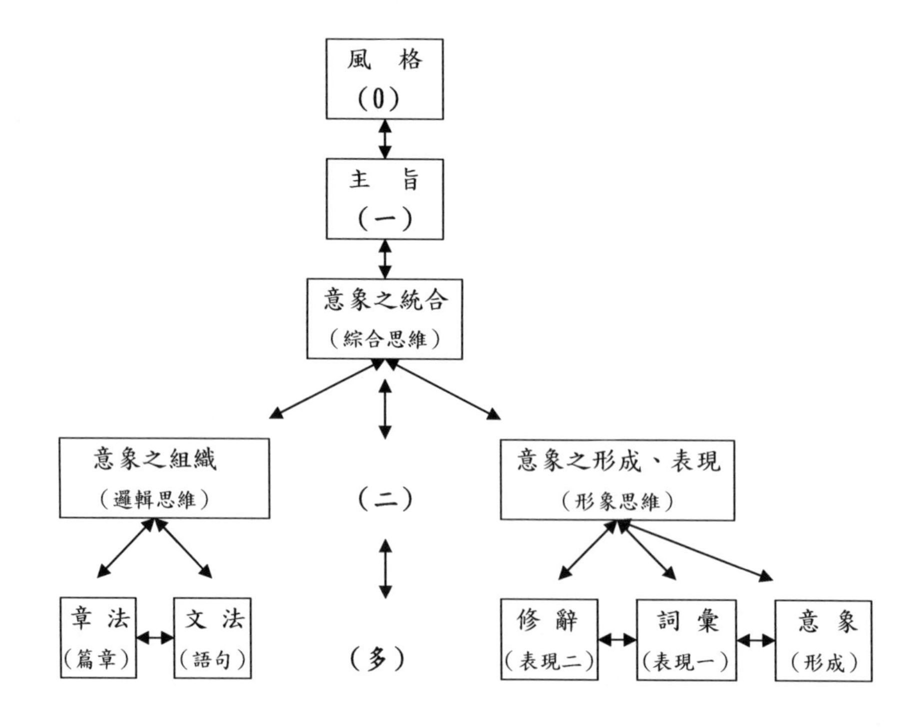

這樣看來，辭章是離不開「意象」的，就是主旨與風格，也是如此。因

為「主旨」是核心之「意」，而風格是以主旨統合各「意象」之形成、表現與組織所產生之一種抽象力量。因此可以這麼說，辭章是離不開了「意象」的，而此意象，如溯其源頭，要推孔子「立象以盡意」(《周易・繫辭上》) 的話，對此，葉朗在《中國美學史大綱》裡，從藝術角度闡釋說：

> 「象」是具體的，切近的，顯露的，變化多端的，而「意」則是深遠的，幽隱的。《系辭傳》的這段話接觸到了藝術形象以個別表現一般，以單純表現豐富，以有限表現無限的特點。[57]

這樣「以單純表現豐富，以有限表現無限」，美感就由此產生。張紅雨在《寫作美學》中說：

> 人們之所以有了美感，是因為情緒產生了波動。這種波動與事物的形態常常是統一起來的，美感總是附著在一定的事物上。[58]

他更進一步地指出：事物之所以可以成為激情物，是因為它觸動人們的美感情緒，而使美感情緒產生波動，所以我們對事物形態的摹擬，實際上是對美感情緒波動狀態的摹擬，是雕琢美感情緒的必要手段。因此，所謂靜態、動態的摹擬，也並不是對無生命的事物純粹作外形，或停留在事物動態的表面現象上作摹狀，而是要挖掘出它更本質、更形象的內容，來寄託和流洩美感的波動[59]。

---

57 葉朗：《中國美學史大綱》（臺北市：滄浪出版社，1986 年 9 月），頁 26。

58 張紅雨：《寫作美學》（高雄市：麗文文化出版社，1996 年 10 月初版），頁 311-314。

59 同前註，頁 311-314。

他所說的「情緒波動」，即主體之「意」；而「事物形態」之「更本質、更形象的內容」，則為客體之「象」。對這種意與象之關係，格式塔心理學家用「同形同構」或「異質同構」來解釋。李澤厚在《審美與形式感》一文中說：

> 不僅是物質材料（聲、色、形等等）與視聽感官的聯繫，而更重要的是它們與人的運動感官的聯繫。物件（客）與感受（主），物質世界和心靈世界實際都處在不斷的運動過程中，即使看來是靜的東西，其實也有動的因素……其中就有一種形式結構上巧妙的對應關係和感染作用……格式塔心理學家則把這種現象歸結為外在世界的力（物理）與內在世界的力（心理）在形式結構上的「同形同構」，或者說是「異質同構」，就是說質料雖異而形式結構相同，它們在大腦中所激起的電脈衝相同，所以才主客協調，物我同一，外在對象與內在情感合拍一致，從而在相映對的對稱、均衡、節奏、韻律、秩序、和諧……中，產生美感愉快。[60]

可見「意」與「象」是可以經由「異質同構」之作用，而產生美感的。茲舉白居易的〈長相思〉詞為例，加以說明：

> 汴水流，泗水流，流到瓜州古渡頭。吳山點點愁。　　思悠悠，恨悠悠，恨到歸時方始休。月明人倚樓。

這闋詞敘遊子之別恨，是採「象（景）、意（情）、象（景、事）」

---

60 李澤厚：《李澤厚哲學美學文選》（臺北市：穀風出版社，1987 年 5 月初版），頁 503-504。

的意象結構寫成的。

首以「象（景）」（前）的部分來說，它先用開篇三句，寫所見「水」景（象一），初步用二水之長流襯托出一份悠悠之恨。其中「汴水流」兩句，都是由「先主後謂」之結構所形成的敘事句，迭敘在一起，以增強纏綿效果。而以水之流來襯托或譬喻恨之多，是歷來詞章家所慣用的手法，如李白《太原早秋》詩云：

思歸若汾水，無日不悠悠。

又如賈至《巴陵夜別王八員外》詩云：

世情已逐浮雲散，離恨空隨江水長。

此外，作者又以「流到瓜州古渡頭」來承接「泗水流」，採頂真法來增強它的情味力量。這種修辭法也常見於各類作品，如《詩．大雅．既醉》說：

威儀孔時，君子有孝子。孝子不匱，永錫爾類。

又如佚名的《飲馬長城窟行》說：

長跪讀素書，書中竟何如？

這樣用頂真法來修辭，自然把上下句聯成一氣，起了統調、連綿的作用。況且這個調子，上下片的頭兩句，又均為疊韻之形式，就以上片起三句而言，便一連用了三個「流」字，使所寫的水流更顯得綿延不盡，造成了纏綿的特殊效果。

作者如此寫所見「水」景後，再用「吳山點點愁」一句寫所見「山」景（象二）。在這裡，作者以「先主後謂」的表態句來呈現。其中「點點」兩字，一方面用來形容小而多的吳山（江南一帶的山），一方面也用來襯托「愁」之多。南宋的辛棄疾有題作「登建康賞心亭」的〈水龍吟〉詞說：

> 楚天千里清秋，水隨天去秋無際。遙岑遠目，獻愁供恨，玉簪（尖形之山）羅髻（圓形之山）。

很顯然地，就是由此化出。而且用山來襯托愁，也不是從白居易才開始的，如王昌齡〈從軍行〉詩云：

> 琵琶起舞換新聲，總是關山離別情。

這樣，水既以其「悠悠」帶出愁，山又以其「點點」擬作愁之多，所謂「山牽別恨和腸斷，水帶離聲入夢流」（羅隱〈綿谷回寄蔡氏昆仲〉詩），情韻便格外深長。

次以「意（情）」的部分來說，它藉「思悠悠」三句，即景抒情，來寫見山水之景後所湧生的悠悠長恨。在此，作者特意在「思悠悠」兩句裡，以「悠悠」形成疊字與疊韻，回應上片所寫汴水、泗水之長流與吳山之「點點」，造成統一，以加強纏綿之效果；並且又冠以「思」（指的是情緒，亦即「恨」）和「恨」，直接收拾上片見山水之景（象）所生之「愁」（意），表達了自己長期未歸之恨。而「恨到歸時方始休」一句，則不僅和上二句產生了等於是「頂真」的作用，以增強纏綿感，又將時間由現在（實）推向未來（虛），把「恨」更推深一層。這種寫法也見於杜甫〈月夜〉詩：

何時倚虛幌，雙照淚痕乾。

這兩句寫異日月下重逢之喜（虛），以反襯出眼前相思之苦（實）來，所表達的不正是「恨到歸時方始休」的意思嗎？所以白居易如此將時間推向未來，如同杜詩一樣，是會增強許多情味力量的。

末以「象（景－事）」（後）的部分來說，僅「月明人倚樓」一句，這一句，就文法來說，由「月明」之表態句與「人倚樓」之敘事句，同以「先主後謂」的結構組成，只不過後者之「謂語」，乃含述語加處所賓語，有所不同而已。而「月明人倚樓」，雖是一句，卻足以牢籠全詞，使人想見主人翁這個「人」在「月明」之下「倚樓」，面對山和水而有所「思」、有所「恨」的情景，大大地起了「以景（事）結情」的最佳作用。大家都知道「以景結情」是詞章收結的好方法之一，譬如周邦彥的〈瑞龍吟〉（章臺路）詞在第三疊末用「探春儘是，傷離意緒」，將「探春」經過作個總結，並點明主旨之後，又寫道：

官柳低金縷，歸騎晚，纖纖池塘飛雨，斷腸院落，一簾風絮。

這顯然是藉「歸騎」上所見暮春黃昏的寥落景象（象）來襯托出「傷離意緒」（意）。這樣「以景（象）結情（意）」，當然令人倍感悲淒。所以白居易以「月明人倚樓」來收結，是能增添作品的情韻的。何況他在這裡又特地用「月明」之「象」來襯托別恨之「意」，更加強了效果。因為「月」自古以來就被用以襯托「相思」（別情），如李白〈聞王昌齡左遷龍標遙有此寄〉詩云：

我寄愁心與明月，隨風直到夜郎西。

又如孟郊〈古怨別〉詩云：

別後唯有思，天涯共明月。

這類例子，不勝枚舉。

作者就這樣以「象（景）、意（情）、象（景－事）」的結構，將「水」、「山」、「月」、「人」等「象」排列組合，也就是透過主人翁在月下倚樓所見、所為之「象」，把他所感之「意」（恨），融成一體來寫，使意味顯得特別深長，令人咀嚼不盡。有人以為它寫的是閨婦相思之情，也說得通，但一樣無損於它的美。附意象結構表如下：

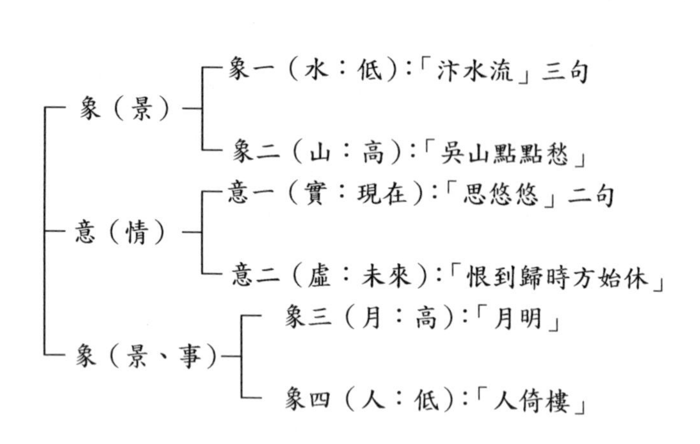

大體而言，此詞以「意象」（個別）來看，主要用「水流」、「山點點」、「月明」、「人倚樓」等，先後形成個別意象，而以「悠悠」之「恨」來統合它們，產生「異質同構」之莫大效果。以「辭彙」來看，將所生「情」（意）、所見「景（事）」（象），形成各個辭彙。以「修辭」來看，主要用「頂真」法來表現「水」之個別意象，用「類疊」法、「擬人」

法等來表現「山」之個別意象，使「水」與「山」都含情，而連綿不盡，以增強作品的感染力。從以上兩方面足以看出作者形象思維，亦即意象在形成、表現上之特色。以「文法」來看，則「水流」、「山點點」、「月明」、「人倚樓」等，無論屬敘事句或屬表態句，用的全是主謂結構，將個別概念組合成不同之意象，以呈現字句之邏輯結構。以「章法」來看，全篇主要用了「景情」、「高低」、「虛實」等章法，把各個個別意象先後排列在一起，以形成篇章之邏輯結構。從以上兩方面足以看出作者邏輯思維，亦即意象在組合、排列上之特色。以「主旨」與「風格」來看，綜合以上「意象」(個別)、「辭彙」、「修辭」、「文法」與「章法」等精心的設計安排，充分地將「恨悠悠」之一篇主旨與「音調諧婉，流美如珠」[61] 之風格凸顯出來，使人領會到它的美；這關涉到綜合思維，可說是合形象思維與邏輯思維而為一的。

由此看來，辭章確實離不開「意象」之形成、表現與其組織，此即「多」；而由「形象思維」與「邏輯思維」加以統合，此即「二」；並由此而凸顯出一篇主旨與風格來，此即「一（0）」。這種結構，就相當於一棵樹之合其樹幹與枝葉而成整個形體、姿態與韻味一樣，是密不可分的。

綜上所述，可知篇章的內涵，主要有「意象」(從個別到整體)、「章法」與因而呈現的「主旨」、「風格」等。其中「意象」由形象思維、「章法」由邏輯思維而形成；而「主旨」與「風格」等，則由綜合思維，統合篇章與字句、形象思維與邏輯思維所凸顯出來的。就整篇辭章而言，偏於字句之「辭彙」、「修辭」、「文（語）法」與「意象」（個別），以及偏於篇章之「章法」與「意象」（由個別到整體），都屬於「多」；而

61 趙仁圭、李建英、杜媛萍：「整首詞借流水寄情，含情綿邈。疊字、疊韻的頻繁使用，使詞句音調諧婉，流美如珠。」見《唐五代詞三百首譯析》（長春市：吉林文史出版社，1997 年 1 月一版一刷），頁 148。

形象思維（陰）與邏輯思維（陽），一面徹下以統攝「多」，一面徹上以歸根於「一（0）」的，乃屬於「二」；至於「主旨」運用綜合思維，以統合整個「多」與「二」之中樞，從而形成風格，產生「美感愉快」，則為「一（0）」。這樣來看待辭章學與篇章結構學，似乎比較清晰而合理些。

第二章
篇章結構的形象內涵

辭章結構之內涵，由屬「形象思維」的「意象之形成」與屬「邏輯思維」的「意象之組織」所結合而成。本章先就前者，分「意與象」與「縱向結構」等兩方面加以探討。

第一節　意（義蘊）與象（材料）

就辭章而言，所謂「意」，乃一篇之「義蘊」；所謂「象」，指所用之「材料」。在此，針對「意象」（義蘊、材料），探討其哲學意涵與文學運用之究竟。

一　義蘊（意）與材料（象）的哲學意涵

「意象」乃合「意」與「象」而成。由於它有哲學層面之基礎，所以運用在辭章層面上便能切合無間。

從哲學層面來看，意象與心、物之合一是有關的，但因它牽扯甚廣，而爭議也多，所以在此略而不論，只直接落到「意」與「象」來說。而論述「象」與「意」最精要的，要推《易傳》，其〈繫辭上〉云：

> 聖人有以見天下之賾，而擬諸其形容，象其物宜，是故謂之象。

而〈繫辭下〉又云：

> 《易》者，象也。象也者，像也。……是故吉凶生而悔吝著也。

對此，孔穎達在《周易正義》卷八中解釋道：

> 《易》卦者，寫萬物之形象，故《易》者，象也。象也者，像也，謂卦為萬物象者，法像萬物，猶若乾卦之象法像於天也。[1]

可見在此，「象」是指近取諸身、遠取諸物而得來的卦象，可藉以表示人事之吉凶悔吝。廣義地說，即藉具體形象來表達抽象事理，以達到象徵（或譬喻）的作用。因此陳望衡《中國古典美學史》說：

> 《周易》的「觀物取象」以及「象者，像也」，其實並不通向模仿，而是通向象徵。這一點，對中國藝術的品格影響是極為深遠的。[2]

而所謂「象徵」，就其表出而言，就是一種符號，所以馮友蘭在《馮友蘭選集》上卷說：

> 〈繫辭傳〉說：「易者，象也。」又說：「聖人有以見天下之賾，而擬諸其形容，象其物宜，是故謂之象。」照這個說法，「象」是模擬客觀事物的複雜(賾)情況的。又說「象也者，像此者也」；象就是客觀世界的形象。但是這個模擬和形象並不是如照像那樣照下來，如畫像那樣畫下來。它是一種符號，以符號表示事物的「道」或「理」。六十四卦和三百八十四爻都是這樣的符號。[3]

---

1 孔穎達：《周易正義》卷八（臺北市：廣文書局，1972 年 1 月），頁 77。

2 陳望衡：《中國古典美學史》（長沙市：湖南教育出版社，1998 年 8 月一版一刷），頁 202。

3 馮友蘭：《馮友蘭選集》上卷（北京市：北京大學出版社，2000 年 7 月一版一所謂「以符號表示事物的『道』或『理』」，和葉朗在《中國美學史大綱》所說的：〈繫辭傳〉認為整個《易經》都是「象」，都是以形象來表明義理，[4] 其道理是一樣的。

除了上文談到〈繫辭傳〉，指出了《易經》「象」的層面與「道或理」有關外，〈繫辭傳〉還進一步論及「立象以盡意」的問題。〈繫辭上〉云：

> 子曰：「書不盡言，言不盡意。」然則，聖人之意，其不可見乎？子曰：「聖人立象以盡意，設卦以盡情偽，繫辭焉以盡其言，變而通之以盡利，鼓之舞之以盡神。

一般而言，語言在表達思想情感時，會存在著某種侷限性，此即「言不盡意」的意思（這關涉到了「空白」、「補白」理論，當另文討論）。而在〈繫辭傳〉中，卻特地提出了「象可盡意、辭可盡言」的論點。王弼《周易略例．明象》對此曾說明云：

> 夫象者，出意者也；言者，明象者也。盡意莫若象，盡象莫若言。言生於象，故可尋言以觀象；象生於意，故可尋象以觀意。意以象盡，象以言著。[5]

由此可知，「情意」可透過「言語」、「形象」來表現，並且可以表現得很具體。而前者（情意）是目的、後者（言語、形象）為工具。陳望衡《中國古典美學史》釋此云：

刷），頁 394。

4 葉朗：《中國美學史大綱》（臺北市：滄浪出版社，1986 年 9 月），頁 66。

5 王弼：《周易略例．明象》，收入《易經集成》149（臺北市：成文出版社，1976 年出版），頁 21-22。

> 王弼將「言」、「象」、「意」排了一個次序，認為「言」生於「象」、「象」生於「意」。所以，尋言是為了觀象，觀象是為了得意。言—象—意，這是一個系列，前者均是後者的工具，後者均為前者的目的。[6]

他把「意」與「象」、「言」的前後關係，說得十分清楚，不過，他所謂的「言→象→意」，是就逆向的解讀（鑑賞）一面來說的，如果從順向的創作一面而言，則是「意→象→言」了。此外，葉朗在《中國美學史大綱》裡，也從另一角度，將《易傳》所言之「象」與「意」闡釋得相當扼要而明白，他說：

> 「象」是具體的，切近的，顯露的，變化多端的，而「意」則是深遠的，幽隱的。〈繫辭傳〉的這段話接觸到了藝術形象以個別表現一般，以單純表現豐富，以有限表現無限的特點。[7]

所謂的「一般」、「單純」（象）與「豐富」（意）、「有限」（象）與「無限」（意），說的就是「象」與「意」之關係。

由此看來，辭章中的「意」與「象」，其哲學層面之基礎就建立在這裡，而美感也由此產生。張紅雨在《寫作美學》中說：

> 人們之所以有了美感，是因為情緒產生了波動。這種波動與事物的形態常常是統一起來的，美感總是附著在一定的事物上。[8]

---

6 《中國古典美學史》，頁 207。
7 《中國美學史大綱》，頁 26。
8 張紅雨：《寫作美學》（高雄市：麗文文化出版社，1996 年 10 月初版），頁 311。

他更進一步地指出：事物之所以可以成為激情物，是因為它觸動人們的美感情緒，而使美感情緒產生波動，所以我們對事物形態的摹擬，實際上是對美感情緒波動狀態的摹擬，是雕琢美感情緒的必要手段。因此，所謂靜態、動態的摹擬，也並不是對無生命的事物純粹作外形，或停留在事物動態的表面現象上作摹狀，而是要挖掘出它更本質、更形象的內容，來寄託和流洩美感的波動。[9]

他所說的「情緒波動」，即主體之「意」；而「事物形態」之「更本質、更形象的內容」，則為客體之「象」。對這種意象之形成，格式塔心理學家用「同形同構」或「異質同構」來解釋。李澤厚在〈審美與形式感〉一文中說：

> 不僅是物質材料（聲、色、形等等）與視聽感官的聯繫，而更重要的是它們與人的運動感官的聯繫。對象（客）與感受（主），物質世界和心靈世界實際都處在不斷的運動過程中，即使看來是靜的東西，其實也有動的因素……其中就有一種形式結構上巧妙的對應關係和感染作用……格式塔心理學家則把這種現象歸結為外在世界的力（物理）與內在世界的力（心理）在形式結構上的「同形同構」，或者說是「異質同構」，就是說質料雖異而形式結構相同，它們在大腦中所激起的電脈衝相同，所以才主客協調，物我同一，外在對象與內在情感合拍一致，從而在相映對的對稱、均衡、節奏、韻律、秩序、和諧……中，產生美感愉快。[10]

這把「意」與「象」之所以形成、趨於統一，而產生美感的原因、

9　同前註，頁 311-314。

10　李澤厚：《哲學美學文選》（臺北市：谷風出版社，1987 年 5 月初版），頁 503-504。

過程與結果，都簡要地交代清楚了。

二　義蘊（意）與材料（象）的文學運用

辭章的義蘊（意）是抽象的，而所取用的材料（象）是具體的。取用具體的材料來表出抽象的義蘊，才能使辭章發揮它最大的說服力與感染力。而所取用的材料，一般說來，可分「事」與「物」兩大類，茲分述如下，以見辭章的義蘊與取材之密切關係。

（一）取「事」為材以呈顯義蘊

所謂的「事」，可以是事實，也可以出自杜撰。以事實來說，又以過去的事實被運用得最多，而所謂「過去的事實」，則大都為典故。譬如駱賓王〈討武曌檄〉說：

> 霍子孟之不作，朱虛侯之已亡。

作者在上句，用了霍光輔佐幼主（指漢宣帝）以存漢的典故，表出「現在已沒有像霍光那樣的異姓忠臣來輔助幼小國君（指唐中宗）」的義蘊；而下句則用了劉章誅除諸呂以安劉的典故，表出「現在也沒有像劉章那樣的皇室宗親來誅除為禍的外戚（指武三思等）」的義蘊。這樣由所用典故之不同，將它們含藏於內的不同義蘊表達出來。又如蘇軾的〈超然臺記〉有段說：

> 南望馬耳常山，出沒隱見，若近若遠，庶幾有隱君子乎？而其東則盧山，秦人盧敖之所從遁也。西望穆陵，隱然如城郭，師尚父、齊威公之遺烈猶有存者。北俯濰水，慨然太息，思淮陰之

功，而弔其不終。

這段文字，先以「南望」、「而其東」，述及「隱君子」，並用了盧敖隱遁的典故，表達了歸隱的想法；再以「西望」用了姜太公與齊桓公輔佐天子，以建立不朽功業的史實，表達了輔佐天子，一靖天下的強烈意願；然後以「北俯」牽出淮陰侯建立了不朽功業，卻不得善終的故事，表達了對未來仕途的憂慮。而這種憂慮卻沒有使作者因而卻步，因為從這一段運材的秩序上可看出「仕」的意識最後還是掩蓋了「隱」的念頭。這一點，也可從差不多作於同時的一首〈水調歌頭〉詞中看出端倪，他說：

吾欲乘風歸去，但恐瓊樓玉宇，高處不勝寒。起舞弄清影，何似在人間！

他在這裡，把自己視作謫仙，把月殿視作理想的歸隱所在。他所以會有歸隱的念頭，顯然與烏臺詩案之逐漸形成，加上他弟弟蘇轍又勸他急流勇退有關；而所謂「高處不勝寒」，卻透露了他無法適應這種歸隱生活的意思。於是在「起舞」兩句裡，進一步地表出了他「隱於仕途、自求多福」的義蘊，這和〈超然臺記〉中「南望」一段所含藏的義蘊是一致的[11]。再如崔顥的〈黃鶴樓〉詩說：

晴川歷歷漢陽樹，芳草萋萋鸚鵡洲。

---

11 此即「隱於仕」思想的表現，見陳滿銘：《蘇辛詞論稿》（臺北市：文津出版社，2003 年 8 月出版一刷），頁 51-53。

作者藉著這兩句，有意由位於黃鶴樓西北的「漢陽」帶出位於漢陽西南長江中的「鸚鵡洲」來，以表達深沈的身世之感。因為看到了鸚鵡洲自然就會讓人想起那懷才不遇的狂處世禰衡來。據《後漢書．文苑傳》所載，禰衡少有才辯，卻氣尚剛傲，且愛好矯時慢物，所以雖受到孔融的敬愛與推介，然而不但前後見斥於曹操、劉表，最後還死於江夏太守黃祖之手。禰衡死後，葬於一沙洲上，而此一沙洲，因產鸚鵡，且禰衡又曾為此而作〈鸚鵡賦〉，於是後人便以「鸚鵡」為名。這樣看來，作者在這裡，是暗用了禰衡的典故來抒感他懷才不遇之痛的啊！或許有人會以為這種義蘊和此詩的主旨「鄉愁」相牴觸，其實不然，因為身世之感（懷才不遇之痛）和流浪之苦（鄉愁）是孿生兄弟的關係，所以杜甫〈旅夜書懷〉詩說：「名豈文章著，官應老病休（身世之感）。飄飄何所似，天地一沙鷗（流浪之苦）。」可見兩者並敘，是很自然的事。又如辛棄疾的〈永遇樂〉詞：

> 千古江山，英雄無覓，孫仲謀處。舞榭歌臺，風流總被，雨打風吹去。斜陽草樹，尋常巷陌，人道寄奴曾住。想當年、金戈鐵馬，氣吞萬里如虎。　　元嘉草草，封狼居胥，贏得倉皇北顧。四十三年，望中猶記，烽火揚州路。可堪回首，佛貍祠下，一片神鴉社鼓。憑誰問，廉頗老矣，尚能飯否。

這闋詞題作「京口北固亭懷古」，從頭到尾都用了典。開篇六句，藉發跡於此的首位英雄孫權的典實，以發出如今抗敵無人的慨歎；「斜陽」五句，藉發跡於此的另一英雄劉裕的典實，以抒寫如今無人北伐的悲哀；「元嘉」三句，藉宋文帝草草北伐，致引進敵軍，倉皇北顧的典實，向朝廷提出不能草草用兵北伐的警告；「四十」三句，藉親自目睹四十三年前金兵火焚揚州城的事例，為上三句的警告，提出有力的證據：「可堪」三句，藉北魏太武帝在瓜步山建立行宮（即後來之佛貍祠）的故實，進一層地指明敵勢未衰，不可輕侮，由「知彼」上見出不能草草用兵北伐的原因；「憑誰問」三句，藉戰國時趙將廉頗的故實，把自己譬作廉頗，表示自己雖老，卻還可以大用，假以時日，必能收復中原的意思。作者就這樣靠著這些典故，充分地將自己難於明言的義蘊表達出來[12]。

至於出自杜撰的，以寓言為最常見。如《韓非子・外儲說・左上》有一則故事說：

> 鄭人有欲買履者，先自度其足，而置之其坐。至之市，而忘操之；已得履，及曰：「吾忘持度。」反歸取之。及反，市罷，遂不得履。人曰：「何不試之以足？」曰：「寧信度，無自信也。」

作者在這裡，藉一個鄭人想要買履，只相信自己所量的尺寸，卻不相信自己的雙腳，以致買不成履的虛構故事，以表出人不可逐末忘本的義蘊。這樣比泛泛的說理更具說服力。又如《莊子・山木》篇說：

> 莊子行於山中，見大木枝葉盛茂，伐木者止其旁而不取也，問其故，曰：「無所可用。」莊子曰：「此木以不材得終其天年。」夫子出於山，舍於故人之家，故人喜，命豎子殺雁而烹之。豎子請曰：「其一能鳴，其一不能鳴，請奚殺？」主人曰：「殺不能鳴者。」

這則故事告訴我們：沒用的大樹可以活得長久，而沒用的雁（鵝）卻無

12 陳滿銘：《蘇辛詞論稿》，頁 114-115。

法倖免。透過這樣的虛構故事，作者明白地表出了「處理任何事都沒有一成不變的準則」的義蘊。再如《列子》中有一則〈愚公移山〉的故事說：

> 太形、王屋二山，方七百里，高萬仞，本在冀州之南、河陽之北。北山愚公者，年且九十，面山而居，懲山北之塞、出入之迂也，聚室而謀曰：「吾與汝畢力平險，指通豫南，達於漢陰，可乎？」雜然相許。
>
> 其妻獻疑曰：「以君之力，曾不能損魁父之丘，如太形、王屋何！且焉置土石？」雜曰：「投諸渤海之尾，隱土之北。」遂率子孫荷擔者三夫，叩石墾壤，箕畚運於渤海之尾。鄰人京城氏之孀妻有遺男，始齔，跳往助之；寒暑易節，始一反焉。
>
> 河曲智叟笑而止之曰：「甚矣，汝之不慧！以殘年餘力，曾不能毀山之一毛，其如土石何！」北山愚公長息曰：「汝心之固，固不可徹；曾不若孀妻弱子。雖我之死，有子存焉；子又生孫，孫又生子；子又有子，子又有孫；子子孫孫，無窮匱也；而山不加增，何苦而不平？」河曲智叟亡以應。
>
> 操蛇之神聞之，懼其不已也，告之於帝。帝感其誠，命夸娥氏二子負二山，一厝朔東，一厝雍南。自是冀之南、漢之陰，無隴斷焉。

在這則著名的寓言故事裡，作者寄寓了「人助天助」、「有志竟成」的義蘊。其中第一段記敘愚公鑑於太行、王屋兩座大山阻礙了南北交通，便決意要剷平它們，並獲得家人讚可的情形，這是針對「有志」來寫的；第二段記敘愚公選定投置土石的地點，並率領子孫及鄰人實際去從事移山工作的經過，這是針對「人助」（包括自助）來寫的；第三段記敘智叟笑阻愚公，而愚公卻不為所動，以為只要堅定信心努力不懈，便必能成功的一段對話，這是為了加強「有志」、「人助」的意思來寫的；而末段則記敘愚公的精神，終於感動了天地，獲得神助，完成了移山願望的圓滿結局，這是針對「天助」、「竟成」來寫的。作者就這樣用一個簡單的故事，使人在趣味盎然中領出義蘊[13]，這可說是寓言故事的普遍特色，是其他各類文體所無法趕上的。其實，這則故事若配合《中庸》思想來看，愚公及家人、鄰居的努力，是屬於「自誠明」的過程，而天神的幫助，則屬於「自誠明」的效用。這樣由「自誠明」的人為努力而發揮「自誠明」的天然效用，真可說是《中庸》一書的精義所在[14]。當然，列子在寫這則寓言時，未必有這樣的意思，但由故事所留下的空白，我們卻可以這樣添上，這就是正體寓言的好處啊！

（二）取「物」為材以呈顯義蘊

除了取「事」為材以呈顯辭章義蘊之外，許多的辭章家也喜歡以「物」為材來表情達意。「物」本來是沒有情感的，而辭章家卻偏偏賦予它們情感，使「物」產生了意象，和自己內在的情感結合在一起，達於情景交融的境界，所以王國維說：「一切景語皆情語。」[15] 是說得一點也沒錯的。如晏殊的〈浣溪沙〉詞說：

> 無可奈何花落去，似曾相識燕歸來。

---

13 周溶泉、徐應佩評析，見吳功正主編：《古文鑑賞辭典》（南京市：江蘇文藝出版社，1987 年 11 月一版），頁 136。

14 陳滿銘：《學庸義理別裁》（臺北市：萬卷樓圖書公司，2002 年 1 月初版），頁 393-403。

15 王國維：《人間詞話刪稿》，《詞話叢編》五（臺北市：新文豐出版公司，1988 年 2 月台一版），頁 4257。

此為名聯，自宋以來即為人所傳頌不已。它所以一直被人傳頌，除了對仗工穩、音調諧婉外，主要的是由「花落去」和「燕歸來」的自然景象糅襯了「無可奈何」與「似曾相識」的情感，使「花」與「燕」與人事結合，從而生發好景無常、聚散不定的深刻感觸來。「花」與「燕」之所以能與人事結合，是因為「花」足以象徵過去的一段美好時光，而「燕」卻可以由它們之「雙」反襯人之「單」來，所以人看了「花」之「落」，就會觸發好景不再的感傷，而見了「燕」之「歸」，就會引起「人未歸」的怨情，就這樣，作者內在的情感便和外在的景物融合在一起，再也分不開了。又如范仲淹的〈蘇幕遮〉詞說：

山映斜陽天接水，芳草無情，更在斜陽外。

這是〈蘇幕遮〉詞上片的末三句，寫的是由「山」而「斜陽」而「水」，以至於「斜陽外」無盡芳草的景致。其中「芳草」，本無所謂無情還是有情，而作者卻予擬人化，認為草無視於人間離別之苦，而漫生無際，使人添增無限的傷離意緒，這不是「無情」是什麼？因此直接說：「芳草無情」，這樣，就越發令人黯然銷魂了。若作進一層的推究，作者在這裡特別挑選「草」，並將它擬人化，以抒發離情，是有原因的，因為「草」逢春而漫生無際，時時可入離人眼目，以襯出離愁之多來，所以自來辭章家都喜歡用草來襯托離情。如王維〈送別〉詩說：

春草明年綠，王孫歸不歸？

又盧綸〈送李端〉詩說：

故園衰草遍，離別正堪愁。

而李煜〈清平樂〉詞則說：

> 離恨恰如春草，更行更遠還生。

諸如此類的例子，多得不勝枚舉。由此可知，用「草」來襯托離情，是十分普遍的。再如溫庭筠的〈更漏子〉詞說：

> 玉爐香，紅蠟淚。偏照畫堂秋思。眉翠薄，鬢雲殘，夜長衾枕寒。　　梧桐樹，三更雨，不道離情正苦。一葉葉，一聲聲，空階滴到明。

這是詠離情的一首作品。作者首先以起二句，寫美人在閨房內獨對爐香、蠟淚而悲秋的情景，作為敘寫的開端；再以「眉翠薄」三句，針對美人悲秋之情，用眉薄、鬢殘與輾轉難眠，初步作形象之描繪；然後以下片六句，承「夜長」句，寫美人獨聽梧桐夜雨滴階至天明的情景，將悲秋之情，也就是離情，進一層作形象之表出。這樣敘寫，離情便化抽象為具體，不但散入雨聲、爐香、蠟淚與寒衾、寒枕裡，更爬滿薄眉、殘鬢之上，使全詞處處含情，有著無盡的感染力。能有這樣的感染力，顯然是由於作者選對了各樣的「物」材以大力地呈顯義蘊（離情）的緣故。又如杜審言〈和晉陵陸丞早春游望〉詩說：

> 獨有宦遊人，偏驚物候新。雲霞出海曙，海柳渡江春。淑氣催黃鳥，晴光轉綠蘋。忽聞歌古調，歸思欲霑巾。

此詩採先凡（總括）後目（條分）的形式寫成，「凡」的部分為起聯，首句為引子，用以帶出次句，分「偏驚」（特別地會觸動情思）與「物候新」兩軌來統攝屬「目」的三聯。其中「偏驚」統括尾聯，「物候新」統括頷、頸兩聯。而頷、頸兩聯是用以具寫春來「物候新」的寫景的。作者在此，依次以「雲霞」、「梅柳」、「黃鳥」、「蘋」等寫「物」，以「曙」、「春」、「淑氣」、「晴光」等寫「候」，以「出海」、「渡江」、「催」、「轉綠」等寫「新」，使「物候新」由抽象化為具體，產生更大的觸發力，以加強尾聯「歸思」（即歸恨）這種一篇主旨的感染力量。這首詩能產生強烈的感染力量，深究起來，與所選取的「物」實有極為密切的關係，因為「雲霞」、「梅柳」、「黃鳥」和「蘋」，都和作者所要抒發的「歸恨」（離情）有關，首以「雲霞」來說，由於它們經常是飄浮空中、動止不定的，所以辭章家便常用「雲」或「霞」來象徵遊子、行客，以襯寫離情。用「雲」的，如杜甫〈夢李白〉詩說：

> 浮雲終日行，遊子久不至。

又如韋應物〈淮上喜會梁州故人〉詩說：

> 浮雲一別後，流水十年間。

用「霞」的，如賀知章〈綠潭〉篇說：

> 綠水殘霞催席散，畫樓明月待人歸。

又如錢起〈送屈突司馬充安西書記〉詩說：

> 海月低雲旆，江霞入錦車。

次以「梅柳」來說，其中「柳」因有長安灞橋折柳贈別的舊俗，自古以來即與別情結了不解之緣，可說十分常見，如宋之問〈途中寒食題黃梅臨江驛寄崔融〉詩說：

故園斷腸處，月夜柳條新。

又如王昌齡〈閨怨〉詩說：

忽見陌頭楊柳色，悔教夫婿覓封侯。

而「梅」則由於南北朝時范曄與陸凱的故事，也和離情結了緣。據《荊州記》的記載，陸凱在江南，有一次遇到來自京師的信差，便折下一株梅花託他帶給在長安的范曄，並贈詩說：

折梅逢驛使，寄與隴頭人。江南無所有，聊贈一枝春。

從此，「梅」便被辭章家用來寫相思之情，如宋之問〈題大庾嶺北驛〉詩說：

明朝望鄉處，應見隴頭梅。

又如韓偓〈亂後春日途經野塘〉詩說：

世亂他鄉見落梅，野塘晴暖獨徘徊。

此類例子，真是俯拾皆是。再以「黃鳥」來說，誰都曉得與金昌緒的〈春怨〉詩有關，這首詩是這樣寫的：

打起黃鶯兒，莫叫枝上啼。啼時驚妾夢，不得到遼西。

有了這首詩作媒介，黃鶯（即黃鳥）和牠的啼聲便全蘊含著離情了。如高適〈送前衛縣李寀縣尉〉詩說：

黃鳥翩翩楊柳垂，春風送客使人悲。

又如白居易〈三月二十八日贈周判官〉詩說：

柳絮送人鶯勸酒，去年今日別東都。

所謂的「黃鳥翩翩」、「鶯勸酒」，不是將離情更推深了一層嗎？末以「蘋」來說，它本是水生蕨類植物的一種，夏秋之間有花，色白，故又稱「白蘋」。由於俗以為是萍的一種，即大萍，所以和萍一樣，也常被用以喻指飄泊，抒寫離情。如劉長卿〈餞別王十一南遊〉詩說：

誰見汀洲上，相思愁白蘋。

又張籍〈湘江曲〉說：

送人發，送人歸，白蘋茫茫鷓鴣飛。

這裡所謂的「白蘋」，無疑地是特別用以寫離情的。由此看來，杜審言在諸多初春景物中所以選「雲霞」、「梅柳」、「黃鳥」與「蘋」等，是有意藉著景物以襯托離情（歸思）的，這樣取物為材來呈顯義蘊，自然就增強了它的感染力了。再如張可久的〈梧葉兒〉曲說：

> 薔薇徑，芍藥闌，鶯燕語間關。小雨紅芳綻，新晴紫陌乾。日長繡窗閒，人立秋千畫板。

這首曲寫的是春日所見的景物，依序是「闌」、「徑」旁的薔薇與芍藥、「語間關」的鶯與燕、小雨後的紅芳與紫陌、閒靜的繡窗和站在秋千畫板上的人。作者就透過這些表出孤單之情來。而這種孤單之情，可由他所見之紅芳（含薔薇與芍藥）、鶯燕與秋千透出一些消息，因為花除了象徵美好的時光外，也經常用以象徵所思念之人，而鶯燕，一由於金昌緒的〈春怨〉詩（見前），一由於往往成雙，最適合用來反襯孤單，所以和離情都脫不了關係；至於秋千，見了自然會想起當年盪此秋千之人，更與人的相思分不開。因此這首曲雖未明說是「懷人」，但由於用了這些「物」材，便使得「懷人」的義蘊呼之欲出了。

由上述可知辭章的義蘊與取材的關係極其密切，有的作品雖在篇內已提明主旨（思想情意），卻由於主旨是抽象的，所以不經由「事」與「物」作具體之表出，是不可以的；而有的作品，則將主旨置於篇外，這就非經由作者所用的材料（包括「事」與「物」）去追索它的義蘊不可，不然就不知道作者在寫什麼了。可見讀辭章時據作者所取用的材料（象）去追索它的義蘊（意），是有其必要的。

第二節　縱向結構

無論是哪一類辭章，欲辨明其篇章結構，都要涉及縱、橫向的問題。如果單就章法，如遠近、大小、本末、深淺、賓主、虛實、正反、平側、縱收、因果……等著眼[16]，則所呈現的，大都只是橫向的關係；

---

16 陳滿銘：〈談詞章章法的主要內容〉（上）、（下），《國文天地》13卷7、8期（1997年12月、1998年1月），頁84-93、105-117；又仇小屏：《篇章結構類型論》（臺北市：萬卷樓圖書公司，2000年2月初版），頁620。

而其完整的結構，卻是非縱、橫交織不可的。因此在多年以前，即一直主張在分析辭章時，先要透澈弄清辭章中「情」、「理」、「景」（物）、「事」的成分，再結合章法來掌握它們的邏輯結構[17]。而同時也寫了文章，從「情」、「理」、「景」（物）、「事」等成分切入，並結合由章法所形成的形式結構，來談篇章結構[18]，但還是沒有直接而突出地論述「縱向」的問題。因此本節特別以此為主題，進行探討。茲先將辭章內容結構的組織類型，列如下表[19]，再分別加以說明：

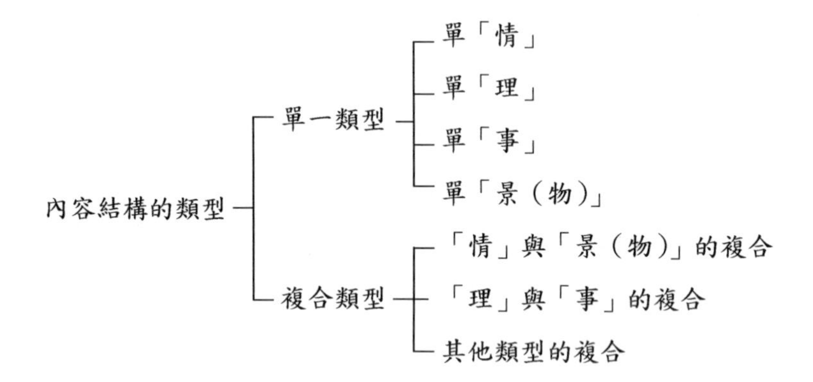

一　單一類型

所謂的「單一」，是指構成辭章的「情」、「理」、「景」（物）、「事」等個別的主要成分而言。通常要掌握一篇辭章的篇章結構，首先要從這些構成辭章的主要成分入手，以確定篇章結構的各個層級。這些層級，

17 陳滿銘：〈如何畫好國文課文結構分析表〉，《國文教學津梁》（臺北市：臺北市教師研習中心，1990 年 6 月），頁 65。

18 陳滿銘：〈談篇章結構〉上、下，《國文天地》15 卷 5、6 期（1999 年 10、11 月），頁 65-71、57-66。

19 陳佳君：〈論辭章內容結構之單一類型——以其所適用之章法為考察重心〉，《修辭論叢》第四輯（臺北市：洪葉文化事業公司，2002 年 6 月初版一刷），頁 670。

無論它是屬哪一主要成分，只要單獨出現，便屬於單一類型，這轉成章法而言，就是「全實」（事或景）或「全虛」（情或理）[20]。茲分述如下：

（一）單「事」類型

這是指一篇辭章的「篇」或「章」，主要用以敘「事」的類型。這類辭章的篇旨或章旨，全置於篇外，所謂「意在言外」[21]，所謂「不著一字，盡得風流」[22]的，大都就是指此而言的。如《列子》的〈愚公移山〉（原文與分析，已見本章第一節），就全用於敘事，為「單事類型」之著例，其結構分析表為：

20 即虛實之單用。見陳滿銘：〈談運用辭章材料的幾種基本手段〉，臺灣師大《中等教育》36 卷 5 期（1985 年 10 月），頁 8-9。

21 胡仔《苕溪漁隱叢話後集》卷十五：「〈宮詞〉云：『監宮引出暫開門，隨例雖朝不是恩。銀鑰卻收金鎖合，月明花落又黃昏。』此絕句極佳，意在言外，而幽怨之情自見，不待明言之也。詩貴夫如此，若使人一覽而意盡，亦何足道哉？」（臺北市：臺灣商務印書館，1968 年 6 月臺一版），頁 522。

22 司空圖《詩品二十四則‧含蓄》：「不著不字，盡得風流。語不涉難，已不堪憂。是有真宰，與之沈浮。如汪滿酒，花時返秋。悠悠空塵，忽忽海漚。淺深聚散，萬取一收。」（臺北市：臺灣商務印書館，1939 年 12 月初版），頁 6。

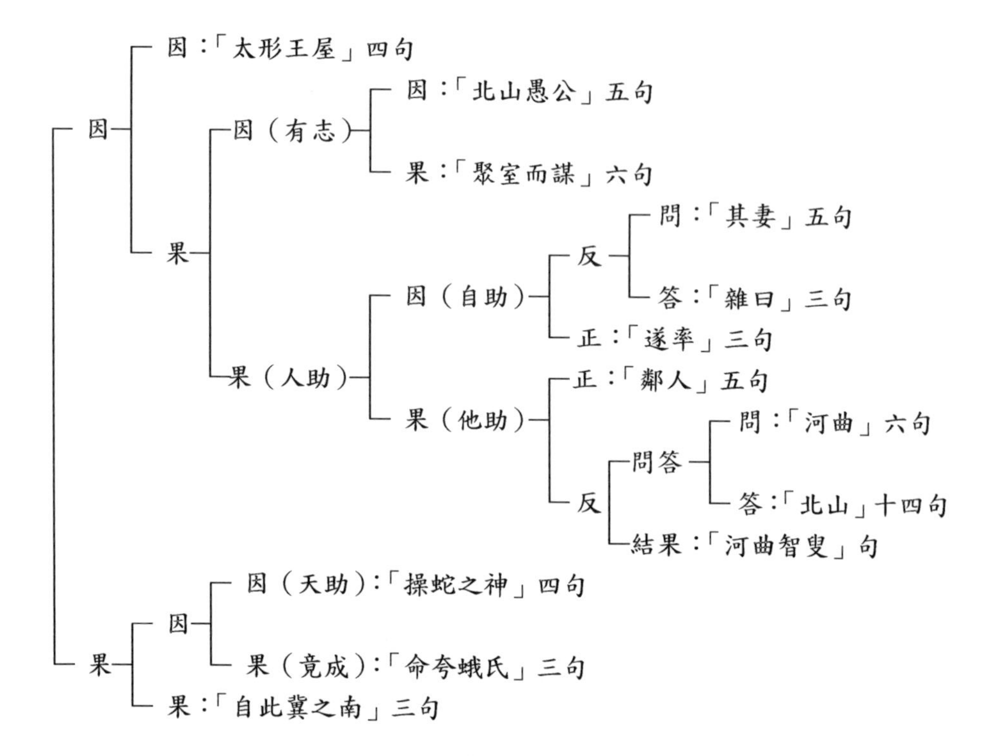

由上表可看出，作者敘述這一神話故事，用了因果、正反、問答等章法來組織其內容材料，以形成篇章結構，如果拿掉了這些章法，是很難形成完整結構的[23]。

又如《韓詩外傳》的一則故事：

> 齊景公遊於牛山之上，而北望齊曰：「美哉國乎！鬱鬱泰山，使古而無死者，則寡人將去此而何之？」俯而泣沾襟。國子、高子曰：「然。臣賴君之賜，疏食惡肉，可得而食也，駑馬柴車，可得而乘也。且猶不欲死，況君乎？」俯泣。

23 〈談篇章結構〉上下，頁65-71、57-66。

> 晏子曰：「樂哉！今日嬰之遊也，見怯君一，而諛臣二。使古而無死者，則太公至今猶存，吾君方將被蓑笠而立乎畎畝之中。惟事之恤，何暇念死乎？」
> 景公慚，而舉觴自罰，因罰二臣。

本則主要在記述晏子譏齊景公貪生畏死的故事。它一開始就提明這個故事的主角與故事發生的地點，從而領出「美哉國乎」五句，以寫齊景公面對大好河山的哀傷，他哀傷的不是國事，而是「使古而無死者，則寡人將去此而何之？」這明顯是畏死的表現。《晏子春秋・內篇・諫》上記此事云：「景公遊於牛山，北臨其國城而流涕曰：『若何滂滂去此而死乎！』而《列子・力命》也說：「景公遊於牛山，北臨其國城而流涕曰：『美哉國乎！鬱鬱芊芊，若何滴滴去此國而死乎！』」這兩則記載，在語意上表達得更直接明白。當時群臣陪侍在旁，見景公如此，本當勸諫才對，而國子和高子卻逢迎君意，不僅說「臣賴君之賜」等七句話，更隨著景公「俯而泣沾襟」而「俯泣」，這明顯是諂諛的表現。既然君怯臣諛如此，那麼晏子見了，就不得不進諫了。進諫時，晏子首先以「樂哉！今日嬰之遊也」，用委婉的口氣，從反面打開話頭；再扣緊所見君臣之表現，從正面說「見怯君一，而諛臣二」；然後撇開陪襯的國子與高子不談，獨對主角景公「使古而無死者」之嘆，用「使古而無死者」八句，間接地指出「太公至今猶存」的後果是「君又安得此位而立者」《列子・力命》、「君亦安得此國而哀之」（《晏子春秋外篇》），以感悟景公。晏子這番話果然見效，收到了使「景公慚，而舉觴自罰，因罰二臣」的圓滿結句。晏子這種當機婉言進諫的例子很多，此即其一。其結構分析表為：

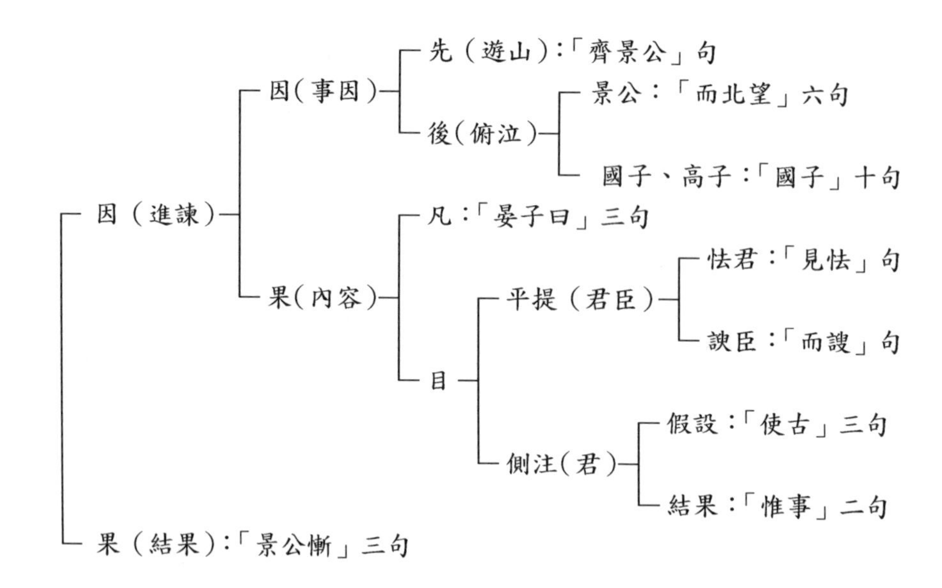

從上表可知，作者敘述這一有關晏子的故事，主要用了因果、先後（今昔）、凡目、平側等章法來組織其內容材料，以形成它的篇章結構，條理十分清晰。

（二）單「景」（物）類型

這是指一篇辭章的「篇」或「章」，主要用以寫「景」（物）的類型。這種辭章的篇旨或章旨，也全置於篇外，而在篇內則僅用「景」（物）加以襯托而已。王國維說：「一切景語皆情語」[24]，說的就是這個道理。如歐陽脩〈采桑子〉詞：

春深雨過西湖好，百卉爭妍，蝶亂蜂喧，晴日催花暖欲然。
蘭橈畫舸悠悠去，疑是神仙。返照波間，水闊風高颺管絃。

24 《人間詞話刪稿》。

這是作者詠西湖十三調中的一首，旨在詠雨過春深的穎州西湖好景，以襯托作者閑適的心情。作者在此，先以起句「春深雨過西湖好」作一總敘，再以「百卉爭妍」三句，藉花卉、蜂蝶、晴日等自然景物，寫西湖堤上的春深好景，然後以「蘭橈畫舸悠悠去」四句，以畫船、返照、水闊、風高與管絃等揉合自然與人事的景物，寫西湖水上的春深好景。敘次由凡而目，將西湖的春深好景，描寫得異常生動。其結構分析表為：

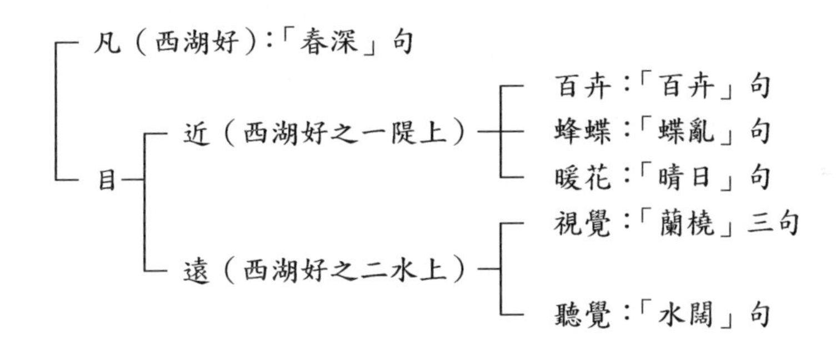

由上表可看出，作者寫穎州西湖「春深」好景，主要用了凡目、遠近、感覺轉換[25]章法來組織其內容材料，以形成它的篇章結構，敘次井然。

又如周密的〈聞鵲喜．吳山觀濤〉詞：

> 天水碧，染就一江秋色。鼇戴雪山龍起蟄，快風吹海立。
> 數點煙鬟青滴，一杼霞綃紅濕。白鳥明邊帆影直，隔江聞夜笛。

這闋詞詠錢塘江潮，是按時間的先後，由潮起（先）寫到潮過（後）的。寫潮起（先）的部分，為上片。先以起二句，寫江天一碧的秋色，為潮起設下遠大的背景。後以「鼇戴」二句，寫潮水陡起的迅猛景象；

---

25 《篇章結構類型論》上，頁 148-161。

作者在此，除用鰲戴雪山、龍騰水底來加以形容外，又以「快風」來推波助瀾，這樣當然就使「海」空高立了。而寫潮過（後）的部分，為下片。它先以「數點」二句，寫潮過後的遠山和雲霞，在煙水上，一青一紅，顯得格外綺麗。後以「白鳥」二句，就視覺，寫帆影邊的鷗鷺；就聽覺，寫隔江傳來的夜笛。作者就這樣以平和的靜景，和上片所寫潮來時壯觀的動景，形成強烈對比，產生了映襯的最佳效果。李祚唐分析此詞說：「上片依人的視覺，由遠及近，潮來時雷霆萬鈞之勢，已全在眼前。下片復由上片的劇烈動態轉為平緩，逐漸消失為靜態。」又針對著下片說：「這種平靜，正是在洶湧喧囂過後，才體驗得分外真切；而它反過來，不也襯托出錢塘江潮的格外壯觀嗎？詞人寫潮，即充分借助了這種靜與動的相互對比和彼此轉換，因而著語雖不多，效果卻非常明顯」[26]。體會得很真切。其結構分析表為：

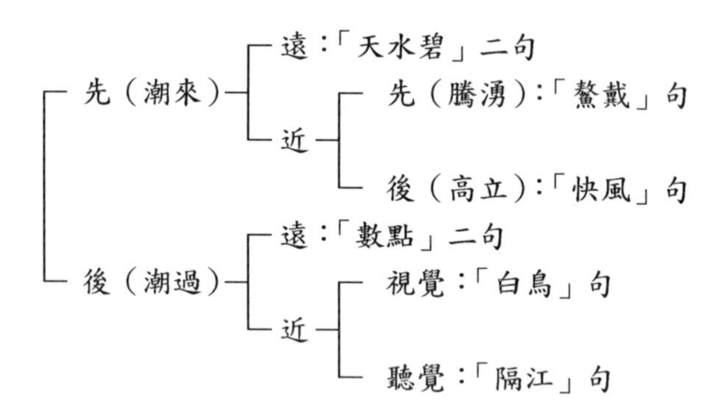

從上表可知，作者寫這次的「觀潮」，主要用了先後（今昔）、遠近、感覺轉換等章法來組織其內容材料，以形成其篇章結構，感染力極強。

---

26 陳邦炎主編：《詞林觀止》上（上海市：上海古籍出版社，1994 年 4 月第一版），頁 694。

（三）單「理」類型

這是指一篇辭章的「篇」或「章」，主要用以說「理」的類型。一般而言，這個「理」，無論是議論或說明，常會引「事」[27] 作例證來呈現，所以全篇純說理的長篇辭章，是極少見的。在此，只舉篇幅較短者來說明，如《孝經》的〈紀孝行〉章：

> 子曰：「子之事親也，居則致其敬，養則致其樂，病則致其憂，喪則致其哀，祭則致其嚴。五者備矣，然後能事親。
>
> 事親者，居上不驕，為下不亂，在醜不爭。居上而驕則亡，為下而亂則刑，在醜而爭則兵。三者不除，雖日用三牲之養，猶為不孝也。」

本章文字原屬《孝經》之第十章，旨在論「孝子事親之行」（邢昺《疏》），是採「由內而外」的順序寫成的。以「內」而言，自「孝子之事親也」起至「然後能事親」止，先以「孝子之事親也」六句；分別就「居」、「養」、「病」（以上生前）、「喪」、「祭」（以上死後）五者，說明孝子依序要致其「敬」、「樂」、「憂」、「哀」、「嚴」；然後以「五者備矣」二句，作一總括，針對家庭之內事奉父母的表現，加以說明。以「外」而言，自「事親者」起至章末，先以「事親者」四句，將孝道由內推擴至外，從正面論「居上」、「為下」、「在醜」時應有的表現；然後以「居上而驕則亡」六句，用「先目後凡」的形式，從反面論「居上」、「為下」、「在醜」時不該有的行為，並且指出這樣就是「不孝」。《孝經．開宗明義》章說：「夫孝，始於事親，中於事君，終於立身。」

---

27 陳滿銘：〈談辭章的義蘊與運材的關係〉，《國文天地》10 卷 6 期（1994 年 11 月），頁 44-47。

說的就是這個意思。其結構分析表為：

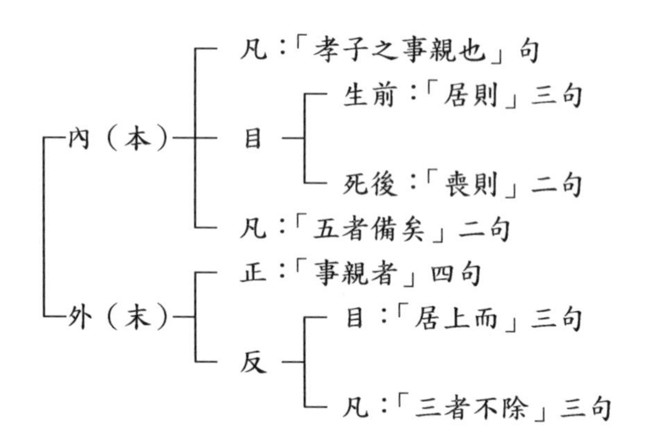

由上表可看出，作者在此，主要用本（內）末（外）、凡目、正反、先後（今昔）等章法來組織其內容材料，以形成其篇章結構，篇幅雖短，而所用章法卻多樣。

又如《禮記．大學》的「經一章」：

> 大學之道：在明明德，在親民，在止於至善。知止而后有定，定而后能靜，靜而后能安，安而后能慮，慮而后能得。物有本末，事有終始，知所先後，則近道矣。
>
> 古之欲明明德於天下者，先治其國；欲治其國者，先齊其家；欲齊其家者，先修其身；欲修其身者，先正其心；欲正其心者，先誠其意；欲誠其意者，先致其知；致知在格物。物格而后知至，知至而后意誠，意誠而后心正，心正而后身修，身修而后家齊，家齊而后國治，國治而后天下平。
>
> 自天子以至於庶人，壹是皆以修身為本。其本亂，而末治者否矣；其所厚者薄，而其所薄者厚，未之有也。此謂知本，此謂知之至也。

這章文字總論「大學」的目標與方法。論其目標的，為「大學之道」四句，此即朱子所謂之「三綱」(見《大學章句》)。論其方法的，從「知止」句起至段末，在此，先泛泛地就步驟，論「知止」、「知先後」，既一面承上交代「三綱」之實施步驟，也一面啟下提明「八目」的實踐工夫。朱子《大學章句》在「則近道矣」句下注云：「此結上文兩節之意。」又在「國治而后天下平」句下注云：「『修身』以上，明明德之事也；『齊家』以下，新民之事也；物格知止，則知所至矣；『意誠』以下，皆得所止之序也。」[28] 可見這節文字在內容上，是既承上又啟下的。接著實際地就「八目」來加以論述。《大學》的作者在這個部分，先以「平提」的方式，依序以「古之欲明明德」十三句，逆推八目，以「物格而后知至」七句，順推八目；然後以「側收」的方式，就「八目」中的「修身」一目，說「修身」為本，並說明所以如此的原因，朱子《大學章句》於「壹是皆以修身為本」句下注云：「『正心』以上，皆所以修身也；『齊家』以下，則舉此而錯之耳。」[29] 又於「未之有也」句下注云：「本，謂身也；所厚，謂家也。此兩節（自「天子」句至「未之有也」）結上文兩節（自「古之欲明明德」句至「國治而后天下平」）之意。」[30] 而孔穎達《禮記正義》在「此謂知之至也」句下云：「本，謂身也；既以身為本，若能自知其身，是知本也，是知之至極也。」[31] 由此可知這一節文字，是採「側收」以回繳整體的手法來表達的。這樣，不僅回應了具論條目的部分，也回應了論步驟與目標的二節文字，產生了以簡（側）馭繁（平）的效果。其結構分析表為：

---

28 依朱子《大學章句》，下併同，《四書集注》（臺北市：學海出版社，1984 年 9 月初版），頁 4。

29 朱子《大學章句》，下併同，《四書集注》，頁 4。

30 同前註。

31 《十三經注疏・禮記》（臺北市：藝文印書館，1965 年 6 月三版），頁 984。

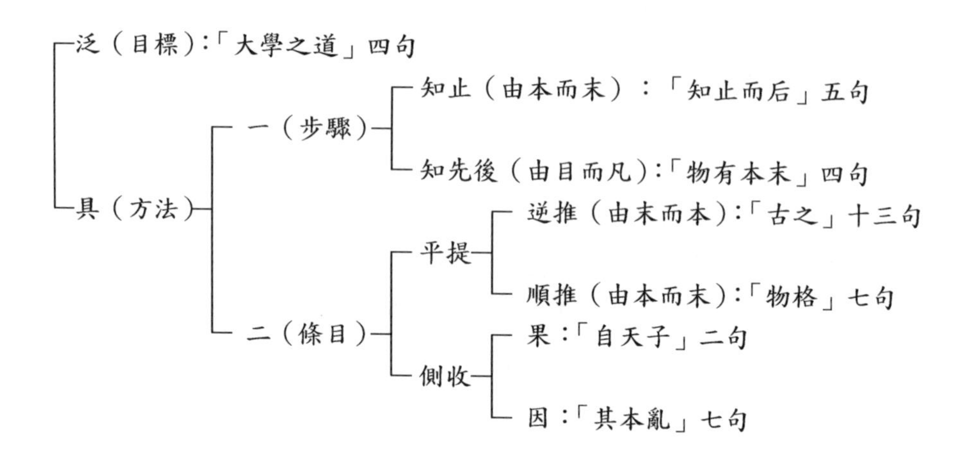

從上表可知，作者在此章文中，主要用了泛具、平側、本末、凡目、因果等章法來組織其內容材料，以形成它的篇章結構，很合乎秩序、變化、聯貫、統一的原則。

（四）單「情」類型

這是指一篇辭章的「篇」或「章」，主要用以抒「情」的類型。由於這個「情」，往往是要用「景」（物）或「事」加以襯托的，所以這種全篇或全章用以抒情的辭章，也極罕見，只有在民歌或類似民歌的作品中才有可能找到一些。如《吳聲歌曲．子夜歌》之二十一，就是一首單「情」類型的詩歌：

別後涕流連，相思情悲滿。憶子腹糜爛，肝腸尺寸斷。

此詩以抒發別後相思之情為主，洪順隆在《抒情與敘事》中即表示：「內容寫女子與男友別後，內心思念的痛苦，也是一種慕情。前二句直訴心情，後二句誇大相思之苦。」[32] 從首句的「涕流連」，至末尾的「腹糜爛」與「肝腸斷」，可見其情感由淺而深的層層遞進，並以二句的「相思情悲滿」統括前後兩目，形成「目、凡、目」結構，清楚而直接的表達出一位思婦的怨情。其結構分析表為[33]：

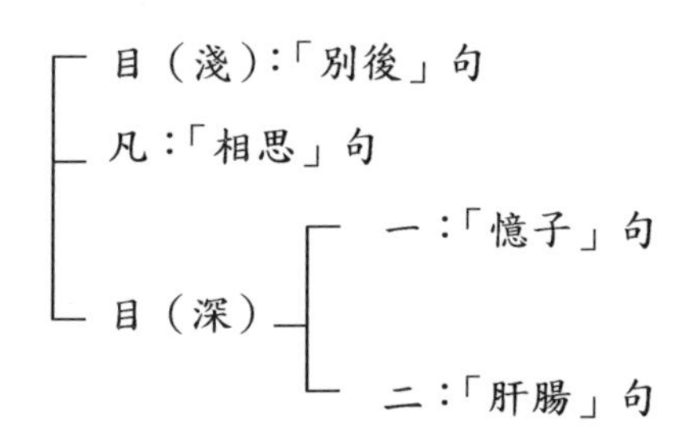

由上表可看出，作者在這短歌中，主要用了凡目及並列等章法來組織其內容材料，以形成其篇章結構，是很容易掌握的。

又如無名氏的〈望江南〉詞：

> 莫攀我，攀我太心偏。我是曲江臨池柳，者（這）人折了那人攀。恩愛一時間。

這首敦煌曲子詞，完全以娼女的口吻，要人不要對她「太心偏」。為什麼會發出這樣子的呼喊呢？那是因為別人把她看成是「臨池柳」，人人可攀。既然人人可攀，那麼所謂「恩愛」，當然只是「一時間」的了[34]。其結構分析表為：

---

32 洪順隆：《抒情與敘事》（臺北市：黎明文化事業公司，1998 年 12 月），頁 206。

33 陳佳君：〈論辭章內容結構之單一類型——以其所適用之章法為考察重心〉，頁 672。

34 張錫厚分析，見唐圭璋主編：《唐宋詞鑑賞集成》（香港：中華書局香港分局，1987 年 7 月初版），頁 15。

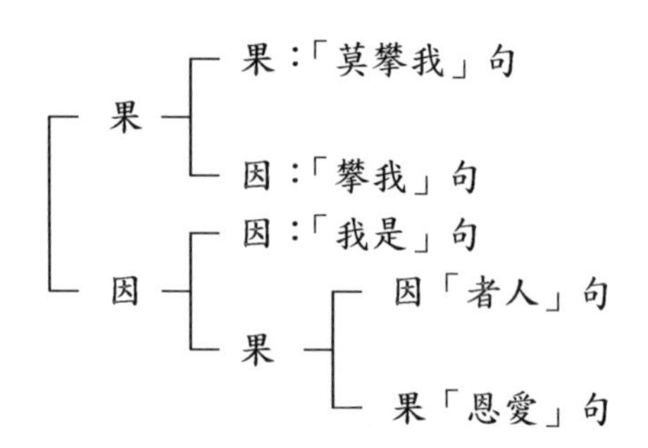

從上面可知，作者在這裡，主要用了因果章法來組織其內容材料，以形成其篇章結構，而因果法是相當原始的[35]。

二　複合類型

所謂的「複合」，是指從「情」、「理」、「景」（物）、「事」等主要成分中，選取兩種或兩種以上來組合的意思。這種組合類型，在章法來說，歸於「虛實」，是最為常見的，而且大都呈現主從的關係[36]。其中「情」與「理」，是「主」；而「景」（物）與「事」，為「從」。這可藉王國維的「一切景語皆情語」一語加以擴充，那就是：

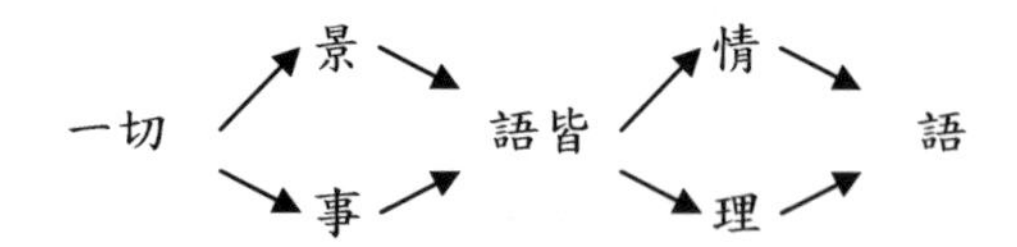

也就是說，作者用「景」（物）、「事」來寫，是手段，而藉以充分凸顯

35 因果結構常見於西周銅器銘文中，參見陳秀玉：〈西周銅器銘文章法試探——以賞賜銘文為例〉，1999 年臺灣師範大學國文研究所「國文教學專題研究」課堂報告。又參見陳滿銘：〈論「因果」章法的母性〉，《國文天地》18 卷 7 期（2002 年 12 月），頁 94-101。

36 吳應天：《文章結構學》（北京市：中國人民大學出版社，1989 年一版三刷），頁 311。

「情」與「理」，才是目的[37]。了解了這點，才能完全掌握作者真正要表達的是什麼情理，而不至於迷惑不明。以下就分類舉例加以說明。

(一)「情」與「景」(物)的複合類型

這是指複合「情」與「景」(物)以形成「篇」或「章」某一層結構的類型。這種類型又可大別為「先景(物)後情」、「先情後景(物)」、「景(物)、情、景(物)」、「情、景(物)、情」……等不同結構[38]。「先景(物)後情」的，如杜甫的〈旅夜書懷〉詩：

細草微風岸，危檣獨夜舟。星垂平野闊，月湧大江流。名豈文章著，官應老病休。飄飄何所似？天地一沙鷗。

此詩為泊舟江邊、觸景生情之作。起聯藉孤舟、風岸、細草，寫江邊的寂寥；頷聯藉星月、平野、江流，寫天地的高曠；這是寫景的部分，為「實」。頸聯就文章與功業，寫自己事與願違、老病交迫的苦惱；尾聯就旅舟與沙鷗，寫自己到處飄泊的悲哀；這是抒情的部分，為「虛」。就這樣一實一虛地產生相糅相襯的效果，使得滿紙盈溢著悲愴的情緒[39]。其結構分析表為：

37 陳滿銘：《文章結構分析——以中學國文課文為例》(臺北市：萬卷樓圖書公司，1999年5月初版)，頁331。

38 《篇章結構類型論》上，頁248-266。

39 參見傅思均分析，見蕭滌非主編：《唐詩大觀》(香港：商務印書館香港分館，1986年1月香港一版二刷)，頁564。

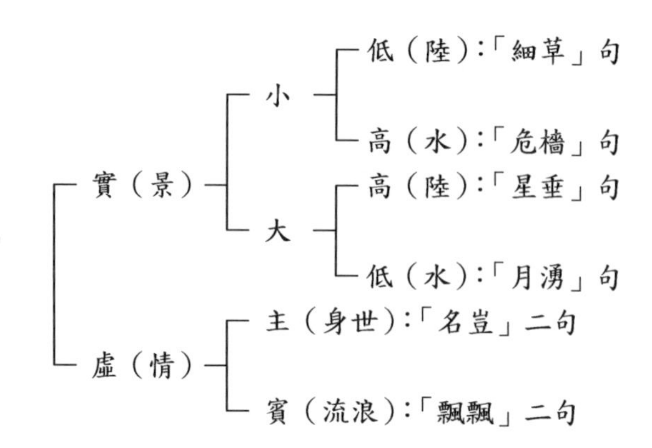

由上表可看出，作者寫這首詩，主要是用虛（情）實（景）、大小、賓主、高低等章法來組織其內容材料，以形成其篇章結構的。

「先情後景（物）」的，如李煜的〈望江南〉詞：

> 多少恨，昨夜夢魂中。還似舊時遊上苑，車如流水馬如龍。花月正春風。

這闋詞首先以起二句，直接將自己夢後的滿腔怨恨傾洩而出；其次以次句，交代他「怨恨之由」[40]；然後以「還似」三句，寫夢境。這樣以「先情後景」的結構來寫，篇幅雖短，卻充分地抒發了他亡國之痛[41]。其結構分析表為：

---

40 王沛霖、傅正谷分析，見《唐宋詞鑑賞集成》，頁 119。

41 同前註，頁 120。

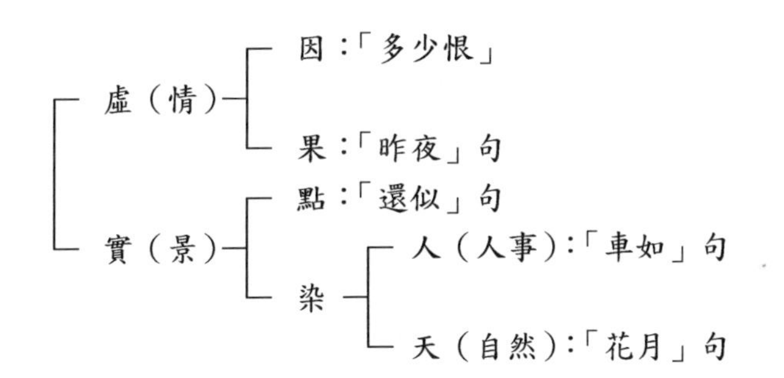

從上表可知，作者在此，主要是用虛（情）實（景）、因果、點染、天人[42]等章法來組織其內容材料，以形成其篇章結構的。

「景（物）、情、景（物）」的，如關漢卿的〈大德歌〉：

> 風飄飄，雨瀟瀟，便做陳摶也睡不著，懊惱傷懷抱，撲簌簌淚點拋。秋蟬兒噪罷寒蛩兒叫，淅零零細雨灑芭蕉。

關漢卿有一組四首的〈大德歌〉，分別寫一位癡情女子在春夏秋冬四季對遠方情人的思念，本曲即其中之一。就它的結構而言，以景起，以景結，而中間則用插敘的手法來抒情，形成情景交融的特殊效果。其中開篇的「風飄飄」兩句，藉淒迷的風雨聲，帶出「便做陳摶也睡不著」句，以作為抒情的橋梁。而「懊惱傷懷抱」句，則承上句的「睡不著」來寫，進一步寫出主人翁的愁苦，為抒情的主體所在。至於末尾三句，又顯然以景襯情，藉主人翁的眼淚，與秋蟬、寒蛩和雨打芭蕉所發出的

42 天，指自然；人指人事；都屬於材料。在寫景時，這種著眼於材料，將「天」與「人」並呈，以形成結構的情形很普遍，因此，把「天人」視為章法，是相當合理的。如馬致遠的套曲〈題西湖〉，便是著例。見陳滿銘：《文章結構分析──以中學國文課文為例》，頁 295-297。又參見陳滿銘：〈論幾種特殊的章法〉，臺灣師大《國文學報》31 期（2002 年 6 月），頁 187-191。

聲音，呼應起二句，充分襯托了主人翁悲苦的心境，使抽象的「傷懷抱」之苦得以具象化。作者構思之縝密工巧，令人讚賞不止。其結構分析表為：

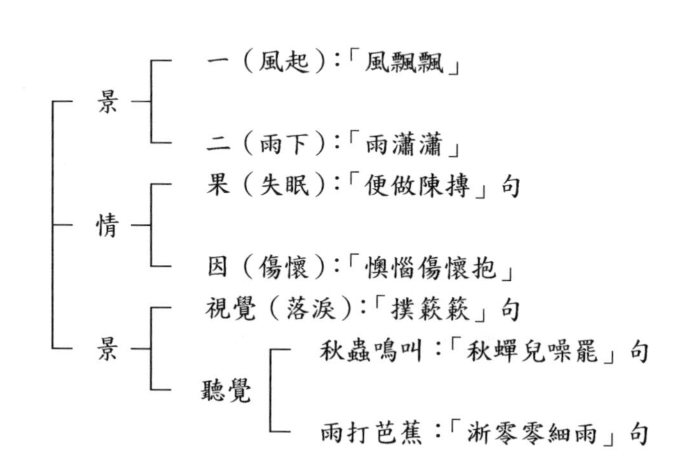

由上表可看出，作者在這首曲裡，主要是用虛情景、因果、知覺轉換和並列等章法來組織其內容材料，以形成其篇章結構的。

「情、景(物)、情」的，如杜審言的〈和晉陵陸丞早春遊望〉詩(原文與分析，已見本章第一節)，就是採「情、景、情」的結構所寫成的。其結構分析表為：

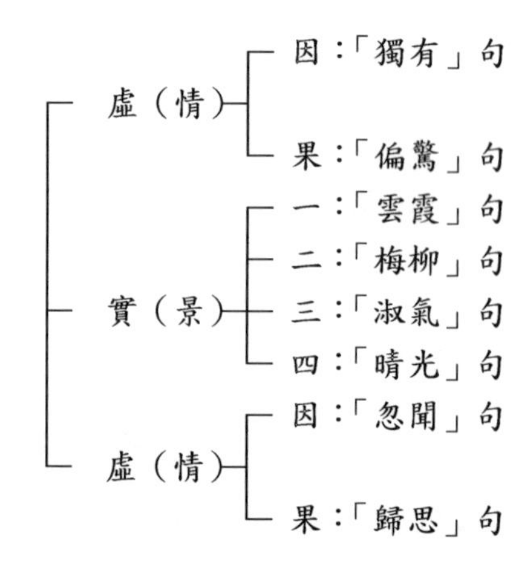

從上表可知，作者此詩，主要是用虛（情）實（景）、因果、並列等章法來組織其內容材料，以形成其篇章結構的。

另外，有景（物）、情疊用的，如辛棄疾的《鷓鴣天》（翠木千尋上薜蘿）詞，就呈現了「景、情、景、情」的結構[43]，可供參考。

（二）「理」與「事」的複合類型

這是指複合「理」與「事」，以形成「篇」或「章」某一層結構的類型。這種類型又可大別為「先事後理」、「先理後事」、「事、理、事」、「理、事、理」：等不同結構[44]。「先事後理」的，如劉蓉的〈習慣說〉：

> 蓉少時，讀書養晦堂之西偏一室。俛而讀，仰而思；思而弗得，輒起，繞室以旋。室有窪徑尺，浸淫日廣。每履之，足苦躓焉；既久而遂安之。
>
> 一日，父來室中，顧而笑曰：「一室之不治，何以天下國家為？」命童子取土平之。
>
> 後蓉履其地，蹴然以驚，如土忽隆起者；俯視地，坦然則既平矣。已而復然；又久而後安之。
>
> 噫！習之中人甚矣哉！足履平地，不與窪適也；及其久，而窪者若平。至使久而即乎其故，則反窒焉而不寧。故君子之學貴慎始。

此文旨在說明習慣對人影響之大，藉以讓人體會「學貴慎始」的道

43 《篇章結構類型論》上，頁 260-261。

44 同前註，頁 267-288。

理。它就結構而言，可大別為「敘」與「論」兩大部分。其中「敘」屬「目」（條分）而「論」屬「凡」（總括）。屬「目」之敘，先以「蓉少時」七句，敘述自己繞室以旋的習慣，作為引子，以領出下面兩軌文字來。再以「室有窪徑尺」五句，敘述室有窪而足苦躓，卻久而安的情事，這是第一軌；然後以「一日」十三句，敘述自己因父親取土平而蹴然以驚，卻又久而後安的經過，這是第二軌。而屬「凡」之論，則先以「噫！習之中人也甚矣哉」，為習慣對人之影響而發出感歎；再以「足履平地」四句，呼應屬「目」之第一軌加以論述；接著以「至使久而即乎其故」二句，呼應屬「目」之第二軌加以論述；最後以「故君子之學貴慎始」一句，由習慣轉入為學，將一篇主意點明作結。此文誠如宋廓所說「文章以『思』為經，貫穿始末。因『思』而『繞室以旋』，從『旋』而極其自然地引渡到主題的闡發」[45]，這樣所闡發的主題，便更為明晰，而富於說服力了。其結構分析表為：

45 宋廓語，見《古文鑑賞辭典》下（上海市：上海辭書出版社，1998 年 4 月一版三刷），頁 2004。

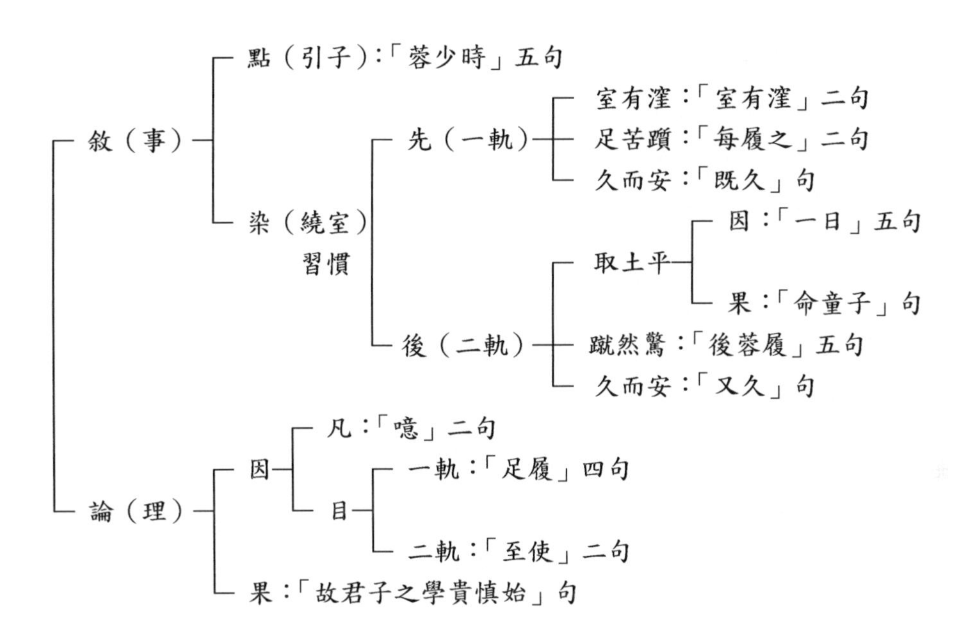

由上表可看出，這篇文章主要是用敘論（凡目）、點染、因果、先後（今昔）等章法來組織其內容材料，以形成其結構的。

「先理後事」的，如韓愈的〈送孟東野序〉：

> 大凡物不得其平則鳴。草木之無聲，風撓之鳴。水之無聲，風蕩之鳴，其躍也，或激之，其趨也，或梗之；其沸也，或炙之。金石之無聲，或擊之鳴。人之於言也亦然。有不得已者而後言，其歌也有思，其哭也有懷，凡出乎口而為聲者，其皆有弗平者乎！樂也者，鬱於中而泄於外者也，擇其善鳴者而假之鳴：金、石、絲、竹、匏、土、革、木八者，物之善鳴者也。維天之於時也亦然。擇其善鳴者而假之鳴：是故以鳥鳴春，以雷鳴夏，以蟲鳴秋，以風鳴冬，四時之相推敓，其必有不得其平者乎！其於人也亦然。人聲之精者為言，文辭之於言，又其精也，尤擇其善鳴者

而假之鳴。

其在唐虞，咎陶、禹，其善鳴者也，而假以鳴。夔弗能以文辭鳴，又自假於韶以鳴。夏之時，五子以其歌鳴。伊尹鳴殷。周公鳴周。凡載於詩書六藝，皆鳴之善者也。周之衰，孔子之徒鳴之，其聲大而遠。傳曰:「天將以夫子為木鐸。」其弗信矣乎！其末也，莊周以其荒唐之辭鳴。楚，大國也，其亡也，以屈原鳴。臧孫辰、孟軻、荀卿以道鳴者也。楊朱、墨翟、管夷吾、晏嬰、老聃、申不害、韓非、慎到、田駢、鄒衍、尸佼、孫武、張儀、蘇秦之屬，皆以其術鳴。秦之興，李斯鳴之。漢之時，司馬遷、相如、揚雄，最其善鳴者也。其下魏、晉氏，鳴者不及於古，然亦未嘗絕也；就其善者：其聲清以浮，其節數以急，其辭淫以哀，其志弛以肆；其為言也，亂雜而無章。將天醜其德莫之顧邪？何為乎不鳴其善鳴者也？

唐之有天下，陳子昂、蘇源明、元結、李白、杜甫、李觀，皆以其所能鳴。其存而在下者，孟郊東野始以其詩鳴。其高出魏、晉，不懈而及於古，其他浸淫乎漢氏矣。從吾遊者，李翱、張籍，其尤也。三子者之鳴信善矣，抑不知天將和其聲，而使鳴國家之盛邪？抑將窮餓其身，思愁其心腸，而使自鳴其不幸邪？三子者之命，則懸乎天矣。其在上也，奚以喜？其在下也，奚以悲？東野之役於江南也，有若不釋然者，故吾道其命於天者以解之。

這是一篇贈序體的文章。作者特以「天假善鳴」來贈送將前往溧陽擔任縣尉的孟郊，以寬解他的「不平」心緒。全文分為「論」與「敘」兩大部分來寫：

首先看「論」的部分：這個部分由篇首至「奚以悲」句止，是採先總括後條分的方式寫成的：

1. 總括的部分：即起首「太凡物不得其平則鳴」一句，這是一篇綱領之所在，林西仲說：「『不平』二字，是一篇之線。有聲皆謂之鳴。」[46] 是一點也不錯的。

2. 條分的部分：這個部分又析為「鳴」與「善鳴」兩截來寫：

以第一截而言：此一截寫「鳴」，自起段次句至段末。依次以草木、水、金石、人言（人聲之粗者）為例，來說明「物不得其平則鳴」的情形。

以第二截而言：此一截寫「善鳴」，包括二、三、四等段。作者在此，先就樂器來寫善鳴的金、石、絲、竹、匏、土、革、木等八音，次就天時來寫善鳴的春鳥、夏雷、秋蟲、冬風等四季的聲音；再就文辭（人聲之精者）來寫善鳴的古今人物：這些古今人物，先是唐虞之際的咎陶、夔，三代的夏五子、商伊尹、周周公，春秋戰國的孔子之徒、莊周、屈原、臧孫辰、孟軻、荀卿、楊朱、墨翟、管夷吾、晏嬰、老耳冉、申不害、韓非、慎到、田駢、鄒衍、孫武、張儀、蘇秦和李斯，漢代的司馬遷、司馬相如、揚雄，魏晉的一些善鳴者，唐代「以其所能鳴」的陳子昂、蘇源明、元結、李白、杜甫、李觀和「存而在下」的孟郊、李翱、張籍。末就「三子」（孟郊為主，李翱、張籍為賓）之善鳴，發出嘆詠。以為他們是在上以鳴國家之盛，還是在下以鳴自已之不幸，都不足以喜、不足以悲。語語在悲壯之中流露出無限的寬慰之意來。

對這兩截文字，林西仲評說：「篇中從物聲說到人言，從人言說到文辭，從歷代說到唐朝，總以『天假善鳴』一語作骨，把個千古能文的才人看得異樣鄭重，然後落入東野身上，盛稱其詩，與歷代相較一番，

---

46 林雲銘：《古文析義合編》卷四（臺北市：廣文書局，1965 年 10 月再版），頁 219。

知其為天所假，自當聽天所命。又扯李翺、張籍二人伴說，用『從吾遊』三字，連自己插入其中，自命不小！以此視人之得失、升沈，宜不足以入其胸次也。語語悲壯。」[47] 見解十分精到。

然後看「敘」的部分：即末段。作者在此，先以「東野之役於江南也」一句，單結孟郊，敘其行役；再以「有若不釋然者」一句，結出「不平」；然後以「故吾道其命於天者以解之」一句，應上文的四個「天」字作收，就這樣，作者便將所以作序之意明白的交代出來了。

作者在這篇文章要寫的，只不過是「孟郊東野以其詩鳴」而已，卻特意的在孟郊之外，扯出許多物、許多人來，作者這樣做，無非是想藉以襯出孟郊「以其詩鳴」的意思罷了。因此寫孟郊「以其詩鳴」的是「主」，而寫「不得其平則鳴」的許多物或人的，則是「賓」。王文濡說：「從許多物、許多人，奇奇怪怪，繁繁雜雜，說來無非要顯出孟郊以詩鳴，文之變幻至此。」[48] 看法是十分正確的。其結構分析表為：

47 同前註，頁 220-221。

48 吳楚才、王文儒：《精校評注古文觀止》卷七（臺北市：臺灣中華書局，1972 年 11 月臺六版），頁 33。

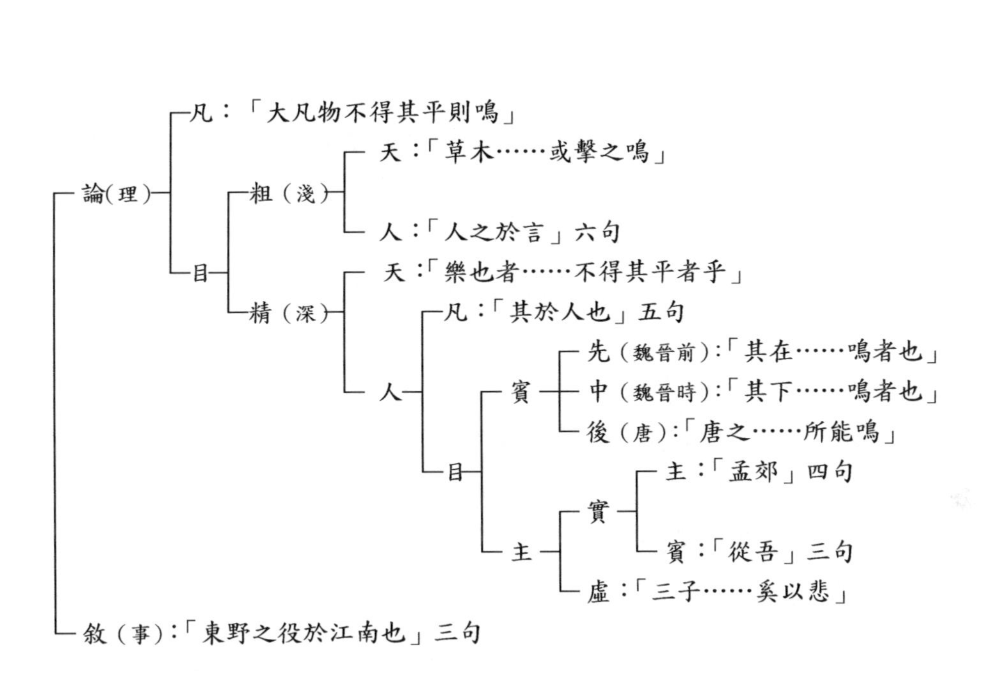

從上表可看出，此文主要是用敘論、凡目、淺深、天人、賓主、先後（今昔）、虛實等章法來組織其內容材料，以形成其篇章結構的。

「理、事、理」的，如彭端淑的〈為學一首示子姪〉：

> 天下事有難易乎？為之，則難者亦易矣；不為，則易者亦難矣。人之為學有難易乎？學之，則難者亦易矣；不學，則易者亦難矣。吾資之昏，不逮人也；吾材之庸，不逮人也。旦旦而學之，久而不怠焉；迄乎成，而亦不知其昏與庸也。吾資之聰，倍人也；吾材之敏，倍人也。屏棄而不用，其昏與庸無以異也。然則昏庸聰敏之用，豈有常哉？
>
> 蜀之鄙有二僧，其一貧，其一富。貧者語於富者曰：「吾欲之南海，何如？」富者曰：「子何恃而往？」曰：「吾一瓶一缽足矣。」富者曰：「吾數年來欲買舟而下，猶未能也。子何恃而往？」越

> 明年，貧者自南海還，以告富者，富者有慚色。西蜀之去南海，不知幾千里也；僧之富者不能至，而貧者至焉。人之立志，顧不如蜀鄙之僧哉？
>
> 是故聰與敏，可恃而不可恃也。自恃其聰與敏而不學，自敗者也。昏與庸，可限而不可限也。不自限其昏與庸而力學不倦，自立者也。

此文是作者寫來勉勵子姪「力學不倦」的，全文分泛論、事證與結論三大部分，一路採正反對照的形式寫成：

首先看「泛論」部分：這個部分包括一、二兩段。起段先就做事談起，而及於為學，指出做事與為學的難易，並不在於「學」與「事」的本身，而在於做與不做、學與不學的行動上，以預為下段更進一層的議論打開路子。二段先承起段的學與不學，配合資材的昏與敏，作更廣泛而徹底的說明，認為人的資質、才能，雖有昏庸與聰敏的分別，但若努力去學，昏庸的自可趕上聰敏的；不努力去學，則聰敏的便和昏庸的沒什麼兩樣。然後以「然則昏庸聰敏之用」兩句，指出昏庸、聰敏是無常的，不可恃的，全力的為末段的結論蓄勢。

其次看「事證」部分：這個部分僅一段，即第三段。這一段特舉蜀僧去南海的事例，證明肯努力的終能成功，不肯努力的終將失敗。作者在這個部分裡，先用段首三句，提明蜀之鄙有一富、一貧的和尚；次藉二問二答，敘明毫無所恃的貧者願往南海而富者則否的情事；接著以「越明年」作時間上的聯絡，並引出「貧者自南海還」三句，交代貧者成功、富者羞慚的結果；然後以「西蜀之去南海」六句，將貧者與富者、至與不至作一比較，從而發出人須立志，不能不如蜀僧的感慨，以引出下段結論的部分。

然後看「結論」部分：這個部分亦僅一段，即末段。作者在這一段裡，首先承上文的「不為」、「不學」、「聰」、「敏」、「屏棄不用」與「富者不能至」，用「是故聰與敏」四句，從反面指明人若自恃聰敏而不去學習，則必然會走上失敗之路；然後承上文的「為之」、「學之」、「昏」、「庸」、「旦旦而學之」與「貧者至」，用「昏與庸」四句，從正面指出人若不自限昏庸而力學不已，則必會走上成功之路，以點明主旨作收。

從形式上看來，本文是最整齊不過的。所以能如此，除了作者用排比的手法來寫之外，和材料的取用也有著密切的關係。通常在取用正、反的材料時，作者大都喜歡以節段作為單元，把正、反兩個部分明顯割開，如蘇軾的〈超然臺記〉（見第一章第一節）便是這樣，而本文的作者卻從頭到尾，以對等、交替的方式取用一正一反的材料，把前後串聯成一個整體，造成往而復返、迴環不已的對比效果，這是值得我們去注意、去學習的。

總結起來說，此文章共分四段，其中一、二兩段，是「論」（理）的部分，先指明「學」在於「力學不倦」，不在於難易；然後配合資材昏與敏，作進一步的說明。而第三段為「敘」（事）的部分，特舉西蜀之二僧，一去南海而一否的事例，來證明肯努力的終能成功、不肯努力的必將失敗的道理。至於末段，則又是「論」（理）的部分，作者此文，首收上文的「不為」、「聰」、「敏」、「屏棄不用」與「富者不能至」，用「是故聰與敏」四句，從反面指明人若自恃聰敏而不去學習，則必然會走上失敗之路；次收上文「為之」、「學之」、「昏」、「庸」、「旦旦學之」與「貧者至」，用「昏與庸」四句，從正面指出人若不自限昏庸而力學不已，則必將步上成功大道，以點明主旨作收[49]。其結構分析表為：

49 《文章結構分析——以中學國文課文為例》，頁 59-61。

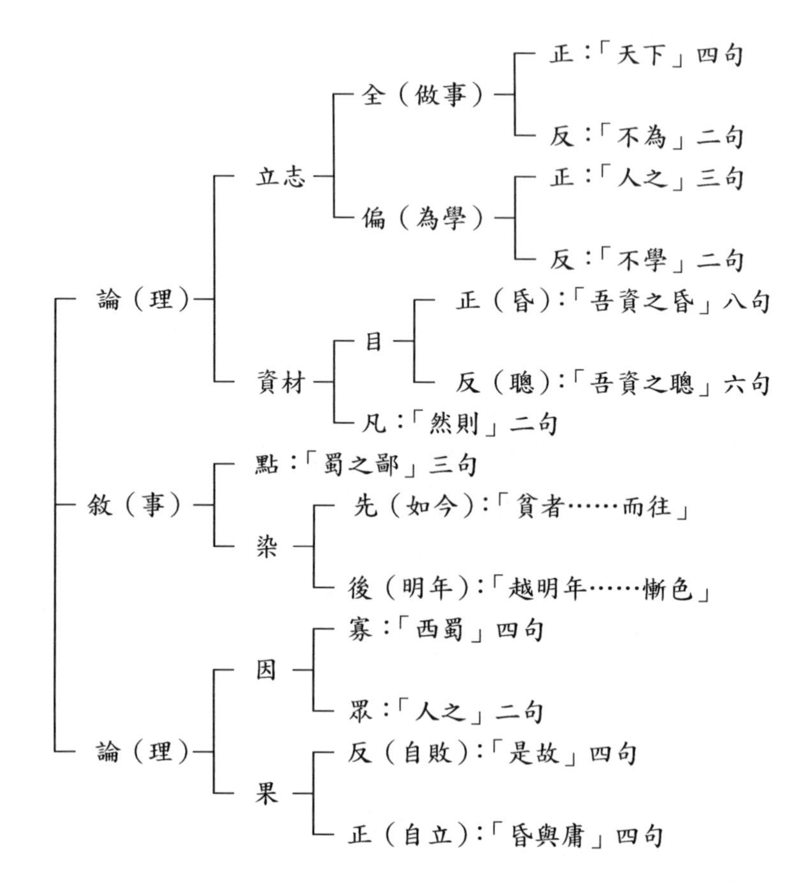

由上表可知，這篇文章主要是用敘論、正反、凡目、因果、偏全、先後（今昔）、點染等章法來組織其內容材料，以形成其篇章結構的。

「事、理、事」的，如歸有光的〈項脊軒志〉：

> 項脊軒，舊南閣子也。室僅方丈，可容一人居。百年老屋，塵泥滲漉，雨澤下注，每移案，顧視無可置者。又北向，不能得日；日過午已昏。余稍為修葺，使不上漏。前闢四窗，垣牆周庭，以當南日。日影反照，室始洞然。又雜植蘭、桂、竹、木於庭，舊時欄楯，亦遂增勝。借書滿架，偃仰嘯歌，冥然兀坐，萬籟有

聲。而庭階寂寂，小鳥時來啄食，人至不去。三五之夜，明月半牆，桂影斑駁，風移影動，珊珊可愛。

然余居此，多可喜，亦多可悲。先是，庭中通南北為一，迨諸父異爨，內外多置小門牆，往往而是。東犬西吠，客踰庖而宴，雞棲於廳。庭中始為籬，已為牆，凡再變矣。家有老嫗，嘗居於此。嫗，先大母婢也，乳二世，先妣撫之甚厚。室西連於中閨，先妣嘗一至。嫗每謂余曰：「某所，而母立於茲。」嫗又曰：「汝姊在吾懷，呱呱而泣；娘以指扣門扉曰：『兒寒乎？欲食乎？』吾從板外相為應答。」語未畢，余泣，嫗亦泣。余自束髮讀書軒中，一日，大母過余曰：「吾兒，久不見若影，何竟日默默在此，大類女郎也？」比去，以手闔門，自語曰：「吾家讀書久不效，兒之成，則可待乎！」頃之，持一象笏至，曰：「此吾祖太常公宣德間執此以朝，他日汝當用之。」瞻顧遺跡，如在昨日，令人長號不自禁。

軒東故嘗為廚，人往，從軒前過。余扃牖而居，久之，能以足音辨人。軒凡四遭火，得不焚，殆有神護者。

項脊生曰：「蜀清守丹穴，利甲天下，其後秦皇帝築女懷清臺。劉玄德與曹操爭天下，諸葛孔明起隴中。方二人之昧昧於一隅也，世何足以知之？余區區處敗屋中，方揚眉瞬目，謂有奇景。人知之者，其謂與埳井之蛙何異？」

余既為此志，後五年，吾妻來歸，時至軒中，從余問古事，或憑几學書。吾妻歸寧，述諸小妹語曰：「聞姊家有閣子，且何謂閣子也？」其後六年，吾妻死，室壞不修。其後二年，余久臥病無聊，乃使人修葺南閣子，其制稍異於前。然自後余多在外，不常居。

庭有枇杷樹，吾妻死之年所手植也，今已亭亭如蓋矣。

此文凡分六段。其中第一、二、三等段，為前一個「敘」（事）的部分，採平敘（今）與追敘（昔）法寫成。平敘的部分為第一段，扣緊「可喜」，敘述項脊軒內外的環境；追敘的部分為二、三兩段，扣緊「可悲」，追敘在項脊軒內外所發生的一些事情，特為下一部分的「論」（理）蓄勢。而第四段為「論」（理）的部分，仿《史記》之論贊筆法，以古為喻，自比為蜀清、孔明，以抒發兼濟天下的偉大抱負[50]。至於第五、六兩段，則是後一個「敘」（事）的部分，補敘了亡妻在軒中的一段生活、項脊軒的變遷經過，及亡妻所手植樹已「亭亭如蓋」的情形，如此以「可喜」為賓、「可悲」為主[51]，依序寫來，有無比之情韻。其結構分析表為：

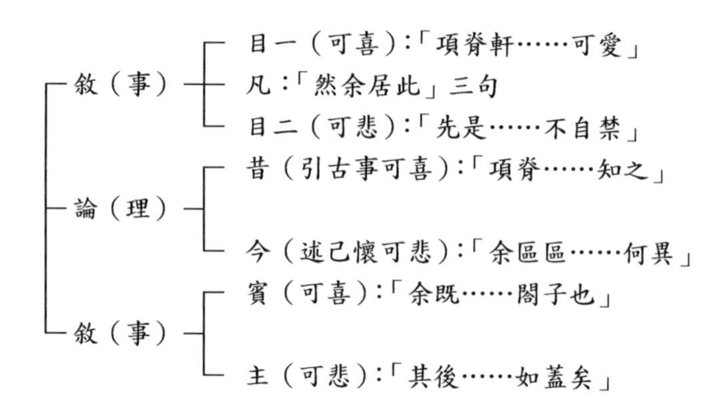

從上表可看出，作者此文，主要是用敘論、凡目、賓主、今昔等章法來組織其內容材料，以形成其篇章結構的。

此外，有敘（事）論（理）疊用的，如曾鞏的〈墨池記〉，就呈現了「敘、論、敘、論」的結構[52]，可供參考。

---

50 張遠芬評析，見《古文鑑賞辭典》，頁 1237。

51 林紓：《畏廬論文．述旨》（臺北市：文津出版社，1978 年 7 月），頁 3-4。

52 《篇章結構類型論》上，頁 284。

（三）其他類型

所謂「其他」，是指「景」與「理」、「事」與「情」、「事」與「景」與「情」或「景」與「事」，在「篇」或「章」上之複合而言。前三者，以章法而言，歸入「泛具」，而後者則屬於「全實」[53]中「景」與「理」的複合類型，如朱熹的〈觀書有感〉二首之一：

> 半畝方塘一鑑開，天光雲影共徘徊。問渠那得清如許？為有源頭活水來。

此詩先以開端二句，描寫反映著天光雲影的一面方塘，它的形象因為「能使人心情澄淨，心胸開朗」[54]，所以十分自然地帶出三、四兩句來。而三、四兩句，則採設問技巧，為「方塘」之所以能「清」得反映「天光雲影」，找到「源頭活水」這個答案，使得全詩充滿著理趣[55]。其結構分析表為：

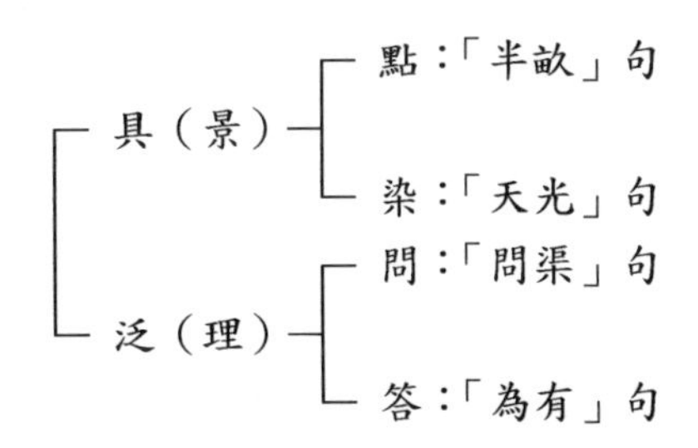

由上表可知，這首詩主要是用泛具、點染、問答等章法來組織其內容材

53 《篇章結構類型論》上，頁 289-296。又見陳佳君：《虛實章法析論》（臺北市：文津出版社，2002 年 11 月），頁 256-260。

54 霍松林語，見《宋詩大觀》（香港：商務印書館香港分館，1988 年 5 月一版一刷），頁 1119。

55 霍松林分析，見《宋詩大觀》，頁 1118。

料，以形成其篇章結構的。

「事」與「情」的複合類型，如李之儀的〈卜算子〉詞：

> 我在長江頭，君住長江尾。日日思君不見君，共飲長江水。　此水幾時休，此恨何時已。只願君心似我心，定不負相思意。

這闋相思詞，是用「先事後情」的形式寫成的。作者在上片，以起二句，寫相隔之遠，這是敘事的部分。以後二句，寫相思之久；換頭以後，則以前兩句，敘恨無已時；以結兩句，敘兩情不負；以上六句是抒情的部分。就這樣，以「長江」為媒介，以「不見」為根由，純用「虛」的材料，始終未雜以任何寫景的句子來襯托，卻將「思君」的情感表達得極其真切深長，無論從其韻味或用語來看，都像極了古樂府。唐圭璋說它「意新語妙，直類古樂府」[56]，是很有見地的。其結構分析表為：

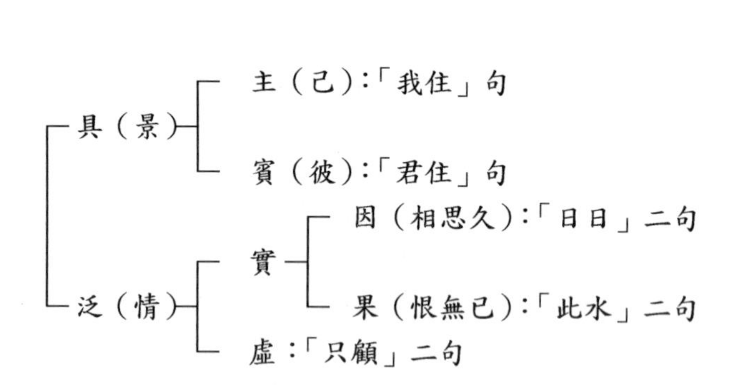

從上表可以看出，這闋詞主要是用泛（情）具（景）、賓主、虛實、因果等章法來組織其內容材料，以形成其篇章結構的。

「景」與「事」的複合類型，如王維的〈輞川閒居贈裴秀才迪〉詩：

---

56 唐圭璋：《唐宋詞簡釋》（臺北市：木鐸出版社，1982 年 3 月初版），頁 115。

寒山轉蒼翠，秋水日潺湲。倚杖柴門外，臨風聽暮蟬。渡頭餘落日，墟里上孤煙。復值接輿醉，狂歌五柳前。

這首詩是王維和裴迪秀才相酬為樂之作，旨在藉自然景物與人物形象的刻畫，以寫作者閒逸之趣。它在首、頸兩聯，特地採「先高後低」、「先視覺後聽覺」之結構，描繪了「輞川」附近的水陸秋景與暮色，勾勒出一幅有色彩、音響和動靜結合的和諧畫面。而在頷、末兩聯，則用「先遠後近」、「先視覺後聽覺」之結構，於一派悠閑的自然圖案中，嵌入了作者自已倚杖聽蟬和裴迪狂歌而至的人事象，兩兩相映成趣，形成物我一體的藝術境界，將「輞川閒居」之樂作了具體的表達[57]。其結構分析表為：

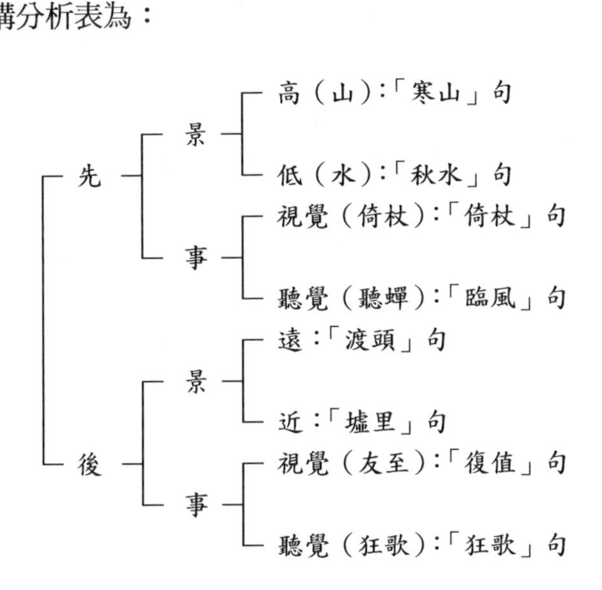

由上表可知，此詩主要是用全「具」（景、事）、先後（今昔）、高低、遠近、知覺轉換等章法來組織其內容材料，以形成其篇章結構的。

57 趙慶培分析，見《唐詩大觀》，頁 149。

「事」、「景」與「情」的複合類型，如辛棄疾的〈摸魚兒〉詞：

> 更能消、幾番風雨，匆匆春又歸去。惜春長怕花開早，何況落紅無數。春且住，見說道、天涯芳草無歸路。怨春不語。算只有殷勤，畫檐蛛網，盡日惹飛絮。　　長門事，準擬佳期又誤，蛾眉曾有人妒。千金縱買相如賦，脈脈此情誰訴。君莫舞，君不見、玉環飛燕皆塵土。閒愁最苦。休去倚危闌，斜陽正在，煙柳斷腸處。

這闋詞題作「淳熙己亥自湖北漕移湖南，同官王正之置酒小山亭，為賦。」為抒寫怨憤之作。起首「更能消」兩句，泛寫春歸之速；「惜春」四句與「怨春」四句，依序藉無數落紅、天涯芳草及殷勤蛛網盡日惹絮的殘景，具寫春歸之速，含有無限「惜春」、「怨春」之情，預為下片的即事抒情鋪好路子。下片開端五句，用漢朝陳皇后被禁冷宮，請司馬相如作賦以感悟孝武帝的典故，抒寫自己當有新除而又遭讒，以致落空的怨憤；「君莫舞」兩句，用漢后趙飛燕與唐妃楊玉環的典故，以痛斥小人必不會有好的下場，把怨憤之情再予推深；「閒愁」句，以「閒愁」（即怨憤之情）點明一篇主旨，以統攝全詞。結尾三句，以煙柳上的斜陽，暗喻日非的國運，借景結情，結得悲涼沈鬱，無可倫比[58]。如此以「具（景、事）、泛（情）、具（景）」的結構詠來，其姿態之飛動、情思之激切，千古罕見。其結構分析表為：

---

58 常國武：「結拍以眼前哀景烘托滿腹閒愁，綜合全篇，極哀怨淒婉之致。陳廷焯《白雨齋詞話》評云：『結得愈淒涼、愈悲鬱。』信然。」見《詞林觀止》上，頁518。

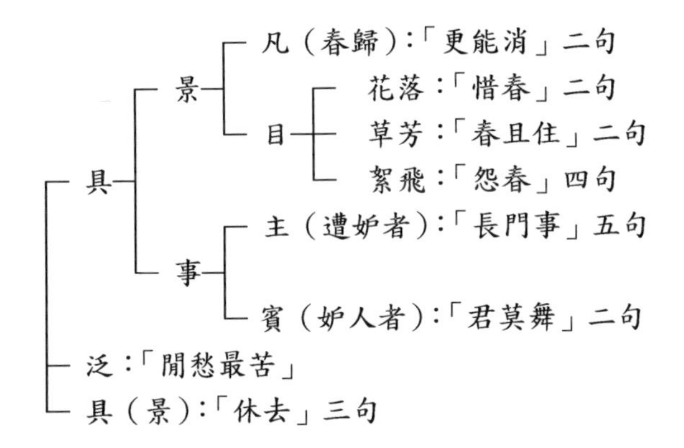

從上表可看出，作者寫這首詞，主要是用泛具、凡目、賓主等章法來組織其內容材料，以形成其篇章結構的。

以上所舉各適用章法，雖是憑經驗與常理推得，難免和真實的情況會有些出入，但不致相差過大。而其中，無論是表情、說理，還是寫景（物）、敘事，用到因果、今昔、虛實、凡目、正反等章法的，最為普遍，因為它們是最能融合形象與邏輯思維的。

第三章
篇章結構的邏輯內涵

篇章結構的內涵，除由「形象思維」來組合而外，還必須仰賴「邏輯思維」加以展現。本章即鎖定其邏輯內涵——「章法」，探討其類型、規律及一些相關的問題。

第一節　章法類型

章法處理的是篇章中內容材料的邏輯關係[1]。而目前所發現的章法約四十種，如今昔法、久暫法、遠近法、內外法、左右法、高低法、大小法、視角變換法、時空交錯法、狀態變換法、知覺轉換法、本末法、淺深法、因果法、眾寡法、並列法、情景法、論敘法、泛具法、空間的虛實法、時間的虛實法、假設與事實法、凡目法、詳略法、賓主法、正反法、立破法、抑揚法、問答法、平側法、縱收法、張弛法、插敘法、補敘法、偏全法、點染法、天人法、圖底法、敲擊法等[2]。茲概介各主要章法之「定義」和「美感與特色」於後：

1 陳滿銘：〈論章法與邏輯思維〉，《第四屆中國修辭學國際學術研討會論文集》（臺北縣：中國修辭學會、輔仁大學中文系，2002 年 5 月），頁 1-32。

2 陳滿銘：〈談辭章章法的主要內容〉，《章法學新裁》（臺北市：萬卷樓圖書公司，2001 年 1 月初版），頁 319-360。又〈論幾種特殊的章法〉，臺灣師大《國文學報》31 期（2002 年 6 月），頁 193-222。另見仇小屏：《文章章法論》（臺北市：萬卷樓圖書公司，1998 年 11 月初版），頁 1-510、《篇章結構類型論》上、下（臺北市：萬卷樓圖書公司，2000 年 2 月初版），頁 1-620。

一　今昔法

定義：將時間中的「今」（現在）與「昔」（過去），依篇章需求作適當安排的一種章法。

美感與特色：「由昔而今」的順敘方式，是最為常見的敘述方式，也是最符合事物本身的發展規律的，而合乎規律的東西就是真的，就是美的。至於「由今而昔」地逆敘，是將美感情緒波動最急促、最密集的部分先呈現出來，非常醒目。而「今、昔、今」的結構方式，會將激烈的美感情緒再次重現，形成呼應，有餘韻不絕的感受，是僅次於順敘結構外，最為常見的結構類型。還有其他「今昔疊用」的結構，「今」與「昔」之間會形成一再的、強烈的呼應，美感也因此而產生。[3]

二　久暫法

定義：將文學作品中的長、短時間作適當安排的一種章法。

美感與特色：久、暫的時間安排，是配合情感的波動，所形成的長時與瞬時的對照。當文學作品呈現「由暫而久」的時間設計，則「暫」會更強調出「久」，而時間的悠久本身即會產生美感，而且最有利於歷史感的帶出。至於「由久而暫」的設計類型，則是強調出「暫」，選取情意量最為豐富的一剎那，來作特寫的呈現。[4]

三　遠近法

定義：將空間遠、近變化記錄下來而形成的一種章法。

美感與特色：「由近而遠」的空間變化中，距離由近而遠地拉開，附著

---

3 《篇章結構類型論》上，頁 40-42。又仇小屏：《古典詩詞時空設計美學》（臺北市：文津出版社，2002 年 11 月初版一刷），頁 169-183。

4 《篇章結構類型論》上，頁 50-51。又《古典詩詞時空設計美學》，頁 183-190。

於空間的景物也漸次的呈現在讀者眼前，造成一種「漸層」的效果；而且空間若向遠方無限延伸時，常會使人湧起一股崇高感，並使其中醞釀的情緒得到最大的加強。而「由遠而近」則會將空間拉近，並讓近處的景物得到最大的注意。此外尚有多種「遠近迭用」的空間結構，這一方面可以滿足愛好新奇變化的審美心理，而且也合乎中國傳統遠近往還的遊賞方式。[5]

四　內外法

定義：將文學作品中所出現建築物內、外的空間轉換表達出來的一種章法。

美感與特色：因為有建築物（門、窗、帷、牆……）在「隔」，因此這種內外空間造成的「漸層」效果最好，也因此而特別有一種幽深曲折的美感，最適合用來醞釀幽邃的境界。[6]

五　左右法

定義：將空間在左、右之間移動，而造成的橫向變化記錄下來的一種章法。

美感與特色：向左、右延展的空間，最能傳達出「均衡」的美感，而且特別容易造成遼闊的空間感，也因此而產生安定靜穆的感受。此外，這種空間很容易凸顯出在左、右造成均衡的物（或人），這也是特色之一。[7]

5　《篇章結構類型論》上，頁 67-69。又《古典詩詞時空設計美學》，頁 54-66。
6　《篇章結構類型論》上，頁 82-83。又《古典詩詞時空設計美學》，頁 66-74。
7　《篇章結構類型論》上，頁 89-90。又《古典詩詞時空設計美學》，頁 77-83。

六　高低法

定義：記載文學作品中空間高、低變化的一種章法。

美感與特色：在「由低而高」的空間中，方向是往上的，因此給人一種輕鬆、自由的感受；而且當它創造出一個高偉的空間時，容易使審美主體由靜觀而融合，終於達致崇高的情境。至於「由高而低」的置景法，則方向是往下的，因此沉重、密集、束縛，可是力量也因此而非常驚人。而「高低迭用」的空間，則可靈活的收納上上下下的景物，以烘托出作者的主觀情感。[8]

七　大小法

定義：將空間中大的面與小的面之間，擴張、凝聚的種種變化記錄下來的一種章法。

美感與特色：大小空間展現的是平面美。形成的若是「由大而小」的包孕式空間，則最後會凝聚在小小的一「點」上，具有最強大的集中效果。「由小而大」的輻射式空間剛好相反，會有擴大、奔放的效果，是平面美的極致。而「大小迭用」的空間，則會形成「大者更擴散、小者更集中」的效果。[9]

八　視角轉換法

定義：不從單一的角度去描摹景物，而是將空間三維——長、寬、高互相搭配，造成視角的移動，並將此種變化體現在文學作品中的一種章法。

美感與特色：中國傳統的觀照方式即是仰觀俯察、遠近遊目，因此特

8　《篇章結構類型論》上，頁102-103。又《古典詩詞時空設計美學》，頁83-91。

9　《篇章結構類型論》上，頁120-121。又《古典詩詞時空設計美學》，頁91-97。

別容易形成視角變化的空間。這樣的空間結構方式，一方面可以自由的收羅不同空間的不同景物；而且空間的轉換，會造成「躍動性的空間美」，十分靈動。[10]

九　時空交錯法

定義：在文學作品中，分別關注了時間的流逝，以及空間的呈現，使兩者之間相輔相成，以求篇章內容完整、美感多元的一種章法。

美感與特色：人處在四維時空中，都有空間知覺與時間知覺，體現在作品中，會形成空間時間的混合美；這種美，美在同時掌握流動的時間與廣延的空間，因而更凸顯出人處在宇宙的一點中，種種作為、感受的意義，營造出一個專屬於作者個人的「小宇宙」。[11]

十　狀態變化法

定義：將外在世界中，萬事萬物某一狀態本身的變化，呈現在文章中的一種章法。

美感與特色：由於人對某一對象的某種特徵的注意越集中，在大腦皮層的相應部位就越能引起優勢興奮中心，這就是「有意注意優勢」，藉助於此，人們可以達到非常有效的觀察。創作者對觀察的結果感覺到美，便會用文字準確地傳達出來，於是出現對狀態變化的刻畫；但這與其說是對事物形態的模擬，還不如說是對美感情緒波動的模擬。[12]

十一　知覺轉換法

定義：在篇章中描摹不只一種的知覺，藉此展現創作者對大千世界多

10 《篇章結構類型論》上，頁 133-134。又《古典詩詞時空設計美學》，頁 100-104。

11 《篇章結構類型論》上，頁 145-146。又《古典詩詞時空設計美學》，頁 237-255。

12 《篇章結構類型論》上，頁 179-180。

面認識的一種章法。

美感與特色：人的任何一種知覺活動，都離不開感覺；因此人的感覺器官接收客觀世界的訊息，經過審美心理的運作後，就產生了種種的知覺美。在這之中，視覺和聽覺出現的次數最頻繁，與美的關係也最密切，因此這兩種知覺特稱為「美的知覺」；不過，各種知覺之間，都是彼此輔助的；而且最終都會匯歸為「心覺」，在心覺中獲得內在統一，這才是目的與極致。[13]

十二　因果法

定義：由一因一果所組合而成的一種章法。「因為……所以……」的構句方式是十分常見的；相反地，由「所以」至「因為」的情形也有；甚至「因為」與「所以」多次交互出現的情況也屢見不鮮。因此，這樣的思維方式，其應用範圍擴大到篇章時，那就形成因果法了。

美感與特色：因果邏輯的應用十分廣泛，所以因果法在文學作品中也就相當的常見。其中最常出現的型態是「由因及果」，這樣可以因順推而產生規律美，也可以全面地弄清楚事情的前因後果。而「由果溯因」的結構，因為「果」一開始就出現，很能夠挑起讀者的「期待欲」。而其他的變化類型，除了變化的美感外，也藉助「因」與「果」的多次呈現，來更深入內容。[14]

十三　眾寡法

定義：將多數與少數形成相應成趣的一種章法。

美感與特色：「由眾而寡」的結構，會突出一個焦點，是為「寡」；而「由

---

13 《篇章結構類型論》上，頁 160-161。

14 陳滿銘：〈論「因果」章法的母性〉，《國文天地》18 卷 7 期（2002 年 12 月），頁 94-101。又《篇章結構類型論》上，頁 223-224。

寡而眾」的結構，則會因涵蓋範圍的擴大，而有一種放大的作用。而且眾、寡的變化也可以打破沉悶，造成新鮮感。[15]

十四　情景法

定義：是借重具體的景物（實），來襯托抽象的情意（虛），以增強詩文的情味力量的一種章法。

美感與特色：在主客關係中，主體佔了主導的位置；主體依據其特殊的情意，揀擇適合的景象，此即所謂的「知覺定勢」。因此景與情的關係是相應相生的，所以可以產生一種「調和」的美感；所給予人的是欣賞而不是推理，是領悟而不是說教。[16]

十五　論敘法

定義：將抽象的道理與具體的事件結合起來，使之相輔相成的一種章法。

美感與特色：作者依據其特殊的需要，去揀擇適合的事件來表達主觀的情意，然後體現在篇章，因此「敘」與「論」必然是可以相適應的；而且從具體的事物中提煉出抽象的理論，揭示了客觀真理，這個過程本身即會產生美感。[17]

十六　泛具法

定義：將泛泛的敘寫和具體的敘寫結合在同一篇章中的一種章法。本來它的涵蓋面很廣，可涵蓋「情景」、「敘論」、「凡目」、「虛實」等章

15 《篇章結構類型論》上，頁 234。

16 《篇章結構類型論》上，頁 261-264。又陳佳君：《虛實章法析論》（臺北市：文津出版社，2002 年 11 月一版一刷），頁 47-67。

17 《篇章結構類型論》上，頁 285-286。又《虛實章法析論》，頁 68-90。

法，卻由於「情景」、「敘論」、「凡目」、「虛實」等章法，十分常見，必須抽離出去，各自獨立，以顯現其特色，因此在此僅存「事」與「情」、「景」與「理」之兩種類型。

美感與特色：在這種情形下，「抽象」和「具象」一方面會分別形成抽象美和具象美，一方面也會因為互相適應而達成調和的美感。[18]

十七　空間的虛實法

定義：將眼前所見的實空間，以及設想得來的虛空間揉雜於篇中，使空間處理靈活而有彈性的一種章法。

美感與特色：在想像力的奔放縱馳下，虛、實空間轉換自如，是最能展現空間變化之美的；而且「實」與「虛」之間的相生相濟，為文學作品增添了靈活調和的美感。[19]

十八　時間的虛實法

定義：是將「實」時間〔昔、今〕與「虛」時間〔未來〕揉雜於篇章中，以求敘事〔寫景〕、抒情〔議論〕的最好效果的一種章法。

美感與特色：時間的虛實法能掌握過去、現在、未來，是其他章法所沒有的優勢。而且「實」與「虛」之間互相聯繫、滲透、轉化，而生生不窮，也就是由局部性的交流所產生的靈動美，趨向整體統一的和諧美。[20]

---

18 仇小屏《篇章結構類型論》上，頁 295。又《虛實章法析論》，頁 34-46。

19 《篇章結構類型論》上，頁 318。又《古典詩詞時空設計美學》，頁 154-162。又《虛實章法析論》，頁 159-174。

20 《篇章結構類型論》上，頁 318。又《古典詩詞時空設計美學》，頁 228-235。又《虛實章法析論》，頁 145-158。

十九　假設與事實法

定義：將假設與事實作對應安排的一種章法。此處的「假設」，指的是虛構的事物；而「事實」，指的是現實世界中已發生的一切；兩兩對應、結合，組織成文學作品。

美感與特色：所謂的「事實」是指從現實世界中提煉出來的真實；而「假設」在文學中更佔有特別的地位，是人類心理的直接投射，是出乎現實而超乎現實，可以說是比真實更真實。而當此二者在作品中相互呼應時，輝耀出的是客觀世界與主觀世界所共同彰顯的真實。[21]

二十　凡目法

定義：在敘述同一類事、景、情、理時，運用了「總括」與「條分」來組織篇章的一種方章法。

美感與特色：凡目法的形成，基本上是運用了歸納、演繹的邏輯思考；也就是說歸納式的思考會形成「先目後凡」的結構，演繹式的思考會形成「先凡後目」的結構，而「凡、目、凡」、「目、凡、目」的結構，則是綜合運用了歸納、演繹的推理方式而形成的。所以「凡」是總括，具有統括的力量；「目」則是條分，條分的項目是並列的，因而有一種整齊美。而且「凡、目、凡」和「目、凡、目」結構還有一個特點，那就是具有對稱（均衡）與統一的美感。[22]

---

21 《篇章結構類型論》下，頁 331-332。又《虛實章法析論》，頁 189-205。

22 陳滿銘：〈談見於詩詞裡的凡目結構〉，《第一屆中國修辭學學術研討會論文集》（臺北市：中國修辭學會、臺灣師大國文系，1999 年 6 月），頁 95-116。又《篇章結構類型論》下，頁 355-356。又《虛實章法析論》，頁 91-118。又涂碧霞：《凡目章法析論》（臺北市：臺灣師範大學國研所碩士論文，2003 年 7 月），頁 1-190。

二十一　詳略法

定義：是將詳寫、略寫的筆法在篇章中相互為用，以突出主旨的一種章法。

美感與特色：美感的一個很大的來源是「比例」，「比例」指的就是兩部分配稱或不配稱。而詳寫、略寫都必須以突出主旨為第一考量，所以這就涉及了部分與全體的比例是不是很適當的問題；不只如此，詳寫與略寫之間也要配合得恰到好處，這就是部份與部分的比例協調。當部份與全體、部分與部分之間都配置得十分亭勻時，自然會給予人極大的審美享受。[23]

二十二　賓主法

定義：運用輔助材料〔賓〕，來凸顯主要材料〔主〕，從而有力地傳達出主旨的一種章法。

美感與特色：根據「相似」聯想，去尋找輔助的「賓」，以烘托出「主」，因而產生調和之美；而且有主有從，都是為了烘托出主旨而服務，這就會形成繁多的統一，因此而產生映襯與和諧美。[24]

二十三　正反法

定義：將極度不同的兩種〔或兩種以上〕的材料並列起來，作成強烈的對比，藉反面的材料襯托出正面的意思，以增強主旨的說服力與感染力的一種章法。

美感與特色：正反法是在「對比」的原理上產生的，對比因為具有極

---

23 《篇章結構類型論》下，頁 371-372。又《虛實章法析論》，頁 119-144。

24 《篇章結構類型論》下，頁 398-401。又夏薇薇：《賓主章法析論》（臺北市：文津出版社，2002 年 11 月初版一刷），頁 391-402。

大的差異性，因而有鮮明、醒目、活躍、振奮的強烈感受。而且有「相對立的形態」出現在篇章中，反而能使主體〔正〕的特點更突出、姿態更優美。除此之外，還可以增強主旨的感染力，這又再一次證明了「繁多的統一」這一美學至理。[25]

二十四　立破法

定義：將「立」與「破」之間形成針鋒相對，使得所欲探討的主題更加是非分明的一種章法。

美感與特色：立破法是根據對比的原理而成立的，但是因為強調「針鋒相對」，所以效果更加的強烈。而且「立」通常是積非成是的成見，也就是「心理的惰性」，當它被「破」推翻時，自然會促成讀者理解上的飛躍，效果極為突出。[26]

二十五　問答法

定義：是藉著「問」與「答」來組織篇章的一種章法。不過，「連問不答」既有組織的效果，而且「對話」也應包括在其中。

美感與特色：語言具有「刺激」與「反應」的雙重屬性，前者會形成「問」，後者會形成「答」，而且一般的對話也會形成「刺激—反應」的關係，因此可以將兩個不同的部分連結起來。並且「問」有懸疑的效果，「答」則會帶來撥雲見日的輕鬆感。至於「連問不答」則因意脈的流貫而連結為一個整體，而且因為一直沒有回答，於是造成了懸宕的特別效果。[27]

---

25 《篇章結構類型論》下，頁 432-434。

26 同前註，頁 455-456。

27 同前註，頁 501。

二十六　平側法

定義：平提數項的部分，和側注其中一、二項的部分，兩者結合起來所形成的一種章法。

美感與特色：平側法最大的優點，就是很容易藉著側注，凸顯出重心來。而且平提的部分也同時具有收束和拓開的作用，這也會帶來美感。[28]

二十七　縱收法

定義：是將「縱離主軸」、「拍回主軸」的手段交錯為用的一種章法。

美感與特色：「縱」就是放開，「收」就是拉回。當美感情緒四處流溢時，其表現出來的形態就是「縱」，但這其實是為了收束美感情緒，使之集中到一點上，也就是「收」。放開、收束的交互作用，可以藉著因落差而產生的力量，來推深作品中的情意，增強美感。[29]

二十八　張弛法

定義：造成文章中緊張與鬆弛的不同節奏，並使之互相配合的一種章法。

美感與特色：審美情緒波動大時，產生「張」的節奏；波動小時，產生「弛」的節奏。前者予人緊張感，後者則是舒緩的；張、弛節奏若作

28 陳滿銘：〈談平提側收的篇章結構〉《第二屆中國修辭學學術研討會論文集》（高雄市：高雄師範大學國文系，2000 年 6 月），頁 193-214。又《篇章結構類型論》下，頁 527-528。又高敏馨：《平側章法析論》（臺北市：臺灣師範大學國研所碩士論文，2004 年 5 月），頁 1-172。

29 傅更生：《中國文學欣賞舉隅》（臺北市：萬卷樓圖書公司，2002 年 11 月初版），頁 80-88。又《篇章結構類型論》下，頁 547-548。

更多次不同的搭配，會有起伏呼應的效果，韻律感會更強。[30]

二十九　偏全法

定義：將局部或特例與整體或通則兩相搭配起來的一種章法。這裡所謂的「偏」，是指局部或特例；而「全」，是指整體或通則。

美感與特色：作者在創作詩文之際，往往會用「局部」與「整體」、「特例」與「通則」的相應條理來組合情意材料。這種作法可以兼顧「整體」與「通則」，以及「局部」與「特例」，而且兩兩對照之下，更能顯出深長的情味。[31]

三十　天人法

定義：將「自然」與「人事」形成層次來描寫的一種章法。所謂「天」，指的是「自然」；所謂「人」，指的是「人事」。

美感與特色：如就寫景來說，「天」就是自然之景，「人」就是人事之景；若就說理而言，則「天」就屬於天道，「人」就屬於人道。當同一篇作品中出現「天」與「人」時，則兩者之間產生交流，自然界因而增添情味，人事界也獲得開展，因此產生了溫潤自由的美感。[32]

三十一　圖底法

定義：是組合焦點與背景而形成的一種章法。在篇章中出現的材料，有一些是焦點所在的「圖」，有一些是充當背景的「底」，兩兩配合起來，就形成邏輯層次。

美感與特色：「底」相對於「圖」而言，能起著烘托的作用，「圖」相

30 《篇章結構類型論》下，頁 566-567。
31 〈論幾種特殊的章法〉，頁 176-181。
32 同前註，頁 187-191。

對於「底」而言，卻有著聚焦的功能，因此一烘托、一聚焦，篇章就會顯得豐富有層次，而且焦點突出。[33]

三十二　敲擊法

定義：用正寫與側寫來安排篇章的一種章法。「敲」專指側寫，「擊」專指正寫，所以敲擊法就是側寫、正寫兼用的。

美感與特色：側寫、正寫兼用時，會造成「旁敲正擊」的效果，所以一方面具有側寫帶來的橫宕、流溢的美感，一方面又具有正寫所造成的痛快淋漓的感受，所以是一種非常具有美感的章法。[34]

以上三十二種章法，是比較常見的。其中每種章法，又至少可形成四種（如「凡目」法可形成「先凡後目」、「先目後凡」、「凡、目、凡」、「目、凡、目」）結構。換句話說：在已發現的約四十種章法，就可以形成約一百六十種的結構。而這種章法與結構，也會繼續增加[35]。因為章法是「客觀的存在」，只要有作者將這種「客觀的存在」的邏輯條理新用於辭章之創作上，即可被發現，而增加新的章法與結構。這樣就將經由「發現章法現象，以求得通則」的研究方式，持續下去，就會更豐富章法與其結構的內容。

而章法與章法之間，是原本就存在著一些藕斷絲連之關係的，因此如就宏觀的角度，來歸納某些章法一般性的共同特色，也就是從通則來

---

33 〈論幾種特殊的章法〉，頁 191-196。又仇小屏：〈論「圖底」章法的空間結構——以幾首唐詩為例〉，《國文天地》17 卷 5 期（2001 年 10 月），頁 100-104。

34 〈論幾種特殊的章法〉，頁 196-202。

35 王希杰：「陳教授的章法系統是開放的，不是封閉的。他並沒有宣稱他已經窮盡了章法現象，而是再繼續發現、繼續尋找新的章法現象。一來已經存在的文章中有我們還沒有發現的章法問題，二來，文章本身在發展著，新的文章將創造出新的章法現象，所以這一發現和尋找的過程將永遠也不會結束。」見〈章法學門外閑談〉，《國文天地》18 卷 5 期（2002 年 10 月），頁 97。

作大致的分類，則可製成章法家族分類表如下[36]：

<table>
<tr><th>家族</th><th colspan="2">章法</th><th>美感</th></tr>
<tr><td rowspan="2">圖底家族</td><td>（一）時間類</td><td>1.今昔法　2.久暫法　3.問答法</td><td rowspan="2">立體美</td></tr>
<tr><td>（二）空間類</td><td>1.遠近法　2.大小法　3.內外法
4.高低法　5.視角變換法
6.知覺轉換法　7.狀態變化法</td></tr>
<tr><td>因果家族</td><td colspan="2">1.本末法　2.淺深法　3.因果法　4.縱收法</td><td>層次美</td></tr>
<tr><td rowspan="3">虛實家族</td><td>（一）具體與抽象類</td><td>1.泛具法　2.點染法　3.凡目法
4.情景法　5.敘論法　6.詳略法</td><td rowspan="3">變化美</td></tr>
<tr><td>（二）時空類</td><td>1.時間的虛實法　2.空間的虛實法
3.時空交錯的虛實法</td></tr>
<tr><td>（三）真實與虛假類</td><td>1.設想與事實的虛實法
2.願望與實際的虛實法
3.夢境與現實的虛實法
4.虛構與真實的虛實法</td></tr>
<tr><td rowspan="2">映襯家族</td><td>（一）映照類</td><td>1.正反法　2.立破法　3.抑揚法
4.眾寡法　5.張弛法</td><td rowspan="2">映襯美</td></tr>
<tr><td>（二）襯托類</td><td>1.賓主法　2.平側（平提側注）法
3.天人法　4.偏全法　5.敲擊法
6.並列法</td></tr>
</table>

以上章法的四大家族，都包含了「調和」與「對比」的兩種類型。如果由此切入，則近四十種章法，則顯然又可以用「調和」與「對比」加以統合。也就是說，在「（0）一、二、多」邏輯原理的涵蓋下，章法結構所體現的正是取「二」為中，以徹上徹下的現象，因此必然會呈現二元對待的情形，所以從二元對待的角度切入，突出「調和」與「對比」，最能掌握章法結構在徹上、徹下時所起的關鍵的聯貫作用。

36 陳佳君：〈論章法的族性〉，《修辭論叢》（福州市：海潮攝影藝術出版社，2002年12月一版一刷），頁145-163。

因此，近四十種章法所形成的二元對待的結構，雖看似型態紛繁，而實則可以用「對比」與「調和」加以統括[37]。將此種「對比」與「調和」的觀念，落實到章法上，則意味著章法的二元結構不是以對比的方式、就是以調和的方式來造成對待；所以從這個角度，掌握了「二」(「調和」與「對比」)，對章法加以分類，當然就容易往下統合各種章法結構所形成之「多」，並且往上貫通章法二元對待的「一（0）」源頭，以凸顯主旨，從而探求出所造成的美感效果來。

基於上述的推論，章法除上述四大家族外，又可依此大致分作三類：對比類、調和類、中性類。運用前二類章法時，在材料的選取上，就必然會選用對比或調和的材料，因此毫無疑問地會造成對比美或調和美；而且在此二類之下，針對材料的來源，還可再分成三類，即同一事物造成對待者、不同事物造成對待者，以及皆有可能者。至於第三類章法則是二元所造成的對待關係尚未確立，可能是對比、也可能是調和，必須進一步檢視所選用的材料，才可以確定造成的是對比或是調和的關係，因此稱作中性類；而且此類所涵蓋的章法甚多，其中又以用「底」來襯托「圖」者最多，因此可以區分出圖底類[38]，無法歸入此類者，皆歸入其他類。

不過需要說明的是：插敘法、補敘法無法列入此三類中。那是因為此二種章法是與文章的主體產生對待關係，無法單獨明確地抓出對比或調和的關係，所以不加以分類。

---

37 夏方：《美學：苦惱的追求》（福州市：海峽文藝出版社，1988 年 5 月一版一刷），頁 108。

38 「圖底類」與「圖底法」並不等同。若以「集合」的觀念來說明，則圖底類是一個大集合，圖底法是一個小集合，圖底法從屬於圖底類之下，因此其相同點在於都是以「底」襯「圖」，不過此「底」與「圖」若是能從今昔、久暫、遠近……等其他章法的角度切入來分析，就歸入今昔、久暫、遠近……等其他章法，無法用其他章法切入的，就歸入圖底法。

關於各個章法詳細的歸類，可以參看下表[39]：

<table>
<tr><td rowspan="3">對比類</td><td>1. 同一事物：立破法、抑揚法、縱收法</td></tr>
<tr><td>2. 不同事物：正反法</td></tr>
<tr><td>3. 皆可：張弛法</td></tr>
<tr><td rowspan="3">調和類</td><td>1. 同一事物：本末法、淺深法、因果法、泛具法、凡目法、平側法、點染法、偏全法</td></tr>
<tr><td>2. 不同事物：賓主法、並列法、情景法、論敘法、敲擊法</td></tr>
<tr><td>3. 皆可：知覺轉換法</td></tr>
<tr><td rowspan="2">中性類</td><td>1. 圖底類：
（1）時空類：今昔法、久暫法、遠近法、內外法、左右法、高低法、大小法、視角變換法、時空交錯法
（2）虛實類：空間的虛實法、時間的虛實法、假設的事實法
（3）其他類：詳略法、天人法、眾寡法、圖底法</td></tr>
<tr><td>2. 其他類：狀態變換法、問答法</td></tr>
</table>

以上兩種統合章法的角度，都各有其依據，可助大眾對章法的認識與了解。此外，如此藉由「比較」深入章法現象，來嘗試理清其內在的理則，相信對於章法學的研究與應用，也是會有助益的。

第二節　章法規律

所謂「章法」，探討的既然是篇章內容的邏輯結構，也就是聯句成節（句群）、聯節成段、聯段成篇的關於內容材料之一種組織。因此對它的注意，是極早的，但集樹而成林，確定它的範圍、內容及原則，形成體系，而成為一個學門，則是晚近之事[40]。到了現在，可以掌握得相

39 這種歸類表，由仇小屏所提供。

40 鄭頤壽：「臺灣建立了『辭章章法學』的新學科，成果豐碩，代表作是臺灣師大博士生導師陳滿銘教授的《章法學新裁》（以下簡稱「新裁」）及其高足仇小屏、陳佳君等的一系列著作。……臺灣的辭章章法學體系完整、科學，已經具備成『學』

當清楚的章法，約有四十種。這些章法，全出自於人類共通的理則，由邏輯思維形成[41]，都具有形成秩序、變化、聯貫，以更進一層達於統一的功能。而這所謂的「秩序」、「變化」、「聯貫」、「統一」，便是章法的四大律。其中「秩序」、「變化」與「聯貫」三者，主要是就材料之運用來說的，重在分析；而「統一」，則主要是就情意之表出來說的，重在通貫。這樣兼顧局部的分析（材料）與整體的通貫（情意），來牢籠各種章法，是十分周全的。茲分述如下：

一　秩序律

所謂「秩序」，是將材料依序加以整齊安排的意思。任何章法都可依循此律，經由「移位」（順、逆）而形成其先後順序。茲舉較常見的十幾種章法來看，它們可就其先後順序，形成如下結構：

1. 今昔法：「先今後昔」、「先昔後今」。
2. 遠近法：「先近後遠」、「先遠後近」。
3. 大小法：「先大後小」、「先小後大」。

的資格。」見〈中華文化沃土，辭章學圃奇葩——讀陳滿銘《章法學新裁》及其相關著作〉，《海峽兩岸中華傳統文化與現代化研討會文集》（蘇州市：「海峽兩岸中華傳統文化與現代化研討會」，2002 年 5 月），頁 131-139。又王希杰：「『章法』一詞是多義的。『章法』是文章之法，但是，有兩種『章法』。是一種客觀存在的『章法』，它顯然是與文章同時出現的。有文章就有章法，不同的文章有不同的章法，但是沒有完全沒有章法的文章，不過是章法的好和壞罷了。另一種『章法』，是研究者的認識或主張，是知識和理論，是文章的研究者的辛勤勞動的成果，他當然是文章出現後的事情。後一種『章法』，即對章法的研究，也是早就有了的，中國古人對章法的論述很多，但是『章法學』的誕生是比較晚的事情。……章法學已經初步形成了一門科學。陳滿銘教授初步建立了科學的章法學體系。」見《章法學門外閑談》，頁 92-95。

41 吳應天：《文章結構學》（北京市：中國人民大學出版社，1989 年 8 月一版三刷），頁 345。

4. 本末法：「先本後末」、「先末後本」。
5. 虛實法：「先虛後實」、「先實後虛」。
6. 賓主法：「先賓後主」、「先主後賓」。
7. 正反法：「先正後反」、「先反後正」。
8. 敲擊法：「先敲後擊」、「先擊後敲」。
9. 立破法：「先立後破」、「先破後立」。
10. 平側法：「先平後側」、「先側後平」。
11. 凡目法：「先凡後目」、「先目後凡」。
12. 因果法：「先因後果」、「先果後因」。
13. 情景法：「先情後景」、「先景後情」。
14. 論敘法：「先論後敘」、「先敘後論」。
15. 底圖法：「先底後圖」、「先圖後底」。

這些經由「順」或「逆」之「移位」所形成的結構，隨處可見，如孟浩然〈宿桐廬江寄廣陵舊遊〉詩：

> 山暝聽猿愁，滄江急夜流。風鳴兩岸葉，月照一孤舟。建德非吾土，維揚憶舊遊。還將兩行淚，遙寄海西頭。

據詩題，可知此詩為作者乘舟停泊桐廬江畔時所作，旨在抒發自己對揚州（廣陵）友人的懷念之情與自己的身世之感（愁）[42]，是以「先底後圖」的結構寫成的。「底」（背景）的部分，為「山暝」三句，一面就視覺，將空間推擴，呈現了黃昏時的山色、江流與岸樹；一面又訴

42 喻守真：《唐詩三百首詳析》（臺北市：臺灣中華書局，1996 年 4 月臺二三版五刷），頁 161。

諸聽覺，依序寫山上猿啼、江中急流、風吹岸樹的幾種聲音；把作者在舟上所面對的空間，蒙上一片「愁」的況味，為底下「孤舟」上主人翁（作者）的抒情，作有力的烘托，十足地發揮了「底」（背景）的作用。而「圖」（焦點）的部分，則為「月照」五句，用「先點後染」順序來寫。其中「孤舟」句，經由「月」之照，將焦點集中在「孤舟」上的作者身上，作為抒發懷念之情的落足點，為「點」的部分。「建德」二句，指此地（桐廬）不是自己的故鄉（賓），以加強對揚州舊遊的懷念（主），所謂「雖信美而非吾土兮，曾何足以少留」（王粲〈登樓賦〉），使「愁」又加深一層；而「還將」二句，則由泛而具，透過凝想，將自己的眼淚遠寄到揚州，大力地深化對揚州舊友的思念之情（愁）；這是「染」的部分。作者就這樣，主要以「先底後圖」（篇）和「先點後染」、「先賓後主」、「先泛後具」（章）的結構，形成「秩序」來寫，寫得「旅況寥落」、「情深語摯」[43]，極為動人。附結構分析表如下：

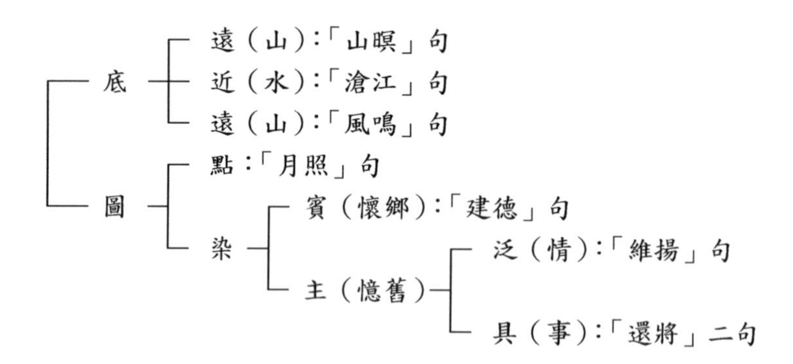

可見此詩，除了用一個「遠、近、遠」的轉位[44]結構外，主要用了「先

[43] 高步瀛選注：《唐宋詩舉要》（臺北市：學海出版社，1973 年 2 月初版），頁 438-439。

[44] 仇小屏：〈論辭章章法的移位、轉位及其美感〉，《辭章學論文集》上（福州市：海潮攝影藝術出版社，2002 年 12 月一版一刷），頁 98-122。

底後圖」、「先點後染」、「先賓後主」、「先泛後具」等移位結構。也就是說，「秩序」（移位）中雖有「變化」（轉位），但還是以「秩序」（移位）為主，而且全部都是屬於調和性的結構，這對懷舊之情，是有深化作用的。其分層簡圖如下：

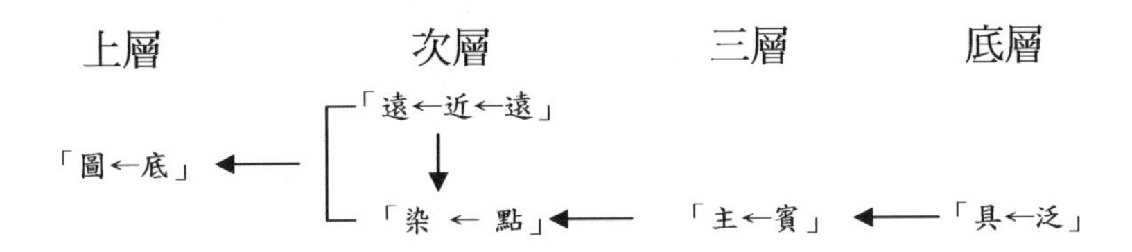

這些，如對應於「多、二、一（0）」，則以「泛具」、「遠近」、「賓主」、「點染」等各一疊所形成之結構與節奏（韻律）為「多」、一疊「圖底」所形成之結構為「二」，即核心結構，藉以徹下徹上；而以懷舊（含思鄉）之情、「清而不寒」[45]之風格與其所串成之一篇韻律，為「一（0）」。

又如王維的〈輞川閑居贈裴秀才迪〉詩：

> 寒山轉蒼翠，秋水日潺湲。倚杖柴門外，臨風聽暮蟬。渡頭餘落日，墟里上孤煙。復值接輿醉，狂歌五柳前。

此詩乃作者與裴迪秀才相酬為樂之作。在一特定時空之下，作者藉自然景物與人物形象之刻畫，以寫自己閒適之情。它一面在首、頸兩聯，具體描繪了「輞川」附近的水陸秋景與暮色，勾勒出一幅有色彩、音響和動靜的和諧畫面；另一面又在頷、末兩聯，於一派悠閒之自然圖案中，很生動地嵌入了作者自己倚杖聽蟬，和裴迪狂歌而至的人事景象；使兩者相映成趣，而形成了物我一體的藝術境界。李浩說此詩「全

---

45 沈家莊：《歷代名篇賞析集成》上（北京市：中國文聯出版公司，1988 年 12 月一版一刷），頁 618。

詩具有時間的特指〔『落日』時分〕和空間位置的具體固定，通過『〔柴門〕外』、『〔渡〕頭』、『〔墟〕里』、『〔五柳〕前』等方位名詞，勾勒出景物的相互位置關係，景物具有空間開發性，既活潑無礙，又彼此依存，是構成整個畫面諧調的一個部分。讀這樣的詩，應該在一個時間的片刻裡從空間上去理解作品，把握詩人用最高的藝術手腕所凝定下來的富有包孕性的瞬間印象」[46]，這種體會十分深刻。附結構分析表如下：

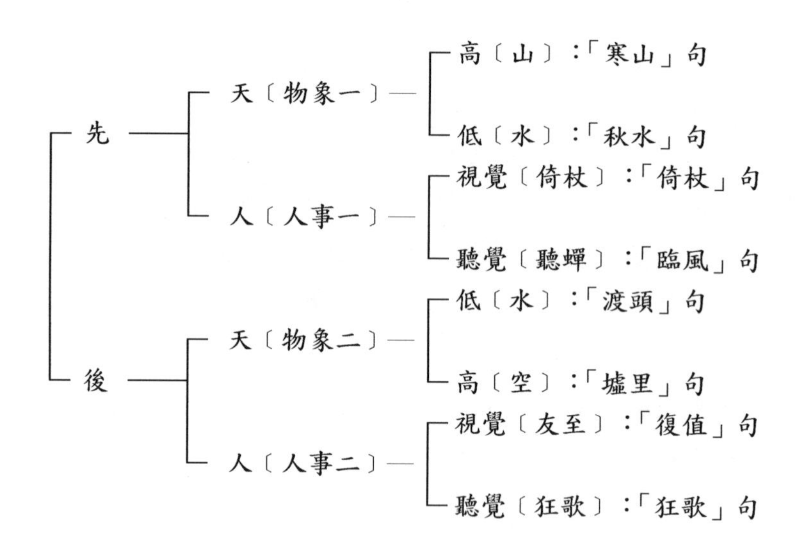

可見此詩主要以「今（後）昔（先）」、「天（物象）人（人事）」、「遠近」、「高低」與「知覺（視、聽）轉換」等章法，形成其移位結構，以「調和」全詩。其中除「今昔」之外，又將「天人」、「高低」、「知覺轉換」組成雙疊的形式，以增添其節奏流轉之美；尤其是天與人對

46　李浩：《唐詩的美學闡釋》（合肥市：安徽大學出版社，2000 年 4 月一版一刷），頁 255。

照，將空間拓大，又擴展了氣象；這些都強化了作者閒逸之趣。其分層簡圖如下：

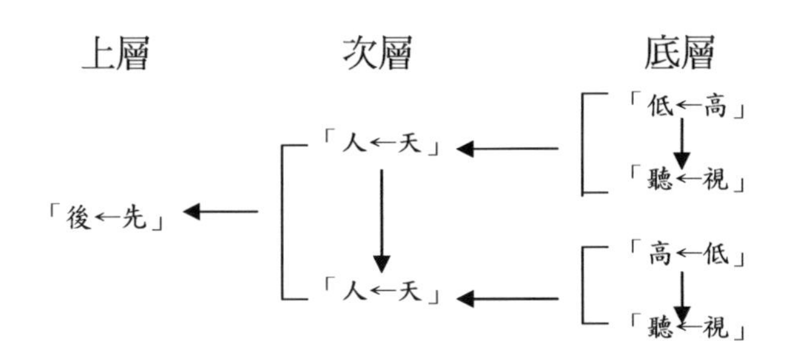

這些，如對應於「多、二、一（0）」，則以「遠近」、「高低」（二疊）與「知覺（視、聽）轉換」（二疊）等章法所形成之移位結構與節奏（韻律），算是「多」；以二疊「天人」（含「今（後）昔（先）」）自為陰陽所形成之移位結構與節奏（韻律），以徹下徹上，算是「二」；以「閒適之趣」之主旨與所形成之飄逸風格、韻律，算是「一（0）」。高步瀛說此詩「自然流轉，而氣象又極闊大」[47]，道出了本詩的特色。

這種合於「秩序」的移位結構，無論順、逆，都是作者將寫作材料，訴諸人類求「秩序」的心理，經過邏輯思維，予以組合而成的。松山正一著、歐陽鍾仁譯的《教師啟發學童思考能力的方法》一書中列有幾種方法，如「有條理地啟發學生的思考」、「藉分析事理啟發學生的思考」、「藉因果關係啟發學生的思考」、「藉知識的結構啟發學生的思考」[48]，都與此有關。而多湖輝所著的《全方位思考方法》一書更針對著逆向思考，提出「站在完全相反的立場來思考」的主張[49]。而這「順」

47 《唐宋詩舉要》，頁 422。

48 松山正一著、歐陽鍾仁譯：《教師啟發學童思考能力的方法》（臺北市：幼獅文化事業公司，1989 年 7 月七版），頁 15-19、85-88、104-107、126-129。

49 多湖輝：《全方位思考法》（臺北市：萬象圖書公司，1994 年 7 月初版一刷），頁和「逆」的思考，如反映在小學生的作文上，據調查是這樣子的：

> 六年級學生的作文，順敘佔 87.61%，插敘佔 3.54%，倒敘佔 8.85%。小學生基本上只能運用順敘法。據黃仁發等的調查三年級學生只會順敘，五年級會插敘的佔 2.28%，個別學生作文有倒敘的萌芽，即開頭一、二句把後面的事情提前說。[50]

可知「順」的思考，對作者（學生）而言，遠比「逆」者的發展為早、為易。

不過，無論「順」、「逆」，如就圖與底、遠與近、點與染、賓與主、泛與具、等相應之陰陽二元來說，它們的結合關係就是「反復」，亦即「齊一」的形式。陳望道說：

> 形式中最簡單的，是反復（Repetition）。反復就是重複，也就是同一事物的層見疊出。如從其他的構成材料而言，其實就是齊一。所以反復的法則同時又可稱為齊一（Uniformity）的法則。這種齊一或反復的法則，原本只是一個極簡單的形式，但頗可以隨處用它，以取得一種簡純的快感。[51]

所謂「形式」，乃指「事物所有的結合關係」[52]，而所謂「先甲後乙」者，指的就是形成秩序的「甲」與「乙」（同一事物）之結合，由此可見，

101-106。

50 朱作仁、祝新華：《小學語文教學心理學導論》（上海市：上海教育出版社，2001 年 5 月一版一刷），頁 195。

51 陳望道：《美學概論》（臺北市：文鏡文化事業公司，1984 年 12 月重排初版），頁 61-62。

52 同前註，頁 60。

章法所說的「秩序」，從另一角度說，就是「反復」、「齊一」，這種思考邏輯，是人人都有用的。對這種「反復」或「齊一」，歐陽周、顧建華、宋凡聖等在其《美學新編》中則稱為「整齊一律」，結合「節奏與秩序」，作了如下說明：

> 又稱單純一致、齊一、整一，是一種最常見、最簡單的形式美。它是單一、純淨、重複的，不包含差異或對立的因素，給人一種秩序感。顏色、形體、聲音的一致或重複，就會形成整齊一律的美。農民插秧，株距相等，橫直成行；建築物採用同樣的規格，長短高矮相同，門窗排列劃一；在軍事檢閱中，戰士們排成一個個人數相等的方陣，戰士的身材、服裝、步伐、敬禮的動作、歡呼的口號聲完全一致，都表現了一種整齊一律的美。我們常見的二方或多方連續的花邊圖案，在反復中體現出一定的節奏感，也屬於齊一的美。這種形式美給人一種質樸、純淨、明潔和清新的感受。[53]

可見「齊一」或「反復」會形成簡單「節奏」，而「給人一種秩序感」的。這對思考邏輯而言，當然十分有用。由此可見，章法的秩序律與邏輯思維，乃系出一源，其關係自然是十分密切的。

二　變化律

所謂「變化」，是把材料的次序加以參差安排的意思。每一章法依循此律，也都可經由「轉位」而造成順、逆交錯的效果。同樣以上舉十

---

53 歐陽周、顧建華、宋凡聖等：《美學新編》（杭州市：浙江大學出版社，1993 年 3 月一版九刷），頁 76。

幾種常見章法來看，可形成如下結構：

1. 今昔法：「今、昔、今」、「昔、今、昔」；
2. 遠近法：「遠、近、遠」、「近、遠、近」；
3. 大小法：「大、小、大」、「小、大、小」；
4. 本末法：「本、末、本」、「末、本、末」；
5. 虛實法：「虛、實、虛」、「實、虛、實」；
6. 賓主法：「賓、主、賓」、「主、賓、主」；
7. 正反法：「正、反、正」、「反、正、反」；
8. 抑揚法：「抑、揚、抑」、「揚、抑、揚」；
9. 立破法：「立、破、立」、「破、立、破」；
10. 平側法：「平、側、平」、「側、平、側」；
11. 凡目法：「凡、目、凡」、「目、凡、目」；
12. 因果法：「因、果、因」、「果、因、果」；
13. 情景法：「情、景、情」、「景、情、景」；
14. 論敘法：「論、敘、論」、「敘、論、敘」；
15. 底圖法：「底、圖、底」、「圖、底、圖」。

這些「順」和「逆」交錯的「轉位」結構，也隨處可見。如如李白的〈登金陵鳳凰臺〉詩：

> 鳳凰臺上鳳凰遊，鳳去臺空江自流。吳宮花草埋幽徑，晉代衣冠成古丘。三山半落青天外，二水中分白鷺洲。總為浮雲能蔽日，長安不見使人愁。

這首詩藉作者登臺之所見所感，以寫其身世之悲與家國之痛[54]。它首先在起聯，扣緊「金陵鳳凰臺」，突出登臨之地點，用「遊」與「去」寫其盛衰，以寓興亡之感；這是頭一個「圖」的部分，是以對比性結構來呈現的。接著在頷、頸兩聯，前以「吳宮」二句，就近寫今日所見「幽徑」與「古邱」之「衰」景，而用「吳宮花草」與「晉代衣冠」帶入昔日之「盛」況，形成強烈對比，以深化興亡之感，這又是以對比性結構來呈現；後以「三山」二句，將空間拓大，就遠寫今日所見「三山」與「二水」一直延伸到「長安」的山水勝景；這對上敘的「臺」或下敘的「人」〔不見長安之作者〕而言，均有烘托、襯映的作用，是「底」的部分，這是以調和性結構來呈現的。最後在尾聯，聚焦到自己身上，以「浮雲」之「蔽日」，譬眾邪臣之蔽賢，「長安」之「不見」，喻己之謫居在外，既為自己被排擠出京而憤懣，又為唐王朝將重蹈六朝覆轍而憂慮；這是後一個「圖」的部分，這又是以調和性結構來呈現的。附結構分析表：

54 袁行霈分析，見《唐詩大觀》（香港：商務印書館香港分館，1986 年 1 月一版二刷），頁 329。

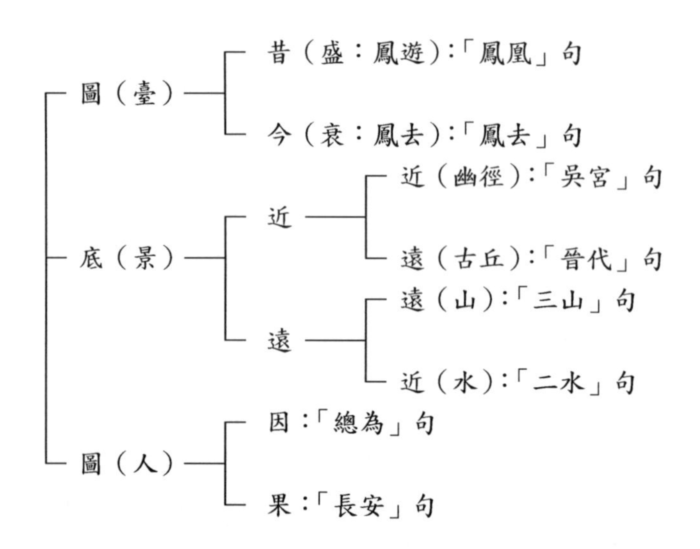

由上述可看出，作者此詩，經過「邏輯思維」，就「篇」而言，以「圖、底、圖」調和中有對比的轉位結構，形成其條理；就「章」而言，以「先昔後今」、「先近後遠」、「先遠後近」與「先因後果」等，融合對比性與調和性兩種移位結構，形成其條理。而且其中「順」和「逆」並用而產生變化的，除「圖、底、圖」外，還有中間兩聯所形成的「近、遠、近」，這又增加了對比的強度。如此一來，在對比、變化中就帶有調和、整齊，而在調和、整齊中又含有對比、變化，其「邏輯思維」之精細，是值得人讚賞的。其分層簡圖如下：

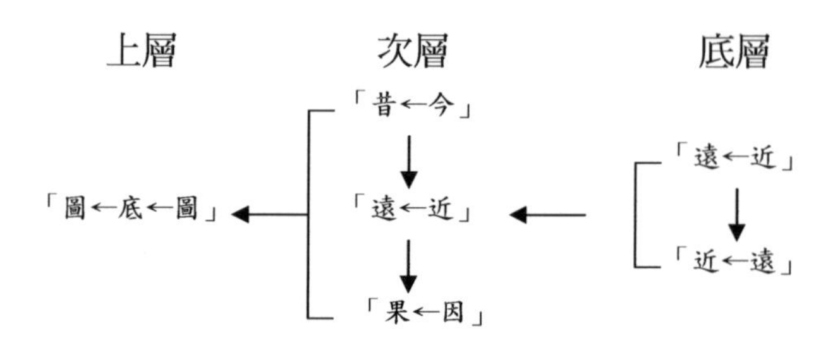

這樣，如對應於「多、二、一（0）」來說，則顯然地，「多」是指以「今昔」（一疊）、「遠近」（三疊）、「因果」（一疊）所形成的兩層移位性調和結構與節奏（韻律），「二」是指以「圖底」自為陰陽徹下徹上所形成的轉位性核心結構與節奏（韻律），而「一（0）」則是指此詩表「身世之悲與家國之痛」的主旨與所形成「柔中寓剛」之風格、韻律。這種「柔中寓剛」之風格、韻律，和李白「豪放飄逸」的整體詩風[55]，是一致的。

又如杜甫的〈聞官軍收河南河北〉詩：

> 劍外忽傳收薊北，初聞涕淚滿衣裳。卻看妻子愁何在，漫捲詩書喜欲狂。白日放歌須縱酒，青春作伴好還鄉。即從巴峽穿巫峽，便下襄陽向洛陽。

這首詩旨在寫「聞官軍收河南河北」時「喜欲狂」之情，是以「先點後染」的結構寫成的，而「染」又自成「目、凡、目」的結構類型。它「首先在起聯，針對題目，寫『聞官軍收河南河北』時自己喜極而泣的情形，藉『忽傳』、『初聞』寫事出突然，藉『涕淚滿衣裳』具寫喜悅；接著在頷聯，採設問的形式，由自身移至妻子身上，寫妻子聞後狂喜的情狀，很技巧地以『卻看』作接榫，帶出『漫卷詩書』作具體之描寫。以上全用以實寫『喜欲狂』，為『目一』的部分。而緊接著『漫卷詩書』而來的『喜欲狂』三字，正是一篇的主旨所在，為『凡』部分。繼而在頸聯，由實轉虛，以『放歌縱酒』上承『喜欲狂』、『作伴好還鄉』上承『妻子』，寫春日攜手還鄉的打算（時）；最後在結聯，緊接上聯『還

---

55 周振甫：《文學風格例話》（上海市：上海教育出版社，1989 年 7 月一版一刷），頁 103。

鄉』之打算，一口氣虛寫還鄉所準備經過的路程（空）。以上全用以虛寫『喜欲狂』，為『目二』的部分。如此，由『忽傳』而『初聞』、『卻看』而『漫卷』、『即從』而『便下』，以單軌一氣奔注[56]，將自己與妻子『喜欲狂』的心情，描摹得真是生動極了。」[57] 這樣，全詩就維持一致的情意了。附結構分析表如下：

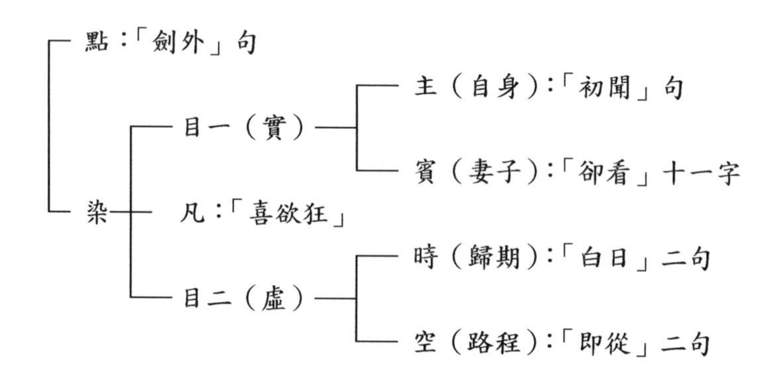

由此看來，此詩結構，主要除了用「目（實）、凡、目（虛）」（篇）的轉位結構外，也用「先點後染」、「先主後賓」、「先時後空」（章）等的移位結構，以組合篇章，使全詩前後呼應，亦即「目」（實）與「目」（虛）、「因」與「果」、「賓」與「主」、「時」與「空」作局部之呼應，而以「凡」（喜欲狂）統攝一「實」一「虛」的兩個「目」，以統一全詩的情意。其分層簡圖如下：

56 趙山林：《詩詞曲藝術論》（杭州市：浙江教育出版社，1998 年 6 月一版一刷），頁 124。

57 《章法學新裁》，頁 383。

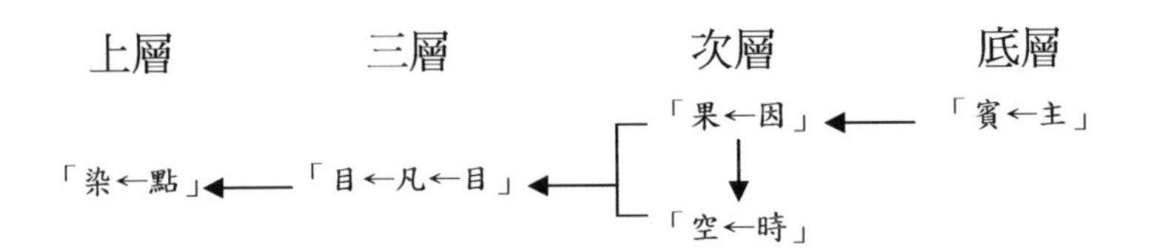

如對應於「多、二、一(0)」來看，則由「因果」、「時空」、「賓主」各一疊所形成之移位性調和結構與節奏（韻律），可視為「多」，由「凡目」自為陰陽徹下徹上所形成之變化（轉位）性結構與節奏（韻律），可視為「二」，而由此呈現的「喜欲狂」之主旨與「酣暢飽滿」[58] 的風格、韻律，則可視為「一（0）」。

在此，值得注意的是：「漫卷詩書」的人，通常都以為是杜甫自己[59]，其實，「漫卷詩書」是妻子（賓）的動作，乃「愁何在」這一「問」之「答」，也就是「妻子」愁雲煙消雲散的具體憑據。這和詩人自己（主）「涕淚滿衣裳」的樣子，正好構成了一幅家人「喜欲狂」的畫面。如此以賓（妻子）主（詩人自己）來切入此詩，似乎比較能使前後平衡，而且「一以貫之」，而合於章法之聯貫原理。

這種將「順」和「逆」結合在一起所形成的轉位結構，比起單「順」與單「逆 」者，要來得複雜而有變化。而這種變化，可說源自於人類要求變化的心理，陳望道）在其《美學概論》中說：

> 人類心理卻都愛好富於變化的刺激，大抵喚取意識須變化，保持意識的覺醒狀態也是需要變化的。若刺激過於齊一無變化，意識

58 《詩詞曲藝術論》，頁 241。

59 如史雙元之說，見《中學古詩文鑑賞辭典》（南京市：江蘇古籍出版社，1988 年 7 月一版一刷），頁 68。又如霍松林之說，見《唐詩大觀》，頁 543。

> 對它便將有了滯鈍、停息的傾向。在意識的這一根本性質上，反復的形式實有顯然的弱點。反復到底不外是同一（縱非嚴格的同一，也是異常的近似）狀態之齊一地刺激著我們的事。反復過度，意識對於本刺激也便逐漸滯鈍停息起來，移向那有變化有起伏的別一刺激去的趨勢。[60]

因此這類富於變化的結構（條理），是完全能切合他（她）們的邏輯思考與心理的。這種求變的思考心理，如反映在小學生的作文上，據調查是這樣子的：

> 張宏熙等發現，不同的題材，學生對結構層次的安排不一樣，寫一件事，最喜歡用「一詳一略」來反映的佔 21.6%；任何題材，都喜歡結構多變的佔 58.9%。學生喜歡結構多變的原因，是這種作文內容隨意，不必考慮獨特的開頭，巧妙的結尾，形式隨便。總之，學生作文的結構層次，已從統一固定的模式，向靈活多變的模式過渡。[61]

由「齊一」而求「變化」，是人共通的心理。唯有求變化，才能提升人的思考能力，而使頭腦保持靈活。多湖輝在其《全方位思考方法．序》中，就由個人生活的角度切入說：

> 如何克服生活呆版化，是一般人最困擾的，唯有從「改變生活的空間」、「改變生活的時間」、「改變生活的習慣」著手，隨時隨

60 《美學概論》，頁 63-64。
61 《教師啟發學童思考能力的方法》。

> 地多多從各個角度觀看事物，甚至反習慣思考日常生活中理所當然的成規，一旦努力嘗試，養成處處腦力激盪的習慣，這樣自我訓練，就能常保思想靈活，創意便不會枯竭了。[62]

而「變化」比起「秩序」來，是會形成較複雜之「節奏」的，歐陽周、顧建華、宋凡聖等在其《美學新編》中就針對由「變化」所引生的「節奏」，加以解釋說：

> 節奏是一種連續的合規律的週期性變化的運動形式。郭沫若說：「把心臟的鼓動和肺臟的呼吸，認為節奏的起源，我覺得很鞭辟近裡了。」是有道理的。世界上沒有一樣事物是沒有節奏的：日出日沒，月圓月缺，寒往暑來，四時代序，這是時間變化上的節奏；日作夜眠，起居有序，有勞有逸，這是人們日常生活上的節奏；人體的呼吸、脈搏、情緒乃至思維，都像生物鐘一樣，是一種有節奏的生命過程。當外在環境的節奏與人的機體的律動相協調時，人的生理就會感到快適，並引起心理上的喜悅。[63]

可見時空或生活變化，甚至生命過程之變化，都會引起「節奏」，與人之生理律動相協調，產生「心理上的喜悅」。而這種由「變化」、「節奏」所引起的「心理上的喜悅」，說的正是美感效果。這種美感效果，對思考邏輯而言，是有正面的作用的。足見變化性的邏輯思維對人生活的影響之大，而要開啟這扇大門，由章法而掌握其規律，無疑是最好的一把鑰匙。

---

62 《全方位思考方法．序》，頁（序）2。

63 《美學新編》，頁 78-79。

三　聯貫律

「所謂『聯貫』，是就材料先後的銜接或呼應來說的，也稱為『銜接』。無論是哪一種章法，都可以由局部的『調和』與『對比』，形成銜接或呼應，而達到聯貫的效果。在三十幾種章法中，大致說來，除了貴與賤、親與疏、正與反、抑與揚、立與破、眾與寡、詳與略、張與弛……等，比較容易形成『對比』外，其他的，如今與昔，遠與近、大與小、高與低、淺與深、賓與主、虛與實、平與側、凡與目、縱與收、因與果……等，都極易形成『調和』的關係。」[64] 一般說來，辭章裡全篇純然形成「對比」者較少，而在「對比」（主）中含有「調和」（輔）者則較常見；至於全篇純然形成「調和」者則較多；而在「調和」（主）中含有「對比」（輔）者，則較少見；這種情形，尤以古典詩詞為然。不過，無論怎樣，都可以收到前後呼應、聯貫為一的效果[65]。如辛棄疾的〈賀新郎〉詞：

> 綠樹聽鵜鴃，更那堪、鷓鴣聲住，杜鵑聲切！啼到春歸無尋處，苦恨芳菲都歇。算未抵人間離別：馬上琵琶關塞黑，更長門翠輦辭金闕。看燕燕，送歸妾。　將軍百戰身名裂，向河梁回頭萬里，故人長絕。易水蕭蕭西風冷，滿座衣冠似雪。正壯士、悲歌未徹。啼鳥還知如許恨，料不啼清淚長啼血。誰共我，醉明月。

這闋詞題作「別茂嘉十二弟。鵜鴃、杜鵑實兩種，見《離騷補註》」，

---

64 陳滿銘：〈論辭章章法的四大律〉，《辭章學論文集》上，頁 68-77。

65 除此效果外，「對比」與「調和」還可以影響一篇辭章之風格，通常「對比」會使文章趨於陽剛，而「調和」則會使文章趨於陰柔。參見仇小屏：《古典詩詞時空設計美學》，頁 323-331。

是用「先賓後主」的順序寫成的。其中的「賓」，先以「綠樹」句起至「苦恨」句止，從側面切入，用鵜鴂、鷓鴣、杜鵑等春鳥之啼春，啼到春歸，以寫「苦恨」；這是頭一個「敲」的部分。再以「算未抵」句起至「正壯士」句止，由「鳥」過渡到「人」，採「先平提後側收」[66]的技巧，舉古代之二女〔昭君、歸妾〕二男〔李陵、荊軻〕為例，用「先反後正」的形式，來寫人間離別的「苦恨」，暗涉慶元黨禍，將朝臣之通敵與志士之犧牲，構成強烈的對比，以抒發家國之恨[67]；這是「擊」的部分。末以「啼鳥」二句，又應起回到側面，用虛寫（假設）方式，推深一層寫啼鳥的「苦恨」；這是後一個「敲」的部分。而「主」，則正式用「誰共我」二句，表出惜別「茂嘉十二弟」之意，以收拾全篇。所謂「有恨無人省」，作者之恨在其弟離開後，將要變得更綿綿不盡了。附結構分析表如下：

---

66 〈談「平提側收」的篇章結構〉，《章法學新裁》，頁435-459。

67 鞏本棟：《辛棄疾評傳》（南京市：南京大學出版社，1998年12月一版一刷），頁400-401。又陳滿銘：〈唐宋詞拾玉〔四〕——辛棄疾的〈賀新郎〉〉，《國文天地》12卷1期（1996年6月），頁66-69。

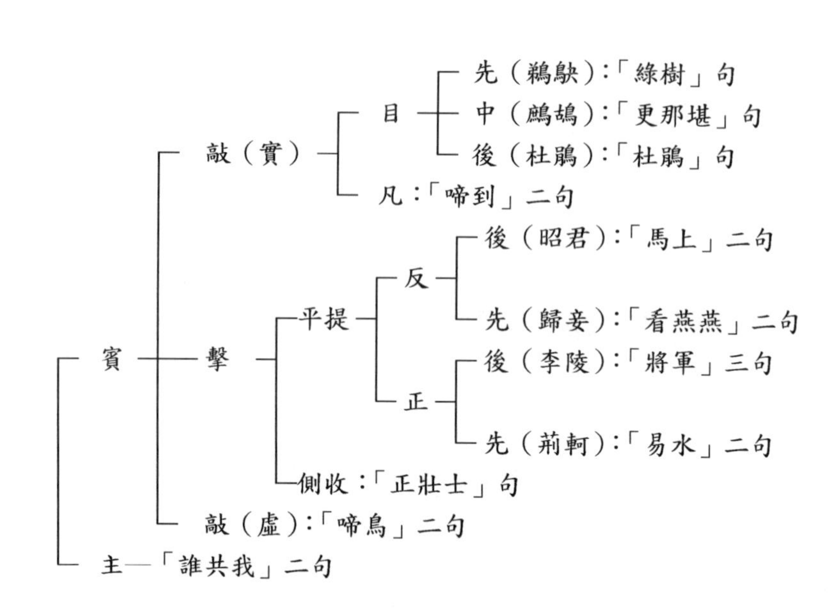

如此，既以「賓」和「主」、「敲」和「擊」、「虛」和「實」、「凡」和「目」、「平提」和「側收」、「先」（昔）後「後」（今）等移位結構，形成「調和」，又以「正」和「反」之移位形成「對比」、「敲」和「擊」之轉位形成「變化」；也就是說，在「調和」中含有「對比」，在「順敘」中含有「變化」。而這「變化」的部分，既佔了差不多整個篇幅，其中「對比」又出現在篇幅正中央，形成核心結構，且用「擊」加以呈現，這樣在「變化」的牢籠之下，特用「對比」結構來凸顯其核心內容，使得其他「調和」的部分，也全為此而服務，所以這種安排，對此詞風格之趨於「沉鬱蒼涼，跳躍動盪」[68]，是大有作用的。其分層簡圖如下：

68 陳廷焯：《白雨齋詞話》卷一，唐圭璋編：《詞話叢編》4（臺北市：新文豐出版公司，1988 年 2 月臺一版），頁 3791。

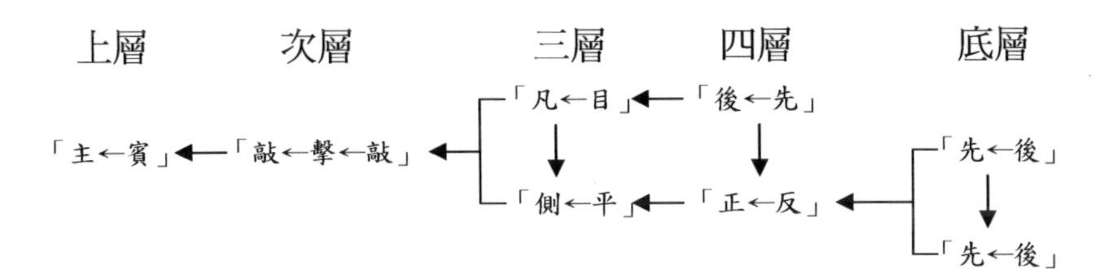

掌握了這個圖，則此詞「多、二、一（0）」之結構，就一清二楚，那就是：「多」指的是用「平側」（一疊）、「凡目」（一疊）、「正反」（一疊）、「先後（今昔）」（三疊）等所形成的移位性結構與節奏（韻律），「二」指的是「敲擊」（含賓主）自為陰陽徹下徹上所形成轉位性的核心結構與節奏（韻律），「一（0）」指的是「家國之恨」的主旨與「沉鬱蒼涼，跳躍動盪」之風格、韻律。

又如李文炤的〈儉訓〉：

> 儉，美德也，而流俗顧薄之。
>
> 貧者見富者而羨之，富者見尤富者而羨之。一飯十金，一衣百金，一室千金，奈何不至貧且匱也？每見閭閻之中，其父兄古樸質實，足以自給，而其子弟羞向者之為鄙陋，盡舉其規模而變之，於是累世之藏，盡費於一人之手。況乎用之奢者，取之不得不貪，算及錙銖，欲深谿壑；其究也，諂求詐騙，寡廉鮮恥，無所不至；則何若量入為出，享恆足之利乎？且吾所謂儉者，豈必一切捐之？養生送死之具，吉凶慶弔之需，人道之所不能廢，稱情以施焉，庶乎其不至於固耳。

此文旨在勉人養成節儉美德，以免因奢侈浪費而寡廉鮮恥，無所不至，是用「先凡後目」的結構寫成的。「凡」的部分為起段，採開門見山的方式，提明「儉」是美德（正），而流俗卻反而輕視它（反），作為全篇總冒，以統攝下文。而「目」的部分，則先從反面論「流俗顧薄之」，即次段；然後回到正面來論「儉美德也」，即末段。就在論「流俗顧薄之」的次段，作者首以「貧者見富者」五句，泛論因奢侈而致「貧且匱」的道理；次以「每見閭閻之中」七句，舉常例來說明因奢侈而致敗家的必然後果；末則依序以「況乎用之」四句，指出「奢者」之慾望無窮，以「其究也」四句，指出這樣的結果是「寡廉鮮恥，無所不至」，以「則何若」二句，由反面轉到正面，勸人節儉以享恆足之利。至於論「儉美德也」的末段，作者特以「且無所謂」二句作一激問，帶出「養生送死」四句的回答，指明「儉」不是要捐棄一切，而是要在「人道」上「稱情以施」，以免流於固陋。附結構分析表如下：

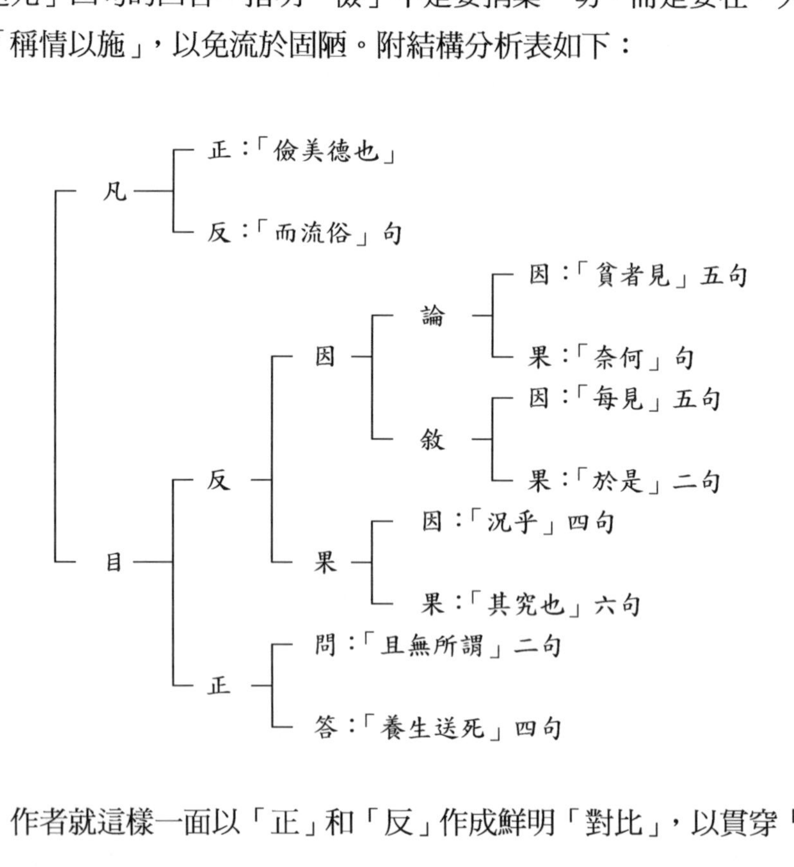

作者就這樣一面以「正」和「反」作成鮮明「對比」，以貫穿「凡」

和「目」；一面又以「因」和「果」、「敘」和「論」、「問」和「答」，兩兩呼應，形成「調和」；使得此文在「對比」中帶有「調和」，將全部移位結構聯貫成一個整體，成功地闡發了「儉美德也」的道理。其分層簡圖如下：

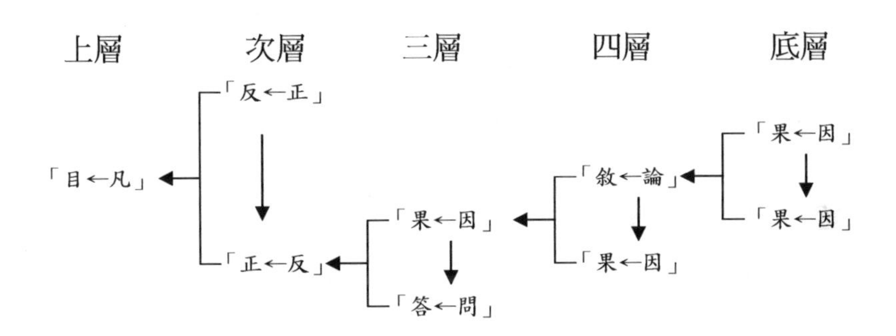

如對應於「多、二、一（0）」來看，以「因果」（四疊）、「敘論」（一疊）、「問答」（一疊）和「正反」（二疊）所形成層層之移位結構與節奏（韻律），是屬於「多」；以「凡目」自成陰陽所形成的核心（移位）結構與節奏（韻律），以徹下徹上，是屬於「二」；以結合形象思維與邏輯思維所凸顯的「儉美德也」的主旨與趨於嚴整雅健之風格、韻律，是屬於「一（0）」。

要使一篇辭章形成「調和」與「對比」，如果僅就局部（章）的組織來說，其思考基礎，和形成「秩序」或「變化」的，沒多大差異；如果落到整體（篇）之聯貫、統一而言，則顯然要複雜、困難多了。這從小學生思考發展的過程，可看出一點端倪。王耘、葉忠根、林崇德在《小學生心理學》中說：

> 在小學生辯證思考的發展中……有一定的順序性，是一個從簡單到複雜，從低級到高級的不斷提高的過程。……小學生對不同內

> 容的辯證判斷的正確率不同。以「主要與次要」方面的正確率最高，接著依次是「內因與外因」方面，「現象與本質」方面，「部分與整體」方面，以「對立與統一」的內容方面最為薄弱。[69]

所謂「主要與次要」、「內因與外因」、「現象與本質」，涉及了「本末」、「深淺」、「內外」等章法；而「部分與整體」，則涉及了「凡目」、「偏全」等章法；至於「對立與統一」，所涉及的，正是「調和」與「對比」；它們依次是「從簡單到複雜的」，換句話說，它們大致是由「秩序」而「變化」而趨於「聯貫」的。

其實，「調和」與「對比」兩者，並非永遠都如此，固定不變。所謂的「調和」，在某個層面來看，指的乃是「對比」前的一種「統一」；而所謂的「對比」，或稱「對立」，如著眼於進一層面，則形成的又是「調和」或「統一」的狀態；兩者可說是一再互動、循環，而形成「螺旋結構」[70]的。所以邱明正在其《審美心理學》中說：

> 對立原則貫穿於整個審美、創造美的心理運動之中，它無處不在，無時不有。但是審美心理運動有矛盾對立的一面，又有矛盾統一的一面。人通過自覺或不自覺的自我調節，協調各種矛盾，可以由矛盾、對立趨於統一，並在主體審美心理上達於統一和諧。例如主體對客體由不適應到適應就是由矛盾趨於統一。即使主體仍然不適應客體，甚至引起反感，但主體心理本身卻處於和

---

69 王耘、葉忠根、林崇德等：《小學生心理學》（臺北市：五南圖書公司，1998 年 10 月臺初版二刷），頁 168。

70 兩種對立的事物，往往會產生互動、循環而提升的作用，而形成螺旋結構。參見陳滿銘：〈談儒家思想體系中的螺旋結構〉，臺灣師大《國文學報》29 期（2000 年 6 月），頁 1-34。

> 諧平衡狀態。這種既對立又統一的原則體現了矛盾的雙方相互對立，互相排斥，又在一定條件下相互轉化，互相統一的矛盾運動法則，是宇宙萬物對立統一的普遍規律、共同法則在審美心理上的反映。[71]

審美是由「末」（辭章）溯「本」（心理—構思）的逆向活動，而創作則正相反，是由「本」（心理—構思）而「末」（辭章）的順向過程；其中的原理法則，是重疊的，是一樣的。一篇作品，假如能透過分析，尋出其篇章條理，以進於審美，則作者寫作這篇作品時的構思線索，亦即思考邏輯，就自然能加以掌握，上述的「秩序」、「變化」的條理，是如此；即以形成「聯貫」的「調和」與「對比」來說，也是如此。

這種「調和」與「對比」之形成，是可以另用「襯托」的一種創作技法來作解釋的，董小玉《文學創作與審美心理》說：

> 襯托，原係中國繪畫的一種技法，它是只用墨或淡彩在物象的外廓進行渲染，使其明顯、突出。這種技法運用於文學創作，則是指從側面著意描繪或烘托，用一種事物襯托另一種事物，使所要表現的主體在互相映照下，更加生動、鮮明。襯托之所以成為文學創作中一種重要的表現手法，是由於生活中多種事物都是互為襯托而存在的，作為真實地表現生活的文學，也就不能孤立地進行描寫，而必然要在襯托中加以表現。[72]

71 邱明正：《審美心理學》（上海市：復旦大學出版社，1993 年 4 月一版一刷），頁 94-95。

72 董小玉：《文學創作與審美心理》（成都市：四川教育出版社，1992 年 12 月一版一刷），頁 338。

既然「生活中多種事物都是互為襯托而存在」，而「襯托」的主客雙方，所呈現的就是「陰陽二元對待」的現象。這種現象，形成「調和」的，相當於襯托中的「正襯」與「墊襯」；而形成「對比」的，則相當於襯托中的「反襯」。對於「正襯」、「墊襯」與「反襯」，董小玉《文學創作與審美心理》解釋說：

> 襯托可以分為正襯、反襯和墊襯。正襯，是只用相同性質的事物來互相襯托，使之更加生動，更富感染力。也可以說是用美好的景物來襯托歡樂的感情，用淒苦的景物來襯托悲哀的感情。……反襯，是指用對立性質的客體事物來襯托主體，達到服務主體的目的。即用淒苦的景物來襯托歡樂的感情，用美好的景物來襯托悲哀的感情。……襯墊，又叫鋪墊，它是指為主要情節和故事高潮的到來，從各個方面、各個角度所作的準備。它的作用在於「托」或「墊」。[73]

這樣，無論是「正襯」、「墊襯」或「反襯」，亦即無論是「調和」或「對比」，都可以形成「美」，而對「秩序」、「變化」或「統一」，更有結合的作用，並且在顯示出它在形成「秩序」、「變化」與「統一」之「美」時，可充當必要的橋樑。

四　統一律

所謂的「統一」，是就材料情意的通貫來說的。這裡所說的「統一」，乃側重於內容（包含內在的情理與外在的材料）而言，與前三個原則之側重於形式（條理）者，有所不同。也就是說，這個「統一」，

---

73 同前註，頁 339-341。

和聯貫律中由「調和」所形成的「統一」，所指非一。因此要達成內容的「統一」，則非訴諸主旨（情意）與綱領（大都為材料的統合）不可。而綱領既有單軌、雙軌或多軌的差別，就是主旨也有置於篇首、篇腹、篇末與篇外的不同[74]。一篇辭章，無論是何種類型，都可以由此「一以貫之」。如王安石的〈讀孟嘗君傳〉一文：

> 世皆稱孟嘗君能得士，士以故歸之，而卒賴其力，以脫於虎豹之秦。
>
> 嗟呼！孟嘗君特雞鳴狗盜之雄耳，豈足以言得士！不然，擅齊之強，得一士焉，宜可以南面而制秦，尚何取雞鳴狗盜之力哉！
>
> 雞鳴狗盜之出其門，此士之所以不至也。

這篇翻案文章，一開頭就直接以「世皆稱」四句，先立一個案，採「先因後果」的條理，藉世人之口，對孟嘗君之「能得士」，作一讚美，並從中拈出「卒賴其力，以脫於虎豹之秦」，隱含「雞鳴狗盜」之意，以作為「質的」，以引出下文之「弓矢」。再以「嗟呼」句起至末，在此用「實、虛、實」的條理，針對「立」的部分，以「雞鳴狗盜」扣緊「卒賴其力，以脫於虎豹之秦」，予以攻破。所謂「質的張而弓矢至」，真是一箭而貫紅心，雖文不滿百字，卻有極強的說服力。

附結構分析表如下：

74 陳滿銘：〈談辭章章法的主要內容〉，《章法學新裁》，頁 351-359。

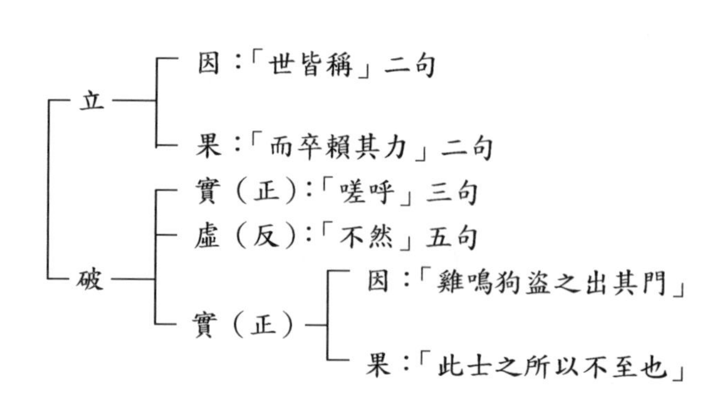

可見此文在「篇」的部分，以「先立後破」的移位性核心結構，形成對比。但一樣的在對比中卻含有調和的成分，因為就「章」而言，在「立」的部分，既以「先因後果」的移位結構形成了調和；在「破」的部分，又先以「實（正）、虛（反）、實（正）」的轉位結構形成對比，再以「先因後果」的移位結構形成調和。這樣以「對比」、「移位」為主、「調和」、「轉位」為輔，其節奏（韻律）、風格自然趨於強烈、陽剛。其分層簡圖如下：

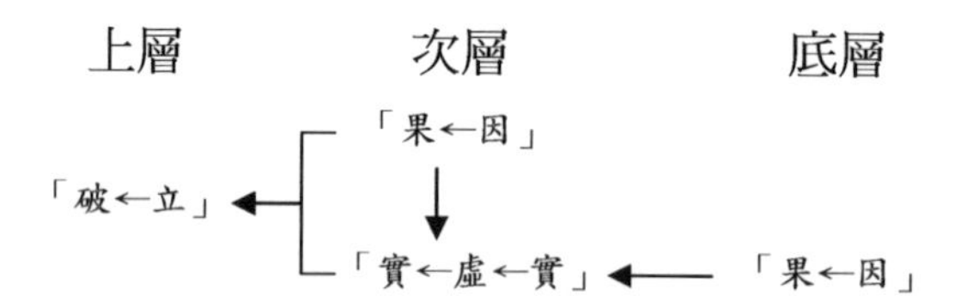

如此由底層而次層而上層，以兩疊「因果」、一疊「虛（反）實（正）」，來支撐一疊「立破」，其結構雖僅有四個，卻十分完整。如對應於「多、二、一（0）」而言，則此文以兩層移位性的「先因後果」與轉位性的「實、虛、實」結構與節奏（韻律），形成了「多」；以「先立後破」的核心（移位）結構與節奏（韻律），自為陰陽對比，形成了「二」，以徹下徹上；而以孟嘗君「未足以言得士」之主旨與所形成的

毗剛風格、韻律，所謂「筆力簡而健」[75]，則形成了「一（0）」。這篇短文之所以有極強之氣勢與說服力，與這種邏輯結構有著密切之關係。

又如袁宏道的〈晚遊六橋待月記〉：

> 西湖最盛，為春為月。一日之盛，為朝煙，為夕嵐。
>
> 今歲春雪甚盛，梅花為寒所勒，與杏桃相次開發，尤為奇觀。石簣數為余言：「傅金吾園中梅，張功甫玉照堂故物也，急往觀之。」余時為桃花所戀，竟不忍去湖上。
>
> 由斷橋至蘇隄一帶，綠煙紅霧，瀰漫二十餘里。歌吹為風，粉汗為雨，羅紈之盛，多於隄畔之草，艷冶極矣。
>
> 然杭人遊湖，止午、未、申三時。其實湖光染翠之工，山嵐設色之妙，皆在朝日始出，夕舂未下，始極其濃媚。月景尤不可言，花態柳情，山容水意，別是一種趣味。此樂留與山僧遊客受用，安可為俗士道哉！

此文旨在藉西湖六橋風光之盛來寫待月之樂。作者首先在起段即以開門見山的方式提明西湖六橋最盛的，是春景、是月景（久），而一日最盛的，是朝煙、夕嵐（暫），這是「凡」的部分；接著以二、三兩段，透過梅、桃、杏之「相次開發」與「歌吹」、「羅紈」之盛來具寫春景，這是「目一」的部分；然後以末段「然杭人遊湖」等七句，取湖光、山色作陪襯，來具寫朝煙和夕嵐，這是「目二」的部分；末了以「月景尤不可言」等六句，拿花柳、山水作點綴，來具寫月景，以帶出「樂」，這是「目三」的部分。這樣以「春」為一軌、「月」為二軌、「朝煙」和「夕嵐」為三軌，作為一篇綱領，採「先凡後目」的結構來寫，層次

75 郭預衡：《中國散文史》中（上海市：上海古籍出版社，2000 年 3 月一版一刷），頁 485。

極為分明，而全文也由此通貫而為一。附結構分析表如下：

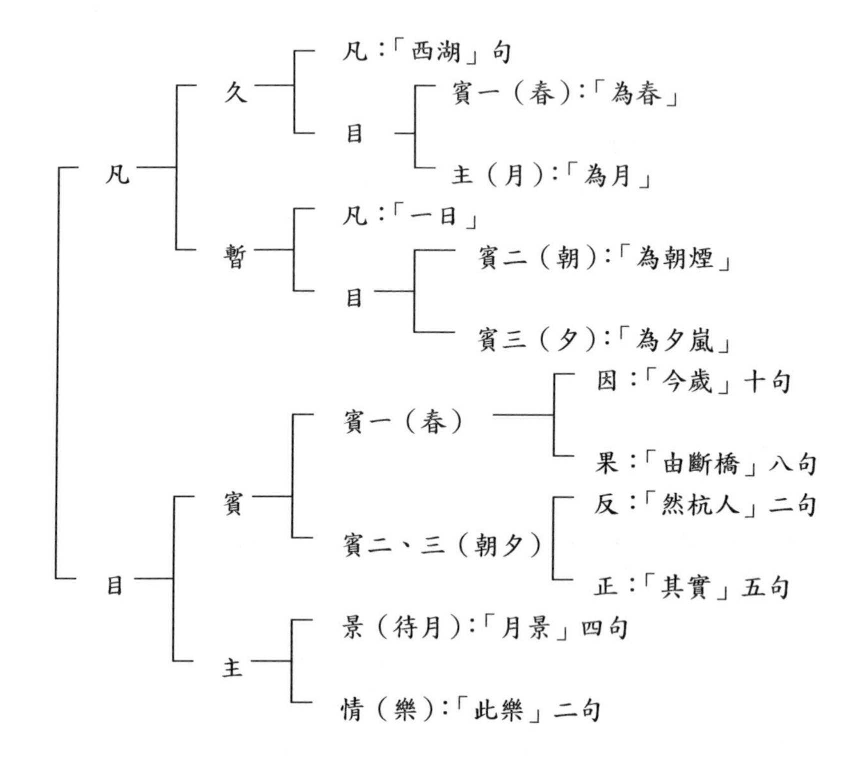

可見此文共用「先凡後目」（三疊）、「先久後暫」（一疊）、「先賓後主」（二疊）、「先景後情」（一疊）、「先因後果」（一疊）、「先反後正」（一疊）與兩疊並列（賓二、三，賓一、二、三）結構形成層層節奏而串聯為一篇之韻律。其中除了「先反後正」呈對比性外，都屬於調和性之移位結構，這對其風格、韻律之趨於「清麗峻快」[76]，是有所關聯的。其分層簡圖如下：

---

76 王英志評析，見《古文鑑賞辭典》下冊（上海市：上海辭書出版社，1997 年 4 月一版三刷），頁 1705。

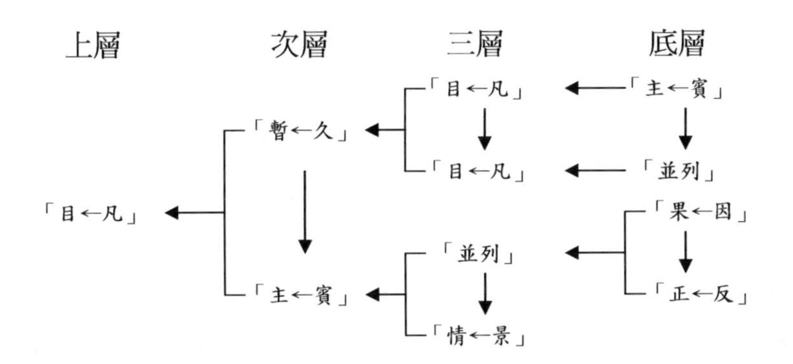

這樣對應於「多、二、一（0）」，上層的「凡目」為核心結構，為關鍵性之「二」，次、三、底層的「久暫」、「賓主」、「凡目」、「並列」、「景情」、「因果」、「反正」等結構，為「多」，而一篇之主旨「待月之樂」與「清麗峻快」之風格、韻律，則為「一（0）」。

一篇辭章，用核心的情、理（主旨）或統合的材料（綱領）來作統一，使全文自始至終維持一致的意思，以突出焦點內容，而呈現其風格、形成韻律，是一篇辭章寫得成功與否的關鍵所在。松山正一著、歐陽鍾仁譯的《教師啟發學童思考能力的方法》一書，將「重視一貫性的思考」列為思考方法之一[77]，即注意於此。朱作仁、祝新華在其所編著的《小學語文教學心理學導論》中說：

> 分析發現，在何處點題，與作文內容、結構及寫法密切相關。[78]

所謂「點題」，即立主旨或綱領，以此統一全文，當然和「內容、

77 《教師啟發學童思考能力的方法》，頁 145-150。
78 《小學語文教學心理學導論》，頁 195。

結構及寫法」，關係密切。吳應天在其《文章結構學》中於論「整體結構的統一和諧」之後說：

> 此外，還有觀點和材料的統一，論點和論據的統一，這都是邏輯思維的問題，但同時顧及和諧的心理因素。[79]

這雖是單就論說文來說，但它的原理，同樣適用於其他文體。而所謂「觀點和材料的統一」，擴大來說，就是主旨或綱領與全篇材料之間的統一，這和章法結構的統一，可說疊合在一起，使得辭章整體能達於最高的和諧。能疊合這種內容與形式使它們達於統一和諧，可說是運用綜合性邏輯思維的結果。所以吳應天又說：

> 積極主動地進行綜合思維，文章的內容和結構形式才能很快遞達到高度統一，而且可以達到「知常通變」的目的。[80]

可見章法的統一律和綜合性的邏輯思維，是息息相關的。

而這種「統一」或「和諧」，可以從「形式原理」方面來探討。陳雪帆（望道）在其《美學概論》裡說：

> 所謂形式原理，就是繁多的統一。我們對於美的形式，雖不一定其如此如彼，只是四分五裂、雜亂無章，總覺得是與審美的心情不合的。所以第一，「統一」實為對象所不可不具的一個要質。而且它所統一的又該不只是簡單的一、二個要素。如只是一、二

---

79 《文章結構學》，頁 359。

80 同前註，頁 353。

> 個要素，則統一固易成就，卻頗不免使人覺得單調。所以第二，繁多又為對象所不可不具的一個要質。我們覺得美的對象最好一面有著鮮明的統一，同時構成它的要素又是異常的繁多。卻又不是甚麼統一與否定了統一的繁多相並列，而是統一即現在繁多的要素之中的。如此，則所謂有機的統一就成立。能夠「統一為繁多的統一，而繁多又為統一的分化」。既沒有統一的流弊的單調板滯，也沒有繁多的流弊的厭煩與雜亂。所以古來所公認的形式原理，就是所謂繁多的統一（Unity in Variety ），或譯為多樣的統一，亦稱變化的統一。[81]

所謂「統一為繁多的統一，而繁多又為統一的分化」，將「秩序」、「變化」(繁多)與「統一」不可分的關係，說得很明白。而這「秩序」、「變化」（繁多）與「統一」，是要靠徹下徹上的「聯貫」（調和與對比）來作橋樑的。對這「繁多的統一」，歐陽周、顧建華、宋凡聖等在其《美學新編》裡，配合「調和」與「對比」，也加以闡釋說：

> 所謂統一，是指各個部分在形式上的某些共同特徵以及它們之間的某種關聯、呼應、襯托、協調的關係，也就是說，各個部分都要服從整體的要求，為整體的和諧、一致服務。有多樣而無統一，就會使人感到支離破碎、雜亂無章、缺乏整體感；有統一而無多樣，又會使人感到刻板、單調和乏味，美感也難以持久。而在多樣與統一中，同中有異，異中求同，寓「多」於「一」，「一」中見「多」，雜而不越，違而不犯；既不為「一」而排斥「多」，也不為「多」而捨棄「一」；而是把兩個對立方面有機結合起來，

81 《美學概論》，頁 77-78。

> 這樣從也不為「多」而捨棄「一」；而是把兩個對立方面有機結合起來，這樣從多樣中求統一，從統一中見多樣，追求「不齊之齊」、「無秩序之秩序」，就能造成高度的形式美。……多樣與統一，一般表現為兩種基本型態：一是對比，二是調和。……無論對比還是調和，其本身都要要求在統一中有變化，在變化中求統一，把兩者巧妙地結合在一起，就能顯示出多樣與統一的美來。[82]

可見「統一」與「繁多」也形成了「二元對待」，有機地結合在一起。也就是說，「統一」之美，需要奠基在「繁多」之上；而「繁多」之美，也必須仰仗「統一」來整合。在此，最值得注意的是，歐陽周他們特將這種屬於「二元對待」(二)的「調和」(陰)與「對比」(陽)，結合「繁多」(多)與「統一」「一（0）」作說明，凸顯出「聯貫」(「調和」(陰)與「對比」(陽))徹下徹上的居間作用。這正是邏輯思維之關鍵所在。對章法結構及其所產生美感方面的認識而言，有相當大的幫助。

所謂「人同此心，心同此理」，每個作者在寫作時，都會自覺或不自覺地基於這個「心」和「理」，運用邏輯思維來組織各種材料，以表達各種情意；尤其在謀篇布局上，會特別運用分析與綜合性的邏輯思維，對應於自然法則，而形成「秩序」、「變化」（多）、「聯貫」（二）和「統一」（一（0））的篇章規律與「多、二、一（0）」篇章結構。吳應天指出「文章結構規律作為文章本質的關係，恰好跟人類的思維形式相對應，而思維形式又是客觀事物本質關係的反映」[83]，便是這個意思。而就以這四大規律而言，前三者，比較偏於分析性的邏輯思維，而

---

82 《美學新編》，頁 80-81。

83 《文章結構學》，頁 9。

後一種，則比較偏於綜合性的邏輯思維。這兩種思維之運用，在作者創作時，無疑地，都一樣重要，不可偏廢。所以藉章法，掌握「秩序」、「變化」、「聯貫」與「統一」的四大規律與「多、二、一（0）」篇章結構，對了解作者的邏輯思維而言，是最為直接而有效的，而且也為章法是「客觀的存在」[84]，提出有力證明。

第三節　章法分析的切入角度

分析一篇文章的篇章結構，就現階段來說，由於沒有絕對的是非可言，而必須從不同角度切入，看看哪一種角度最足以呈現它內容與形式的特色，所以掌握切入的角度便成為分析篇章結構成敗的關鍵所在。底下就舉幾篇辭章為例，作概略的說明。

首先看劉禹錫的〈陋室銘〉：

> 山不在高，有仙則名；水不在深，有龍則靈；斯是陋室，惟吾德馨。苔痕上階綠，草色入簾青。談笑有鴻儒，往來無白丁。可以調素琴，閱金經。無絲竹之亂耳，無案牘之勞形。南陽諸葛廬，西蜀子雲亭。孔子云：「何陋之有？」

此文若從「敘論」的角度切入，則篇首至「無案牘之勞形」止，為「敘」的部分；「南陽諸葛廬」四句，是「論」的部分。其結構分析表為：

84　〈章法學門外閑談〉，頁 92-95。

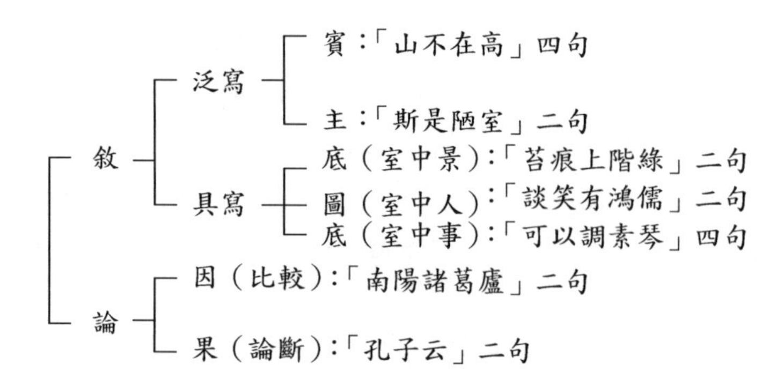

這樣切入，確實可以凸顯「何陋之有」的意思，卻埋沒了「惟吾德馨」的一篇主旨；因此從這個角度切入，是仍有它不足之處的。而如果從「凡目」切入，則剛好可彌補這個缺陷。其中「山不在高」六句，屬頭一個「凡」，乃用「先賓後主」、「先反後正」的結構，由「山」、「水」說到「室」，十分技巧地引用《左傳》中〈宮之奇諫假道於虞以伐虢〉一文所謂「惟德是馨」句，扣到自己身上，凸顯一個「德」字來貫穿全文。而「苔痕上階綠」八句，則屬「目」的部分，依次以「苔痕」二句寫室中景、「談笑」二句寫室中人、「可以調」四句寫室中事，將自己在「陋室」中安然自適之樂充分地表達出來。至於「南陽諸葛廬」四句，乃屬後一個「凡」，以「先因後果」之結構，透過事典與語典之使用，作一番頌揚，暗含「君子居之」的意思，回報頭「凡」之「德」字收結。其結構分析表為：

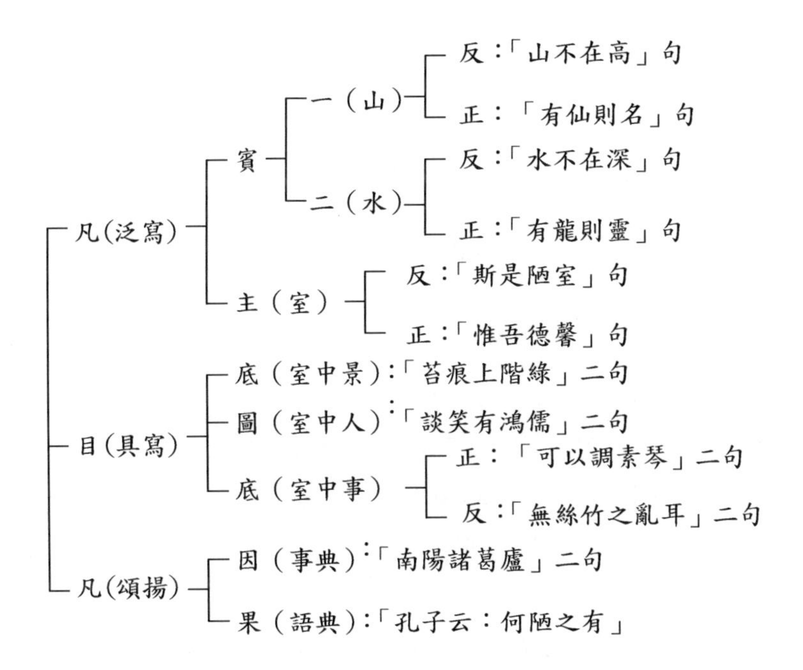

如此使前一個「凡」（總括）的「惟吾德馨」與後一個「凡」所含「君子居之」的意思作了完密的照應[85]，當然會比以「敘論」切入的好得多。

其次看岳飛的〈滿江紅〉詞：

> 怒髮衝冠，憑闌處、瀟瀟雨歇。抬望眼、仰天長嘯，壯懷激烈。三十功名塵與土，八千里路雲和月。莫等閒、白了少年頭，空悲切。　靖康恥，猶未雪。臣子恨，何時滅。駕長車、踏破賀蘭山缺。壯志饑餐胡虜肉，笑談渴飲匈奴血。待從頭、收拾舊山河，朝天闕。

85 陳滿銘：《文章結構分析——以中學國文課文為例》（臺北市：萬卷樓圖書公司，1999年5月初版），頁65。

這首詞由於主旨「臣子恨，何時滅」出現在篇腹，大可以用「凡目」的角度切入，看成是採「目、凡、目」的結構所寫成的作品。其結構分析表為：

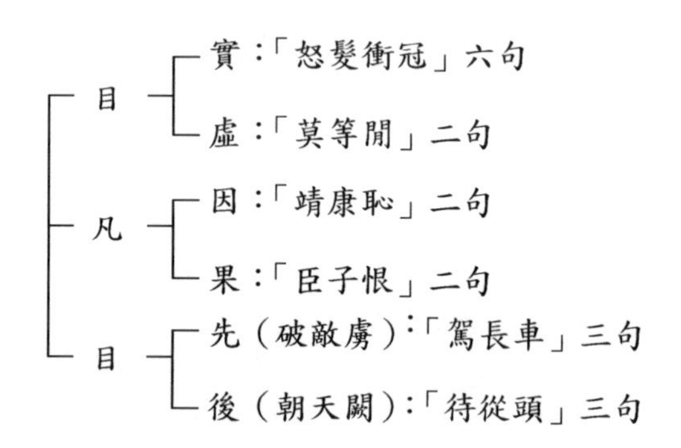

如此切入，當然很容易掌握主旨，但假設與事實卻無法分清，因為透過假設、伸向未來的部分，除了「莫等閒」二句外，尚有「駕長車」五句；而此七句卻被「凡」的部分割裂了，以致無法看出它們之間的密切關係。所以由這個角度切入還不算最好。

如果要看清這種關係，則必須從「虛實」（時間）的角度切入，用「先實後虛」的結構來呈現。其開端四句，藉憑闌所見「瀟瀟雨歇」的外在景致與當時「怒髮衝冠」、「仰天長嘯」的本身形態，以具寫壯懷之激烈。「三十」兩句，由果而因，就過去，分敘「壯懷激烈」的頭一個原因在於征戰南北，勛業未成。「莫等閒」兩句，承上兩句，就未來，分敘「壯懷激烈」的另一個原因在於時日已無多，深悲自己會「等閒白了少年頭」。換頭四句，承上片的「壯懷激烈」，總括了上兩個分敘的部分，寫國恥未雪的憾恨，拈明一篇主旨，大力地將一片壯懷，噴薄傾吐。「駕長車」三句，則由實而轉虛，透過設想，虛寫驅車滅敵、湔雪國恥的情景，真可謂「氣欲凌雲，聲可裂石」。結尾兩句，依然以虛寫的手法，進一層寫雪恥後朝見天子的理想結局，以反襯主旨作收。詠來真可令人起頑振懦。陳廷焯說此詞「千載後讀之，凜凜有生氣焉」（《白雨齋詞話》），的確是如此，這是呈現剛健之美的佳作[86]。其結構分析表為：

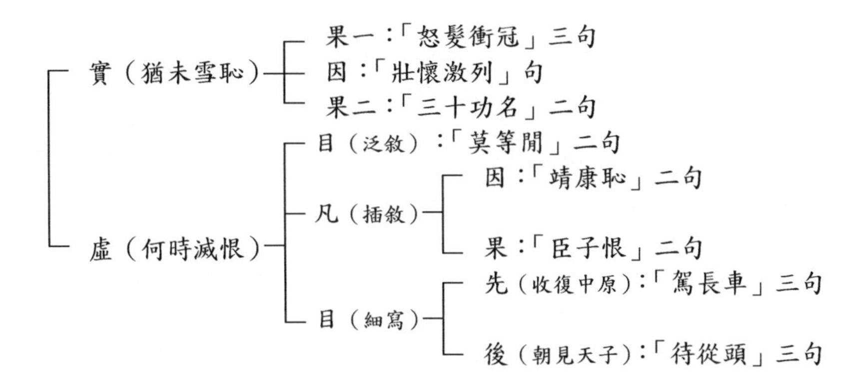

這樣以虛實形成對比，而藉插敘的方式帶出主旨，雖不是完美無瑕，卻比較能凸顯此詞之特色。

又其次看歐陽修的〈縱囚論〉：

> 信義行於君子，而刑戮施於小人。刑入於死者，乃罪大惡極，此又小人之尤甚者也。寧以義死，不苟幸生，而視死如歸，此又君子之尤難者也。
>
> 方唐太宗之六年，錄大辟囚三百餘人，縱使還家，約其自歸以就死；是以君子之難能，期小人之尤者以必能也。其囚及期，而卒自歸，無後者：是君子之所難，而小人之所易也。此豈近於人情？

---

86 陳滿銘：《詞林散步——唐宋詞結構分析》（臺北市：萬卷樓圖書公司，2000 年 1 月初版），頁 269-270。

或曰：「罪大惡極，誠小人矣。及施恩德以臨之，可使變而為君子；蓋恩德入人之深，而移人之速，有如是者矣。」曰：「太宗之為此，所以求此名也。然安知夫縱之去也，不意其必來以冀免，所以縱之乎？又安知夫被縱而去也，不意其自歸而必獲免，所以復來乎？夫意其必來而縱之，是上賊下之情也；意其必免而復來，是下賊上之心也。吾見上下交相賊，以成此名也，烏有所謂施恩德，與夫知信義者哉？不然，太宗施德於天下，於茲六年矣，不能使小人不為極惡大罪；而一日之恩，能使視死如歸，而存信義；此又不通之論也。」

「然則，何為而可？」曰：「縱而來歸，殺之無赦；而又縱之，而又來，則可知為恩德之致爾。」然此必無之事也。若夫縱而來歸而赦之，可偶一為之爾。若屢為之，則殺人者皆不死，是可為天下之常法乎？不可為常者，其聖人之法乎？是以堯舜三王之治，必本於人情；不立異以為高，不逆情以干譽。

這篇文章，如就一般論說文的慣用角度切入，則第一、二段為緒論，第三段與第四段前半的問與答為申論，而第四段的後半為結論。其結構分析表為：

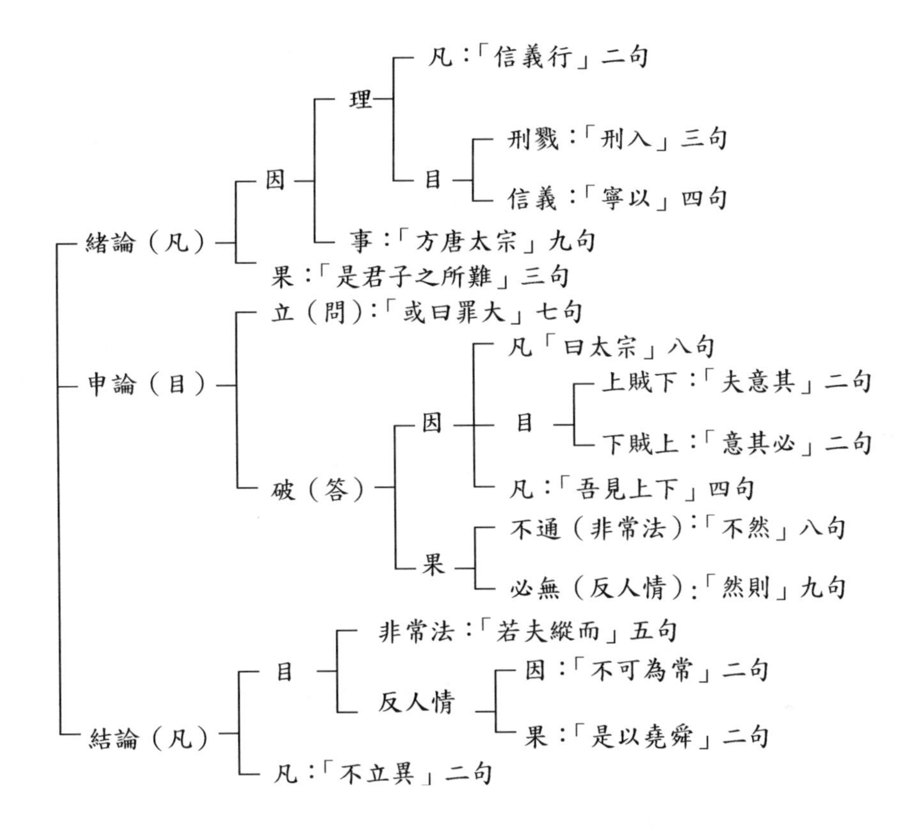

從此角度分析[87]，本無不可，但為了凸顯它的翻案性質，則不如改由「立破」的角度加以分析，如此則形成「破、立、破」的結構。其中頭一個「破」，由開篇起至「此豈近於人情」止，以「先目後凡」為其邏輯層次，先就「目」，用正反對比之手法，分「理」與「事」兩面，指出「大辟囚」卻能「視死如歸」，比起「君子」來，更為「難能」；從而斷定此為不近人情之事，以「破」領出「立」的部分。「立」的部分，即「或曰罪大惡極」七句，針對唐太宗縱囚之事，特立一個「恩德

87 《文章結構分析——以中學國文課文為例》，頁 248-249。

入人」之案，為「破」交代因由。而由「曰太宗為此」起至篇末，則屬後一個「破」的部分。這個部分，用「先因後果」的結構加以組合，其中的「因」，採「先實後虛」之邏輯層次，先說明所謂「恩德入人」是假的，其實乃「上下交相賊」之結果；然後以此斷定這是「不通之論」、「不無之事」，將大辟囚視死如歸乃「恩德入人」的說法駁得體無完膚。至於「果」，則承接上述之「因」，並總結全文，得出縱囚這件事乃非「常法」而反「人情」的結論。結得完足而有力，具有很強的說服力。其結構分析表為：

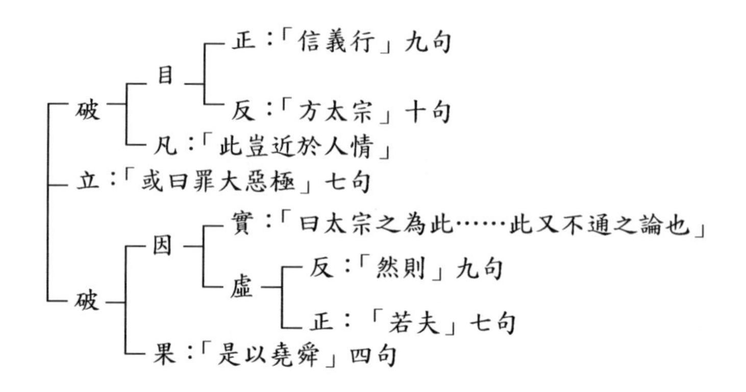

如此形成「破、立、破」的結構，將唐太宗縱囚的美事駁得體無完膚，而首尾照應的特點也由此呈現得更為清楚。

再其次看王安石的〈讀孟嘗君傳〉：

> 世皆稱孟嘗君能得士，士以故歸之，而卒賴其力，以脫於虎豹之秦。
>
> 嗟呼！孟嘗君特雞鳴狗盜之雄耳，豈足以言得士！不然，擅齊之強，得一士焉，宜可以南面而制秦，尚何取雞鳴狗盜之力哉！雞

鳴狗盜之出其門，此士之所以不至也。

這一篇短文，首就「抑揚」的角度來看，可以形成「先揚後抑」的結構，其中「揚」的部分是指「世皆稱」四句，「抑」的部分是指「嗟呼」至末。其結構分析表為：

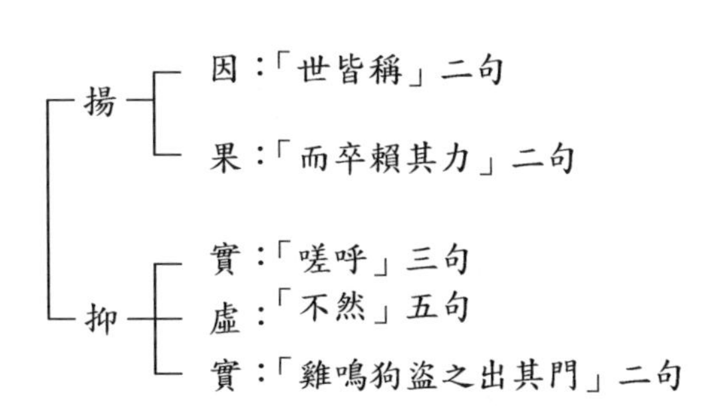

由於「抑揚」具有兩者並重或偏重的性質，實在無法呈現此文之特色，所以從這個角度切入，是有點問題的。次就「虛實」的角度來看，可以形成「實、虛、實」的結構。其結構分析表為：

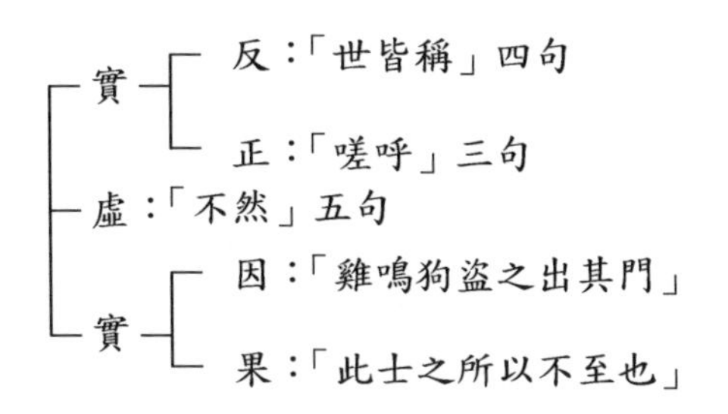

由此角度切入，雖可將「不然」五句之假設性質加以表明，卻忽略了此文「質的張而弓矢至」的特點，因此還是不夠好。再就「正反」的角度來看，可以形成「先反後正」的結構。其結構分析表為：

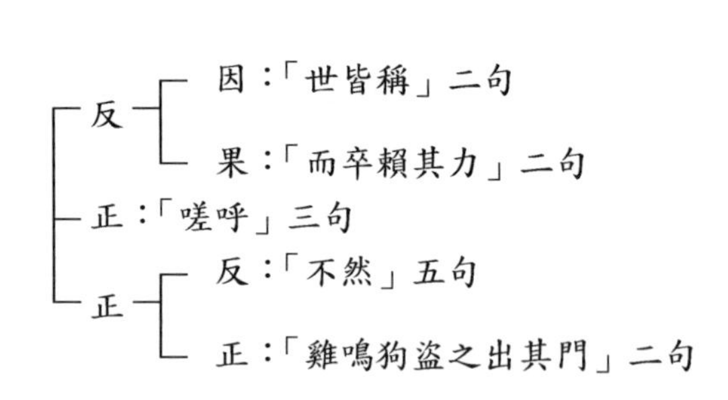

這樣以孟嘗君「能得士」為反、「特雞鳴狗盜之雄」為正來加以議論，確實比「抑揚」或「虛實」更能表現此文之某些特色，但還是無法刻畫出「質的張而弓矢至」的特殊效果，所以依然不能說最好。末就「立破」的角度來看，可以形成「先立後破」的結構。它一開頭就直接以「世皆稱」四句，先立一個案，採「先因後果」的條理，藉世人之口，對孟嘗君之「能得士」，作一讚美，並從中拈出「卒賴其力，以脫於虎豹之秦」，隱含「雞鳴狗盜」之意，以作為「質的」，以引出下文之「弓矢」。再以「嗟呼」句起至末，在此用「實、虛、實」的條理，針對「立」的部分，以「雞鳴狗盜」扣緊「卒賴其力，以脫於虎豹之秦」，予以攻破。所謂「質的張而弓矢至」，真是一箭而貫紅心，雖文不滿百字，卻有極強的說服力。其結構分析表為：

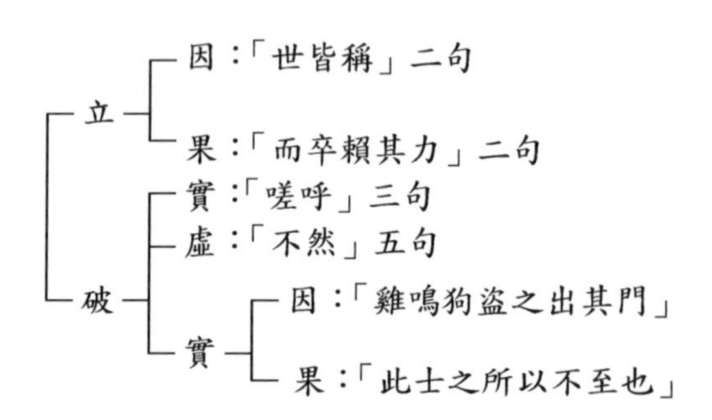

這顯然就比「正反」更能把握此文翻案之特色，真是一箭而貫紅心，雖文不滿百字，卻有極強的說服力。

最後看蘇軾的〈念奴嬌〉詞：

> 大江東去，浪淘盡，千古風流人物。故壘西邊，人道是三國周郎赤壁。亂石崩雲，驚濤裂岸，捲起千堆雪。江山如畫，一時多少豪傑。　　遙想公瑾當年，小喬初嫁了，雄姿英發。羽扇綸巾，談笑間，檣櫓灰飛煙滅。故國神遊，多情應笑我，早生華髮。人生如夢，一尊還酹江月。

此詞先就「今昔」的角度來看，可形成「今、昔、今」的結構。其結構分析表為：

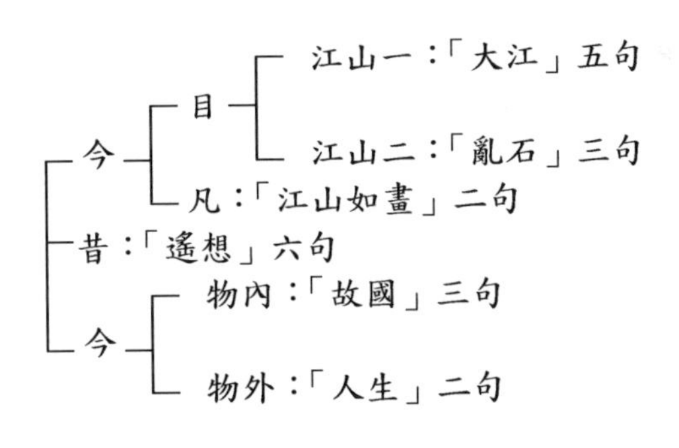

如此由時間切入，拿下半闋來說，不成問題；而上半闋，則雖主要用以寫眼前之景，但還是嵌入了歷史人物，所以用「今」來統括，是有點籠統的；而最重要的是不能看出主旨究竟在那裡？再就「虛實」（情景）的角度來看，此詞可以形成「實、虛、實」的結構。其結構分析表為：

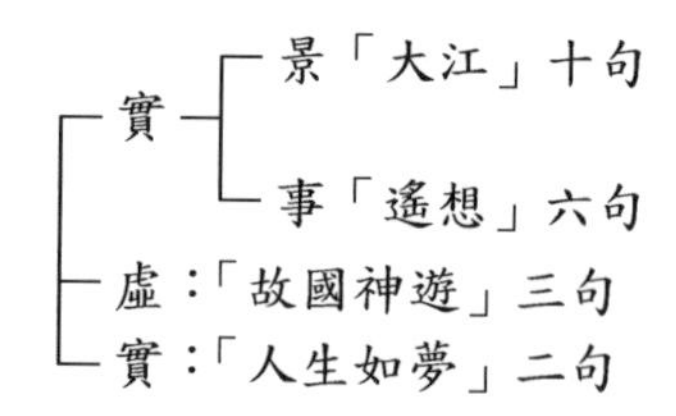

這是說此詞主要先用以寫景、敘事，再用以抒情，然後才以「以景結情」的方式來收束。這樣就情、景（事）來分析，的確能表示此詞的某些特色，並且讓人注意到「多情」這個主旨[88]，但是以「周郎自況」的這一層卻完全看不到，因此由這個切入也不是最好的。另就「正反」的角度來看，它可以形成「先反後正」的結構。其結構分析表為：

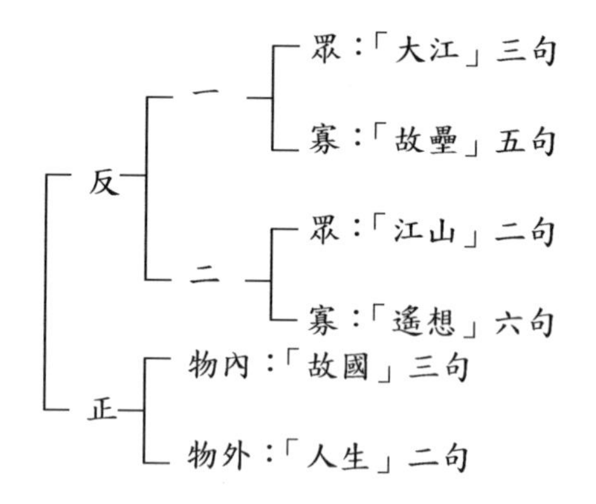

這所謂的「眾」，是指眾人，即「千古風流人物」與「多少豪傑」；而「寡」，是指「周郎」、「公瑾」。如此以出現在赤壁的人物為主來分析，有它的好處，因為這首詞雖寫了「景」，卻以「人」為重心；而這個「人」即周瑜。他是當時主帥，年紀正輕卻成就不朽事業，正可用以反襯出作者時不我與、英雄無用武之地的悲哀。不過對情景的關係卻完全忽略

88 《文章結構分析——以中學國文課文為例》，頁 258-259。

了，這是不很妥當的。最後就「天」、「人」的角度來看，篇首二句為「天（物外）」，由「故壘」句起至「早生華髮」止為「人（物內）」，而結二句為「天（物外）」。也就是說它是採「天（物外）、人（物內）、天（物外）」的結構所寫成的。

此詞題作「赤壁懷古」，為神宗元豐五年（1082）作者謫居黃州時所作。頭一個「天（物外）」的部分，為起二句，從眼前東去的「大江」（長江）想入，用江中的「浪」、「淘」作媒介，由「空」而「時」，作無限之推擴，回溯到「千古」，扣到無數被浪淘去的「風流人物」身上，揉雜著宇宙人生之哲理，抒發了無限的興亡感慨[89]。而如此由眼前之「有限」（物內）延伸到千古之「無限」（物外），營造出浩瀚的氣勢，既為後一個「天」（物外）將感慨昇華的部分作前導；又為轉入下個「人」（物內）將感慨深化的部分作鋪墊；充分發揮了強化全詞情意的作用。

「人」（物內）的部分，自「故壘西邊」句起至「早生華髮」句止，針對著當年「赤壁」之戰與眼前正在「懷古」的自己，用「先底——以中學國文課文為例（背景）後圖（焦點）」的順序，加以敘寫。其中的「底（背景）」，成功地藉眼前赤壁周遭的江山勝景，帶出當年在赤壁之戰裡贏得勝利的一些英雄豪傑，而將重心置於「周郎（公瑾）」身上，有意凸顯他的年輕有為，以反襯出自己之年老與一事無成。在此，作者又用「圖（周郎）、底（眾豪傑）、圖（周郎）」的順序，來組合材料：即先以「故壘」二句，一面藉一「故」字，扣緊了「懷古」（題目）之「古」，將時間倒回到「三國」時候，一面藉又「人道是」三字，將口吻略染存疑的成分，指出當年赤壁之所在，從而將主帥「周郎」帶出，

89 徐中玉：《蘇東坡文集導讀》（成都市：巴蜀書社，1990 年 6 月一版一刷），頁 246。又參見顧易生分析，見《詞林觀止》上（上海市：上海古籍出版社，1994 年 4 月一版一刷），頁 276。

為自己之借題發揮，找到一個最好的藉口。這樣留下思索空間，不但不是個缺憾，反而增添了作品的文學情韻；這是前一個「圖（周郎）」的部分。再以「亂石」三句，就眼前的「赤壁」，寫它周遭的景物，特別突出山崖之險峻與濤浪之洶湧，呈現驚心動魄之氣勢，緊緊地和當年的赤壁大戰場接合。布景如此，震撼力自然就大，足以為下片敘「周郎」的英雄形象與不朽事業，作有力的襯托。接著以「江山」二句，總括上敘江山勝景和風流人物（含周郎），為下片「周郎」之「圖」，提供最佳背景[90]。這種束上起下的安排，的確很巧妙。以上是「底（赤壁）」的部分。

然後以「遙想」五句，承上片之「圖」（周郎），鎖定周郎（公瑾），用「先點（引子）後染（內容）」的順序來寫。它由「遙想」句切入當年，為下面之敘寫作引，是「點」（引子）；而由「小喬」四句，具寫「懷古」內容，為「染」（內容）。就在「染」的四句裡，首以「小喬」句，用插敘手法，寫其年輕得意。次以「雄姿」兩句，成功地塑造出剛柔互濟的儒將形象，一面既傾注了作者對「周郎」的無比追慕、嚮往之情，一面也和自己一事無成而「早生華髮」的衰頹樣子，作成強烈對比[91]。這種由對比所產生的「反襯」作用，是非常顯著的。末以「談笑間」句，承上寫「周郎」從容破曹的儒將意態與英雄偉業；值得特別注意的是：在此緊緊抓住了這次火攻水戰的戰爭特點，用「檣櫓灰飛煙滅」六字，將曹軍慘敗之情景形容殆盡，有無比的概括力，以見「周郎」不朽之成就。以上是後一個「圖（周郎）」的部分。

如此以「圖（周郎）、底（眾豪傑）、圖（周郎）」的結構呈現了大「底」（背景），便順勢地帶出「故國神遊」三句，以寫本詞核心的大「圖

---

90 木齋：《唐宋詞流變》（北京市：京華出版社，1997 年 11 月一版一刷），頁 150。
91 常國武：《新選宋詞三百首》（北京市：北京人民文學出版社，2000 年 1 月一版一刷），頁 89。

（作者）」。在此，作者由「三國」回到眼前，「自笑年華老大，功業無成，而偏偏多情善感，早生華髮」[92]。這所謂「多情」，有人以為是指「周郎」或作者亡妻，雖也說得通，但遠不如指作者自己來得好，因為「多情應笑我」，該是「應笑我多情」的倒裝句，而此「多情」，是說自己「感慨萬千」的意思。作者由「周郎」之年輕有為，反照自己「早生華髮」的衰頹失意，會湧生無限的悲憤之情（多情），是很自然的事。而「笑」，則帶著無奈與解嘲意味，為底下的「人間如夢」，築了一座由「物內」（人）通向「物外」（天）的橋樑。作這樣的解讀，似乎會比較合理一些。

後一個「天（物外）」的部分，指「人間」二句。它的上句「人間如夢」，承上一句之「笑」，由實推向虛，由有限推向無限，以為人間只不過是一場夢而已。有了這種「如夢」的提升，便使作者一下子從「多情」(無限悲憤)中脫身而出，趨於高曠，遂有下句「一尊還酹江月」的動作；而作者透過這個動作，就自然而然地和開篇「天（物外）」部分互相呼應，而與天地合而為一了[93]。

由此看來，作者在這首詞裡，表達的雖是自己時不我與、英雄無用武之地的悲慨，但在悲慨之中，又蘊含著超曠的意致，所以如此的原因，固然很多，然而單就謀篇布局來說，則顯然和所用「天（物外）、人（物內）、天（物外）」的結構，有絕大關係。其結構分析表為：

---

92 徐中玉：《蘇東坡文集導讀》，頁 246。

93 葉嘉瑩：《靈谿詞說》（臺北市：國文天地雜誌社，1989 年 12 月初版），頁 212。

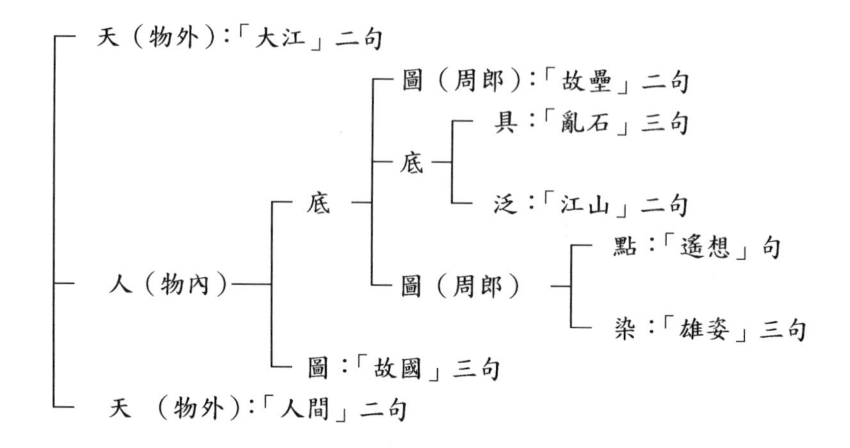

由這個角度，再配合其他角度，如圖底、泛具、點染等加以疏理，雖無法突出眾寡這一特點，但透過「夢」使作者由物內之「多情」超脫於物外，達於物我合一的境界，卻可以由此呈現，這樣是比較可以顧到各個角度而照應全篇的。

由以上的說明，可知分析一篇辭章的結構，要多方嘗試，從不同的角度切入，作最好的分析。而這種角度的掌握，則非掌握內容之究竟與熟悉各種章法之理論與實際不可，所謂「工欲善其事，必先利其器」，就是這個意思。這樣，有些章法會相互疊合或替代，可藉以相互比較，以定取捨。

第四章
篇章結構的綜合內涵

辭章的篇章結構，就綜合思維的層面而言，其內涵主要涉及一篇之主旨與綱領。本章即就此主旨、綱領部分，分別對「主旨與綱領」、「主旨的顯隱」、「安排辭章主旨或綱領的幾種基本類型」及「辭章主旨或綱領安置於篇腹的結構類型」等問題，依序進行探討。

第一節　主旨與綱領

對辭章的主旨、綱領與內容，由於彼此關係密切，一直有不少人把它們混為一談，有一回，參加南區高中國文教學研習會，談及方苞〈左忠毅公軼事〉一文的主旨，與會的一位老師以為非「忠毅」，而是在於敘述師生情誼，這就犯了以部分內容為主旨的錯誤。又有一次，在講授〈孔子世家贊〉一文之際，有位學員認為「鄉（嚮）往」是主旨，這則犯了以綱領為主旨的錯誤。現在就先舉這兩篇文章為例，再酌引其他一些詞章，略作說明，以見主旨、綱領與內容間的關係。

一　就散文來看

先以〈左忠毅公軼事〉一文來說：

先君子嘗言：鄉先輩左忠毅公視學京畿。一日，風雪嚴寒，從數騎出，微行，入古寺。廡下一生伏案臥，文方成草。公閱畢，即解貂覆生，為掩戶，叩之寺僧，則史公可法也。及試，吏呼名，至史公，公瞿然注視。呈卷，即面署第一。召入，使拜夫人，曰：「吾諸兒碌碌，他日繼吾志事，惟此生耳！」

及左公下廠獄，史朝夕窺獄門外。逆閹防伺甚嚴，雖家僕不得近。久之，聞左公被炮烙，旦夕且死，持五十金，涕泣謀於禁卒，卒感焉！一日，使史公更敝衣草屨，背筐，手長鑱，為除不潔者。引入，微指左公處，則席地倚牆而坐，面額焦爛不可辨，左膝以下，筋骨盡脫矣！史前跪，抱公膝而嗚咽。公辨其聲，而目不可開，乃奮臂以指撥眥，目光如炬，怒曰：「庸奴！此何地也，而汝來前！國家之事，糜爛至此，老夫已矣！汝復輕身而昧大義，天下事誰可支拄者？不速去，無俟姦人構陷，吾今即撲殺汝！」因摸地上刑械，作投擊勢。史噤不敢發聲，趨而出。後常流涕述其事以語人曰：「吾師肺肝，皆鐵石所鑄造也！」

崇禎末，流賊張獻忠出沒蘄、黃、潛、桐間，史公以鳳廬道奉檄守禦。每有警，輒數月不就寢，使將士更休，而自坐幄幕外，擇健卒十人，令二人蹲踞，而背倚之，漏鼓移則番代。每寒夜起立，振衣裳，甲上冰霜迸落，鏗然有聲。或勸以少休，公曰：「吾上恐負朝廷，下恐愧吾師也。」

史公治兵，往來桐城，必躬造左公第，候太公、太母起居，拜夫人於堂上。

余宗老塗山，左公甥也，與先君子善，謂獄中語，乃親得之於史公云。

這篇文章用以記左光斗的軼事，以表現他的「忠毅」精神。全文可分序幕、主體與餘波三大部分：

序幕的部分，即起段。主要在寫左光斗識拔史可法的經過。作者首先藉其父之口，敘明左公曾「視學京畿」，將左公所以能識拔史公的緣由作個交代，作為記敘的開端。接著以「一日」與「及試」作時間上的聯絡，記敘左公於微服出巡時在一古寺識得史公，以及主持考試時對著史公面署第一的情事。在這裡，作者特別著「風雪嚴寒」一句，既表出了左公的公忠精神，也側寫了他的剛毅節操，因為一般人在「風雪嚴寒」之日，是不會微服出巡的。然後以「召入」二字作接榫，領出「使拜夫人」四句，藉史公入拜左公夫人的機會，由左公說出「吾諸兒碌碌」三句話，寫明左公對史公之深切期許，表示只有史公才足以繼承他忠君愛國的志業，將左公為國舉拔英才的忠忱與苦心，寫得極其生動。

主體的部分，為次段。寫的是左公被下廠獄後，史公冒死探監的經過。由於獄裡左公的情況，只有史公一人親目所睹、親耳所聞，而其他的人無從知悉，因此這個「軼事」非牽扯「史公」不可，此文所以特用史公來陪襯，除史公也「忠毅」可敬，足以強化左公之「忠毅」外，「軼事」只有史公知悉，也是個主因。這段文字，以「及」字承上啟下，首先用四句敘明左公被下牢獄與禁人接近的事實，繼而用「久之」與「一日」作時間上之聯絡，依次寫左公受刑將死、史公冒死買通獄吏，以及史公探監，左公見而怒斥史公使離去的情形。這是「軼事」的主要部分，寫得有聲有色，可以說把左公的「忠毅」精神，以有限的文字表達得淋漓盡致，感人異常。最後著一「後」字，帶出「吾師肺肝」兩句贊歎的話，充分地寫出左公的公忠憂國與剛正不屈來。

餘波部分，包括三、四、五段。這個部分，先以第三段寫史公受左公感召，繼其志業，「忠毅」地奉檄守禦流寇的辛苦；再以第四段寫史公篤厚師門，時時不忘拜候左公父母及夫人的情事，以見史公「盡己」、「行其所當行」的德行；然後以末段補敘本文所記的軼事，確係有根有據，以回應篇首的「先君子嘗言」，以首尾圓合的方式，收束全文。

縱觀此文，作者是以左公識拔史公，史公冒死探看獄中的左公，以及史公受左公感召的「忠毅」表現為內容，針對著綱領—「忠毅」（也是主旨）來寫的。其中寫左公「忠毅」的部分是「主」，而寫史公「忠毅」的部分則為賓；也就是說：寫史公的「忠毅」，便等於在寫左公的「忠毅」，所謂「借賓以定主」，手段十分高妙。

再看〈孔子世家贊〉一文：

> 太史公曰：《詩》有之：「高山仰止，景行行止。」雖不能至，然心鄉往之。余讀孔氏書，想見其為人。適魯，觀仲尼廟堂，車服、禮器，諸生以時習禮其家，余低回留之，不能去云。天下君王至於賢人眾矣，當時則榮，沒則已焉。孔子布衣，傳十餘世，學者宗之。自天子王侯，中國言六藝者，折中於夫子，可謂至聖矣！

這篇贊文，是採「凡」（總括）、「目」（條分）、「凡」（總括）的結構所寫成的。頭一個「凡」的部分，自篇首至「然心鄉往之」止，乃「借《詩》虛虛籠起」[1]，以「高山仰止，景行行止」兩句，領出「鄉往」兩字，作為綱領，以統攝下文。「目」的部分，自「余讀孔氏書」至「折中於夫子」止，以「由小及大」的方式，含三節來寫：首節寫自己「讀孔氏書」與「觀仲尼廟堂」之所見所思，以「想見其為人」與「低回留之，不能去云」句，表出自己對孔子的「鄉往」之情；次節特將孔子與「天下君王至於賢人」作一對照，以「學者宗之」，表出孔門學者對孔子的「鄉往」之情，並暗示所以將孔子列為世家的理由；三節寫各家以孔子的學說為截長補短的標準，以「折中於夫子」，表出全天下讀書人

1　王文濡評注，見《精校評注古文觀止》卷五（臺北市：臺灣中華書局，1972 年 11 月臺六版），頁 8。

對孔子的「鄉往」之情。後一個「凡」的部分，即末尾「可謂至聖矣」一句，拈出主旨，以回抱前文作收。

經由上述，可知太史公此文，是以「鄉往」為綱領，以作者本身、孔門學者以及全天下讀書人對孔子「鄉往」的事實為內容，層層遞寫，結出「至聖」（嚮往到了極點的稱號）的一篇主旨，以讚美孔子。文雖短而意特長，令人讀了，也不禁湧生無限的仰止之情來，久久不止。

他如李斯的〈諫逐客書〉一文：

> 臣聞吏議逐客，竊以為過矣。
>
> 昔繆公求士，西取由余於戎，東得百里奚於宛，迎蹇叔於宋，來丕豹、公孫支於晉。此五子者，不產於秦，而繆公用之，并國二十，遂霸西戎。孝公用商鞅之法，移風易俗，民以殷盛，國以富彊，百姓樂用，諸侯親服，獲楚魏之師，舉地千里，至今治彊。惠王用張儀之計，拔三川之地，西并巴蜀，北收上郡，南取漢中，包九夷，制鄢郢，東據成皋之險，割膏腴之壤，遂散六國之從，使之西面事秦，功施到今。昭王得范睢，廢穰侯，逐華陽，彊公室，杜私門，蠶食諸侯，使秦成帝業。此四君者，皆以客之功。由此觀之，客何負於秦哉？向使四君卻客而不內，疏士而不用，是使國無富利之實，而秦無彊大之名也。
>
> 今陛下致昆山之玉，有隨和之寶，垂明月之珠，服太阿之劍，乘纖離之馬，建翠鳳之旗，樹靈鼉之鼓。此數寶者，秦不生一焉，而陛下說之，何也？必秦國之所生然後可，則是夜光之璧，不飾朝廷；犀象之器，不為玩好；鄭衛之女，不充後宮；而駿良駃馬是，不實外廄；江南金錫不為用；西蜀丹青不為采。所以飾後宮，充下陳，娛心意，說耳目者，必出於秦然後可，則是宛珠之簪，傅璣之珥，阿縞之衣，錦繡之飾，不進於前；而隨俗雅化，

佳冶窈窕，趙女不立於側也。夫擊甕叩缶，彈箏搏髀，而歌呼嗚嗚快耳者，真秦之聲也。鄭、衛、桑間，韶虞、武象者，異國之樂也。今棄擊甕叩缶而就鄭衛，退彈箏而取韶虞，若是者何也？快意當前，適觀而已矣！

今取人則不然，不問可否，不論曲直，非秦者去，為客者逐。然則是所重者在乎色樂珠玉，而所輕者在乎民人也！此非所以跨海內，制諸侯之術也！

臣聞地廣者粟多，國大者人眾，兵彊者則士勇。是以泰山不讓土壤，故能成其大；河海不擇細流，故能就其深；王者不卻眾庶，故能明其德。是以地無四方，民無異國，四時充美，鬼神降福。此五帝三王之所以無敵也。今乃棄黔首以資敵國，卻賓客以業諸侯，使天下之士，退而不敢西向，裹足不入秦，此所謂藉寇兵而齎盜糧者也。

夫物不產於秦，可寶者多；士不產於秦，而願忠者眾。今逐客以資敵國，損民以益讎，內自虛而外樹怨於諸侯，求國無危，不可得也。

此文旨在闡明逐客的過失，以說服秦王罷逐客之令。也採「凡」、「目」、「凡」的結構寫成：

頭一個「凡」的部分，即首段。作者先開門見山地「揭開題面」[2]，提明主旨，以引領下文「目」、「凡」的部分。

「目」的部分，包括二、三、四等段。其中第二段，含正、反兩節：「反」的一節，自「昔穆公求士」至「客何負於秦哉」止，先依時代的先後，分述繆公、孝公、惠王、昭王等秦國君主用客以致成功的事

2 《精校評注古文觀止》卷五，頁43。

例，再總括起來，得出「客何負於秦哉」的結語，從反面見出「逐客之過」。「正」的一節，自「向使四君卻客而弗納」至「秦無彊大之名也」止，作者採假設的口氣，針對上面「反」的一節，說明秦國四朝君主如果卻客不用，必不能成就大名，大力地從正面指明「逐客之過」。第三段，含條分與總括兩節：「條分」一節自「今陛下致昆山之玉」至「適觀而已矣」止，依次以秦王所珍愛的外國珠玉、器物、美色與音樂為例，兼顧正、反兩面的意思，說明這些「娛心意、悅耳目」的人與物，不「必出於秦然後可」的道理；「總括」一節，自「今取人則不然」至「制諸侯之術也」止，把上面「條分」一節的意思作個總括，指出看重「色樂珠玉」而輕忽「人民」（客），至為失計，實非跨海內、制諸侯的方法，以進一層地表出「逐客之過」。第四段則又分正、反兩節來論述，「反」的一節，自「臣聞地廣者粟多」至「此五帝三王之所以無敵也」止，指明古代帝王「兼收」以獲取益處，才是跨海內、制諸侯之術，再從反面見出「逐客之過」；「正」的一節，自「今乃棄黔首以資敵國」至「此所謂藉寇兵而齎盜糧者也」止，說明客既被逐，必爭為敵國所用，資為抗秦之具，又從正面表出「逐客之過」。

後一個「凡」的部分，即末段。這個部分，先以「夫物不產於秦」二句，收束第三段的意思；再以「士不產於秦」兩句，收束第二段的意思；然後以「今逐客以資敵國」五句，收束第四段的意思，完滿地將「逐客之過」的一篇主旨充分發揮出來。

從上文所作簡析中，不難看出這篇文章，主要以秦王所珍愛的人才與「色樂珠玉」為具體內容，由正、反兩面闡明「吏議逐客，竊以為過矣」的一篇綱領與主旨，非但舉證切當，說理透澈，而言詞尤其犀利，備具了難以抵擋的說服力，迫使「吏議」止息，而由秦王罷了逐客之令，文章力量之大，由此可見一斑。

二　就詩詞來看

試看如下三首詩、詞：

獨有宦遊人，偏驚物候新。雲霞出海曙，梅柳渡江春。淑氣催黃鳥，晴光轉綠蘋。忽聞歌古調，歸思欲霑巾。

風乍起，吹皺一池春水。閑引鴛鴦芳徑裡，手挼紅杏蕊。
鬥鴨闌干遍倚，碧玉搔頭斜墜。終日望君君不至，舉頭聞鵲喜。

明月別枝驚鵲，清風半夜鳴蟬。稻花香裡說豐年，聽取蛙聲一片。　　七八個星天外，兩三點雨山前。舊時茆店社林邊，路轉溪橋忽見。

上引的頭一首，是杜審言的〈和晉陵陸丞早春遊望〉詩。此詩採「先凡後目」的結構寫成。「凡」的部分，以起句「獨有宦遊人」為引，引出「偏驚物候新」句，作為全詩的綱領，以統攝下面條分的三聯。「目」的部分有二：一為頷、頸兩聯，寫的是「早春遊望」之所見，是應綱領部分的「物候新」來寫的；二為尾聯，先以「忽聞歌古調」句，將題面「和晉陵陸丞」作一交代，再以「歸思欲霑巾」句，應綱領部分的「偏驚」二字，拈出一詩的主旨——「歸思」（即歸恨），並由「欲霑巾」三字加以渲染作結。這樣將情寓於景，而與「物候新」之景打成一片，「興象超妙」[3]，令人更咀嚼不盡。

第二首為馮延巳的〈謁金門〉詞，這闋詞是採「先目後凡」的結構

3　高步瀛：《唐宋詩舉要》（臺北市：學海出版社，1973年2月初版），頁412。

寫成的。「目」的部分，自篇首至「鬥鴨闌干遍倚」止，含三層：首層為起二句，寫「望君」於春池前之所見，而以「風皺池水」襯出「君不至」的一份哀情；次層為「閑引鴛鴦芳徑裡」兩句，寫「望君」於芳徑裡的情景，而以「鴛鴦」反襯孤單，以「手挼紅杏蕊」之動作，表出「君不至」的再一份哀情；三層為下片起二句，寫「望君」於闌干前之情景，而以「遍倚」傳達焦慮之心，以「碧玉搔頭斜墜」的樣子，表出「君不至」的又一份哀情。「凡」的部分，即結二句，以「終日望君君不至」句上收「目」的部分，並領出「舉頭聞鵲喜」（即「聞喜鵲舉頭」之倒裝句）句，從篇外反逼出哀情來，回應全詩作結。這顯然是將主旨置於篇外的作品，意味自是格外深長[4]。

第三首是辛棄疾的〈西江月〉詞，題作「夜行黃沙道中」。此詞上片用以寫夜行黃沙道中所聽到的各種聲音，起先是別枝上的鵲聲，其次是清風中的蟬聲，最後是稻香裡的蛙聲，這是採「由小而大」的次序寫成的；下片用以寫夜行黃沙道中所見到的各種景物，起先是天外的疏星，其次是山前的雨點，最後是溪橋後的茅店，這是採「由遠而近」的次序寫成的。作者就由此勾畫出一幅鄉村夜晚的寧靜畫面，從篇外襯托出作者恬適的心情——主旨來，所謂「意在言外」，言足感人[5]。

以上三首詩、詞，頭一首的主旨為「歸思」，在篇內；綱領為「偏驚物候新」，而內容則為「早春遊望」所得。第二首的主旨為「哀」，在篇外；綱領為「終日望君君不至」兩句，而內容則為「終日望君」之所見所為。第三首的主旨與綱領為「恬適」，在篇外；而內容則是「夜行黃沙道中」之所聞所見。可說各盡其妙，互不相同。

從上引的例子裡，可以發現作者真正要表達的思想情意，亦即主

4　陳滿銘：《詞林散步——唐宋詞結構分析》（臺北市：萬卷樓圖書公司，2000 年 1 月初版），頁 48-50。

5　同前註，頁 326-328。

旨，可以是綱領，也可以不是；而所用的內容材料，與主旨、綱領間的關係固然密切，卻不宜把它當成是主旨或綱領。所謂「差之毫釐，謬以千里」，在認辨之際，似宜特別謹慎。

第二節　主旨的顯隱

辭章的主旨，按理說，是最容易審辨的，因為它正是作者所要表達的某一思想或情意，本該明顯得讓人一目了然才對。但有時為了實際上的需要或技巧上的講求，作者往往會把深一層或真正的主旨藏起來，使人很難從詞面上直接讀出來。因此辭章的主旨便有的顯，有的隱，有的又顯中有隱，不盡相同。茲舉數例略作說明如次。

一　主旨全顯者

辭章的主旨明顯地經由詞面表達清楚的，為數不少。通常就其安置的部位而論，有安置於篇首、篇腹與篇末等三種之不同：

安置於篇首的，如李斯的〈諫逐客書〉（原文與解析，已見本章第一節），作者在首段即開門見山地說：

> 臣聞吏議逐客，竊以為過矣。

這兩句便直接提明了一篇之主旨，為了要使這個主旨產生最大的說服力，作者特地安排下面數段文字來提出有力的論據。他先在次段分述繆公、孝公、惠王、昭王等秦國君主用客以獲致成功的事例，從反面見出「逐客之過」；再在第三段以秦王所寶愛的外國珠玉、器物、美色與音樂為例，又從反面表出「逐客之過」；接著在第四段指明古代帝王「兼收」的好處與「卻賓客以業諸侯」的危險，兼顧正反兩面，以進一層表出「逐客之過」；然後在末段，回抱前文作收，將「逐客為過」的一篇主旨作總括性的發揮。這樣，一篇的主旨便毫無保留地作了明確、充分的表達。

安置於篇腹的，如杜甫的〈聞官軍收河南河北〉詩：

> 劍外忽傳收薊北，初聞涕淚滿衣裳。卻看妻子愁何在？漫卷詩書喜欲狂。白日放歌須縱酒，青春作伴好還鄉。即從巴峽穿巫峽，便下襄陽向洛陽。

此詩旨在寫「聞官軍收河南河北」時「喜欲狂」的心情。作者首先在起聯，針對題目，寫自己聽到「官軍收河南河北」時喜極而泣的情形，先藉「忽傳」[6]、「初聞」寫事出突然，以增強喜悅，再藉「涕淚滿衣裳」具寫喜悅，有力地為下聯的「喜欲狂」三字蓄勢。接著在頷聯，採提問之形式，由自身移至妻子身上，寫妻子聞後狂喜的情狀，以「卻看」作接榫，藉「愁何在」逼出一篇之主旨「喜欲狂」，並以「漫卷詩書」作形象之描述。繼而在頸聯，由實轉虛，以「放歌縱酒」上承「喜欲狂」，「好還鄉」上承「妻子」，寫春日攜手還鄉的打算。最後在結聯，緊接上聯「還鄉」之打算，一口氣虛寫還鄉所經過的路程，將「喜欲狂」作充分的渲染。就這樣，由「忽傳」而「初聞」、「卻看」而「漫卷」、「即從」而「便下」，一氣奔注，把自己與妻子「喜欲狂」的心情，描摹得至為生動。王右仲以為「此詩句句有喜躍意。」（《歷代詩評解》）正道出了此詩之特色，而這種「喜躍意」，不是由詞面作了直接的交代了嗎？

安置於篇末的，如胡適的〈母親的教誨〉：

6　高步瀛引顧注：「忽傳二字，驚喜欲絕。」見《唐宋詩舉要》，頁 569。

每天，天剛亮時，我母親便把我喊醒，叫我披衣坐起。我從不知道她醒來坐了多久了。她看我清醒了，便對我說昨天我做錯了什麼事，說錯了什麼話，要我認錯，要我用功讀書。有時候，她對我說父親的種種好處。她說：「你總要踏上你老子的腳步，我一生只曉得這一個完全的人，你要學他，不要跌他的股。」（跌股就是丟臉、出醜。）她說到傷心處，往往掉下淚來。到天大明時，她才把我的衣服穿好，催我去上早學。學堂門上的鎖匙放在先生家裡，我先到學堂門口一望，便跑到先生家裡去敲門。先生家裡有人把鎖匙從門縫裡遞出來，我拿了跑回去，開了門，坐下唸生書。十天之中，總有八、九天我是第一個去開學堂門的。等到先生來了，我背了生書，才回家吃早飯。

我母親管束我最嚴，她是慈母兼任嚴父。但她從來不在別人面前罵我一句，打我一下。我做錯了事，她只對我一望，我看見了她的嚴厲眼光，便嚇住了。犯的事小，她等到第二天早晨我睡醒時才教訓我。犯的事大，她等到晚上人靜時，關了房門，先責備我，然後行罰，或罰跪，或擰我的肉。無論怎樣重罰，總不許我哭出聲音來。她教訓兒子，不是借此出氣叫別人聽的。

有一個初秋的傍晚，我吃了晚飯，在門口玩，身上只穿著一件單背心。這時候，我母親的妹子玉英姨母在我家住，她怕我冷了，拿了一件小衫出來叫我穿上。我不肯穿，她說：「穿上吧！涼了。」我隨口回答：「娘（涼）什麼！老子都不老子呀。」我剛說了這句話，一抬頭，看見母親從家裡走出，我趕快把小衫穿上。但她已聽見這句輕薄的話了。晚上人靜後，她罰我跪下，重重地責罰了一頓。她說：「你沒了老子，是多麼得意的事！好用來說嘴！」她氣得坐著發抖，也不許我上床去睡。我跪著哭，用手擦眼淚，不知擦進了什麼黴菌，後來足足害了一年多的眼翳病，醫

> 來醫去，總醫不好。我母親心裡又悔又急，聽說眼翳可以用舌頭舔去，有一夜她把我叫醒，真用舌頭舔我的病眼。這是我的嚴師，我的慈母。
>
> 我在我母親的教訓之下住了九年，受了極大極深的影響。我十四歲（其實只有十二歲零兩三個月）便離開她了。在這廣漠的人海裡，獨自混了二十多年，沒有一個人管束過我。如果我學得了一絲一毫的好脾氣，如果我學得了一點點待人接物的和氣，如果我能寬恕人，體諒人，——我都得感謝我的慈母。

本文依其結構，也可析為兩大部分：

（一）條分部分：包括一、二、三段：

1. 首段：採泛寫的方式，從每天天剛亮寫到天大明，由喊醒、指錯寫到催上學，以寫出他母親關心他學業，並在晨間於他犯事小時訓誨自己的情形。

2. 次段：全段作為上下文的接榫。

3. 三段：採實寫的方式，記一個夜晚，因自己穿衣說了輕薄話而受到母親重罰，以致生病的經過，寫出了他母親關心他健康，並在夜裡於他犯事大時訓誨自己的情形。

（二）總括部分：僅一段，即末段。在這一段裡，作者先用「我在母親的教訓之下住了九年：沒有一個人管束過我」等句，寫自己三十多年來，除了母親外，沒有受過任何人的管束，以見他母親對自己影響之大；然後以三個假設句作橋梁，領出「我都得感謝我的慈母」的一篇主旨，謙虛的表示，如果自己有一些成就，都得歸功於他的慈母，以見她母親的偉大。

通觀此文，有寫「嚴」的部分，也有寫「慈」的部分；不過，顯而易見地，寫「慈」是主，而寫「嚴」則為賓；而且從實際上來說，作者在寫這篇文章的時候，早就把從前的「嚴」化成了如今的「慈」了。所以用來貫穿全文的，可以說僅是一個「慈」字。為了要具體的寫出這個「慈」，作者便特地安排了一、三兩段；但由於這兩段，一寫清晨，一寫夜晚；一寫犯事小，一寫犯事大，都各自獨立，無法連成一體；於是又安排了第三段，以作為承上啟下之用。我們可以很清楚地看出：這一段自「我母親管束我最嚴」起至「她等到第二天早晨我睡醒時才教訓我」止，是上應頭一段來寫的；自「犯的事大」起至篇末，是下應第三段來寫的。這樣以一半收起段，一半啟後段，十足的發揮了聯貫的功用[7]。以上所有這些描述，完全為最後一句「我都得感謝我的慈母」的主旨來寫，這是十分明顯的。

二　主旨顯中有隱者

作者處理辭章主旨，有時雖把它表層的部分明顯地作了表達，卻將它深一層或真正的部分隱藏起來。如果要掌握這種顯中有隱的主旨，便得下一番審辨的工夫。

如劉鶚的〈黃河結冰記〉，這篇文章的主旨見於第五段：

> 老殘就著雪月交輝的景致，想起謝靈運的詩：「明月照積雪，北風勁且哀。」兩句，若非經歷北方苦寒景象，那裡知道「北風勁且哀」的一個「哀」字下得好呢？

這裡所謂的「哀」，就是本文之主旨，作者特用它來上收一、二、三、四等段之哀景，下啟末段之哀情，將全文聯貫成一個整體。而這個

7　陳滿銘：《章法學新裁》（臺北市：萬卷樓圖書公司，2001 年 1 月初版），頁 44-46。

「哀」字，是從謝靈運的〈歲暮詩〉裡提出來的，這首詩共六句，是這樣寫的：

> 殷憂不能寐，苦此良夜頹。明月照積雪，北風勁且哀。運往無淹物，年逝覺已催。

作者在本文裡雖只是引用了其中的三、四兩句而已，卻把全詩的涵義悉數納入篇中。譬如末段前半所寫老殘望著北斗七星湧生的感慨，不正合「運往無淹物，年逝覺已催」的兩句詩意嗎？又如結處寫：「老殘悶悶的回到店裡，也就睡了。」試問老殘究竟睡著了沒有？當然沒有，為什麼呢？這可從「殷憂不能寐，苦此良夜頹」的兩句詩裡找到答案。而且所謂的「殷憂」，即是「悶悶」，也就是「北風勁且哀」的「哀」，這正是本文之主旨所在。但作者究竟有什麼「殷憂」？有什麼「哀」呢？難道只是哀傷自己年老而已嗎？要回答這個問題，則非借助如下數句文字不可：

> 又想到《詩經》上說的「維北有斗，不可以挹酒漿。」現在國家正當多事之秋，那王公大臣只是恐怕耽處分，多一事不如少一事，弄的百事俱廢，將來又是怎樣個了局？國是如此，丈夫何以家為。

這數句話，原見於本文末段，在「如何是個了局呢？」之後、「想到此地」之前。有了這數句話，就可知道作者除了自身外，更為家國而哀，那就無怪作者會藉自己的淚冰與黃河所結之冰連成一片，將整條河裡的冰都還原為國人的眼淚。如沿著這個線索推敲下去，則所謂「一切景語皆情語」[8]，作者會在第二段寫擠冰、第三段寫打冰（化多事為無事，轉衝突為團結）的原因，也就不難明白了。可惜的是，課本編者因為這數句話出現得過於突兀，且前無所頂，便刪去了。這麼一來，作者深一層的「哀」是什麼，就無從探得了。

又如崔顥的〈黃鶴樓〉詩：

> 昔人已乘黃鶴去，此地空餘黃鶴樓。黃鶴一去不復返，白雲千載空悠悠。晴川歷歷漢陽樹，芳草萋萋鸚鵡洲。日暮鄉關何處是，煙波江上使人愁。

此詩之主旨為「鄉愁」，見於尾聯，這是盡人皆知的，但作者卻在頸聯，有意由位於黃鶴樓西北的「漢陽」帶出位於漢陽西南長江中的「鸚鵡洲」來，暗暗表露出深沈的身世之感。因為看到了鸚鵡洲，自然就會讓人想起那懷才不遇的狂處士禰衡來。據《後漢書．文苑傳》所載，禰衡少有才辯，卻氣尚剛傲，且偏好矯時慢物，所以雖受到孔融的敬愛與推介，然而不但前後見斥於曹操、劉表，最後還死於江夏太守黃祖之手。禰衡死後，葬於一沙洲上；而此一沙洲，因原產鸚鵡，且禰衡又在生前曾為此而作〈鸚鵡賦〉，於是後人便以「鸚鵡」名洲。這樣看來，作者在這裡，是引用了禰衡的典故來抒發他懷才不遇之痛的啊！或許有人會以為這種身世之感和此詩的主旨「鄉愁」相牴觸，其實不然，因為身世之感（懷才不遇之痛），和流浪之苦（鄉愁）是孿生兄弟的關係，所以杜甫〈旅夜書懷〉詩說：「名豈文章著，官應老病休（身世之感）；飄飄何所似，天地一沙鷗（流浪之苦）。」而柳永〈八聲甘州〉

---

8 王國維：《人間詞話刪稿》，《詞話叢編》五（臺北市：新文豐出版公司，1988 年 2 月臺一版），頁 4257。

詞也說：「不忍登高臨遠，望故鄉渺邈，歸思難收（鄉愁）。歎年來蹤跡，何事苦淹留（身世之感）？」可見兩者並敘，是十分自然之事。如此說來，崔顥在這首〈黃鶴樓〉詩裡，除了抒發思鄉之情外，還暗藏了懷才不遇之悲啊！

再如蘇洵的〈六國論〉，這篇文章的表層主旨在首段就說得一清二楚：

> 六國破滅，非兵不利，戰不善，弊在賂秦。賂秦而力虧，破滅之道也。或曰：「六國互喪，率賂秦耶？」曰：「不賂者以賂者喪。蓋失強援，不能獨完。故曰，弊在賂秦也。」

這裡所說的「弊在賂秦」和「不賂者以賂者喪」，為一篇的主旨，亦即論點。這個論點，透過第二、三段提出了具體的論據加以說明之後，已足以充分地說服人。但作者卻在末段說：

> 夫六國與秦皆諸侯，其勢弱於秦，而猶有可以不賂而勝之之勢；苟以天下之大，而從六國破亡之故事，是又在六國下矣。

他提明六國有「可以不賂而勝之勢」，從反面作收，以逼出深一層主旨，以諷當時（北宋）賂敵（契丹）的退怯政策。林西仲說：「老泉此論，實為宋賂契丹，借來做個事鑒。」[9] 看法很正確。可見它的主旨有顯有隱，這和上舉兩文的情形是一樣的。

9　林雲銘：《古文析議合編》卷七（臺北市：廣文書局，1965 年 10 月再版），頁 765。

三　主旨全隱者

自古以來，辭章講求含蓄，主張「意在言外」、「不著一字，盡得風流」，因此主旨全隱於篇外的，便比比皆是。大體說來，通篇用以敘事或寫景的，都是這類作品，如岳飛的〈良馬對〉，此文以宋高宗之問帶出岳飛之答，而岳飛之答就是本文的主體。就在這個主體裡，岳飛特就食量、品格、表現等方面分析良馬與劣馬的不同，認為良馬：

此其受大而不苟取，力裕而不求逞，致遠之材也。

而劣馬則是：

此其寡取易盈，好逞易窮，駑鈍之材也。

從這裡可看出，岳飛是藉此以諷喻高宗要識拔賢才、重用賢才、信任賢才、珍惜賢才的。這種諷喻的意思，盡在言外，很容易讓人聽得進去。又如上一節所舉方苞的〈左忠毅公軼事〉，這篇文章的第一段為序幕，記左公識拔史可法的經過，將左公為國舉才的苦心與忠忱寫得極其生動。其第二段為主體，寫左公被下廠獄後，史可法冒死探監的經過，充分地刻畫出左公的公忠憂國與剛正不屈來。而第三、四、五等段為餘波，先寫史可法受左公感召，繼其志業，奉檄守禦流寇的辛苦，再寫篤厚師門之情事，然後補敘本文所記的軼事，確係有憑有據，以回應篇首的「先君子嘗言」，用「首尾圓合」的手法來收拾全文。作者這樣記事，看似雜碎，卻始終由篇外用「忠毅」二字來貫穿它們，以寫左公和史可法的「忠毅」精神。但寫左公的「忠毅」是主，寫史可法的「忠毅」為賓，也就是說，寫史可法的「忠毅」等於是寫左公的「忠毅」，所以本文旨在寫左公的「忠毅」精神，而這種主旨卻隱在篇外，如果不仔細去推究，是很容易忽略過去的。

以上兩文都是用敘事來寄寓主旨的例子，另外又有藉寫景以寄寓主旨的，如李白的〈黃鶴樓送孟浩然之廣陵〉詩：

> 故人西辭黃鶴樓，煙花三月下揚州。孤帆遠影碧空盡，惟見長江天際流。

這首詩可分為兩個部分：一是敘事的部分，即起二句，敘的是故人西辭武昌前往揚州的事實；二是寫景的部分，即結二句，寫的是故人乘船遠去，消失於水天遙接之際的景象。作者就單單透過「事」帶出「景」，藉煙花、帆影與無盡的江天，連接武昌與揚州，從篇外表出無限之離情來。唐汝詢說：「黃鶴樓，分別之地；揚州，所往之鄉。煙花，敘別之景；三月，紀別之時。帆影盡則目力已極，江水長則離思無涯。悵望之情，具在言外。」（《唐詩解》）所謂「悵望之情，具在言外」，正指出了本詩主旨隱在篇外的最大特色。

經由上述，可知詞章的主旨有的顯，有的隱，是該一一審辨清楚的。在從事辭章的賞析或教學時，如能做到這一點，並據此以探求各段的地位、作用與價值，再配合修辭與布局技巧的探討，那麼深入辭章的底蘊，以掌握全文，該不是件難事。

第三節　安排辭章主旨或綱領的幾種基本類型

每個辭章家，無論是在古時或現代，只要是在自己所蘊蓄的思想情意已臻於飽和狀態時，都會不由自主的透過文字將它宣洩出來。就在他透過文字宣洩思想情意之際，首先接遇的問題，便是主旨（綱領）的安排。這種主旨（綱領）的安排，雖然由於作者的意度心營，巧妙各有不同，而呈現多樣的面貌，但就其安排的部位而論，卻有著如下幾種共通的基本類型：

一　安置於篇首者

這主要是將主旨（綱領）開門見山的安排於篇首，作個統括，然後針對主旨（綱領），條分為若干部分，以依次敘寫的一種類型。這種類型，就整個的篇章結構來說，古時稱為外籀，今則通稱為演繹。由於它具有直截了當的特性，所以在古今人的各類作品，如詩、詞或散文裡，是相當常見的。

詩如：祖詠〈蘇氏別業〉：

> 別業居幽處，到來生隱心。南山當戶牖，灃水映園林。竹覆經冬雪，庭昏未夕陰。寥寥人境外，閑坐聽春禽。

李白〈謝公亭〉：

> 謝公離別處，風景每生愁。客散青天月，山空碧水流。池花春映日，窗竹夜鳴秋。今古一相接，長歌懷舊遊。

杜甫〈登樓〉：

> 花近高樓傷客心，萬方多難此登臨。錦江春色來天地，玉壘浮雲變古今。北極朝廷終不改，西山寇盜莫相侵。可憐後主還祠廟，日暮聊為〈梁甫吟〉。

這三首詩的首篇，乃抒寫「隱心」的作品，作者同樣的在首聯便點明主旨（綱領）「幽處」、「生隱心」，接著先由頷、頸聯，承起聯之頭一句，寫蘇氏別業的清幽環境，再由尾聯承起聯之次句，具體的將隱居生活的閑適──「隱心」寫出來。三篇是春日懷舊的作品，與上兩篇完全一樣，在起聯即將主旨「風景每生愁」點出，接著各以二句依次寫當時與今日之「風景」，然後以「今古一相接」句承上啟下，引出「長歌懷舊遊」一句，回應篇首的「生愁」二字收結。四篇是傷時念亂的作品，作者一開始便把一因一果的兩句話倒轉過來，敘出主旨；再依次以三、四兩句寫「登臨」所見，以五、六兩句寫「萬方多難」，最後藉尾聯，承「傷客心」，寫「登臨」所感，發出當國無人的慨歎，蘊義可說是極其深婉的。這些作品，很顯然的，都在篇首便點明主旨（綱領），然後依此分述，所謂「綱舉目張」，條理都清晰異常。

詞如：韋莊〈菩薩蠻〉：

> 紅樓別夜堪惆悵，香燈半掩流蘇帳。殘月出門時，美人和淚辭。琵琶金翠羽，絃上黃鶯語。勸我早歸家，綠窗人似花。

馮延巳〈蝶戀花〉：

> 誰道閑情拋棄久，每到春來，惆悵還依舊。日日花前常病酒，不辭鏡裡朱顏瘦。　　河畔青蕪堤上柳，為問新愁，何事年年有？獨立小橋風滿袖，平林新月人歸後。

周邦彥〈六醜．薔薇謝後作〉：

> 正單衣試酒，悵客裡、光陰虛擲。願春暫留，春歸如過翼，一去

無跡。為問花何在？夜來風雨，葬楚宮傾國。釵鈿墮處遺香澤，亂點桃蹊，輕翻柳陌。多情為誰追惜，但蜂媒蝶使，時叩窗槅。
東園岑寂，漸蒙籠暗碧。靜繞珍叢底，成嘆息。長條故惹行客，似牽衣待話，別情無極。殘英小、強簪巾幘，終不似、一朵釵頭顫裊，向人欹側。漂流處、莫趁潮汐。恐斷紅、尚有相思字，何由見得。

辛棄疾〈鷓鴣天・有感〉：

出處從來自不齊。後車方載太公歸；誰知寂寞空山裡，卻有高人賦采薇。　黃菊嫩，晚香枝，一般同是采花時。蜂兒辛苦多官府，蝴蝶花間自在飛。

這四首詞的首闋，是抒寫別恨的作品。它的主旨「別夜惆悵」（即別恨），在起句就直接交代清楚；接著依次以「香燈」句就「紅樓」寫夜別的所在，以「殘月」兩句寫在門外夜別的惆悵；然後於下片，承「香燈」句，補寫在樓上夜別的情景，透過美人之琵琶與言語，將「別夜惆悵」從中帶了出來，令人讀後也為之惆悵不已。

次闋是抒寫春愁的作品；作者在此以設問開端，由一問一答中，把主旨「惆悵依舊」道出；而緊接而來的「日日」兩句，從表面上看，寫的雖是「病酒」、「顏瘦」，但也依然未離「惆悵」兩字，因為「病酒」、「顏瘦」正是惆悵的結果啊！至於下片，則由景而生情，所謂「青蕪」、「堤柳」，其嫩芽恰如在舊恨中添了新愁一般，自是年年而有；十分明顯的，所寫的也是惆悵，只不過換了個寫法而已。末兩句，則更進一層的描繪了作者佇立風橋、對月惆悵的樣子，所謂「以景結情」，意味是十分深長的。

三闋是從追惜落花來「悵客裡光陰虛擲」的作品，全詞雖長，卻只分兩段。在前段裡，作者劈頭即直點作意——「悵客裡光陰虛擲」，接著便藉「春歸」，亦即薔薇花的凋謝與飄飛，來描繪春天「一去無跡」的景況；然後以蜂蝶的「時叩窗槅」，慨歎無人追惜，而拍轉到「悵」字上來結束上段。而下段則先以兩句承上段的「春去無跡」，寫窗外薔薇落後「岑寂」的景象，再以九句應上段的「多情為誰追惜」，寫詩人觸景「歎息」、「追惜」的情形；最後則由花之落聯想到它的漂流，藉紅葉題詩的故事，對斷紅致深切的關懷之情，以寫出作者「客裡光陰虛擲」的無限惆悵，意致可謂纏綿極了[10]。

末闋是慨歎出處不齊的作品，在這闋詞裡，作者先用「出處從來自不齊」一句，揭出一篇之綱領，以統括全詞；然後依此綱領，分別列舉三樣「出處不齊」的例證來。在第一個例證裡，太公望相周，是「出」；伯夷、叔齊隱於首陽山，採薇而食，是「處」；這是就人類的「不齊」來說的。在第二個例證裡，黃菊始開，是「出」；晚香將殘，是「處」；這是就植物的「不齊」來說的。在第三個例證裡，蜂兒辛苦，是「出」；蝴蝶自在，是「處」；這是就昆蟲的「不齊」來說的。這樣採先總括、後條分的方式來寫，詞旨便自然的與其他的三首詞一樣，格外的突出了。

散文如〈左傳・曹劌論戰〉：

> 十年春，齊師伐我，公將戰。曹劌請見，其鄉人曰：「肉食者謀之，又何間焉？」劌曰：「肉食者鄙，未能遠謀。」遂入見。
> 問何以戰？公曰：「衣食所安，弗敢專也，必以分人。」對曰：「小惠未徧，民弗從也。」公曰：「犧牲玉帛，弗敢加也，必以

10 《詞林散步——唐宋詞結構分析》，頁 234-236。

> 信。」對曰：「小信未孚，神弗福也。」公曰：「小大之獄，雖不能察，必以情。」對曰：「忠之屬也，可以一戰。戰則請從。」
> 公與之乘，戰於長勺。公將鼓之，劌曰：「未可。」齊人三鼓，劌曰：「可矣。」齊師敗績，公將馳之，劌曰：「未可。」下視其轍，登軾而望之，劌曰：「可矣。」遂逐齊師。
> 既克，公問其故，對曰：「夫戰，勇氣也。一鼓作氣，再而衰，三而竭。彼竭我盈，故克之。夫大國難測也，懼有伏焉；吾視其轍亂，望其旗靡，故逐之。」

本文一意貫串，始終繞著「遠謀」二字來敘寫。文凡四段：首段敘齊師伐魯，曹劌入見莊公的情事，藉鄉人之問領出曹劌之答，拈出「遠謀」二字，作為全文的綱領[11]；次段藉曹劌之一「問」三「對」，與莊公之三「曰」，由「小惠未徧」遞至「小信未孚」，進而逼出「忠之屬也」，敘明魯國抗齊的憑藉，以見曹劌能「遠謀」於未戰之先；三段敘曹劌指揮作戰的經過，分兩「未可」與「可矣」來寫曹劌能「遠謀」：先以齊人三鼓而後鼓（養士氣）來寫他能遠謀於方戰之時，再以視轍登軾而後馳（察敵情）來寫他能遠謀於既勝之後；末段用「既克，公問其故」來引出曹劌的答話，以補敘的方式，寫曹劌所以「遠謀」於方戰時與既勝後的理由。縱觀此文，很顯然的，作者是以「遠謀」二字來貫穿全篇的。他拿「十年春齊師伐我」、「（公）戰於長勺」、「齊師敗績」的史實作為本文的大背景，而中間則安排了曹劌與鄉人、莊公的問答，以曹劌為主，鄉人與莊公為賓，以寫魯之所以大敗齊師，即在於曹劌能「遠謀」，真可謂一意盤旋，了無渣滓。

又如陸游〈跋李莊簡公家書〉：

---

11 王文濡評注：「遠謀二字，是一篇關眼。」見《精校評注古文觀止》卷一，頁21。

> 李丈參政罷政歸鄉里，時某年二十矣。時時來訪先君，劇談終日，每言秦氏，必曰咸陽，憤切慨慷，形於色辭。
> 一日平旦來，共飯，謂先君曰：「聞趙相過嶺，悲憂出涕；僕不然。謫命下，青鞋布襪行矣，豈能作兒女態耶！」方言此時，目如炬，聲如鐘，其英偉剛毅之氣，使人興起。
> 後四十年，偶讀公家書，雖徙海表，氣不少衰，丁寧訓戒之語，皆足垂範百世，猶想見其道「青革奚布襪」時也。

本文先從李丈罷歸鄉里後與作者先君時相過從的事實寫起，很巧妙的拈出「憤切慨慷，形於色辭」八字，作為一篇的綱領；然後依次以作者二十歲時所見李丈本人的言行，及六十歲時所讀李丈家書的內容作為例證，敘明李莊簡公為人之英偉剛毅與家書之足以垂範後世。其中第二段的「聞趙相過嶺」六句及第三段的「雖徙海表」四句，寫的是「憤切慨慷，形於辭」；而第二段的「目如炬」四句及第三段的末句，寫的則是「憤切慨慷，形於色」。先凡後目，一意貫串，寫得真是「鬚眉欲動，千載如生」[12]。

二　安置於篇末者

這是針對著主旨（綱領），先條分為若干部分，依次敘寫，然後才畫龍點睛的將主旨（綱領）點明於篇末的一種類型。這種類型，就整個的篇章結構來說，古時稱為內籀，今則稱為歸納。由於它具有引人入勝的優點，所以古今人的詩、詞或散文作品裡，也是相當常見的。

---

12 《古文析義合編》卷六，頁 328。

詩如：李白〈登金陵鳳凰臺〉：

> 鳳凰臺上鳳凰遊，鳳去臺空江自流。吳宮花草埋幽徑，晉代衣冠成古丘。三山半落青天外，二水中分白鷺洲。總為浮雲能蔽日，長安不見使人愁。

杜甫〈曲江〉：

> 一片花飛減卻春，風飄萬點正愁人。且看欲盡花經眼，莫厭傷多酒入脣。江上小堂巢翡翠，苑邊高塚臥麒麟。細推物理須行樂，何用浮榮絆此身？

蘇軾〈和劉道原詠史〉：

> 仲尼憂世接輿狂，臧穀雖殊竟兩亡。吳客漫陳《豪士賦》，桓侯初笑越人方。名高不朽終安用，日飲無何計亦良。獨掩陳編弔興廢，窗前山雨夜浪浪。

上引的首篇，是懷古感遇的作品，它和首篇一樣，先在起端，就題詠鳳凰臺的來歷，而以「鳳去臺空」，蘊含著無盡的悵恨，以通貫結句的「愁」字；繼而在頷頸聯，依然就鳳凰臺，寫登臺觀望的景致，而藉「吳宮」、「晉代衣冠」抒發出懷古人而不見的愁緒；最後在結聯，以「浮雲蔽日」，一面承上，和三山、白鷺洲連成一片，一面啟下，領出「不見長安」句，以寫「望帝鄉而不見」（蕭士斌《分類補注李太白詩》）的悲哀，把一篇的主旨——「愁」點明。這樣，將身世之感與家國之痛巧妙地表出，手法也是相當高明的。

次篇是歌詠及時行樂的作品，作者先在首、頷、頸等聯，藉飛花減春（主）、翡翠巢堂、麒麟臥塚（賓）[13]的殘敗景象，暗寓萬物好景無常的盛衰道理，以表出其珍惜時光、及時行樂的思想；然後以「細推物理須行樂」一句，將上六句的意思作個總括，從而引出「何用浮榮絆此身」一句，發出感慨收束。真是一筆兜裹全篇，律法精嚴極了。

三篇是弔古傷今的作品，作者在這首詩裡，首先分述仲尼憂世、接輿狂歌；臧與穀二人牧羊，一因挾莢讀書，一因博塞以游，而俱亡其羊；陸機作〈豪士賦〉以刺齊王冏矜功自伐，受爵不讓；以及扁鵲（名越人）謂齊桓侯有疾，而桓侯以為扁鵲好利，欲以不疾者為功的故事。然後總括這些史實，發出了感慨，把自己弔古傷今的意思──主旨充分的表現出來。這樣來安排主旨（綱領），可說和上三篇一樣，是足以收到畫龍點睛的效果的。

詞如：馮延巳〈蝶戀花〉：

> 六曲闌干偎碧樹。楊柳風輕，展盡黃金縷。誰把鈿箏移玉柱，穿簾燕子雙飛去。　　滿眼游絲兼落絮。紅杏開時，一霎清明雨。濃睡覺來鶯亂語，驚殘好夢無尋處。

晏殊〈浣溪沙〉：

> 小閣重簾有燕過，晚花紅片落庭莎，曲闌干影入涼波。　　一霎好風生翠幕，幾回疏雨滴圓荷，酒醒人散得愁多。

周邦彥〈瑞龍吟〉：

---

13 高步瀛於「江上」兩句下引吳注：「襯筆更發奇想驚人，興衰興亡之感故應爾爾。」見《唐宋詩舉要》，頁 557。

章臺路，還見褪粉梅梢，試花桃樹。愔愔坊陌人家，定巢燕子，歸來舊處。　　黯凝佇，因念箇人痴小，乍窺門戶。侵晨淺約宮黃，障風映袖，盈盈笑語。　　前度劉郎重到，訪鄰尋里，同時歌舞，惟有舊家秋娘，聲價如故。吟箋賦筆，猶記〈燕臺〉句。知誰伴，名園露飲，東城閑步，事與孤鴻去。探春盡是、傷離意緒。官柳低金縷，歸騎晚，纖纖池塘飛雨。斷腸院落，一簾風絮。

辛棄疾〈清平樂・題上盧橋〉：

清泉奔快，不管青山礙。十里盤盤平世界，更著溪山襟帶。　　古今陵谷茫茫，市朝往往耕桑。此地居然形勝，似曾小小興亡。

上引的首闋詞，是抒寫「驚殘」況味的作品。作者在這裡，首先在上片寫輕風「驚」柳、鈿箏「驚」燕的景象，將景寓以一「驚」字；再在下片的首三句寫游絲落絮、杏花遭雨的景象，將景寓以一「殘」字；然後以「濃睡覺來鶯亂語」一句作聯絡，引出「驚殘好夢無尋處」一句，回抱前意作收，使得風吹柳絮、燕飛花落的外景，與驚殘好夢的內情產生相糅相襯的效果，令人讀後感染到極為強烈的「驚殘」況味。

次闋是抒寫春暮閑愁的作品，此詞的主旨在末尾的「酒醒人散得愁多」一句上。因為這種「愁」實在太抽象了，無從產生巨大的感染力量，於是作者就特意的安排了映入眼簾的具體景物把它襯托出來：首先是重簾下的過燕，其次是庭莎上的落紅，再其次是涼波中的闌影，接著是翠幕間的一陣好風，最後是圓荷上的幾回疏雨。這些由近及遠的景物，對一個「酒醒人散」的作者來說，每一樣都適足以增添他的一份愁，那就難怪他會「得愁」那樣「多」了。

三闋是抒寫「傷離意緒」的作品，全詞共分三疊，在首疊，作者藉「歸來舊處」「探春」所見的景物，來指明時序、地方，並蘊含「人面不知何處去，桃花依舊笑春風」的情思，預為後二疊進一層的抒寫鋪路。而次疊則以「黯凝佇」承上啟下，引出「因念」兩字，與上疊的「還見」呼應，並藉以提舉下文，以追敘當年初見「箇人」的情景，把「箇人」的妝扮、舉止和神態都刻畫得極為逼真生動，大力的為末疊蓄勢。至於末疊，乃總括的部分，為全詞之重心所在；作者在此，特地用「前度劉郎重到」為過變[14]，先賴出五句，應首疊，用直筆與側筆，順次寫自己如當年「劉郎」歸來舊處的失意與「人面不知何處去」的悲哀；再以五句，應次疊，藉李商隱和柳枝、杜牧和張好好的韻事，以寫初見「箇人」後彼此交往的情形；然後以「探春盡是，傷離意緒」一句把上意作個總結，點出主旨；終以「官柳」五句，寫在「歸騎」上所見暮春寂寥的黃昏景物來襯托「斷腸」之情，亦即「傷離意緒」[15]；所謂「以景結情」，令人讀後倍覺淒切黯然。雖然周濟說：「此不過桃花人面，舊曲翻新耳。」（《宋四家詞選》）但藝術的技巧是極為高超的。

四闋是感慨興亡的作品，作者先以「清溪奔快」四句，描寫上盧橋畔的「形勝」；再以「古今陵谷茫茫」二句，泛寫陵谷市朝的「興亡」；然後以「此地居然形勝」二句，總括上意，發出感慨收束。以上四闋詞，內容上雖各不相同，但在主旨（綱領）的安排上，卻顯然是一致的。

散文如《禮記・檀弓選一則》：

---

14 陳匪石：「此六字者，事本在『還見』、『因念』之先，卻在兩段後突接，前者何其紆徐，此處何其卓犖！」見《宋詞舉》（南京市：江蘇古籍出版社，2002 年 4 月一版一刷），頁 104。

15 《宋詞舉》，頁 105。

> 晉獻公將殺其世子申生。公子重耳謂之曰：「子蓋言子之志於公乎？」世子曰：「不可。君安驪姬，是我傷公之心也！」曰：「然則蓋行乎？」世子曰：「不可。君謂我欲弒君也。天下豈有無父之國哉？我何行如之？」使人辭於狐突曰：「申生有罪，不念伯氏之言也，以至於死；申生不敢愛其死？雖然，吾君老矣，子少，國家多難。伯氏不出而圖吾君；伯氏苟出而圖吾君，申生受賜而死！」再拜稽首，乃卒。是以為恭世子也。

本則所寫的只是一個「恭」字而已，末句所謂的「是以為恭世子也」，正是一篇主旨之所在。由於太子申生但諡為恭，而不諡為孝，是有它的用意的。所以本文先透過重耳的勸告，引出申生的回答，以見申生處處關心老父，怕「傷公之心」，所寫的可說是順於父事；後來使人辭於狐突，知他至死不忘國家之憂，所寫的則可說是不忘國憂。然而申生最後竟自殺於新城，陷獻公於不義，而孝子卻是不能陷親於不義的，所以申生在死後，不諡為孝，但諡為恭，以見申生只是順於父事，不忘國憂而已。於是到了最後便畫龍點睛，拈出篇旨「恭」字，統括順於父事與不忘國憂，以收拾全文。又如《史記．孔子世家贊》（原文與分析，見本章第一節），也在最後結出主旨「至聖」（嚮往到極點的一種尊號）二字。這樣一節進一節的寫來，有著無盡的仰止之意。

三　安置於篇腹者

這是將主旨（綱領）安置於文章的中央部分，以統括全篇文義的一種類型。這種類型，由於多半須藉插敘（提開緊接）的手法來完成，所以除了在慣用插敘法以抒情的詩詞裡還可以時常見到之外，在散文中卻是不可多見的。這類的作品，詩如：王勃〈送杜少府之任蜀州〉：

> 城闕輔三秦，風煙望五津。與君離別意；同是宦遊人。海內存知己，天涯若比鄰。無為在歧路，兒女共霑巾。

李白〈送友人〉：

> 青山橫北郭，白水繞東城。此地一為別，孤蓬萬里征。浮雲遊子意，落日故人情。揮手自茲去，蕭蕭班馬鳴。

李白〈子夜歌〉：

> 長安一片月，萬戶擣衣聲。秋風吹不盡，總是玉關情。何日平胡虜，良人罷遠征？

杜甫〈春望〉：

> 國破山河在，城春草木深。感時花濺淚，恨別鳥驚心。烽火連三月，家書抵萬金。白頭搔更短，渾欲不勝簪。

這四首詩的首篇，是宦中送別的作品。作者首先在起聯提明客主握別之地——長安與客人將去之處——五津（蜀中），特地將空間拓大，造成「壯闊精整」[16]的意象，以預為下個部分的抒情鋪路。接著在頷聯寫宦中送客的惆悵，正面拈出主旨——「離別意」（即離愁），以統括全詩。然後在頸、尾兩聯，寫離別時候自己對客人所說的寬慰話，以回應「與君離別意」作結。

---

16 吳北江語，高步瀛：《唐宋詩舉要》引，頁408。

二篇也是首送別的作品，全詩共分三個部分：起聯、頷頸聯和尾聯。其中起、尾兩聯都是用來寫景的：一是就送別的地方，寫送別時所見的靜態景物；一是就友人的離去，寫離去時所見到的動態景物。這兩個部分，本是緊緊相連的，而作者卻把它們提開，空出頷、頸兩聯來，插入抒情的部分。這個部分先以「此地」、「萬里」上接起聯，並下應尾聯，而巧妙地由此引出「別」字、「征」字，敘明離別；然後又以「浮雲」、「落日」，和起、尾兩聯的景物打成一片，並由此透過譬喻，帶出「遊子意」、「故人情」，點明客主雙方的離情別意。就這樣，一篇的主旨「離情別意」便自自然然的凸顯出來了。

三篇是寫少婦思念征人的作品，作者首先在起二句，就少婦所在之地——長安，寫月下處處響起「搗衣聲」的情景，面對著這種情景，以一個閨中少婦而言，自然是會引起無限相思之情的。於是在三、四兩句，便順勢寫少婦對征人的思念之情，成功的和一、二兩句作了緊密的連繫；在這兩句裡，頭句「秋風」的「秋」字，除了用以指明季節外，所謂的「何處合成愁，離人心上秋」（吳文英〈唐多令〉詞），顯然地也藉以加強了「玉關情」的感染力量，而這個出現於次句的「玉關情」，正是一篇之主旨所在。因此五、六兩句便針對著「玉關情」三字，採用激問的修辭方式，以進一層的寫出少婦思念征人的愁緒來。

末篇是感時傷別的作品，全詩可以依聯分為四個部分。它的主旨是「感時」、「恨別」，作者特地將它安置在第二部分裡。而由其他的三個部分來補足它的意思。以第一部分而言，寫的是國中「無人」、「無餘物」（《司馬溫公詩話》）的殘破情狀，這主要是就「感時」來說的；以第三部分而言，寫的是在烽火中難於接獲家書的痛苦，這主要是就「恨別」來說的；以第四部分而言，寫的則是白髮蕭疏、日搔日少的形象，這是合「感時」與「恨別」來說的；所以全詩所寫的無非是「感時」、「恨別」四字而已。由於這兩種「憂傷」交織，令人「想見詩人當時焦急萬分的情狀」[17]。

以上四首詩的主旨（綱領），可以說全不在首、尾，而在中央部位，這是很容易就可以分辨出來的。

詞如：韋莊〈菩薩蠻〉：

勸君今夜須沈醉，尊前莫話明朝事。珍重主人心，酒深情亦深。

須愁春漏短，莫訴金盃滿。遇酒且呵呵，人生能幾何！

范仲淹〈蘇幕遮〉：

碧雲天，黃葉地。秋色連波，波上寒煙翠。山映斜陽天接水，芳草無情，更在斜陽外。　　黯鄉魂，追旅思。夜夜除非，好夢留人睡。明月樓高休獨倚，酒入愁腸，化作相思淚。

歐陽修〈踏莎行〉：

候館梅殘，溪橋柳細。草薰風暖搖征轡。離愁漸遠漸無窮，迢迢不斷如春水。　　寸寸柔腸，盈盈粉淚。樓高莫近危闌倚。平蕪盡處是春山，行人更在春山外。

柳永〈雨霖鈴〉：

寒蟬淒切，對長亭晚，驟雨初歇。都門帳飲無緒，方留戀處，蘭舟催發。執手相看淚眼，竟無語凝咽。念去去、千里煙波，暮靄

17　喻守真：《唐詩三百首詳析》（臺北市：臺灣中華書局，1996 年 4 月臺二三版五刷），頁 176。

沈沈楚天闊。　　多情自古傷離別，更那堪、冷落清秋節。今宵酒醒何處，楊柳岸、曉風殘月。此去經年，應是良辰好景虛設。便縱有、千種風情，更與何人說。

上引的首闋詞，是敘寫主人情深的作品。全詞共分三部分，頭一部分即開端兩句，第二部分為三、四兩句，第三部分則是下半闋四句。在第一、三兩部分裡，作者先後記敘了主人在夜晚對客（作者）勸酒的話語。這段話語原是前後銜接的，而作者卻特意把它上下撐開，插入「珍重」兩句，成為第二部分，拈出「主人」、「情深」的主旨，以統括全詞。作者用了這種安排的方式，不得不說是相當特殊的。

次闋是秋日懷鄉的作品，此詞，大體說來，上片寫景，下片抒情。在上片寫景的部分裡，作者採用了頂真的手法，一環套一環地將倚樓所見的秋日寂寥景色，由近及遠的一一寫下來，予人以纏綿的強烈感受。唐圭璋說：「上片，寫天連水，水連山，山連芳草；天帶碧雲，水帶寒煙，山帶斜陽。自上及下，自近及遠，純是一片空靈境界，即畫亦難到。」[18] 說得一點也不錯。而在下片抒情的部分裡，則分為兩節來寫：頭一節為開頭四句，寫的乃淹留在外時刻思鄉的情懷；就在這一節裡，作者十分技巧地用「黯」字、「追」字帶出「鄉魂」、「旅思」，將一篇的主旨——「鄉思」（即鄉愁）明白的點了出來。第二節即結尾三句，這三句雖未脫抒情的範圍，但情中卻帶景，描繪了作者倚樓醉酒、對月相思的情景，使得抽象的「鄉思」得以具象化，而與上片所寫的景融成一體，達到情景交融的境界，其手法之高，真是不得不令人贊歎不已。

三闋是春日送別的作品，它和首闋一樣，可以分為三個部分：頭一部分即開端三句，第二部分為中間五句，第三部分則是結尾三句。在第

---

18 唐圭璋：《唐宋詞簡釋》（臺北市：木鐸出版社，1982 年 3 月初版），頁 48。

一、三部分裡，作者由近及遠的寫了目送行人遠去時所見到的各種景物，先是候館旁的殘梅，其次是溪橋邊的細柳，再其次是平原周遭的香草，最後是草原盡頭的春山。很顯然的，這些足以襯出離情的景物，是互相緊密的連接在一起的，而作者卻特意在草原之間把這個寫景的部分前後割開，插入了抒情的部分。這個抒情的部分是這樣寫的：首先將主旨「離愁」直接道出，然後依次用「迢迢春水」、「寸寸柔腸」和「盈盈粉淚」加以譬喻或渲染，把「離愁」具體的描寫出來，並且由「漸遠」（就行人言）上接第一個部分，由「危闌倚」下開第三部分，大力的將全詞連成一個整體。經由這種聯繫，那就難怪會使得第二部分的「內情」和第一、三部分的「外景」達於相糅相襯的地步了。這首詞之所以令人「不厭百回讀」（卓人月《詞統》），跟作者這種細密的安排，不會沒有關係吧！

四闋是秋日送別的作品，乃作者採先實後虛的手法所寫成，全詞分為兩個部分，即一實一虛：實的部分是由篇首至「竟無語凝咽」止，寫的是長亭周遭的寥落秋景與客主臨別的「留戀」情態；虛的部分是自「念去去」至篇末，分三個小節來依次描寫「執手相看淚眼，竟無語凝咽」時所設想「蘭舟」甫發當時、當夜及次日以後「經年」的種種情景，而特在一、二節間插入「多情自古傷離別」兩句，點明主旨（綱領），以統括全詞的意思，真是布置得像行雲流水般，了無連接的痕跡，可謂巧妙到了極點[19]。

散文如李密〈陳情表〉：

臣密言：

臣以險釁，夙遭閔凶。生孩六月，慈父見背。行年四歲，舅奪母

19 《詞林散步——唐宋詞結構分析》，頁 143-145。

志。祖母劉愍臣孤弱，躬親撫養。臣少多疾病，九歲不行；零丁孤苦，至於成立。既無叔伯，終鮮兄弟；門衰祚薄，晚有兒息；外無期功彊近之親，內無應門五尺之僮；煢煢孑立，形影相弔。而劉夙嬰疾病，常在床蓐；臣侍湯藥，未曾廢離。

逮奉聖朝，沐浴清化。前太守臣逵，察臣孝廉；後刺史臣榮，舉臣秀才；臣以供奉無主，辭不赴命。詔書特下，拜臣郎中。尋蒙國恩，除臣洗馬。猥以微賤，當侍東宮，非臣隕首，所能上報。臣具以表聞，辭不就職。詔書切峻，責臣逋慢。郡縣逼迫，催臣上道。州司臨門，急於星火。臣欲奉詔奔馳，則劉病日篤；欲苟順私情，則告訴不許；臣之進退，實為狼狽。

伏惟聖朝以孝治天下，凡在故老，猶蒙矜育；況臣孤苦，特為尤甚。且臣少仕偽朝，歷職郎署，本圖宦達，不矜名節。今臣亡國賤俘，至微至陋，過蒙拔擢，寵命優渥；豈敢盤桓，有所希冀！但以劉日薄西山，氣息奄奄，人命危淺，朝不慮夕。臣無祖母，無以至今日；祖母無臣，無以終餘年。母孫二人，更相為命；是以區區，不能廢遠。臣密今年四十有四，祖母劉今年九十有六，是臣盡節於陛下之日長，報劉之日短也。烏鳥私情，願乞終養！臣之辛苦，非獨蜀之人士，及二州牧伯，所見明知；皇天后土，實所共鑒。願陛下矜愍愚誠，聽臣微志；庶劉僥倖，保卒餘年。臣生當隕首，死當結草。

臣不勝犬馬怖懼之情，謹拜表以聞。

這篇文章共分四段。它所寫的，如眾所知，只是一個「孝」字而已；而這個「孝」字，除一面由第三段首句直接點明，作為一篇綱領外，又一面針對著上表這件事，在第四段以「願陛下矜愍愚誠，聽臣微志；庶劉僥倖，保卒餘年」幾句話成為主旨作具體的表達。這幾句話，既充分的道出了作者的孝思，也說明了上表的目的。不過，要達成這個目的，成全孝思，是必須要有堅實的憑藉來說服人家的；而這個憑藉就是作者異於常人的「辛苦」，所以他在第四段開頭即說：「臣之辛苦，非獨蜀之人士，及二州牧伯，所見明知；皇天后土，實所共鑒」。但徒口是無憑的，是無法使人相信的，於是作者便先在第一、二段分別就私情（孝）、「赴命」（忠），具體的寫出他「辛苦」的實情，然後在第三段再就私情（孝）與「赴命」（忠），先寫他進退兩難的情形，以見出他「辛苦」的原因，再更進一步的作緩急的比較，以見出自己欲就私情（孝）、拒「赴命」（忠）的「辛苦」所在，藉以乞求准許所請。作者這樣一路的握定「孝」字來寫，可說完全出自於一片至性，使得文章裡面了無一處虛言矯飾，這就無怪會寫得這樣「悲惻動人」[20]，而真正達成「聽臣微志」的願望了。

又如劉鶚〈黃河結冰記〉：

> 老殘洗完了臉，把行李鋪好，把房門鎖上，他出來步到河隄上看。只見那黃河從西南上下來，到此卻正是個灣子，過此便向正東去了。河面不甚寬，兩岸相距不到二里。若以此刻河水而論，也不過百把丈寬的光景。只是面前的冰，插得重重疊疊的，高出水面有七、八寸厚。
>
> 再望上游走了一、二百步，只見那上游的冰，還一塊一塊地慢慢價來，到此地被前頭的冰攔住，走不動，就站住了。那後來的冰趕上他，只擠得嗤嗤價響。後冰被這溜水逼得緊了，就竄到前冰上頭去。前冰被壓，就漸漸低下去了。看那河身，不過百十丈寬，當中大溜，約莫不過二、三十丈。兩邊俱是平水，這平水之

20 吳楚材評語，見《精校評注古文觀止》卷七，頁1。

上，早已有冰結滿。冰面卻是平的，被吹來的塵土蓋住，卻像沙灘一般。中間的大道大溜，卻仍然奔騰澎湃，有聲有勢，將那走不過去的冰，擠得兩邊亂竄。那兩邊平水上的冰，被當中亂冰擠破了，往岸上跑，那冰能擠到岸上有五、六尺遠。許多碎冰被擠得站起來，像個小插屏似的。看了有點把鐘工夫，這一截子的冰，又擠死不動了。

老殘復行望下游走去，過了原來的地方，再望下走。只見兩隻船，船上有十來個人，都拿著木杵打冰。望前打些時，又望後打。河的對岸，也有兩隻船，也是這們打。

看看天色漸漸昏了，打算回店，再看那隄上柳樹一棵一棵的影子，都已照在地下，一絲一絲地搖動，原來月光已經放出光亮來了。回到店中，吃過晚飯，又到隄上閒步。這時北風已息，誰知道冷氣逼人，比那有風的時候還厲害些。抬起頭來看那南面的山，一條雪白，映著月光，分外好看。一層一層的山嶺，卻不大分辨得出。又有幾片白雲，夾在裡面，所以看不出是雲是山。及至定神看去，方才看出那是雲，那是山來。雖然雲也是白的，山也是白的；雲也有亮光，山也有亮光，只因為月在雲上，雲在月下，所以雲的亮光，是從背面透過來的。那山卻不然，山上的亮光，是由月光照到山上，被那山上的雪反射過來，所以光是兩樣子的。然祇稍近的地方如此，那山往東去，越望越遠，漸漸地天也是白的，山也是白的，雲也是白的，就分辨不出甚麼來了。

老殘就著雪月交輝的景致，想起謝靈運的詩：「明月照積雪，北風勁且哀」兩句，若非經歷北方苦寒景象，那裡知道「北風勁且哀」的一個「哀」字下得好呢？

這時月光照得滿地灼亮，抬起頭來，天上的星，一個也看不見。只有北邊北斗七星、開陽、搖光：像幾個淡白點子一樣，還看得清楚。那北斗正斜倚紫微星垣的西邊上面，杓在上，魁在下。老殘心裡想道：「歲月如流，眼見斗杓又將東指了，人又要添一歲了！一年一年地這樣瞎混下去，如何是個了局呢？」想到此地，不覺滴下淚來，也就無心觀玩景致，慢慢走回店去。老殘一面走著，覺得臉上有樣物件附著似的，用手一摸，原來兩邊掛著了兩條滴滑的冰。起初不懂甚麼緣故，既而想起，自己也就笑了。原來就是方才流的淚，天寒，立刻就凍住了。地下必定還有幾多冰珠子呢。老殘悶悶的回到店裡，也就睡了。

本文可分為寫景與抒情兩大部分。以寫景的部分而言，又可按時間的先後，即黃昏與夜晚，析為兩截。頭一截，寫的是黃昏之景，包括一、二、三段。首段是由河道、河面而河上之冰，自大而小的概寫黃河上結冰的情景；次段是由溜冰、大溜而平水、岸上，自小及大的細寫黃河上擠冰的情景；三段是先由河的這邊推擴到河的對岸，自近及遠的寫黃河上打冰的情景。而第二截，則寫的是月色，僅一段，即第四段。作者在這裡，先承上截之末，寫近山、寫地面，再藉冷風、積雪和月光，由近及遠的推展開來，寫遠山，寫天空，將遠近雪月交輝的景致描寫得極其迷濛淒美。以抒情的部分而言，包括兩段，即第五及末段。在第五段裡，作者引了謝靈運的〈歲暮詩〉，轉景為情，拈出一個「哀」字，以上收一、二、三、四等段之景，下啟末段之情，將全文聯貫成一個整體。謝靈運的原詩是：「殷憂不能寐，苦此良夜頹。明月照積雪，北風勁且哀。運往無淹物，年逝覺已催。」作者在此雖只是從中引用了三、四兩句而已，卻把全詩的涵義悉數納入篇中。譬如末段前半所寫老殘望著北斗七星湧生的感慨，不正合「運往無淹物，年逝覺已催」的兩句詩意嗎？又如結處寫：「老殘悶悶的回到店裡，也就睡了。」試問老殘究竟睡著了沒有？當然是沒有，為什麼？這可從「殷憂不能寐，苦此良夜頹」的兩句詩裡找到答案。而且所謂「殷憂」，即是「悶悶」，也就是「北風勁且哀」的「哀」，這正是本文的綱領所在。有了這個綱領，我們就可以曉得，前面四段所寫的景，是虛，是陪襯；而最後一段所抒的情，才是實，才是主體。所以本段引了謝詩，插在這裡；不僅發揮了引渡的功用，也揭明了一篇的綱領，其地位可說是十分重要的。而末段，則首寫月下的北斗七星，把它們和前文所述雪月交輝的景致打成一片，暗含「運往無淹物」的意思，以作下文寫哀情的引子；次藉老殘看著北斗七星所想的一段話，寫出哀情；末則先用眼淚把哀情具體表出，再由淚的結冰，與黃河上所結的冰連成一體，將整條河裡的冰都化成為國人的眼淚。作者就這樣藉哀景引出哀情，然後又由哀情寫到哀淚、哀冰，與一、二、三、四等段的哀景，牢牢的連接在一起，巧妙地寫出了作者深切的家國之憂，手法是極高的。

四　安置於篇外者

這是將主旨蘊藏起來，不直接點明於篇內，而讓人由篇外去意會的一種類型。這種類型，由於最合乎含蓄的要求，即所謂的「不著一字，盡得風流」，所以在古今人的各類作品裡，是最為常見的。

詩如：李白〈玉階怨〉：

> 玉階生白露，夜久侵羅襪。卻下水精簾，玲瓏望秋月。

劉禹錫〈石頭城〉：

> 山圍故國周遭在，潮打空城寂寞回。淮水東邊舊時月，夜深還過女牆來。

元稹〈行宮〉：

寥落古行宮，宮花寂寞紅。白頭宮女在，閑坐說玄宗。

這三首詩的首篇，是抒寫怨情的作品。寫的是美人玉階久立，露侵羅襪，猶下窗簾，望月思人的情景。從頭到尾所寫的僅僅是美人的動作或周遭的景物而已，卻從中透露出濃濃怨情來。蕭粹可評說：「無一字言怨，而隱然幽怨之意見於言外，晦菴所謂聖於詩者。」[21] 作者這樣將詩旨置於篇外，那自然就使得作品更加感人了。

次篇是感慨興亡的作品。從表面上看來，這一首詩所寫的，不過是石頭城的潮聲與月色而已，但是作者卻巧妙地由「故國」、「舊時」帶出六朝時的繁華，和眼前所見到的「空」與「寂寞」，作成強烈的對比，以充分的從篇外表出不盡的感慨之意來。沈德潛說：「只為山水明月，而六代繁華俱歸烏有，令人於言外思之。」（《唐詩別裁》）所以此詩，篇幅雖短，而意卻無窮，是極耐人尋味的。

三篇也是感慨興亡的作品。此詩和上篇一樣，所寫的，在字面上看來，也極其簡單，只是宮內的景致與宮女之話舊罷了，卻由於作者藉篇內的「古」、「白頭」、「玄宗」等字詞托出玄宗當年的盛況，有意的和如今的「寥落」、「寂寞」和「閑坐」形成鮮明的對照，從而表出強烈的盛衰之感來。許文雨說：「此詩點出寥落之景，並及白首宮人懷舊之訴，盛衰之感深寓於短章矣。」（《唐詩集解》）能將「盛衰之感深寓於短章」，那就無怪沈德潛要說「只四句話，已抵一篇《長恨歌》」（《唐詩別裁》）了。

詞如：溫庭筠〈菩薩蠻〉：

---

21 高步瀛：《唐宋詩舉要》引，頁 764。

> 小山重疊金明滅，鬢雲欲度香腮雪。懶起畫蛾眉，弄妝梳洗遲。
> 　照花前後鏡，花面交相映。新貼繡羅襦，雙雙金鷓鴣。

李煜〈玉樓春〉：

> 晚妝初了明肌雪，春殿嬪娥魚貫列。鳳簫聲斷水雲間，重按〈霓裳〉歌遍徹。　　臨風誰更飄香屑，醉拍闌干情未切。歸時休放燭花紅，待踏馬蹄清夜月。

晏殊〈浣溪沙〉：

> 一曲新詞酒一杯，去年天氣舊池臺。夕陽西下幾時回？　　無可奈何花落去，似曾相識燕歸來。小園香徑獨徘徊。

上引的首闋，是抒寫閨怨的作品。作者在首句，即寫旭日明滅、繡屏掩映的景象，為抒寫怨情安排了一個適當的環境，並從中提明了地點與時間，以引出下面寫人的句子。而自次句至末，則按時間的先後，寫屏內美人的各種情態與動作，首先是睡醒，其次是懶起，再其次是梳洗、弄妝，接著是簪花，最後是試衣。作者就藉著這些尋常的動作或情態，從篇外逼出這位美人無限的幽怨來。唐圭璋評說：「此首寫閨怨，章法極密，層次極清。」[22] 是一點也不錯的。

次闋是寫宴遊之樂的作品。作者首先在上片，藉著春日宮中歌舞的盛況，寫出聽覺和視覺上的享受；然後在下片，藉著風裡「飄香」的助興、「醉拍闌干」的狂態，與踏月而歸的雅趣，寫出嗅覺、味覺和心靈

22 《唐宋詞簡釋》，頁 3。

上的享受，使得全詞雖未著一「樂」字，卻無處不洋溢著「樂」的氣息。李于麟說：「上敘鳳輦出遊之樂，下敘鸞輿歸來之樂。」(《草堂詩餘雋》) 他從篇外尋得一個「樂」字來貫穿上下片，是極具眼力的。

三闋是春日懷人的作品。上片用以寫眼前所見景象，而將「天氣」、「池臺」與「夕陽」和「去年」作一銜接，以引出離索之感；下片則用以寫「花落」、「燕歸」、「小徑」、「徘徊」的情景，而藉「無可奈何」、「似曾相識」與「獨」字，以表抑鬱之情。唐圭璋說：「此首諧不鄰俗，婉不嫌弱。明為懷人，而通體不著一懷人之語，但以景襯情。」[23] 採「以景襯情」的方法來寫，意味自然就格外雋永。

散文如列子〈愚公移山〉：

> 太形、王屋二山，方七百里，高萬仞，本在冀州之南、河陽之北。北山愚公者，年且九十，面山而居，懲山北之塞、出入之迂也，聚室而謀曰：「吾與汝畢力平險，指通豫南，達于漢陰，可乎？」雜然相許。
> 其妻獻疑曰：「以君之力，曾不能損魁父之丘，如太形、王屋何？且焉置土石？」雜曰：「投諸渤海之尾，隱土之北。」遂率子孫荷擔者三夫，叩石墾壤，箕畚運於渤海之尾。鄰人京城氏之孀妻有遺男，始齔，跳往助之；寒暑易節，始一反焉。
> 河曲智叟笑而止之曰：「甚矣，汝之不慧！以殘年餘力，曾不能毀山之一毛，其如土石何？」北山愚公長息曰：「汝心之固，固不可徹；曾不若孀妻弱子。雖我之死，有子存焉；子又生孫，孫又生子；子又有子，子又有孫；子子孫孫，無窮匱也；而山不加增，何苦而不平？」河曲智叟亡以應。

---

23 同前註，頁54。

> 操蛇之神聞之，懼其不已也，告之於帝。帝感其誠，命夸娥氏二子負二山，一厝朔東，一厝雍南。自此冀之南、漢之陰，無隴斷焉。

這是我國著名的一則寓言故事。在這則故事裡，作者寄寓了「人助天助」、「有志竟成」的道理於篇外，是非常耐人玩味的。文凡四段，作者首先在起段記敘愚公鑒於太行、王屋兩座大山阻礙了南北交通，便決意要剷平它們並獲得家人贊可的情形；再在次段記敘愚公選定投置石土的地點，並率領子孫實際去從事移山工作的經過；然後在三段記敘智叟笑阻愚公，而愚公卻不為所動，以為只要堅定信心，努力不懈，便必能成功的一段對話；最後在末段記敘愚公的偉大精神，終於感動了天地，獲得神助，完成了移山願望的圓滿結局。顯而易見的，起、次、三段是針對著「有志」、「人助」來寫的，而末段則寫的是「天助」、「竟成」。作者就這樣用一個簡單的故事，使人在趣味盎然中領悟出見於篇外的做人、做事的道理，這可說是寓言故事的普遍特色，是其他的各類文體所無法趕上的。不過，這種寓言體的文章，也有將道理直接在篇內道破的，如柳宗元的《黔之驢》，便在末段透過「向不出其技，虎雖猛，疑畏卒不敢取。今若是焉，悲夫！」幾句話，將諷喻的意思表達出來，這樣，主旨即直接見於篇內，與正體的寓言故事將主旨置於篇外的，便兩樣了。

又如劉義慶〈世說新語〉一則：

> 晉明帝數歲，坐元帝厀上。有人從長安來，元帝問洛下消息，潸然流涕。明帝問：「何以致泣？」具以東渡意告之。因問明帝：「汝意謂長安何如日遠？」答曰：「日遠。不聞人從日邊來，居然可知。」元帝異之。明日，集群臣宴會，告以此意；更重問

之。乃答曰：「日近。」元帝失色曰：「爾何故異昨日之言耶？」答曰：「舉目見日，不見長安。」

這是寫晉明帝「夙惠」的一則故事。作者首先在開頭即交代晉明帝在當時僅數歲而已，並正坐於元帝膝上；接著安排有人從長安帶來胡人攻陷洛陽的消息，使元帝為之落淚，以引出明帝的問話，預為進一層的問答鋪路；然後記敘元帝之一問與明帝之二答，一問是「汝意謂長安何如日遠？」二答是「日遠」與「日近」；明帝面對同樣的問題，僅是隔一天而已，卻有兩種不同的回答，他的理由依次是「不聞人從日邊來，居然可知」和「舉目見日，不見長安」。從這兩種不同的回答中，作者輕鬆的寫出了明帝的「夙惠」。這「夙惠」二字，雖未置於篇內，卻凸顯於篇外，所謂「義生文外」，是倍加動人的。

以上四種安排主旨的基本類型，無論是哪一種，在任何辭章家的作品中，相信都可以隨處找到許多運用的例子。因此，我們在從事創作、閱讀或教學時，如果能掌握這四種類型，那麼必可使文章主旨充分凸顯出來，從而分清凡目、虛實、賓主……等的關係，以增進創作、閱讀或教學的效果。

第四節　辭章主旨或綱領安置於篇腹的結構類型

上一節探討辭章主旨或綱領的安置，就其部位而言，不外篇首、篇腹、篇末與篇外四種。其中置於篇之首、末與外者，極為常見，也為人所看重；而置於篇腹的，則比較少見，只有少數文論家注意到了它，如李穆堂在《秋山論文》中說：

> 文章精神全在結束，有提於前者，有束於中者，有收於後者[24]。

又如宋文蔚在《評注文法津梁》中說：

> 主意既定，或於篇首預先揭明，或在中間醒出，或留於篇終結穴，皆無不可。[25]

所謂「束於中」、「在中間醒出」，指的便是這種安置法。卻很可惜地，不被大家所重視。於是早於一九八五年年六月在臺灣師大《國文學報》十四期發表了〈談安排辭章主旨的幾種基本形式〉一文，特以詩、詞和散文為例，說明了這種安置法的特點；又於一九八八年一月在《國文天地》三卷八期發表了〈談主旨見於篇腹的幾篇課文〉的文章，以凸顯它的重要性；卻一直未就形成「篇」的結構類型加以探討。就在這種需求下，本節特以凡目、虛實、賓主和因果法所形成的結構類型，舉蘇、辛詞為例，作一呈現，聊以彌補這種缺憾。

一　以凡目結構呈現者

所謂「凡」，是「總括」之意；所謂「目」，則指的是「條分」。以凡目法所形成的「篇」結構，主有有「先凡後目」、「先目後凡」、「凡、目、凡」與「目、凡、目」等四種類型[26]。而一般說來，其中「目、凡、目」一類的「凡」，便居於篇腹，是一篇主旨或綱領「醒出」之處。如：

---

24 王葆心：《古文辭通義》卷十一引（臺北市：臺灣中華書局，1984 年 4 月臺二版），頁 2。

25 宋文蔚：《評注文法津梁》（臺北市：復文圖書出版社，1993 年 2 月修定二版），頁 48。

26 陳滿銘：《凡目法在蘇辛詞裡的運用》，《國文天地》11 卷 11、12 期（1996 年 4、5 月），頁 36-44、56-65。

> 春已老，春服幾時成。曲水浪低蕉葉穩，舞雩風軟紵羅輕。酣詠樂昇平。微雨過。　　何處不催耕。百舌無言桃李盡，柘林深處鵓鴣鳴。春色屬蕪菁。（蘇軾〈望江南〉）

此詞當作於宋神宗熙寧九年（1076）的上巳日（三月三日）之前。其主旨為「樂昇平」，出現在篇腹，為「凡」。而篇首的「春已老」二句，盼春服早成（典出《論語．先進》）；「曲水浪低」二句，敘流觴曲水（事見《後漢書．禮儀志（中）》）。這四句，全透過設想，虛寫人事，以凸顯「樂昇平」，為「目一」的部分。至於「微雨過」五句，則實寫眼前景。其中「微雨過」句，用以寫視覺；「何處」三句，用以寫聽覺；而「春色」句，又用以寫視覺。作者就這樣訴諸視、聽覺，展現大自然的無限生機，以襯托「樂昇平」的一篇主旨，為「目二」的部分。就全篇而言，所形成的正是「目、凡、目」的「篇」結構。附結構分析表：

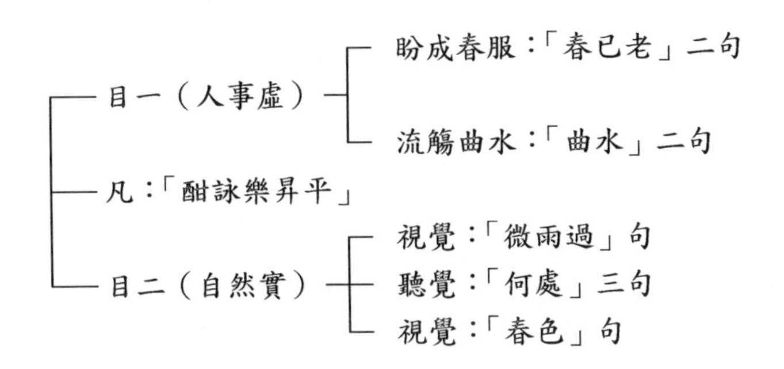

又如：

> 回風落景。散亂東牆疏竹影。滿座清微。入袖寒泉不濕衣。　　夢回酒醒。百尺飛瀾鳴碧井。雪灑冰麾。散落佳人白玉肌。（蘇軾〈減字木蘭花〉）

這首詞作於宋哲宗元祐七年（1092）五月，題作「五月二十四日，會於無咎之隨齋。主人汲泉置大盆中，漬白芙蓉，坐客翛然，無復有病暑意。」據此可知本詞之內容與作意。開篇二句，形成一因一果的關係，寫斜陽下風搖竹影的清景，為主人汲泉漬花的雅事，先安排好適當的環境，是「目一」的部分。第三句「滿座清微」，為「凡」，而所謂「清微」（清和），就是本詞之綱領，也是中心意旨。不過，值得一提的是：這一句的位置，雖看似偏前，但就結構單元來說，則屬篇腹，這是分析辭章時所應注意的。而第四句至末，用以實寫主人（晁補之）汲泉漬花的經過。其中「入袖」句，點出泉水：「夢回」二句，寫從井裡汲上來的泉水之形態、聲響：「雪灑」二句，寫泉水灑在荷花上清涼如冰雪的情景。這五句所寫的，乃此詞之主要內容，將「清微」作具體之描述，為「目二」的部分。附結構分析表：

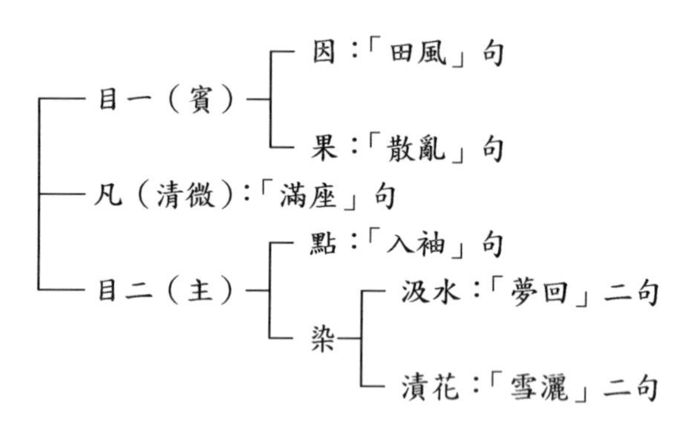

再如：

松岡避暑，茆簷避雨，閒去閒來幾度。醉扶怪石看飛泉，又卻是、前回醒處。　東家娶婦，西家歸女，燈火門前笑語。釀成千頃稻花香，夜夜費、一天風露。（辛棄疾〈鵲橋仙〉）

此詞作於宋孝宗淳熙十六年（1189），題無「己酉山行書所見」，而旨在寫閒情。它首先以開端二句，寫閒事之一，即避暑於松岡，避雨於茆簷，為「目一」的部分。其次以「閒去」句，拈出一篇綱領，來統攝全詞，為「凡」的部分。又其次以「醉扶」二句，寫閒事之二，即醉看飛泉，為「目二」之一。再其次以「東家」二句，寫閒景之一，即婦女在喜慶時的笑語畫面；末了以「釀成」二句，寫閒景之二，即風露下稻花千頃的景象；以上四句，為「目二」之二。作者如此以居中之「閒去閒來」，收上貫下，將閒情透過所行所見，表達得極為生動[27]。附結構分析表：

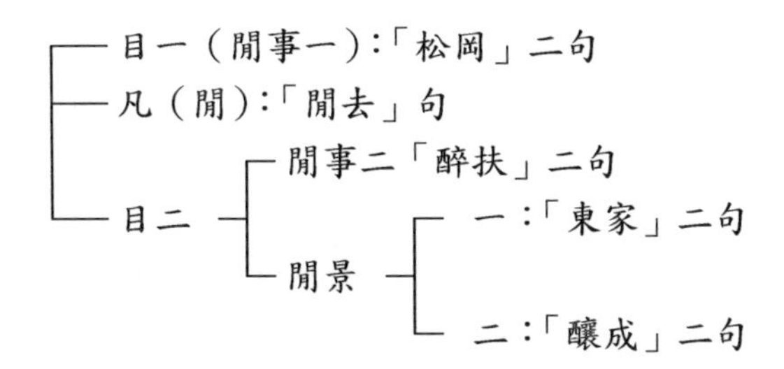

末如：

甚矣吾衰矣。悵平生、交遊零落，只今餘幾！白髮空垂三千丈。一笑人間萬事。問何物、能令公喜？我見青山多嫵媚，料青山、見我應如是。情與貌，略相似。　　一尊搔首東窗裡。想淵明、〈停雲詩〉就，此時風味。江左沈酣求名者，豈識濁醪妙理。回首叫，雲飛風起。不恨古人吾不見，恨古人、不見吾狂耳。知我

27 常國武：「這首詞寫農村日常生活之所見。通篇用白描手法，而以『閒去閒來幾度』貫串全詞。」見《辛稼軒詞集導讀》（成都市：巴蜀書社，1988 年 9 月一版一刷），頁 229。

者，二三子。（辛棄疾〈賀新郎〉）

這闋詞作於宋寧宗慶元年間（1198 前後），題作「邑中園亭，僕皆為賦此詞。一日，獨坐停雲，水聲山色，競來相娛，意溪山欲援例者，遂作數語，庶幾彷彿淵明思親友之意云。」可見此詞主要是寫來「思親友」的。而作者由「思親友」而「悵」而醉而「狂」，正與當年陶淵明作〈停雲詩〉時的況味相似，所以辛棄疾特在此詞之腹，用「一尊」三句來表明這個意思。而所謂的「風味」，為一篇之綱領，用以貫穿全詞。其中自篇首起至「略相似」句止，具寫「悵」之風味；而「江左」句起至篇末，則具寫「狂」之風味。在寫「悵」的部分裡，先針對「思親友」之意，以「甚矣」句起至「一笑」句止，寫零落失意[28]，這是「因」；再以「問何物」句起至「略相似」句止，寫寄情山水，這是「果」。在寫「狂」的部分裡，先以「江左」二句寫醉酒，再以「回首叫」句寫高歌，這是「果」，然後以「不恨」句起至篇末，正面拈出「狂」字，並歎知音少作收，這是「因」。這樣就形成「目、凡、目」的「篇」結構。附結構分析表：

28 劉斯奮：《辛棄疾詞選》（臺北市：源流文化公司，1982 年 10 月初版），頁 109。

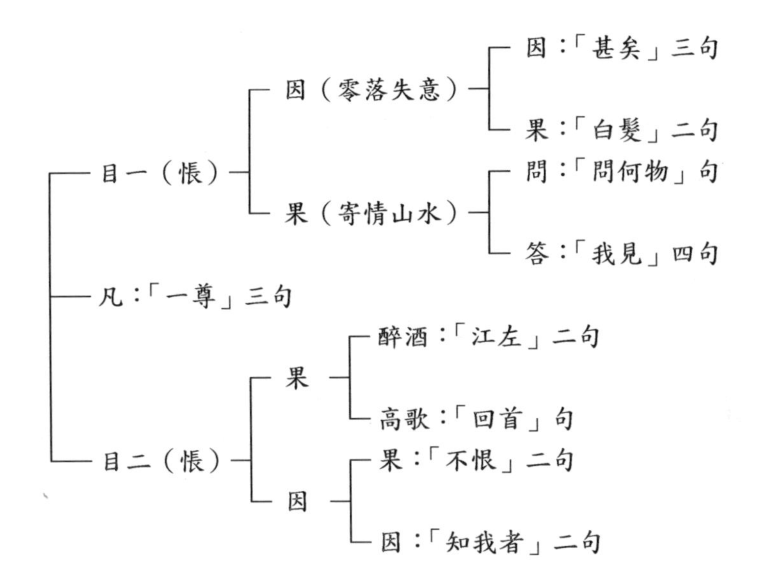

二　以虛實結構呈現者

虛實法的涵蓋面極廣，種類特多，除了涉及情與景、敘與論、泛與具（情與事、理與景）、設想（願望、夢幻）與真實外，還關係到時間、空間等[29]。在這裡只就其中的情景與泛具（情、事）法為例來探討。就此法而言，主旨或綱領置於篇腹的，都形成「實、虛、實」的「篇」結構。如：

> 一葉舟輕。雙槳鴻驚。水天清、影湛波平。魚翻藻鑑，鷺點煙汀。過沙溪急，霜溪冷，月溪明。　　重重似畫，曲曲如屏。算當年、虛老嚴陵。君臣一夢，今古空名。但遠山長。雲山亂，曉

29 陳滿銘：〈談運用辭章材料的幾種基本手段〉，臺灣師大《中等教育》36 卷 5 期（1985 年 10 月），頁 5-23。另見仇小屏：《文章章法論》（臺北市：萬卷樓圖書公司，1998 年 11 月初版），頁 222-278。

山青。（蘇軾〈行香子〉）

此詞作於宋神宗熙寧六年（1073），題作「過七里瀨」。它首以開篇五句，寫輕舟欲下七里瀨時所見水天清景，藉驚鴻、翻魚與汀鷺，將一碧水天點綴得極其生動；次以「過沙溪急」三句，分三層寫輕舟正過七里瀨時所見溪邊變景，用「急」、「冷」和「明」等字，暗暗透露出隨著景致變化的不同心境來；末以「重重」二句，承上寫輕舟已過七里瀨時所見岸上靜景，很有次序地將所見靜、動之景串連成一體；以上是頭一個「實」的部分。接著以「算當年」三句，即景抒情，用嚴子陵與漢光武的故事（見《後漢書・逸民傳・嚴光》），表出對「君臣一夢」的無限感慨，這是一篇主旨所在，為「虛」的部分。最後以結尾三句，以景結情[30]，依然分三層，寫輕舟穿過嚴陵瀨時所見雲山變景，很技巧地襯托出作者當時由沈重而紊亂而明朗的心情，這是後一個「實」的部分。作者這樣以「實、虛、實」的「篇」結構來寫，寫得真是情景交錯，有著無盡韻味。附結構分析表：

30 龍沐勛於「但遠山長」三句旁注：「融情於景。」見《東坡樂府箋講疏》卷一（臺北市：廣文書局，1972年9月初版），頁3。

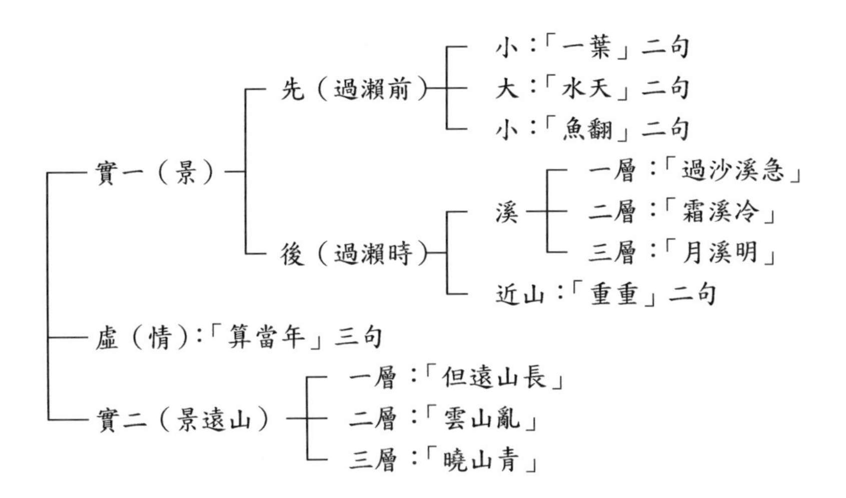

又如：

> 雪裡餐氈例姓蘇。使君載酒為回車。天寒酒色轉頭無。　　薦士已聞飛鶚表，報恩應不用蛇珠。醉中還許攬桓鬚。（蘇軾〈浣溪沙〉）

這首詞為一組詞之第三首，作於宋神宗元豐四年（1081）。在組詞前有題序云：「十二月二日，雨後微雪。太守徐君猷攜酒見過，坐上作〈浣溪沙〉三首。」它首先以「雪裡」三句，敘太守徐君猷見過與主客醉酒的事，為頭一個「實」。其次以「薦士」二句，形成因果關係，點明一篇綱領，表達自己對太守有恩於已（因）與無以為報（果）的心意。最後以「醉中」句，用謝安捋桓尹鬚的故事（見《晉書．桓尹傳》），以表出自己對太守徐君猷的敬佩與感謝之意，為後一個「實」。附結構分析表：

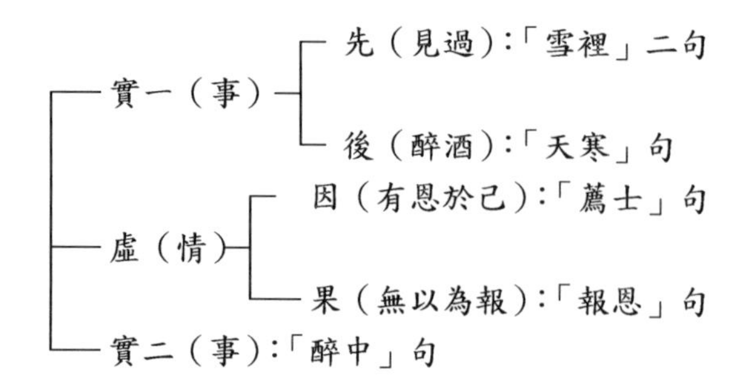

再如：

> 遶床飢鼠，蝙蝠翻燈舞。屋上松風吹急雨，破紙窗間自語。
> 　　平生塞北江南，歸來華髮蒼顏。布被秋宵夢覺。眼前萬里江山。（辛棄疾〈清平樂〉）

此詞當作於作者隱居帶湖年間（1186），題作「獨宿博士王氏菴」。它的上片，先以「遶」二句，訴諸視覺，寫室內所見；再以「屋上」二句，訴諸聽覺，寫室外所聞；呈現一片淒涼陰慘的景象，以象徵國事之日非，為頭一個「實」的部分。到了下片，則先以「平生」二句，寫身世之感，雖非純抒情，但抒情的成分是極重的，這可說是一篇之主意所在，為「虛」的部分；再以結二句，寫夢覺後所見河山大景，暗示中原河山依然淪陷的事實，為後一個「實」的部分。這樣用「實、虛、實」的「篇」結構來寫，使得作品情景交融，很成功地造成了深沈悲涼的意境[31]。附結構分析表：

31 常國武：「此詞篇幅雖短，但文字蒼勁古直，意境深沉悲涼，上片寫景，夏片抒情，在謹嚴的結構中，兩者相得益彰。」見《辛稼軒詞集導讀》，頁182。

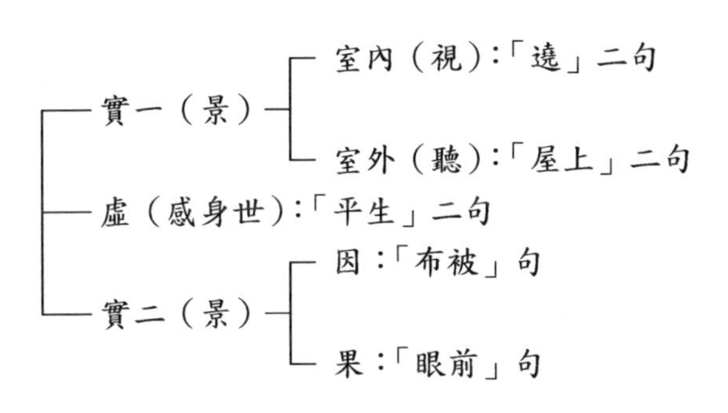

末如：

> 故將軍飲罷夜歸來，長亭解雕鞍。恨灞陵醉尉，匆匆未識，桃李無言。射虎山橫一騎，裂石響驚弦。落魄封侯事，歲晚田園。
>
> 誰向桑麻杜曲，要短衣匹馬，移住南山。看風流慷慨，談笑過殘年。漢開邊、功名萬里，甚當時、健者也曾閑。紗窗外、斜風細雨，一陣輕寒。（辛棄疾〈八聲甘州〉）

這首詞當也作於作者隱居帶湖年間（1185 前後），題作「夜讀〈李廣傳〉，不能寐，因念晁楚老、楊民瞻約同居山間，戲用李廣事，賦以寄之。」它自篇首起至「談笑」句止，用以敘事。在此，先以「先目後凡」的結構，分宿亭下與射箭入石二層，在上片敘李廣事；然後在下片，以「誰向」五句，用杜甫〈曲江〉三章「自斷此生休問天，杜曲幸有桑麻田。故將移住南山邊，短衣匹馬隨李廣，看射猛虎終殘年」的詩意，一樣扣住李廣，敘「晁楚老、楊民瞻約同居山間」事；以上是頭一個「實」的部分。而「漢開邊」二句，依然針對上敘李廣事來抒感，為健者李廣之「閑」而抱不平[32]，這是全詞主旨之所在，為「虛」的部分。至於結二句，則以景結情，暗用蘇軾〈和劉道原詠史〉詩「獨掩陳編弔

32 參見劉斯奮：《辛棄疾詞選》，頁 70。

興廢，窗前山雨夜浪浪」句意作結，為後一個「實」的部分。附結構分析表：

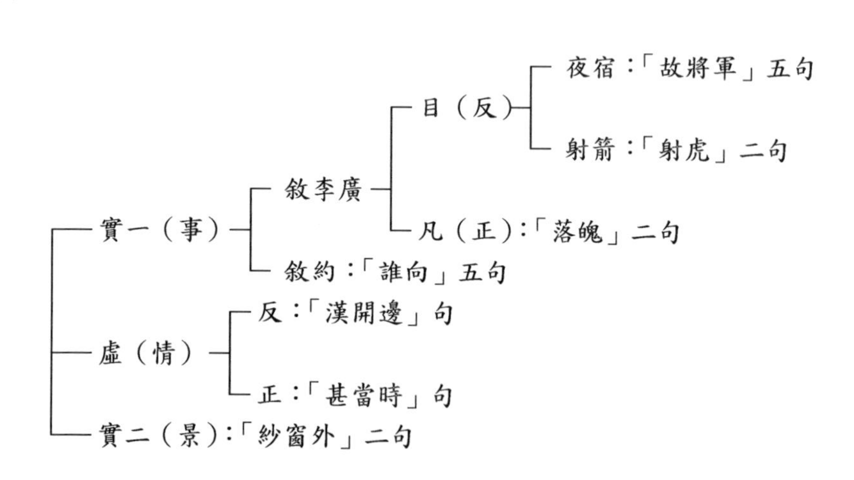

三　以賓主結構呈現者

「主」，指重心，是主要的；「賓」，指陪襯，是間接的。由這種賓主法所形成的「篇」結構，主要有「先賓後主」、「先主後賓」、「賓、主、賓」和「主、賓、主」等四種。而可能在主旨或綱領安置於篇腹，則是其中的「賓、主、賓」這一類型。如：

> 鳳凰山下雨初晴。水風清。晚霞明。一朵芙蕖，開過尚盈盈。何處飛來雙白鷺，如有意，慕娉婷。　　忽聞江上弄哀箏。苦含情。遣誰聽。煙斂雲收，依約是湘靈。欲待曲終尋問取，人不見，數峰青。（蘇軾〈江城子〉）

此詞作於宋神宗熙寧七年（1074）前，題作「湖上與張先同賦，時聞彈箏」。它的上片八句，主要用以寫湖景，為「賓」，而這個「賓」

本身又採「賓、主、賓」的結構來寫，頭一個「賓」，為開端三句，寫湖上雨初晴的景象；而「主」為「一朵」二句，寫一朵盛開的芙蕖；至於後一個「賓」，為「何處」二句，寫一雙飛來的白鷺。這樣依序寫來，很技巧地將湖景，由遠而近地描繪得極為清麗。到了下片，則先以「忽聞」五句，正面寫「聞彈箏」，從中帶出喻作「湘靈」之麗人，和她曲中所含的一片哀苦之情：而這哀苦之情，正是此詞所要表達的主要旨意，所以是「主」的部分。接著以結三句，用錢起《省試湘靈鼓瑟》「曲終人不見，江上數峰青」的詩句，回應開端的「鳳凰山」作結，這是後一個「賓」的部分。作者如此以清景為賓來反襯居於主位的哀情，使得哀情更為悠長不盡，有著無比的感染力[33]。附結構分析表：

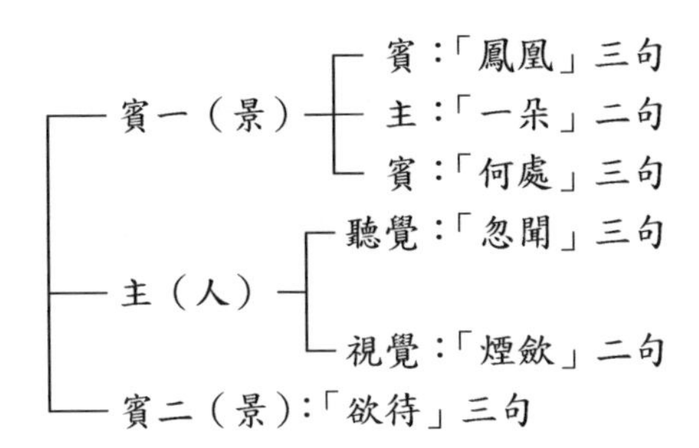

又如：

> 雙龍對起。白甲蒼髯煙雨裡。疏影微香。下有幽人晝夢長。　湖風清軟。雙鵲飛來爭噪晚。翠颭紅輕。時下凌霄百尺英。（蘇軾〈減字木蘭花〉）

33 龍沐勛注下片：「極煙水微茫、空靈縹緲之致。」見《東坡樂府箋講疏》卷一，頁14。

這首詞作於宋哲宗元祐四年（1089）前後，題作「錢塘西湖，有詩僧清順。所居藏春塢，門前有二古松，各有凌霄花絡其上。順常晝臥其下。時余為郡。一日，屏騎從過之，松風騷然。順指落花求韻。余為賦此。」它首先以開端三句，寫「二古松」之幽景，為前一個「賓」。其次以「下有」之句，寫正在松下晝眠之幽人，即「寺僧清順」，為「主」；最後以「湖風」四句，寫被雙鵲蹴下凌霄花的幽景，為後一個「賓」。很顯然地，作者在此，特以古松與落花之幽（賓），來襯托詩僧之幽（主）。附結構分析表：

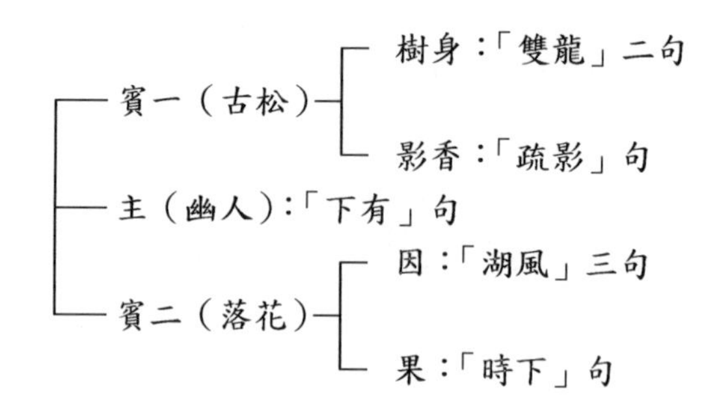

再如：

> 江頭父老，說新來朝野，都道今年太平也。見朱顏綠鬢，玉帶金魚，相公是，舊日中朝司馬。　　遙知宣勸處：東閤華燈，別賜〈仙韶〉接元夜。問天上，幾多春，只似人間，但長見、精神如畫。好都取山河獻君王；看父子貂蟬，玉京迎駕。（辛棄疾〈洞仙歌〉）

此詞作於宋孝宗淳熙元年（1174），題作「壽葉丞相」。它在上片，先以「江頭」三句，實寫今年太平之喜；再以「見朱顏」四句，指葉丞相貴為名宰之事，以頌贊葉丞相，為賀壽先鋪好路，這是前一個「賓」

的部分。而在下片，則先以「遙知」七句，敘天子為葉丞相生辰賜樂，從而賀其長壽，這是「主」的部分；然後以「好都取」三句，虛寫葉丞相未來收復中原的功業，以加強賀壽的意思，這是後一個「賓」的部分。如此以天下太平、收復中原與葉丞相如今與未來的顯貴，作為陪襯（賓），來賀葉丞相長壽（主），使得祝壽之本旨更為醒豁。

附結構分析表：

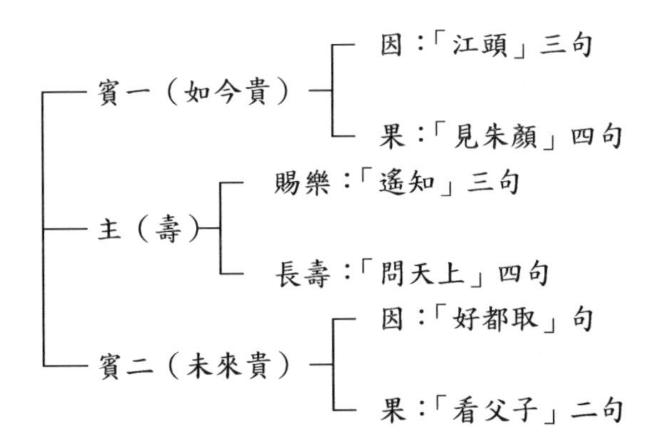

末如：

> 卮酒向人時，和氣先傾倒。最要然然可可，萬事稱好。滑稽坐上，更對鴟夷笑。寒與熱，總隨人，甘國老。　　少年使酒，出口人嫌拗。此箇和合道理，近日方曉：學人言語，未會十分巧。看他們，得人憐，秦吉了。（辛棄疾〈千年調〉）

這首詞作於宋孝宗淳熙十三年（1186）前後，題作「蔗菴小閣，名曰言，作此詞以嘲之。」它首先以開端九句，依序用「卮」、「滑稽」、「鴟夷」等酒器與「甘國老」之藥材，從反面來寫隨聲應和、阿諛奉承的小人，為前一個「賓」。其次以「少年」六句，主要由正面寫作者自少剛拙自信、不合時宜的做人態度，為「主」的部分。然後以「看他們」

三句，又倒回反面，寫由於善學人言而為人喜愛的「秦吉了」（八哥），為後一個「賓」。如此以賓形主，把諷刺的意思表達得極為淋漓盡致。而這種賓主的「篇」結構，可由下表[34]呈現得一清二楚：

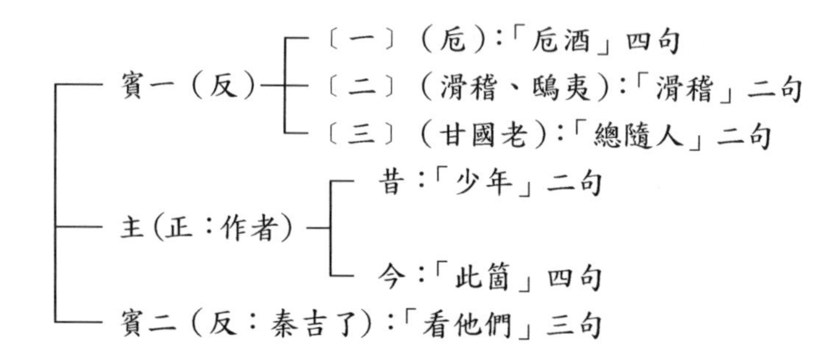

四　以因果結構呈現者

因果法在辭章裡，運用得非常普遍。它可形成「先因後果」、「先果後因」、「因、果、因」與「果、因、果」等「篇」結構類型[35]，其中「果、因、果」的一種，就「篇」而言，在篇腹之「因」，就可能出現主旨。或綱領。如：

> 翠娥羞黛怯人看。掩霜紈。淚偷彈。且盡一尊，收淚聽〈陽關〉。漫道帝城天樣遠，天易見，見君難。　畫堂新搆近孤山。曲闌干。為誰安，飛絮落花，春色屬明年。欲棹小舟尋舊事，無處問，水連天。（蘇軾〈江城子〉）

---

34 夏薇薇：《賓主章法析論》（臺北市：文津出版社，2002 年 12 月初版一刷），頁 342。

35 陳滿銘：《談篇章結構》上下，《國文天地》15 卷 5、6 期（1999 年 10、11 月），頁 65-71、5766。

此詞作於宋神宗熙寧七年（1074），題作「孤山竹閣送述古」，據知是一送別之作，而這種送別之情，也就是一篇主旨，作者特安排於篇腹，用「漫道」三句來表出。有了這個「見君難」之「因」，那麼安置於前、後的「果」，就有一根無形的繩子加以維繫了。先就前一個「果」而言，它針對席上的美人（即官妓。龍沐勛以為此乃「代妓作」[36]，以「翠娥」三句，寫她偷偷彈淚；以「且盡」二句，寫她喝離酒、唱離歌；這都是因「見君難」而傷別的結果。再就後一個「果」來說，它首先扣緊陳襄（述古）所新建的「孤山竹閣」，以「畫堂」三句來交代；然後回到美人身上，以「飛絮」五句，虛寫明年在竹閣闌干之前，呈現一片春色時，想要「尋舊事」而無處追尋的情景，這當然也是因「見君難」而傷別的結果[37]。可見這就是採「果、因、果」的結構所寫的作品。附結構分析表：

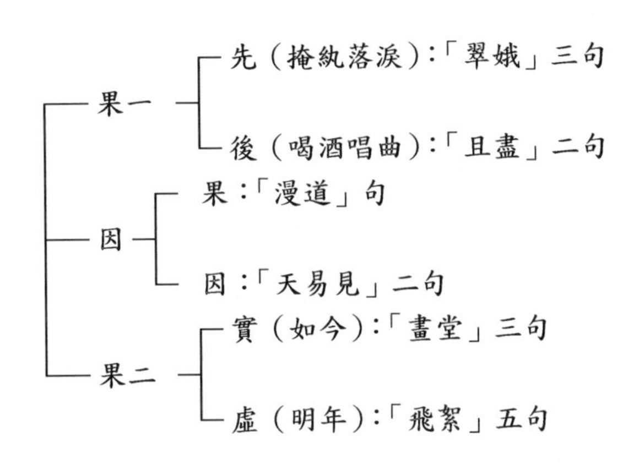

36 龍沐勛：《東坡樂府箋講疏》（臺北市：廣文書局，1972 年 9 月初版），頁 21。

37 曾棗莊、吳洪澤：「熙寧七年七月送陳襄罷杭赴南都作。全詞模擬歌伎的語氣，抒發對陳襄的依依惜別之情。上闋寫歌伎在宴席上流淚送別，唱《陽關曲》，下闋前三句點孤山竹閣，後五句設想明年再也不會有今年同遊之樂（「舊事」），進一步抒發今日離別之苦。」見《蘇辛詞選》（臺北市：三民書局，2000 年 11 月初版一刷），頁 11。

又如：

> 分攜如昨。人生到處萍飄泊。偶然相聚還離索。多病多愁，須信從來錯。　　尊前一笑休辭卻。天涯同是傷淪落。故山猶負平生約。西望峨嵋，長羨歸飛鶴。（蘇軾〈醉落魄〉）

這首詞也作於宋神宗熙寧七年（1074），題作「席上呈楊元素」。楊元素，即楊繪，時任杭守，和東坡不但是舊識，而且也一樣是失意者。這一次，東坡正要離京口赴密州，和楊元素不得不匆匆作別[38]，很自然地引生了濃烈的淪落之心。因此，蘇軾在此篇之腹，就有「天涯同是傷淪落」之句，這可說是作者傷別離、動歸思的根本原因。而這首詞自篇首起至「須信」句止，主要就是針對「傷別離」來寫；至於「故山」三句，則完全針對「動歸思」來寫。所以便形成「果、因、果」之「篇」結構。附結構分析表：

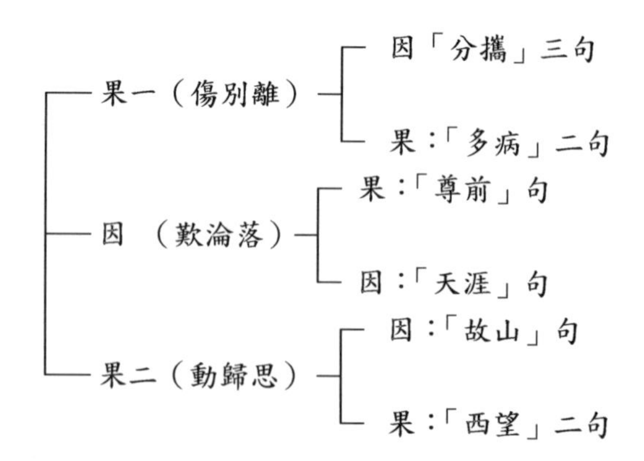

38 陳邇冬：「作者熙寧四年（西元 1071 年）赴杭州任時曾在京都與楊繪分別，如今再次離開，情景相似，故云如昨。」見《蘇軾詞選》（北京市：人民文學出版社，1986 年 7 月一版八刷），頁 23-24。

再如：

> 楚天千里清秋，水隨天去秋無際。遙岑遠目，獻愁供恨，玉簪螺髻。落日樓頭，斷鴻聲裡，江南遊子。把吳鉤看了，欄干拍遍，無人會，登臨意。　　休說鱸魚堪膾，儘西風，季鷹歸未？求田問舍，怕應羞見，劉郎才氣。可惜流年，憂愁風雨，樹猶如此！倩何人、喚取紅巾翠袖，搵英雄淚？（辛棄疾〈水龍吟〉）

此詞當作於宋孝宗淳熙元年（1174），題作「登建康賞心亭」，旨在寫「無人會登臨意」（請纓無路）的愁緒。它首先以「楚天」五句，寫登亭所見景物，依序是天、水、山，而將愁恨寓於其中；接著以「落日」五句，用落日與斷鴻為媒介，把流落江南的自己（遊子）帶出來，以交代題目，並進而寫自己久看吳、遍拍闌干的無奈；這可說是請纓無路的結果；為前一個「果」的部分。其次以「無人會」二句，正面寫「請纓無路」的痛苦，這是一篇主旨所在，為「因」中「主」的部分。又其次以「休說」九句，藉張翰、許汜與桓溫的故事，依次寫自己有家歸不得，求田不成與時不我予的困窘。從旁將請纓無路的痛苦推深一層，為「因」中「實」的部分。最後以「倩何人」三句，由實轉虛，表達請纓的強烈願望，以收拾全詞，這是後一個「果」的部分。透過這種結構，作者便將自己胸中的積鬱傾洩而出了[39]。附結構分析表：

---

39 梁啟超：「詞中……確是滿腹經綸在羈旅落拓或下僚沉滯中勃鬱一吐情狀。」見《辛稼軒先生年譜》，《增訂本稼軒詞編年箋注》附（臺北市：華正書局，1978 年 12 月），頁 8。

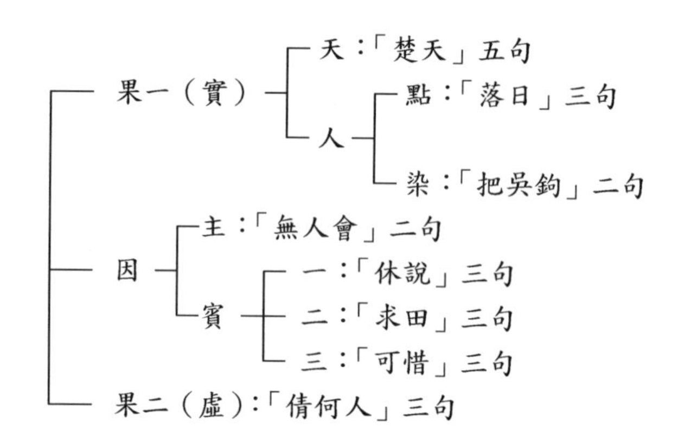

末如：

> 我飲不須勸，正怕酒尊空。別離亦復何恨，此別恨匆匆。頭上貂蟬貴客，苑外麒麟高塚，人世竟誰雄。一笑出門去，千里落花風。　　孫劉輩，能使我，不為公。余髮種種如是，此事付渠儂。但覺平生湖海，除了醉吟風月，此外百無功。毫髮皆帝力，更乞鑑胡東。（辛棄疾〈水調歌頭〉）

這闋詞作於宋孝宗淳熙五年（1178），前有題序云：「淳熙丁酉，自江陵移師隆興，到官之三月被召，司馬監、趙卿、王漕餞別。司馬賦〈水調歌頭〉，席間次韻。時王公明樞密薨，坐客終夕為興門戶之歎，故前章及之。」從這裡可看出辛棄疾此作，除了抒發別離之恨（賓）外，最主要的還是在抒發身世之痛（主）[40]，而這種痛、這種恨，作者特別安排在篇腹加以「醒出」。這個部分，自「別離」句起至「不為公」句止：其中「別離」二句，寫別離之恨；「頭上」三句，寫門戶之歎，而以「一笑」二句，用虛景加以渲染，以上都屬於「賓」。而「孫劉輩」

40 《辛稼軒詞集導讀》，頁 142。

三句，說到自己不見信於主而受到排斥，這可說是「主」，而一篇之主意便在這裡。如弄清這個「因」，則置於篇首和篇末的「果」，就全部可以一目了然。以前一個「果」而言，為開篇二句，寫醉酒，這正是感身世（含傷別離）的結果。以後一個「果」來看，它先以「余髮」二句，說自己已衰老；再以「但覺」三句，寫自己醉風月；然後以「毫髮」二句，說自己乞歸隱；這些又何嘗不是感身世（懷才不遇）的結果呢？附結構分析表：

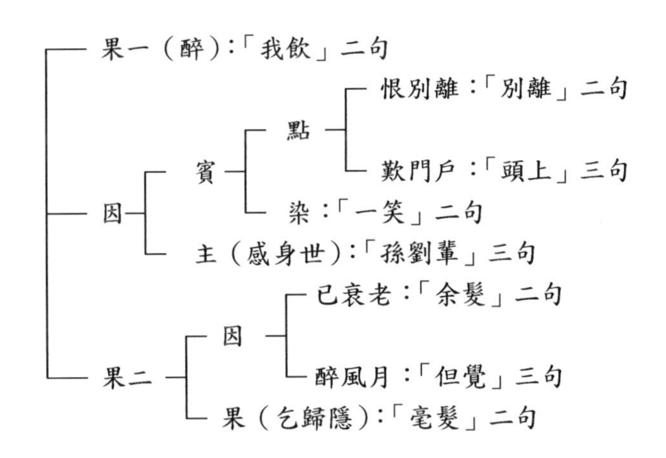

綜上所述，可知文章之主旨或綱領要安置於篇腹，能用不同的章法來形成多樣的「篇」結構類型，以達成任務。由於它們有居於中（高）而前後顧盼的特色，所以會造成突出（就主旨或綱領言）與對稱（就前後言）的美感，可說是相當特殊的。當然他如本末、遠近、正反、敘論、平側（平提側注）……等章法所形成的某些「篇」結構類型，也有此可能，這是需要另作探討的。

第五章
篇章「多、二、一（0）」的邏輯結構

在「多、二、一（0）」的邏輯結構中，「章」主要是就「多、二」而言、「篇」主要乃就「一（0）」來說，所以「多、二、一（0）」的邏輯結構，是合「章」與「篇」而為一的，這凸顯出了「章」離不開「篇」、「篇」離不開「章」的緊密關係。底下即著眼於這種篇章「多、二、一（0）」的邏輯結構，先分兩方面探討這種結構及其風格之究竟，然後再探討這種篇章結構的美感效果。

第一節　篇章「多、二、一（0）」結構

在此，析成如下兩部分來討論：

一　篇章「多、二、一（0）」結構的形成

往聖先賢，經由「有象而無象」（「多、二、一（0）」）、「無象而有象」（「（0）一、二、多」）之循環探知努力，得以沖散層層神秘之煙霧，面對朗朗乾坤，而確認宇宙的原動力，並且確認萬物是由它的作用而化生、孳乳的。而這種「由無而有」的化生、孳乳過程，大致可用「（0）一、二、多」的順向結構予以呈現。而逆向之「多、二、一（0）」結構也由此得以確定。

先以《周易》（含《易傳》）而言，它的六十四卦，從它們之排列次序看，就含有這種結構。而它們所形成這種結構之過程，在〈序卦

傳〉裡就加以交代，雖然它們或許「因卦之次，託以明義」[1]，但由於卦、爻，均為象徵之性質，乃一種概念性符號，即一般所說的「象」，象徵著宇宙人生之變化與各種物類、事類[2]，因此也足以對應地反映出這種結構：

> 有天地，然後萬物生焉。盈天地之間唯萬物，故受之以屯；屯者，盈也。屯者，物之始生也，物生必蒙，故受之以蒙；蒙者，蒙也，物之稚也。物稚不可不養也，故受之以需；需者，飲食之道也。……有天地然後有萬物，有萬物然後有男女，有男女然後有夫婦，有夫婦然後有父子，有父子然後有君臣，有君臣然後有上下，有上下然後禮義有所錯。夫婦之道不可以不久也，故受之以恆；恆者，久也。物不可以終久於其所，故受之以遯；遯者，退也。物不可以終遯，故受之以大壯。……渙者，離也。物不可以終離，故受之以節。節而信之，故受之以中孚。有其信者必行之，故受之以小過。有過物者必濟，故受之以既濟。物不可窮也，故受之以未濟終焉。

以上敘述，凸顯了六十四卦所產生相反相生的變化歷程。上篇所謂「有天地然後萬物生焉」，及下篇所謂「有天地然後有萬物，有萬物然後有男女，有男女然後有夫婦，有夫婦然後有父子，有父子然後有君臣，有君臣然後有上下，有上下然後禮義有所錯」，將「有天地然後有萬物」

1　戴璉璋：《易傳之形成及其思想》（臺北市：文津出版社，1989 年 6 月臺灣初版），頁 186-187。

2　徐復觀：《中國人性論史．先秦篇》（臺北市：臺灣商務印書館，1978 年 10 月四版），頁 202。又參見馮友蘭：《馮友蘭選集》上卷（北京市：北京大學出版社，2000 年 7 月一版一刷），頁 394。

之過程，錯綜了「宇宙歷程」與「人生歷程」作了相應之說明。觀於此點，勞思光在論「《易經》中的『宇宙秩序』觀念」時便說：

> 因為「卦」原為占卜而設，所以，六十四重卦所指述之事態，一方面固指宇宙歷程，另一方面也皆可應用於人生歷程。由此，又透露出另一傳統思想，即是：宇宙歷程與人生歷程有一種相應關係。[3]

他不但說明了由變化而形成秩序的無窮盡歷程，也指出了宇宙與人生歷程的相應關係。而戴璉璋也說：

> 韓氏（康伯）在〈序卦傳〉下篇的注文中提到「先儒以〈乾〉至〈離〉為上經，天道也。〈咸〉至〈未濟〉為下經，人事也。」他認為這種說法是錯誤的。因為「夫《易》六畫成卦，三才必備，錯綜天人，以效變化。豈有天道、人事篇於上下哉？」天道人事雖不能機械地按上下經來區分，但是《周易》的作者的主要用心處，卻的確都在這裡，即在〈序卦傳〉，我們也可看出作者那種「錯綜天人，以效變化」的企圖。[4]

所謂「錯綜天人，以效變化」，道出了《周易》這本書的特點。在「變化」中，循「由天（天道）而人（人事）」來說的部分，所呈現的是「（一）二、多」的結構；而循「由人（人事）而天（天道）」來說的部分，則所呈現的是「多、二（一）」的結構了。其中「（一）」指「太極」，「二」

3　勞思光：《新編中國哲學史》〔一〕（臺北市：三民書局，1984 年 1 月增訂初版），頁 85-86。

4　《易傳之形成及其思想》，頁 187。

指「天地」或「陰陽」、「剛柔」，「多」指「萬物」（包括人事）。雖然「太極」（「道」）與「陰陽」（「剛柔」）等觀念與作用，在〈序卦傳〉裡，未明確指出，卻皆含蘊其中，不然「天地」失去了「太極」（「道」）與「陰陽」（「剛柔」）等作用，便不可能「生萬物」（包括人事），而《周易》之作者也無法由此導生「錯綜天人，以效變化」的企圖了。

說明「太極」（「道」）與「陰陽」（「剛柔」）等觀念與作用，以呈現「一、二、多」結構的，在《易傳》裡，主要見於〈彖傳〉與〈繫辭傳〉：

> 大哉乾元，萬物資始，乃統天。……乾道變化，各正性命。（〈乾彖〉）
> 至哉坤元，萬物資生，乃順承天。坤厚載物，德合无疆。（〈坤彖〉）
> 一陰一陽之謂道，繼之者善也，成之者性也。（〈繫辭上〉）
> 是故易有太極，是生兩儀，兩儀生四象，四象生八卦。（同上）
> 天地絪緼，萬物化醇；男女構精，萬物化生。（〈繫辭下〉）
> 乾坤其易之門邪！乾，陽物也；坤，陰物也。（同上）

先看〈彖傳〉，據知萬物之所以生、所以成的首要依據，有兩種：即乾元與坤元。由於「元」乃「氣之始」[5]，因此對應於「乾，陽物也；坤，陰物也」的說法，可知「乾元」，指陽氣之始，是「一種剛健的創生功能」；「坤元」，指陰氣之始，為「一種柔順的含容功能」，而萬物

[5] 李鼎祚：《周易集解》卷一，《周易注疏及補正》（臺北市：世界書局，1963 年 5 月初版），頁 4。又戴璉璋：「在先秦，『元』是『首』意思，指頭部。由此引申，乃有『首出』、『首要』、『開始』、『根源』等意義。」見《易傳之形成及其思想》，頁 92。

就在這兩種功能之作用下生成、變化。如此，先由「乾元」創生，再由「坤元」含容，萬物就不斷地盡其本性而實現、完成自我[6]，以趨於和諧之境界，所呈現的就是「一（元）、二（乾、坤）、多（萬物）」的過程。

再看〈繫辭傳〉，所謂「天地絪緼，萬物化醇」與「繼之者善也，成之者性也」等，與《彖傳》之說是明顯相呼應的。而值得格外注意的是，「一陰一陽之謂道」、「是故易有太極，是生兩儀，兩儀生四象，四象生八卦」、「乾坤其易之門也」等這些話。在這些話裡，《易傳》的作者用「易」、「道」或「太極」來統括「陰」（坤）與「陽」（乾），作為萬物生生不已的根源。而此根源，就其「生生」這一含意來說，即「易」，所以說「生生之謂易」；就其「初始」這一象數而言，是「太極」，所以《說文解字》於「一」篆下說「惟初太極，道立於一，造分天地，化成萬物」[7]；就其「陰陽」這一原理來說，就是「道」，所以說「一陰一陽之謂道」。分開來說是如此，若合起來看，則三者可融而為一。這樣，其歷程就可用「一、二、多」的結構來呈現，其中「一」指「太極」、「道」、「易」，「二」指「陰陽」、「乾坤」（天地），「多」指「萬物」；這和〈彖傳〉之說，是互相疊合的。

再以《老子》來看，簡單地說，老子是用「無、有、無」的結構[8]來組織其思想的，而其思想又以「道」作為重心，來統合「有」與「無」。所謂「無」，即「道常無名、樸」（三十二章）之意，指無形無象；所謂「有」，是「樸散則為器」（二十八章）之意，指有形有象。他認為宇宙人生是由「樸」（無）而「散為器」（有），又由「器」（有）

6　《易傳之形成及其思想》，頁 93。

7　黃慶萱：《周易縱橫談》（臺北市：東大圖書公司，1995 年 3 月初版），頁 33-34。

8　此即「○、一、二、三（多）→三（多）、二、一、○」的結構，如就「有」的部分而言，可造成「一、二、多」與「多、二、一」之循環，而成為螺旋結構。參見陳滿銘：〈辭章章法的哲學思辨〉，《辭章學論文集》上（福州市：海潮攝影藝術出版社，2002 年 12 月一版一刷），頁 40-67。

而「復歸於樸」（無）的一個歷程。如單就其「由無而有」的這一面而言，則老子主要有如下之看法：

> 道可道，非常道；名可名，非常名。無，名天地之始；有，名萬物之母。（一章）
> 道之為物，惟恍惟惚。惚兮恍兮，其中有象。恍兮惚兮，其中有物。窈兮冥兮，其中又精。其精甚真，其中有信。（二十一章）
> 有物混成，先天地生，寂兮寞兮，獨立不改，周行而不殆，可以為天下母，吾不知其名，字之曰道，強為之名曰大。大曰逝，逝曰遠，遠曰反。（二十五章）
> 道常无為，而无不為。（三十七章）
> 天地萬物生於有，有生於无。（四十章）
> 道生一，一生二，二生三，三生萬物。萬物負陰而抱陽，沖氣以為和。（四十二章）

從上引各章裡，不難看出老子這種由「無」而「有」的主張。所謂「道可道非常道」、「道之為物，惟恍惟惚」、「道生一，一生二，二生三，三生萬物」、「有生於無」、「有物混成，先天地生，……可以為天下母」等，都是就「由無而有」的順向過程來說的。而這個「道」，乃「創生宇宙萬物的一種基本動力」，如就本末整體而言，是「無」與「有」的統一體；如單就「本」（根源）而言，則因為它「不可得聞見」（《韓非子・解老》），「所以老子用一個『無』字來作為他所說的道的特性」[9]。而「由無而有」，所說的就是「由一而多」之宇宙萬物創生的過程，所以宗白華說：

9　《中國人性論史・先秦篇》，頁 329。

> 道的作用是自然的動力、母力，非人為的，非有目的及意志的。「萬物生於有，有生於無」這個素樸混沌一團的道體，運轉不已，化分而成萬有。故曰：「大道氾兮，其可左右。」(三十四章)「周行而不殆。」(二十五章)「反者道之動。」(四十章)「樸，則散為器。聖人用之，則為官長。」(廿八章) 道體化分而成萬有的過程是由一而多，由無形而有形。[10]

而徐復觀也說：

> 宇宙萬物創生的過程，乃表明道由無形無質以落向有形有質的過程。但道是全，是一。道的創生，應當是由全而分，由一而多的過程。[11]

就在這「由一而多」的過程中，是有「二」介於中間，以產生承「一」啟「多」的作用的。而這個「二」，從「道生一，一生二，二生三，三生萬物」等句來看，該就是「一生二，二生三」的「二」。雖然對這個「二」，歷代學者有不同的說法，大致說來，有認為只是「數字」而無特殊意思的，如蔣錫昌、任繼愈等便是；有認為是「天地」的，如奚侗、高亨等便是，有認為是「陰陽」的，如河上公、吳澄、朱謙之、大田晴軒等便是。其中以最後一種說法，似較合於原意，因為老子既說「萬物負陰而抱陽」，看來指的雖僅僅是「萬物的屬性」，但萬物既有此屬性，則所謂有其「委」(末)就有其「源」(本)，作為創生源頭之「一」或「道」，也該有此屬性才對，所差的只是，老子沒有明確說出而已。

---

10 林同華主編：《宗白華全集》2（合肥市：安徽教育出版社，1996 年 9 月一版二刷），頁 810。

11 《中國人性論史・先秦篇》，頁 337。

而黃釗指出：

> 愚意以為「一」指元氣（從朱謙之說），「二」指陰陽二氣（從大田晴軒說），「三」即「叁」，「參」也。若木《薊下漫筆》「陰陽三合」為「陰陽參合」。「三生萬物」即陰陽二氣參合產生萬物。[12]

他以為「二」就是指「陰陽二（兩）氣」而言，這種說法是相當普遍的。而這種「陰陽二氣」的說法，其實也照樣可包含「天地」在內，因為「天」為「乾」為「陽」，而「地」則為「坤」為「陰」；所不同的，「天地」說的是偏於時空之形式，用於持載萬物[13]；而「陰陽」指的則是偏於「二氣之良能」（朱熹《中庸章句》），用於創生萬物。這樣看來，老子的「一」該等同於《易傳》之「太極」、「二」該等同於《易傳》之「兩儀」（陰陽），所呈現的，和《周易》（含《易傳》）一樣，是「一、二、多」之原始結構。不過，值得一提的是：（一）即使這「一」、「二」、「多」之內容，和《周易》（含《易傳》）有所不同，也無損於這種結構的存在。（二）「道生一」的「道」，既是「創生宇宙萬物的一種基本動力」，而它「本身又體現了無」[14]，那麼正如王弼所注「欲言無耶，而物由以成；欲言有耶，而不見其形」[15]，老子的「道」可以說

12 以上諸家之說與引證，見黃釗：《帛書老子校注析》（臺北市：學生書局，1991 年 10 月初版），頁 231。

13 徐復觀：「中國傳統的觀念，天地可以說是一個時空的形式，所以持載萬物的；故在程序上，天地應當生於萬物之先。否則萬物將無處安放。因此，一生二，即是一生天地。」見《中國人性論史・先秦篇》，頁 335。

14 林啟彥：《中國學術思想史》（香港：書林出版社，1999 年 9 月一版四刷），頁 34。

15 王弼：《老子王弼注》（臺北市：河洛圖書出版社，1974 年 10 月臺景印初版），頁 16。

是「無」，卻不等於實際之「無」（實零）[16]，而是「恍惚」的「無」（虛零），以指在「一」之前的「虛理」[17]。這種「虛理」，如勉強以「數」來表示，則可以是「（0）」。這樣，「一、二、多」的順向結構，就可調整為「（0）一、二、多」或「（0）、一、二、多」，以補《周易》（含《易傳》）之不足，這就使得宇宙萬物創生、含容的順向歷程，更趨於完整而周延了。

這樣，對應於「（0）一、二、多」的順向邏輯結構，逆向的「多、二、一（0）」邏輯結構[18]就有了「歸根」的依據了。

如果這種逆向的「多、二、一（0）」邏輯結構又對應於篇章結構來說，則核心結構以外的所有其他結構，都屬於「多」；而核心結構所形成之「二元對待」，自成陰與陽而「相反相成」，以徹下徹上，形成結構之「調和性」（陰）與「對比性」（陽）的，是屬於核心之「二」；至於篇章之「主旨」或由「統一」所形成之風格、韻味、氣象、境界等，則屬於「一（0）」。值得一提的是，以（0）來指風格、韻味、氣象、境界等篇章之抽象力量，是極其合理的。

經由上述，可以看出「多、二、一（0）」結構的普遍性，它不但是屬於哲學、的，也是屬於文學的。而落於篇章上，則既適用於解釋章（含篇）法之四大律：「秩序」（移位）與「變化」（轉位）為「多」、「聯貫」（由剛柔形成調和與對比，以徹下徹上）為「二」、「統一」（主旨與風格、韻律、氣象、境界等）為「一（0）」；而章（含篇）法及其結構，也由於它們是一律由「二元對待」所形成的，非屬於「調和」（陰

16 《馮友蘭選集》上卷，頁 84。

17 唐君毅：《中國哲學原論・導論篇》（九龍：人生出版社，1966 年 3 月出版），頁 350-351。

18 陳滿銘：〈論「多」、「二」、「一（0）」的螺旋結構——以《周易》與《老子》為考察重心〉，臺灣師大《師大學報・人文與社會類》48 卷 1 期（2003 年 4 月），頁 1-20

柔），即屬於「對比」（陽剛），可徹下徹上，是為核心之「二」，而以核心結構以外之結構為「多」、統合全文之主旨與所形成之整體風格、韻律、氣象、境界等為「一（0）」；所以也一樣適用而無所牴觸。尤其是特地從多樣的「二元對待」中提煉出「剛柔（陰陽、仁義）」[19] 來統合，在「多樣」與「統一」之間，搭起一座「二」（二元對待─剛柔、陰陽、仁義）以徹下徹上的橋樑，來發揮居間收、散之樞紐作用，且以「（0）」來指原動力，開拓了一些「有理可說」的空間，這對文學、美學與哲學的科學化研究而言，都應有正面的意義。

二　篇章「多、二、一（0）」結構舉隅

本來篇章之「多、二、一（0）」的結構，是不會因為文體之不同而有所改變的。但為了凸顯這一特點，特地就散文與詩詞兩種，分別舉一些例子來加以探討，以見篇章「多、二、一（0）」結構的不變性。在此，先從散文來看：

首先如宋玉的〈對楚王問〉：

> 楚襄王問於宋玉曰：「先生其有遺行與？何士民眾庶不譽之甚也！」
> 宋玉對曰：「唯，然，有之；願大王寬其罪，使得畢其辭。客有歌於郢中者，其始曰下里巴人，國中屬而和者數千人；其為陽阿薤露，國中屬而和者數百人；其為陽春白雪，國中屬而和者，不過數十人；引商刻羽，雜以流徵，國中屬而和者，不過數人而已；是其曲彌高，其和彌寡。故鳥有鳳而魚有鯤。鳳凰上擊九千里，絕雲霓，負蒼天，足亂浮雲，翱翔乎杳冥之上；夫藩籬之

---

19 《周易集解》，頁 404-405。

鷃，豈能與之料天地之高哉？鯤魚朝發昆侖之墟，暴鬐於碣石，暮宿於孟諸，夫尺澤之鯢，豈能與之量江海之大哉？故非獨鳥有鳳而魚有鯤也，士亦有之。夫聖人瑰意琦行，超然獨處，夫世俗之民，又安知臣之所為哉？」

此文是以「先問後答」的結構寫成的。「問」的部分，是本文的引子，主要是在提明問者、被問者及所問者的問題，以引出下面回答的部分。「答」的部分，是本文的主體，採「先點後染」之結構來安排。「點」指「宋玉對曰」一句，而「染」即「曰」的內容。這個內容，首先以「唯，然，有之」承問作了三應，然後以「願大王寬其罪，使得畢其辭」兩句話，委婉的領出所以「不譽」的正式回答來；這是「凡」的部分。而這個針對「不譽」所作的正式回答，即「目」，是以「先賓後主」的結構表出的。其中「賓」的部分，自「客有歌於郢中者」至「豈能與之量江海之大哉」止，共含三小節：第一節以曲為喻，先依和曲者人數之遞減，條分為四層來說明，形成正反對比，以得出「其曲彌高，其和彌寡」的結論，初步為「主」的部分蓄勢；為「賓一」。第二節以鳥為喻，拿鳳凰和藩籬之鷃作個比較，以得出藩籬之鷃不足以「料天地之高」的結論，也形成正反對比，進一步的為「主」的部分蓄勢；為「賓二」。第三節以魚為喻，拿鯤魚與尺澤之鯢一正一反作個比較，以得出尺澤之鯢不足以「量江海之大」的結論，又再一次的為「主」的部分蓄勢；為「賓三」。而「主」的部分，則先以「故非獨鳥有鳳而魚有鯤也，士亦有之」兩句作上下文的接榫，再承上文的鯤、鳳凰和「引商刻羽，雜以流徵」的高雅曲子帶出「夫聖人瑰意琦行，超然獨處」兩句，然後承「尺澤之鯢」、「藩籬之鷃」及「國中屬而和者數千、「數百人」等句，引出「世俗之民，又安知臣之所為哉」兩句，一樣形成正反對比，以暗示「行高由於品高，不合於俗由於俗不能知」的道理，既回答了楚王之問，也藉以罵倒了那些無知的世俗人，真是短筆短掉，其妙無比啊！林西仲說：「惟賢知賢，士民口中，如何定得人品？楚王之問，自然失當，宋玉所對，意以為不見譽之故，由於不合於俗，而所以不合之故，又由於俗不能知，三喻中不但高自位置，且把一班俗人伎倆、見識，盡情罵殺，豈不快心！」[20] 由此看來，這篇短文之所以能獲得古今人之讚譽，並不是沒有理由的。附結構分析表如下：

20 林雲銘：《古文析義合編》卷三（臺北市：廣文書局，1965 年 10 月再版），頁 126。

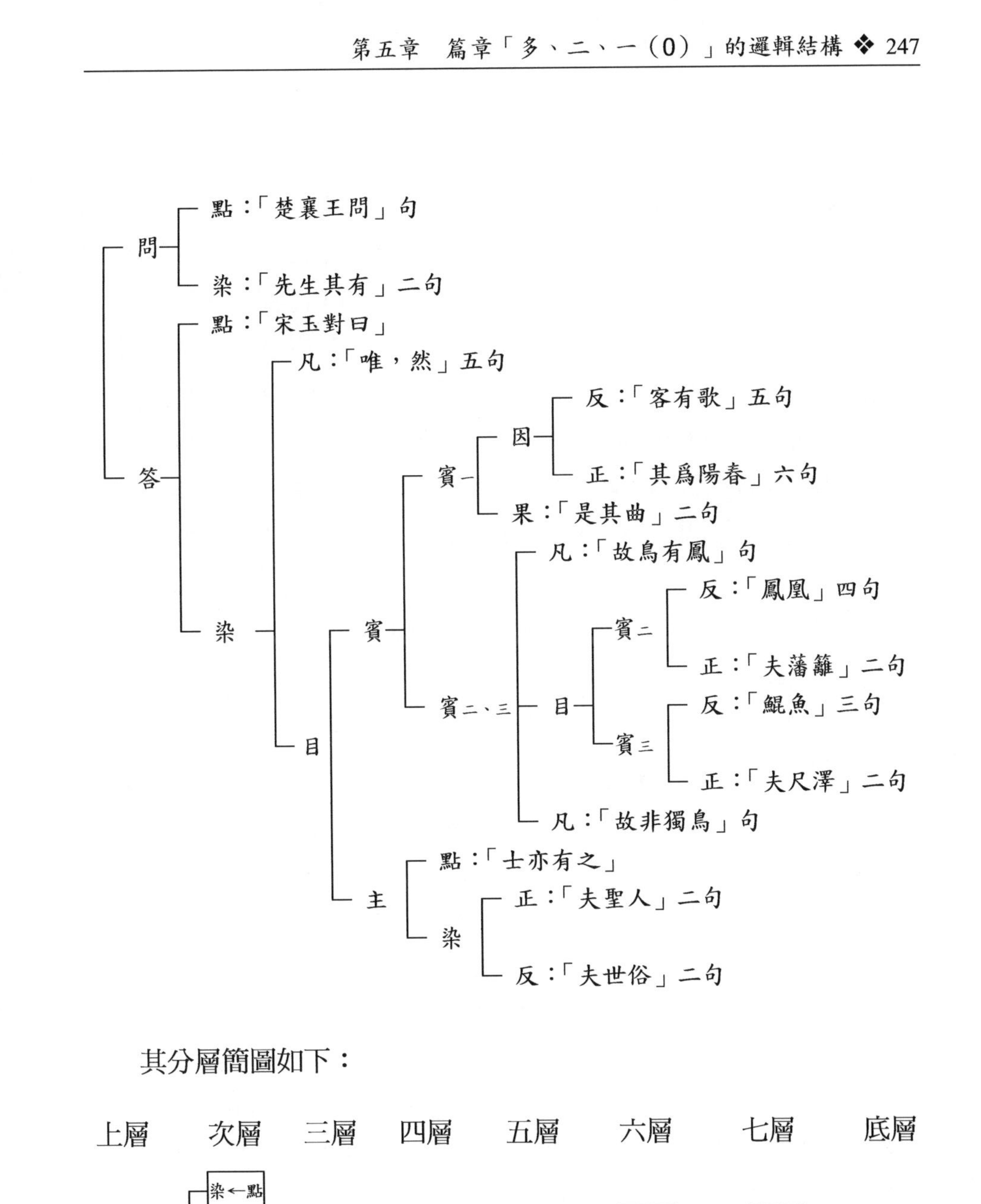
問
點：「楚襄王問」句
染：「先生其有」二句
答
點：「宋玉對曰」
染
凡：「唯，然」五句
目
賓
賓一
因
反：「客有歌」五句
正：「其爲陽春」六句
果：「是其曲」二句
賓二、三
凡：「故鳥有鳳」句
目
賓二
反：「鳳凰」四句
正：「夫藩籬」二句
賓三
反：「鯤魚」三句
正：「夫尺澤」二句
凡：「故非獨鳥」句
主
點：「士亦有之」
染
正：「夫聖人」二句
反：「夫世俗」二句

其分層簡圖如下：

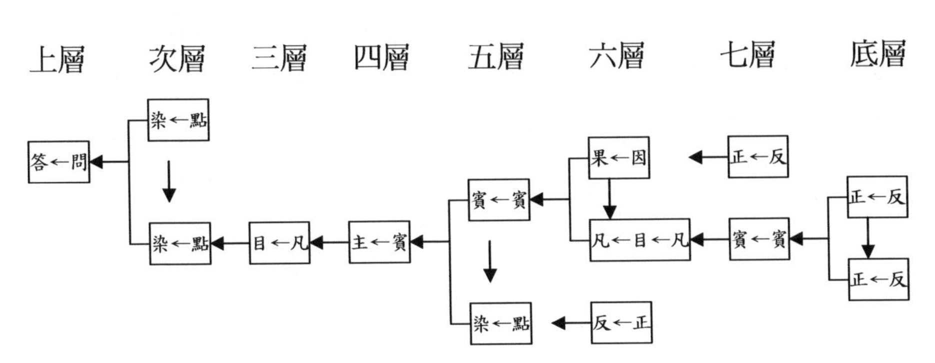
上層
次層
三層
四層
五層
六層
七層
底層
答←問
染←點
染←點
目←凡
主←賓
賓←賓
染←點
果←因
凡←目←凡
反←正
正←反
賓←賓
正←反
正←反

可見這篇文章，一共用了「問答」、「點染」、「凡目」、「賓主」、「因果」、「正反」等章（含）法，因其移位或轉位，而造成層層節奏，以串聯為一篇韻律。其中「問答」、「點染」與「凡目」等所形成之結構，由於在文裡都屬於引子，僅作為引渡之用，因此都不能視為核心結構，只能視為核心結構的輔助性結構。而「先賓後主」的結構，則可以說是全文的主體所在，所以認定它是此文之核心結構，即所謂關鍵性之「二」，是最恰當的。就在此「先賓後主」的核心結構下，除用「凡目」、「點染」、「因果」等所形成之輔助結構，來統合梳理各次層結構，形成「多」之外，最令人注意的是，既以三疊「先反後正」之輔助結構來支援「賓」，又以一疊「先正後反」的結構來支援「主」，而「正反」的對比性又是極強烈的，這就使得「先賓後主」這種屬於關鍵「二」之核心結構，蘊含著毗剛之氣。這樣，在「先賓後主」的調和性結構下，以這種毗剛之氣，由「多」而上徹於「一（0）」，來凸顯「行高由於品高，不合於俗由於俗不能知」的主旨，而將「一班俗人伎倆、見識，盡情罵殺」，形成「柔中寓剛」之風格，是很合乎整體安排之需求的。張大芝以為「宋玉虛設襄王的責問本身，實際上也曲折而婉轉地表露出宋玉在政治上不得意的憤懣之情」[21]，這從其結構安排上，也可以獲知初步訊息。而何伍修也說：「全文以問句開篇，又以問句結尾，章法新穎。楚王發問，綿裡藏針，意在責難，問中潛藏著幾分狡黠；宋玉反問，剛柔並濟，旨在辯解，問中包含著無限慨歎，同時也流露出一種自命不凡、孤芳自賞之情。」[22] 所謂「剛柔並濟」、「包含著無限慨歎，同時也流露出一種自命不凡、孤芳自賞之情」，指出了本文「柔中寓剛」

21 張大芝評析，見《古文鑑賞大辭典》（杭州市：浙江教育出版社，1998 年 10 月二版四刷），頁 151。

22 何伍修評析，見《古文鑑賞辭典》（南京市：江蘇文藝出版社，1987 年 11 月一版一刷），頁 176。

之特色。這種特色，可由其「多、二、一（0）」結構窺探出來。

其次看賈誼的〈過秦論〉：

> 秦孝公據殽函之固，擁雍州之地，君臣固守，以窺周室；有席卷天下，包舉宇內，囊括四海之意，并吞八荒之心。當是時也，商君佐之，內立法度，務耕織，修守戰之具，外連衡而鬥諸侯。於是秦人拱手而取西河之外。
>
> 孝公既沒，惠文、武、昭襄，蒙故業，因遺策，南取漢中，西舉巴蜀，東割膏腴之地，北收要害之郡。諸侯恐懼，會盟而謀弱秦，不愛珍器重寶肥饒之地，以致天下之士，合從締交，相與為一。當此之時，齊有孟嘗，趙有平原，楚有春申，魏有信陵；此四君者，皆明智而忠信，寬厚而愛人，尊賢重士，約從離横，兼韓、魏、燕、趙、齊、楚、宋、衛、中山之眾。於是六國之士，有寧越、徐尚、蘇秦、杜赫之屬為之謀；齊明、周最、陳軫、召滑、樓緩、翟景、蘇厲、樂毅之徒通其意；吳起、孫臏、帶佗、兒良、王廖、田忌、廉頗、趙奢之倫制其兵。嘗以十倍之地，百萬之眾，叩關而攻秦。秦人開關延敵，九國之師，逡巡遁逃而不敢進。秦無亡矢遺鏃之費，而天下諸侯已困矣。於是從散約解，爭割地而賂秦。秦有餘力而制其敝，追亡逐北，伏尸百萬，流血漂櫓；因利乘便，宰割天下，分裂河山，強國請服，弱國入朝。施及孝文王、莊襄王，享國日淺，國家無事。
>
> 及至始皇，奮六世之餘烈，振長策而御宇內，吞二周而亡諸侯，履至尊而制六合，執捶拊以鞭笞天下，威振四海。南取百越之地，以為桂林、象郡；百越之君，俛首係頸，委命下吏；乃使蒙恬北築長城而守藩籬，卻匈奴七百餘里；胡人不敢南下而牧馬，士不敢彎弓而報怨。於是廢先王之道，燔百家之言，以愚黔首；

隳名城，殺豪俊，收天下之兵，聚之咸陽，銷鋒鍉，鑄以為金人十二，以弱天下之民。然後踐華為城，因河為池，據億丈之城、臨不測之谿以為固。良將勁弩，守要害之處；信臣精卒，陳利兵而誰何？天下已定，始皇之心，自以為關中之固，金城千里，子孫帝王萬世之業也。

始皇既沒，餘威震於殊俗。然而陳涉，甕牖繩樞之子，甿隸之人，而遷徙之徒也，才能不及中人，非有仲尼、墨翟之賢，陶朱、猗頓之富，躡足行伍之間，俛起阡陌之中，率罷散之卒，將數百之眾，轉而攻秦；斬木為兵，揭竿為旗，天下雲集而響應，贏糧而景從。山東豪俊，遂並起而亡秦族矣。

且夫天下非小弱也，雍州之地，殽函之固，自若也；陳涉之位，非尊於齊、楚、燕、趙、韓、魏、宋、衛、中山之君也；鋤耰棘矜，非銛於鉤戟長鎩也；謫戍之眾，非抗於九國之師也；深謀遠慮，行軍用兵之道，非及曩時之士也；然而成敗異變，功業相反也。試使山東之國，與陳涉度長絜大，比權量力，則不可同年而語矣；然秦以區區之地，致萬乘之權，招八州而朝同列，百有餘年矣；然後以六合為家，殽函為宮，一夫作難而七廟隳，身死人手，為天下笑者，何也？仁義不施，而攻守之勢異也。

這篇文章，由「敘」與「論」兩部分組成：

「敘」這個部分，包括一、二、三、四等段，用「先反後正」之結構，敘秦強之難（反）與秦亡之速（正）：

首先由反面敘「秦強之難」，包括一、二、三等段。其中第一段，用以寫「秦強之初」，在這裡，作者以「先因後果」之結構來敘述：先以「秦孝公據殽函之固」起至「并吞八荒之心」，敘秦併吞天下的巨大野心：再以「當是時也」起至「外連橫而鬥諸侯」，敘秦併吞天下的積極措施，這是「因」；然後以「於是秦人拱手而取西河之外」一句，敘秦併吞天下的具體成果，這是「果」。全段是用簡筆來寫秦國之強大的[23]。

它的第二段，用以敘「秦強之漸」，作者在此，用「擊、敲、擊」的結構來安排。它先以「孝公既沒」起至「北收要害之郡」止，承首段簡敘在惠、文、武、昭襄時「秦謀六國」的措施與成果，這是頭一個「擊」；再以「諸侯恐懼」起至「叩關而攻秦」，繁敘六國抗秦的策略、人力與行動，其中又特別著重於人力上，分賢相、兵眾、謀士、使臣、將帥等方面，加以詳細的介紹，這是「敲」的部分[24]；然後以「秦人開關延敵」起至「國家無事」，綜合上兩節，敘明秦謀六國與六國抗秦的結果，並簡略地交代孝文王、莊襄王時事；這屬後一個「擊」[25]。對應於起段，此段是用繁筆從側面來寫秦國之強大的[26]。

它的第三段，用以寫「秦強之最」，在這段文字裡，作者先以「及至始皇」起至「委命下吏」，寫秦亡諸侯；再以「乃使蒙恬北築長城而守藩籬」起至「以弱天下之民」，寫秦弱天下；然後以「然後踐華為城」起至「子孫帝王萬世之業也」，寫秦守要害；這完全依時間先後來寫，

---

23 陳滿銘：〈談辭章剪裁的手段〉，《國文教學論叢續編》（臺北市：萬卷樓圖書公司，1998 年 3 月初版），頁 439。

24 「敲」這個部分，一般文論家都視為「反襯」，如王文濡在「相與為一」句下評注：「正欲寫秦之強，忽寫諸侯，作反襯。」又在「尊賢而重士」句下評注：「極贊四君，以反襯秦之強。」又在「趙奢之倫制其兵」句下評注：「極寫諸侯得人之盛，以反襯秦之強。」見《古文析義合編》上冊卷 6，頁 6-7。再如王根林在論此文特色時，特標「反襯」一項：「儘管他們（九國）地廣兵眾，人才薈萃，然而『秦人開關而延敵，九國之士〔師〕逡巡遁逃而不敢進』。這樣寫，比直接描繪秦國如何強大，顯然能收到更好的效果。同樣，寫秦王朝在風雨飄搖中一朝傾覆，也是用它的對立面陳涉之弱小加以反襯的。」見《古代文學作品鑑賞》（上海市：上海古籍出版社，1988 年 3 月一版一刷），頁 48-49。

25 陳滿銘：〈論幾種特殊的章法〉，臺灣師大《國文學報》31 期（2002 年 6 月），頁 216。

26 《談辭章剪裁的手段》，《國文教學論叢續編》，頁 441。

可說也是用繁筆正寫秦國之強大[27]。

然後用正面寫秦亡之速，僅一段，即第四段。作者在此，用「先因後果」的條理來呈現：它先以「始皇既沒」起至「贏糧而景從」，寫陳涉首義，這是「因」；後以「山東豪俊，遂並起而亡秦族矣」二句，寫豪傑亡秦，這是「果」。對應於「反」的部分，是用至簡之筆來寫秦國之敗亡，以凸顯其敗亡之速的[28]。

「論」這個部分，僅一段，即末段。在這裡，作者先以「且夫天下非小弱也」起至「為天下笑者何也」止，用以上各段所提供的材料（其中於一、二、三、四等段直接提供秦的材料外，又分別於二、四等段從旁提供六國與陳涉的材料），將秦、六國與陳涉「比權量力」一番，認為六國該勝秦、秦該勝陳涉，而結果卻正相反，即秦勝六國、陳涉勝秦；於是由此作一提問，逼出一篇的主旨「仁義不施而攻守之勢異也」十一字，以收束全篇。從內容來看是如此，若著眼於章法結構，則形成了「實、虛、實」之結構。其中由「且夫天下」起至「功業相反也」止，實寫秦與陳涉比較卻「成敗異變」之事實，為頭一個「實」；由「試使山東之國」起至「則不可同年而語矣」止，透過假設，虛寫六國與陳涉「比權量力」之「成敗」結果，為「虛」的部分；由「然秦以區區之地」起至末，用「果（問）後因（答）」的結構，實寫秦亡於陳涉的結果與原因，為後一個「實」。如此切入，可以充分幫助讀者去理解篇章之理路意脈。

總結起來看，此文旨在論秦之過在於「仁義不施而攻守之勢異」，

---

27 這一段可以說完全捨去了秦亡六國的實際過程，卻不厭其煩地針對著篇末「仁義不施」四字來取材，換句話說，如果作者在這一段不安排這些材料，是得不出「仁義不施」的結論來的。《談辭章剪裁的手段》，《國文教學論叢續編》，頁442。

28 這一段用至簡之筆寫成，見《談辭章剪裁的手段》，《國文教學論叢續編》，頁442。

為了要論說這個主旨，作者特先以第一、二段及三段前半寫「攻」，第三段後半及四段寫「守」，以見「攻守之勢異」，而又於第三段中述明「仁義不施」的事實，於第四段交代「仁義不施」的結果；再以第五段利用前四段所陳列材料，將六國、秦與陳涉的權力加以比較，以見「成敗異變、功業相反」情形，進而逼出一篇主旨來。

此文由其主旨「仁義不施，攻守之勢異也」看來，該含有兩軌：一為「仁義不施」，二為「攻守之勢異」，而它自古以來，就一直被認為是用歸納法（先凡後目）所寫成之代表作。這樣，應可以用雙軌來貫穿才對，不過，事實卻非如此。其問題就出在第三、四段，因為它對應於第一、二段之寫「攻」，可以說是用以寫「守」的，卻與「不施仁義」之內容相重疊。也正好有這種重疊，就產生了提示作用，即「秦之過，主要在於『守不以仁義』」，這是「顯」的意思；如果換成「隱」的一層，從積極面來說，就是「守必以仁義」了。所謂「借古以喻今」，這種諷勸朝廷的意思，不言而喻。這就可看出篇章結構之分析，對主旨之凸顯、確認而言，確是一把利器。附結構分析表如下：

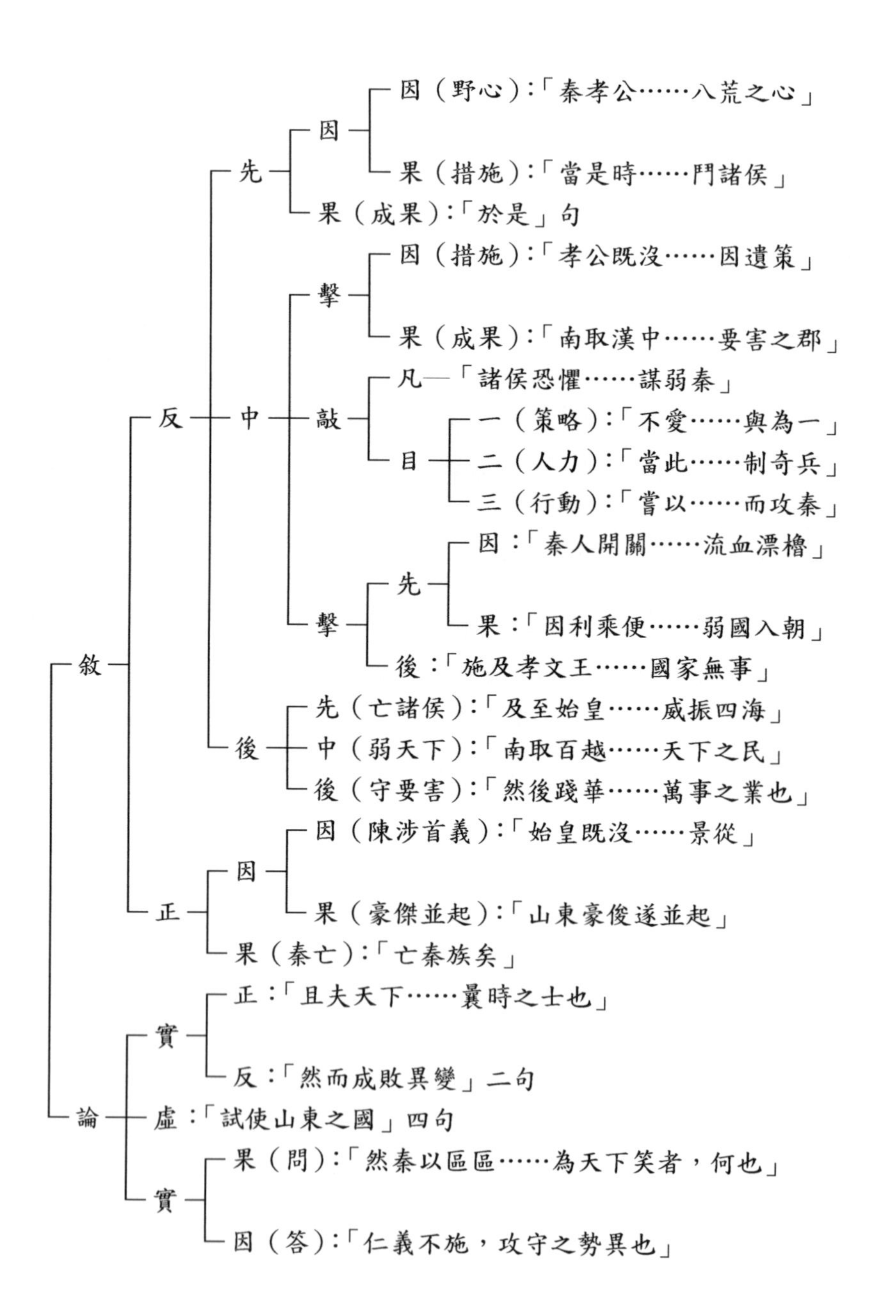
因（野心）：「秦孝公……八荒之心」
因
果（措施）：「當是時……鬥諸侯」
先
果（成果）：「於是」句
因（措施）：「孝公既沒……因遺策」
擊
果（成果）：「南取漢中……要害之郡」
凡—「諸侯恐懼……謀弱秦」
反
中
敲
一（策略）：「不愛……與為一」
目
二（人力）：「當此……制奇兵」
三（行動）：「嘗以……而攻秦」
因：「秦人開關……流血漂櫓」
先
果：「因利乘便……弱國入朝」
擊
敘
後：「施及孝文王……國家無事」
先（亡諸侯）：「及至始皇……威振四海」
後
中（弱天下）：「南取百越……天下之民」
後（守要害）：「然後踐華……萬事之業也」
因（陳涉首義）：「始皇既沒……景從」
因
正
果（豪傑並起）：「山東豪俊遂並起」
果（秦亡）：「亡秦族矣」
正：「且夫天下……曩時之士也」
實
反：「然而成敗異變」二句
論
虛：「試使山東之國」四句
果（問）：「然秦以區區……為天下笑者，何也」
實
因（答）：「仁義不施，攻守之勢異也」

其分層簡圖如下：

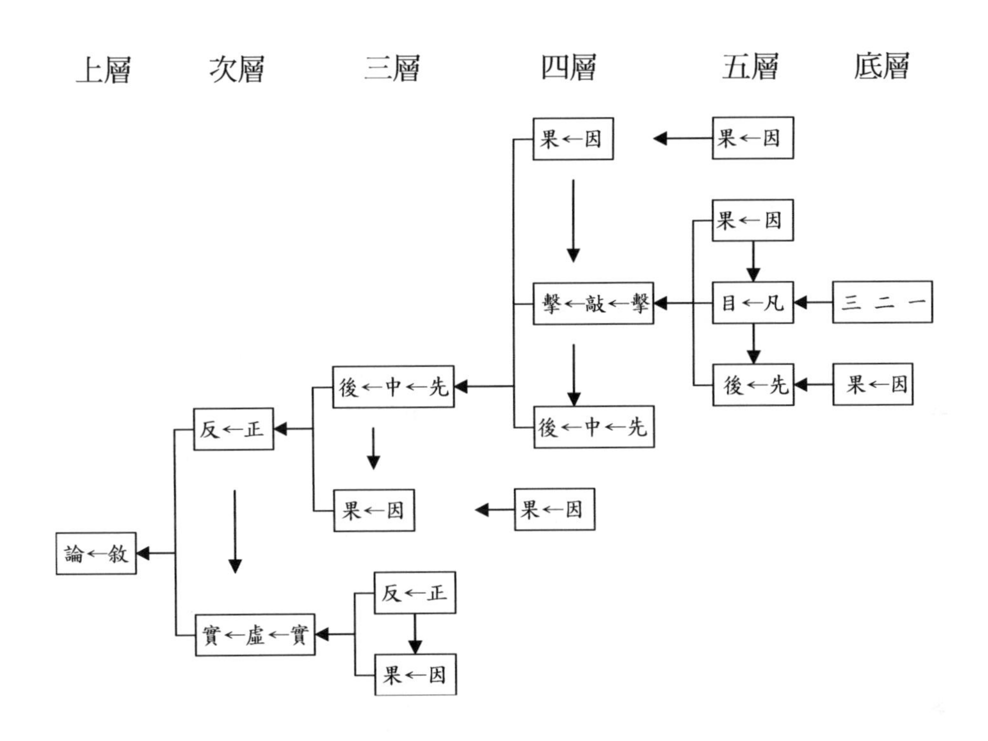

由以上之分析，可知就章（含篇）法而言，此文總共用了「敘論」、「正反」、「虛實」、「敲擊」、「凡目」、「因果」、「先後（今昔）」與「並列」等章（含篇）法，以形成其層層結構。如對應於「多、二、一（0）」來看，則處於第二層或第二層以下的「正反」（二疊）、「虛實」（一疊）、「敲擊」（一疊）、「凡目」（一疊）、「因果」（七疊）、「先後（今昔）」（三疊）與「並列」（一疊）等為「多」；居於上一層的「敘論」自成陰陽，以徹上徹上的，為「二」；而「一（0）」，則指「守不以仁義」（顯—消極）、「守必以仁義」（隱—積極）的主旨與雄健之風格。其中「敘」，對應於「論」之「陽剛」來說，雖偏於「陰柔」，卻和「論」的部分一樣，以對比性極為強烈之「正反」形成其核心結構，則此文風格之所以毗於陽剛，而「筆力萬鈞」[29]、「波瀾縱橫」[30]，是其來有自的。

再其次看李文炤的〈儉訓〉：

> 儉，美德也，而流俗顧薄之。
>
> 貧者見富者而羨之，富者見尤富者而羨之。一飯十金，一衣百金，一室千金，奈何不至貧且匱也？每見閭閻之中，其父兄古樸質實，足以自給，而其子弟羞向者之為鄙陋，盡舉其規模而變之，於是累世之藏，盡費於一人之手。況乎用之奢者，取之不得不貪，算及錙銖，欲深谿壑；其究也，諂求詐騙，寡廉鮮恥，無所不至；則何若量入為出，享恆足之利乎？且吾所謂儉者，豈必一切捐之？養生送死之具，吉凶慶弔之需，人道之所不能廢，稱情以施焉，庶乎其不至於固耳。

此文旨在勉人養成節儉美德，以免因奢侈浪費而寡廉鮮恥，無所不至，是用「先凡後目」的結構寫成的。「凡」的部分為起段，採開門見山的方式，提明「儉」是美德（正），而流俗卻反而輕視它（反），作為全篇總冒，以統攝下文。而「目」的部分，則先從反面論「流俗顧薄之」，即次段；然後回到正面來論「儉美德也」，即末段。就在論「流俗顧薄之」的次段，作者首以「貧者見富者」五句，泛論因奢侈而致「貧且匱」的道理；次以「每見閭閻之中」七句，舉常例來說明因奢侈而致敗家的必然後果；末則依序以「況乎用之」四句，指出「奢者」之慾望無窮，以「其究也」四句，指出其結果是「寡廉鮮恥，無所不至」，以

29 吳楚材、王文濡：《精校評注古文觀止》卷六（臺北市：臺灣中華書局，1972 年 11 月臺六版），頁 10。

30 李扶九：《古文筆法百篇》（西安市：三秦出版社，1998 年 9 月一版一刷），頁 67-74。

「則何若」二句，由反面轉到正面，勸人節儉以享恆足之利。至於論「儉美德也」的末段，作者特以「且無所謂」二句作一激問，帶出「養生」四句回答，指明「儉」不是要捐棄一切，而是要在「人道」上「稱情以施」，以免流於固陋。附結構分析表如下：

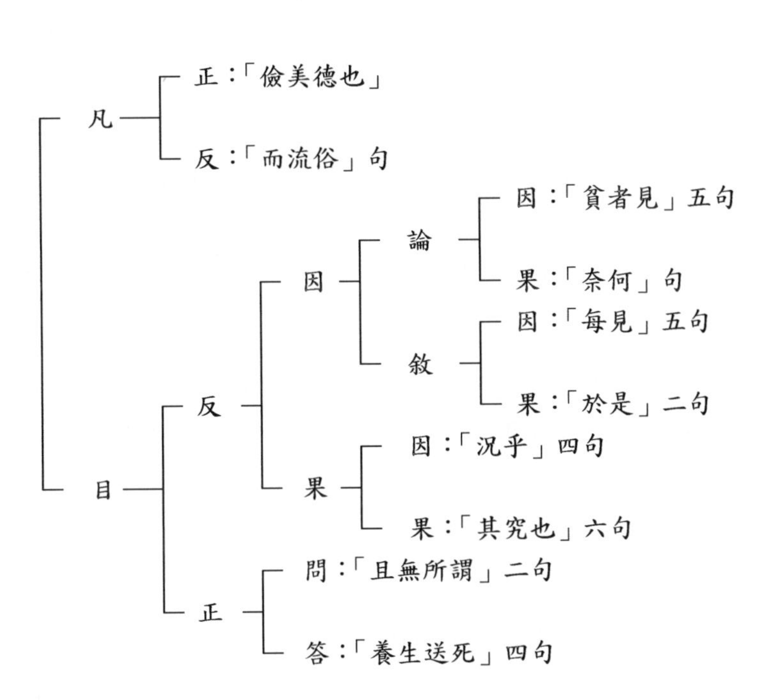

其分層簡圖如下：

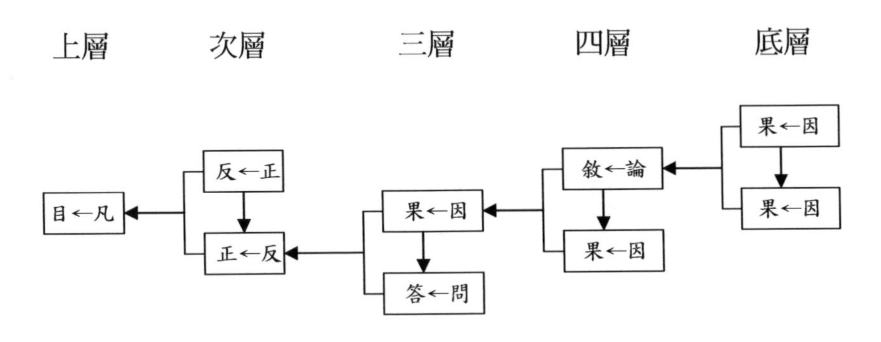

作者就這樣一面以「正」和「反」作成鮮明「對比」，以貫穿「凡」和「目」，一面又以「因」和「果」、「敘」和「論」、「問」和「答」，兩兩呼應，形成「調和」，使得此文在「對比」中帶有「調和」，將全文聯貫成一個整體，成功地闡發了「儉美德也」的道理。如對應於「多、二、一（0）」來看，以「因果」（四疊）、「敘論」（一疊）、「問答」（一疊）和「正反」（二疊）所形成之結構，是屬於「多」；以「凡目」自成陰陽所形成的核心結構，以徹下徹上，是屬於「二」；以結合形象思維與邏輯思維所凸顯的「儉美德也」的主旨與趨於嚴整雅健之風格，是屬於「一（0）」。

詩如杜甫的〈聞官軍收河南河北〉詩：

> 劍外忽傳收薊北，初聞涕淚滿衣裳。卻看妻子愁何在，漫捲詩書喜欲狂。白日放歌須縱酒，青春作伴好還鄉。即從巴峽穿巫峽，便下襄陽向洛陽。

這首詩旨在寫「聞官軍收河南河北」時「喜欲狂」之情，是以「目（實）、凡、目（虛）」的結構寫成的。

作者「首先在起聯，針對題目，寫『聞官軍收河南河北』（因）時自己（主）喜極而泣的情形（果），藉『忽傳』、『初聞』寫事出突然，藉『涕淚滿衣裳』具寫喜悅；接著在頷聯，採設問的形式，由自身移至妻子（賓）身上，寫妻子聞後狂喜的情狀，很技巧地以『卻看』作接榫，帶出『漫卷詩書』作具體之描寫。以上全用以實寫『喜欲狂』，為『目一』的部分。而緊接著『漫卷詩書』而來的『喜欲狂』三字，正是一篇的主旨所在，為『凡』部分。繼而在頸聯，由實轉虛，以『放歌縱酒』上承『喜欲狂』、『作伴好還鄉』上承『妻子』，寫春日攜手還鄉的打算（時）；最後在結聯，緊接上聯『還鄉』之打算，一口氣虛寫還鄉所準備經過的路程（空）。以上全用以虛寫『喜欲狂』，為『目二』的部分。如此，由『忽傳』而『初聞』、『卻看』而『漫卷』、『即從』而『便下』，以單軌一氣奔注[31]，將自己與妻子『喜欲狂』的心情，描摹得真是生動極了。」[32] 附結構分析表如下：

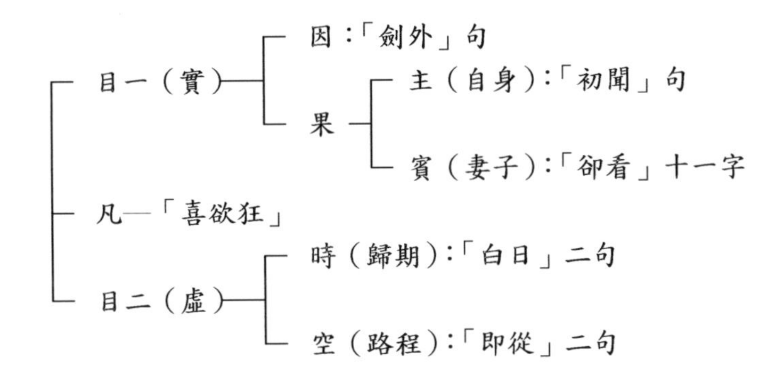

其分層簡圖如下：

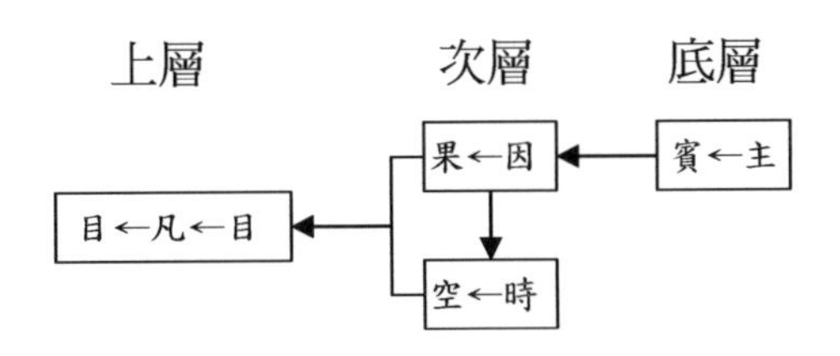

由此看來，此詩結構，主要除了用「目（實）、凡、目（虛）」（篇）外，也用「先因後果」、「先時後空」（章）等，以組合篇章，使全詩前後呼應，亦即「目」（實）與「目」（虛）、「因」與「果」、「賓」與「主」、「時」與「空」作局部之呼應，而以「凡」（喜欲狂）統攝一「實」一「虛」

31 趙山林指出這是承續式意象之組合，見《詩詞曲藝術論》（杭州市：浙江教育出版社，1998 年 6 月一版一刷），頁 124。
32 陳滿銘：《章法學新裁》（臺北市：萬卷樓圖書公司，2001 年 1 月初版），頁 383。

的兩個「目」，以統一全詩的情意。如對應於「多、二、一（0）」來看，則由「因果」、「時空」、「賓主」各一疊所形成之調和性結構，可視為「多」、由「凡目」自為陰陽徹下徹上所形成之變化性結構，可視為「二」，而由此呈現的「喜欲狂」之主旨與「酣暢飽滿」[33] 的風格，則可視為「一（0）」。

在此，值得注意的是：「漫卷詩書」的人，通常都以為是杜甫自己[34]，其實，「漫卷詩書」是妻子（賓）的動作，乃「愁何在」這一「問」之「答」，也就是「妻子」愁雲煙消雲散的具體憑據。這和詩人自己（主）「涕淚滿衣裳」的樣子，正好構成了一幅家人「喜欲狂」的畫面。如此以賓（妻子）主（詩人自己）來切入此詩，似乎比較能使全詩前後平衡，而且「一以貫之」，而合於章（含篇）法之聯貫原理。

詞如辛棄疾的〈賀新郎〉詞：

> 綠樹聽鵜鴂，更那堪、鷓鴣聲住，杜鵑聲切！啼到春歸無尋處，苦恨芳菲都歇。算未抵人間離別：馬上琵琶關塞黑，更長門翠輦辭金闕。看燕燕，送歸妾。　　將軍百戰身名裂，向河梁回頭萬里，故人長絕。易水蕭蕭西風冷，滿座衣冠似雪。正壯士、悲歌未徹。啼鳥還知如許恨，料不啼清淚長啼血。誰共我，醉明月。

---

33 趙山林：《詩詞曲藝術論》，頁 241。

34 如史雙元說：「『卻看』，即再看、回看，驚喜之中。詩人回頭再看妻子兒女，一個個喜笑顏開，往日的憂鬱已煙消雲散。親人的喜悅助長了詩人興奮之情，詩人真是樂不可支，隨手卷起詩書，不覺手之舞之，足之蹈之，真是『老夫聊發少年狂』了。」見《中學古詩文鑑賞辭典》（南京市：江蘇古籍出版社，1988 年 7 月一版一刷），頁 68。又霍松林：「『卻看』，是『回頭看』。『回頭看』這個動作極富意蘊，詩人似乎想向家人說些什麼，但又不知從何說起。其實。無須說什麼了，多年籠罩全家的愁雲不知跑到哪兒去了，親人們都不再是愁眉苦臉，而是笑逐顏開，喜氣洋洋。親人的喜反轉來增加了自己的喜，再也無心伏案了，隨手捲起詩書，大家同享勝利的歡樂。」見《唐詩大觀》（香港：商務印書館香港分館，1986 年 1 月香港一版二刷），頁 543。

這闋詞題作「別茂嘉十二弟。鵜鴃、杜鵑實兩種，見《離騷補註》」，是用「先賓後主」（此對題目而言，若就主旨而言，則是「先主後賓」）的結構寫成的。

其中的「賓」，先以「綠樹」句起至「苦恨」句止，從側面切入，用鵜鴃、鷓鴣、杜鵑等春鳥之依序啼春，啼到春歸，以寫「苦恨」；這是頭一個「敲」的部分。再以「算未抵」句起至「正壯士」句止，由「鳥」過渡到「人」，採「先平提後側收」[35]的技巧，舉古代之二女〔昭君、歸妾〕二男〔李陵、荊軻〕為例，用「先反後正」的形式，來寫人間離別的「苦恨」，暗涉慶元黨禍，將朝臣之通敵與志士之犧牲，構成強烈的對比，以抒發家國之恨[36]；這是「擊」的部分，也是本詞的主結構所在。末以「啼鳥」二句，又應起回到側面，用虛寫（假設）方式，推深一層寫啼鳥的「苦恨」；這是後一個「敲」的部分。

而「主」，則正式用「誰共我」二句，表出惜別「茂嘉十二弟」之意，以收拾全篇。所謂「有恨無人省」[37]，作者之恨在其弟離開後，將要變得更綿綿不盡了。附結構分析表如下：

35 陳滿銘：〈談「平提側收」的篇章結構〉，《章法學新裁》，頁435-459。

36 陳滿銘：〈唐宋詞拾玉〔四〕——辛棄疾的〈賀新郎〉〉，《國文天地》12卷1期（1996年6月），頁66-69。又參見鞏本棟：《辛棄疾評傳》（南京市：南京大學出版社，1998年12月一版一刷），頁400-401。

37 蘇軾題作「黃州定慧院寓居作」之《卜算子》詞下片：「驚起卻回頭，有恨無人省。揀盡寒枝不肯棲，寂寞沙洲冷。」見《東坡樂府箋》（臺北市：華正書局，1978年9月初版），頁168。

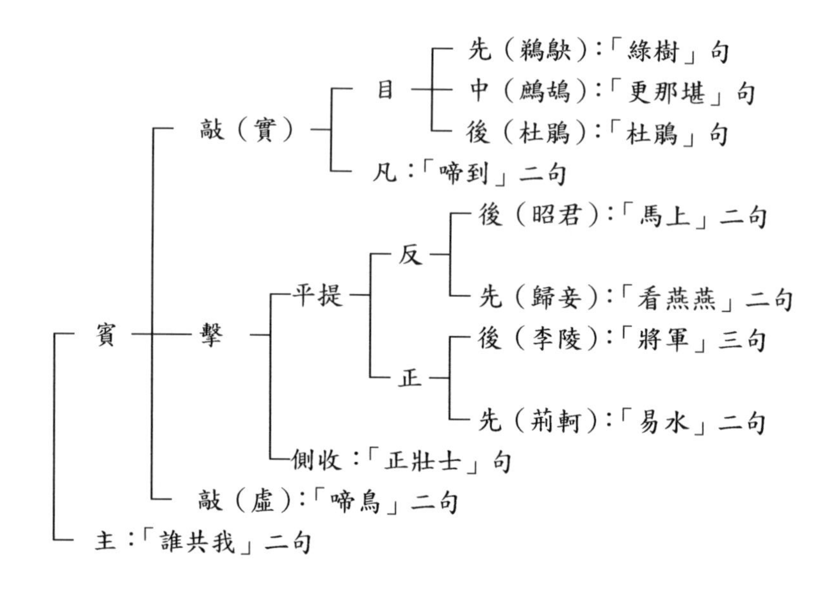

其分層簡圖如下：

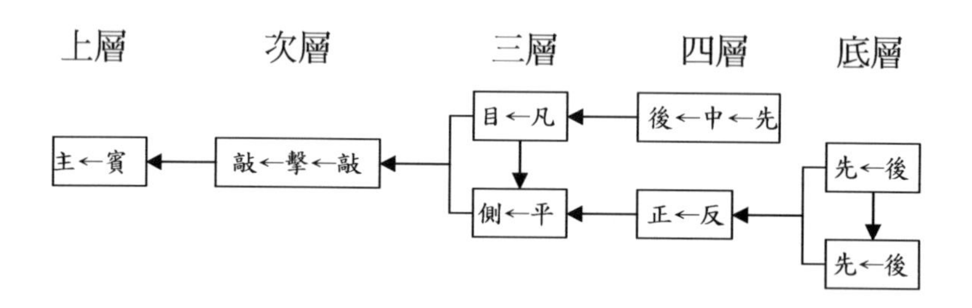

如此，既以「賓」和「主」、「敲」和「擊」、「虛」和「實」、「凡」和「目」、「平提」和「側收」、「先」（昔）和「後」（今）等結構，形成「調和」，又以「正」和「反」形成「對比」、「敲」和「擊」形成「變化」；也就是說，在「調和」中含有「對比」，在「順敘」中含有「變化」。而這「變化」的部分，既佔了差不多整個篇幅，其中「對比」又出現在篇幅正中央，形成核心結構，且用「擊」加以呈現，這樣在「變化」的牢籠之下，特用「對比」結構來凸顯其核心內容，使得其他「調

和」的部分，也全為此而服務，所以這種安排，對此詞風格之趨於「沉鬱蒼涼，跳躍動盪」[38]，是大有作用的。掌握了這一點，則此詞「多、二、一（0）」之結構，就可以知道了，那就是：「多」指的是用「平側」（一疊）、「凡目」（一疊）、「正反」（一疊）、「先後（今昔）」（三疊）等所形成的結構，「二」指的是「敲擊」（含賓主）自為陰陽徹下徹上所形成的核心結構，「一（0）」指的是「家國之恨」的主旨與「沉鬱蒼涼，跳躍動盪」之風格。

經由上述，可以看出「多、二、一（0）」結構的普遍性，它不但是屬於哲學、美學的，也是屬於文學的。而落於辭章上，既適用於解釋章（含篇）法之四大律：「秩序」（移位）與「變化」（轉位）為「多」、「聯貫」（由剛柔形成調和與對比，以徹下徹上）為「二」、「統一」（主旨與風格、韻律、氣象、境界等）為「一（0）」；而篇章結構，也由於它們是一律由「二元對待」所形成的，非屬於「調和」（陰柔），即屬於「對比」（陽剛），可徹下徹上，是為「二」，而以核心結構以外之結構為「多」、統合全文之主旨與所形成之整體風格、韻律、氣象、境界等為「一（0）」；所以也一樣適用而無扞格之處。這些都可從所舉散文、詩、詞的例子中，大略獲得證明。

第二節　篇章「多、二、一（0）」結構的風格

文學的風格是多樣的，有文體、作家、流派、時代、地域、民族和作品等風格之異，即以一篇作品而言，又有內容與形式（藝術）風格的不同，而形式（藝術），更有文法、修辭和章（篇）法等風格之別。由於章（篇）法是建立在二元（陰柔、陽剛）對待之基礎上的，所講求的

---

38 陳廷焯：《白雨齋詞話》卷一，《詞話叢編》4（臺北市：新文豐出版公司，1988 年 2 月臺一版）頁 3791。

是篇章「多、二、一（0）」的邏輯結構，因此其風格之形成，便與這種由二元（陰柔、陽剛）對待所組織而成之「多、二、一（0）」結構與其「移位」、「轉位」，息息相關；而其中之「二」，除一面徹下以統合結構與節奏之「多」，一面徹上以歸根於「一（0）」，突出一篇之主旨、韻律與風格等，發揮徹上徹下之功用外，也用於指核心結構之陰柔或陽剛屬性，可以說乃關鍵性之「二」，居於既能收束又能發散的地位，在其他各輔助結構（多）的支持下，形成「調和」（陰柔）或「對比」（陽剛）。本章即以此由二元（陰柔、陽剛）對待所組織成之「多、二、一（0）」的章法結構與其「移位」（順、逆）、「轉位」（拗）為依據，對整體結構之陽剛與陰柔消長的情形，探討其準則，並舉幾首詩詞為例，試予量化，以見篇章風格之一斑。

一　篇章「多、二、一（0）」結構風格的形成

作為一般術語，風格是指「作風、風貌、格調，是各種特點的綜合表現」，而這種表現是多方面的，有建築風格，雕塑風格、音樂風格、服裝設計風格、藝術風格，文學風格等[39]。即以其中的文學風格而言，又有文體、作家、流派、時代、地域、民族和作品等風格之異[40]。如再就其中之一篇作品來說，則又有內容與形式（藝術）風格的不同，而形式（藝術），更有文法、修辭和章法等風格之別。

從文學風格來看，在我國，自曹丕《典論論文》與劉勰《文心雕龍》開始，對風格概念，就探討、發展得很好，這可由傳統有關的許多論著中得知，而所探討的，大體而言，不外是作家風格、作品風格或文章風

---

39 黎運漢：《漢語風格學》（廣州市：廣東教育出版社，2000 年 2 月一版一刷），頁 3。

40 周振甫：《文學風格例話》（上海市：上海教育出版社，1989 年 7 月一版一刷），頁 1-290。

格[41]。而對其中之作品風格，大都僅就整體來作綜合探討，卻較少分為內容與形式加以析論，也十分自然地，從文法、修辭和章法等角度來推求其風格的，便更少見，甚至完全看不到。其中章法風格，就是如此；這是由於一直未注意到章法是建立在「陰陽二元對待」的基礎之上的緣故。

直接由「陰陽二元對待」所形成之母性風格，是「剛」與「柔」。而我國涉及此「剛」與「柔」的特性來談風格的，雖然很早，如南朝梁鍾嶸的《詩品》、唐司空圖的《二十四詩品》、宋嚴羽的《滄浪詩話》等，它們所談的風格，就有與「剛」、「柔」相接近或類似的，卻還沒直接提到「剛」與「柔」；就是明末清初的黃宗羲在〈縮齋文集序〉裡，固然以陰陽之氣論文，與「剛柔」有關，也一樣未直接提到「剛柔」[42]。真正說來，明明白白地提到「剛」與「柔」，而又強調用它們來概括各種風格的，首推清姚鼐的〈復魯絜非書〉：

> 鼐聞天地之道，陰陽剛柔而已。文者，天地之精英，而陰陽剛柔之發也。……其得於陽與剛之美者，則其文如霆，如電，如長風之出谷，如崇山峻崖，如決大川，如奔騏驥；其光也，如杲日，如火，如金鏐鐵；其於人也，如憑高視遠，如君而朝萬眾，如鼓萬勇士而戰之。其得於陰與柔之美者，則其文如升初日，如清風，如雲，如霞，如煙，如幽林曲澗，如淪，如漾，如珠玉之輝，如鴻鵠之鳴而入寥廓；其於人也，漻乎其如歎，邈乎其如有

41　《漢語風格學》，頁 2。

42　于民、孫通海：「以陽剛陰柔論文之美，早已有之，但大都不甚直接、明確、系統。到了明末至清代中期，這個問題就有了明顯的發展和反映。其代表作家是清初的黃宗羲與清代中期的姚鼐。黃宗羲的觀點……是崇陽而貶陰，以陽為陰制、陽氣突發為迅雷而論至文。」見《中國古典美學舉要》（合肥市：安徽教育出版社，2000 年 9 月一版一刷），頁 962。

> 思，渜乎其如喜，愀乎其如悲。觀其文，諷其音，則為文者之性情形狀舉以殊焉。且夫陰陽剛柔，其本二端，造萬物者糅而氣有多寡、進絀，則品次億方，以至於不可窮，萬物生焉。故曰：一陰一陽之為道。夫文之多變，亦若是已。

對這段話，周振甫作了如下闡釋：

> 在這裡，姚鼐把各種不同風格的稱謂，作了高度的概括，概括為陽剛、陰柔兩大類。像雄渾、勁健、豪放、壯麗等都歸入陽剛類，含蓄、委曲、淡雅、高遠、飄逸等都可歸入陰柔類。就這兩類看，認為「為文者之性情形狀舉以殊焉」，性情指作者之性格，跟陽剛、陰柔有關；形狀指作品的文辭，跟陽剛、陰柔有關。又指出這兩者「糅而氣有多寡進絀」，即陽剛陰柔可以混雜，在混雜中，陰陽之氣可以有的多有的少，有的消有的長，這就造成風格的各種變化。他雖然把風格概括為兩大類，但又指出陰陽之交錯所造成的各種不同風格是變化無窮的，這又承認風格的多樣化。[43]

可見風格之多樣，是由「剛」與「柔」的「多寡進絀」（多少、消長）而形成的。因此多樣的風格，可以概括為陽剛、陰柔兩大類，以其「剛」與「柔」之「多寡進絀」（多少、消長）而形成不同的風格。姚鼐這種「剛柔」的概念，承襲自古聖的典籍，他在〈復魯絜非書〉中說：

> 惟聖人之言，統二氣之會而弗偏，然而《易》、《詩》、《書》、《論

43 《文學風格例話》，頁 13。

語》所載，亦間有可以剛柔分矣。[44]

這種「陰陽、剛柔」源自《易》、《詩》、《書》、《論語》的說法，可藉以說明姚鼐所以「尚陽而下陰，伸剛而絀柔」（姚鼐〈海愚詩鈔序〉）的原因，因為儒家本來就是崇尚陽剛的，與道家之崇尚陰柔，有所不同。如果真正要「統二氣之會而弗偏」，則《周易》（含《易傳》）和《老子》二書有關陰陽、剛柔，亦即「二」的說法，當是剛柔風格之哲學基礎所在，不宜有所偏倚。

如上所述，章法與章法結構，既然是建立在「陰陽二元對待」，亦即「剛」與「柔」互動的基礎之上的，當然與「剛柔」風格就有直接之關係。而由章法與章法結構來解釋「剛柔」風格之形成，也自然最為利便。因此要談章法風格之形成，就必須從章法本身與章法結構之陰陽、剛柔來探討。

先就章法本身之陰陽、剛柔來看，由於所有章法，無論是調和性或對比性的，都以「一陰一陽」對待而形成，所以每一章法本身即自成陰陽、剛柔。大抵而論，屬於本、先、靜、低、內、小、近……的，為「陰」、為「柔」，屬於末、後、動、高、外、大、遠……的，為「陽」為「剛」。而《周易・繫辭上》所謂「天尊地卑，乾坤定矣；卑高以陳，貴賤位矣；動靜有常，剛柔斷矣」，雖然沒有明說何者為「剛」？何者為「柔」？然而從其整個陰陽、剛柔學說看來，卻可清楚地加以辨別。陳望衡說：

---

44 于民、孫通海注此四句：「統二氣之會而弗偏，指《周易・繫辭上》所言『一陰一陽之謂道』。舊說〈繫辭傳〉為孔子所作。《易》、《詩》、《書》、《論語》所載的有關剛柔分的，如《易・噬嗑》：『剛柔分，動而明。』《詩經・大雅・烝民》：『柔嘉維則』、『剛亦不吐』。《尚書・舜典》：『剛而無虐』、『柔遠能邇』等等。」見《中國古典美學舉要》，頁965。

> 《周易》中的剛柔也不只是具有性的意義，它也用來象徵或概括天地、日月、晝夜、君臣、父子這些相對立的事物。而且，剛柔也與許多成組相對立的事物性質相連屬，如動靜、進退、貴賤、高低……剛為動、為進、為貴、為高；柔為靜、為退、為賤、為低。[45]

這樣以「陰陽」或「剛柔」來看章法，則所有以《周易》(含《易傳》)與《老子》之「陰陽二元」 基礎而形成的章法，都可辨別它們的陰陽或剛柔。譬如：

> 今昔法：以「昔」為陰為柔、「今」為陽為剛。
> 遠近法：以「近」為陰為柔、「遠」為陽為剛。
> 大小法：以「小」為陰為柔、「大」為陽為剛。
> 本末法：以「本」為陰為柔、「末」為陽為剛。
> 虛實法：以「虛」為陰為柔、「實」為陽為剛。
> 賓主法：以「主」為陰為柔、「賓」為陽為剛。
> 正反法：以「正」為陰為柔、「反」為陽為剛。
> 立破法：以「立」為陰為柔、「破」為陽為剛。
> 凡目法：以「凡」為陰為柔、「目」為陽為剛。
> 因果法：以「因」為陰為柔、「果」為陽為剛。

以此類推，每種章法都各有其陰陽或剛柔，這樣，對風格之形成，無疑地打好了最佳基礎。以此為基礎，再配合章法本身之調和性（陰柔）或

---

45 陳望衡：《中國古典美學史》（長沙市：湖南教育出版社，1998 年 8 月一版一刷），頁 184。

對比性（陽剛），就可約略推得它們的陰陽或剛柔來。大致說來，在約四十種章法中，除了貴與賤、親與疏、正與反、抑與揚、立與破、眾與寡、詳與略、張與弛……等，比較容易形成「對比」外，其他的，如遠與近、大與小、高與低、淺與深、賓與主、虛與實、平與側、凡與目、縱與收、因與果……等，都極易形成「調和」的關係。

再從章法結構之陰陽、剛柔來看，這就涉及了章法單元與結構單元的「移位」（順、逆）與「轉位」（拗）的問題。先就章法單元來說，所謂的「移位」，是指章法二元本身所形成的順向或逆向運動，如「正→反」（順）、「反→正」（逆）或「凡→目」（順）、「目→凡」（逆）等便是；而所謂的「轉位」，是指章法二元本身所形成的往復（合順、逆為一）運動，如「破→立→破」、「主→賓→主」、「實→虛→實」、「果→因 」等便是。後就結構單元來說，所謂的「移位」，是指章法結構所形成的順向或逆向運動，如「先立後破 → 先本後末」、「先點後染 → 先近後遠」、「先昔後今 → 先抑後陽」等便是；所謂的「轉位」，是指章法結構所形成的往復（合順、逆為一）運動，如「正→反」與「反→正」、「大→小」與「小 →大」、「平→側」與「側→平」等便是[46]。而這種「移位」與「轉位」，雖然二者同是指「力」（勢）的變化，但是在程度上是有所不同的，亦即變化強度較弱者為順向之「移位」，較強者為逆向之「移位」，而變化強度最激烈者為「轉位」之「拗」，也因為這樣，「移位」（順與逆）與「轉位」（拗）所形成的章法風格與所帶出的美感，也是有差別的。而推動這些運動的，是陽剛與陰柔之二元力量，如就全篇之「多、二、一（0）」來看，則都是由其核心結構發揮徹下徹上之作用，逐層予以統合的。

這樣看來，章法結構之陽剛或陰柔的強度（「勢」），當受到下列

46 仇小屏：〈論章法的移位、轉位及其美感〉，《辭章學論文集》上，頁98-122。

幾個因素的影響：

（一）章法本身的陰柔、陽剛屬性，如「近」為陰柔，而「遠」為陽剛；「正」為陰柔，而「反」為陽為剛；「凡」為陰柔，而「目」為陽剛。
（二）章法結構的調和、對比屬性，如淺與深、賓與主、凡與目等形成調和，而正與反、抑與揚、立與破等則形成對比。
（三）章法結構之變化，如「移位」之「順」、「逆」與「轉位」之「拗」。其中「順」屬原型，「逆」與「拗」屬變型。
（四）章法結構之層級，如底層、次層、三層、四層……等。
（五）章法「多、二、一（0）」的核心結構。

以上幾個因素，對於陰陽、剛柔之「勢」（力量與強度）之「消長」影響極大，而這所謂的「勢」，可用涂光社在《因動成勢》中的闡述來加以說明：

> 他們（按：指藝術家）或隱或顯地把宇宙萬物，尤其是把一切藝術表現物件都理解為不斷運動變化的存在，乃至是與自己心靈相通的有生命有個性的活物。他們總是企求體察和反映出物態中存在的這種靈動之「勢」。[47]

而「勢」有順、有逆、有拗，正好反映出其所體察之不同：

---

47 涂光社：《因動成勢》（南昌市：百花洲文藝出版社，2001 年 10 月一版一刷），頁 256。

> 「勢」有「順」有「逆」。「順」指其運動方式和取向與審美主體的心理傾向或思維習慣協調一致，能使欣賞者有意氣宏深盛壯、淋漓暢快的感受；「逆」則是其運動方式和取向與審美主體的心理傾向或思維習慣相牴觸、相違背，於是波瀾陡起，衝突、騷動和搏擊成為心態的主導方面。[48]

準此以觀，「順勢」較渾成暢快，「逆勢」較激盪騷動；「拗勢」則自然地，比起順、逆來，更為渾成暢快、激盪騷動。而這些「勢」的本身，雖然也有其陰陽（以弱、小者為陰、強、大者為陽），卻不能藉以確定章法結構之「陰」、「陽」，是完全要看結構內之運動而定的，如結構是向「陰」而動，則加強的是陰柔之「勢」；如「結構」是向「陽」而動，則加強的是陽剛之「勢」了。

如果這種看法或推測正確，則可根據以上所述幾種因素所形成的「勢」之大小強弱，約略地推算出一篇辭章剛柔成分之比例來。大抵而言，據上述因素加以推定：

（一）除判其陰陽外，以起始者取「勢」之數為「1」（倍）、終末者取「勢」之數為「2」（倍）。

（二）將「調和」者取「勢」數為「1」（倍）、「對比」者取「勢」之數為「2」（倍）。

（三）將「順」之「移位」取「勢」之數為「1」（倍）、「逆」之「移位」取「勢」之數為「2」（倍）、「轉位」之「拗」取「勢」之數為「3」（倍）。

（四）將處「底層」者取「勢」之數為「1」（倍）、「次層」者取

48 同前註，頁265。

「勢」之數為「2」(倍)、「三層」者取「勢」之數為「3」(倍)……以此類推。

（五）以核心結構一層所形成「勢」之數為最高，過此則「勢」之數（倍）逐層遞降。

雖然這些「勢」之數（倍），由於一面是出自推測，一面又為了便於計算，因此其精確度是不足的，卻也已約略可藉以推測出一篇辭章剛柔成分之比例來。而且可由這種剛柔成分比例之高低，大概分為三等：（一）首先為純剛或純柔：其「勢」之數為「66.66 → 71.43 」；（二）其次為偏剛或偏柔：其「勢」之數為「54.78 → 66.65 」；（三）又其次為剛柔互濟：其「勢」之數為「45.23→54.77」。其中「71.43」是由轉位結構的陰陽之比例「5/7」推得，這可說是陰陽之比例之上限；而「66.66」是由移位結構的陰陽之比例「2/3」推得，這可說是陰陽之比例之中限；至於「45.23」與「54.77」是以「50」為準，用上限與中限之差數「4.77」上下增損推得。如果取整數並稍作調整，則可以是：

（一）純剛、純柔者，其「勢」之數為「 66 → 72 」。

（二）偏剛、偏柔者，其「勢」之數為「 56 → 65 」。

（三）剛、柔互濟者，其「勢」之數為「 45 → 55 」。

如此初步為姚鼐「夫陰陽剛柔，其本二端，造萬物者糅而氣有多寡、進絀，則，於不可窮，萬物生焉」的說法，作較具體的印證。

二　篇章「多、二、一（0）」結構風格舉隅

一篇辭章，是由多個篇章結構先後連接、層層組合而成。而每個篇章結構，又有調和（陰柔）或對比（陽剛）的不同，且皆各自成其陰

（柔）陽（剛），經「移位」（順、逆）或「轉位」（拗）之運動，以表現其「勢」。因此要探求每篇辭章所形成之章法風格，必須掌握層層結構之調和或對比、陰（柔）或陽（剛）「移位」或「轉位」所形成「勢」之強弱，才能循「理」大致推得。茲舉幾首詩詞為例，首先看首先看陶淵明的〈飲酒詩 之五〉：

> 結廬在人境，而無車馬喧。問君何能爾，心遠地自偏。採菊東籬下，悠然見南山；山氣日夕佳，飛鳥相與還。此中有真意，欲辨已忘言。

陶淵明有〈飲酒〉詩二十首，皆歸自彭澤所作。雖總題為「飲酒」，實則藉以抒懷，寄託深遠。此為其第五首，旨在寫處於喧世能閒遠自得的意趣。它首先提明「心遠地自偏」的意思，再敘寫玩賞大自然的悠然心情，然後結出「得意而忘言」（《莊子・齊物》）的真趣。其中起二句，寫自已雖處於世間，卻不受世俗應酬的困擾，以領出下面問答之辭。三、四兩句，先設問，再應答，寫精神超脫了世俗的束縛，則雖置身於喧境，也如同居於偏遠之地，由此拈出「心遠」作為一篇之骨，以貫穿全詩。五、六兩句，寫採菊之際，無意間舉首而見南山，一時曠遠自得，悠然超出於塵俗之外；這是作者「心遠」的自然結果。七、八兩句，寫山氣與飛鳥，將「一任自然，適性自足」的自然景象，作生動的描摹；這又是「心遠」的另一番體現。末二句，寫此時此地此境，無法用言語來形容；這更是造自「心遠」的無上境界。吳淇在《六朝詩選定論》中說：「『意』字從上文『心』字生出，又加上『真』字，更跨進一層，則『心遠』為一篇之骨，『真意』為一篇之髓。」而方東樹在《昭昧詹言》裡也說：「境既閒逸，景物復佳，然非『心遠』則不能領略其『真意味』。」可見作者以「心遠」為一篇之骨（綱領）來統括全詩，以「真意」為一篇之髓（主旨）來收束全篇，是極有章法的；也由此使得此詩神遺言外，令人咀嚼不盡。附結構分析表如下：

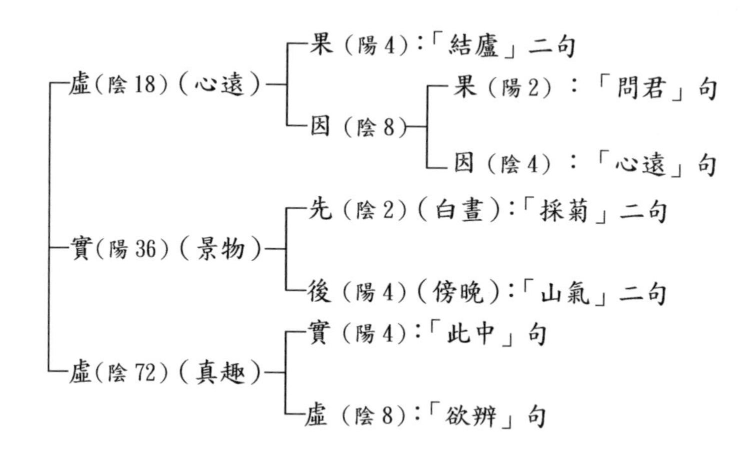

如單以陰陽結構來呈現，則如下表：

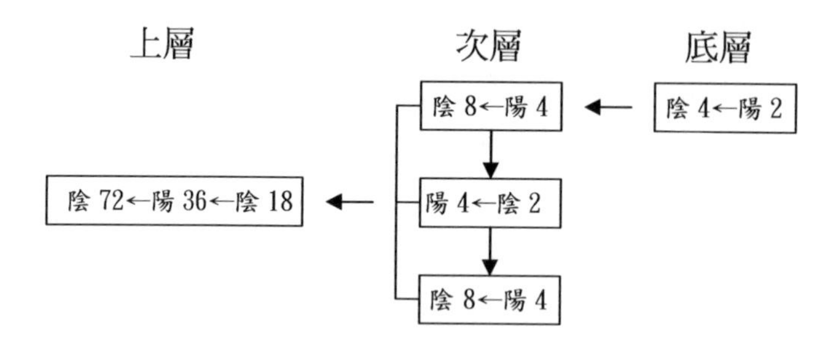

此詩以最上（三）層的「虛、實、虛」（拗、轉位）為其核心結構，且「拗」向「陰」，其「勢」之數為「陰90、陽36」；其次層以「先果後因」（逆）、「先先後後」（順）「先實後虛」（逆）之「移位」結構組成，其「勢」之數為「陰18、陽12」；其底層僅形成「先果後因」（逆）之「移位」結構，其「勢」之數為「陰4、陽2」。而以此相加，則全詩以「陰112、陽50」為其「勢」之數；如換算成百分比（四捨五入），則為「陰

69、陽31」。可見這首詩雖然屬「柔中寓剛」之作，但所寓之陽剛成分偏低。周振甫在其《文學風格例話》中分析此詩說：

> 這首詩的境界是高的。這首詩寫自己辭官歸隱，門無車馬喧，即沒有貴人來。……隱士的門前時常有貴人的車馬到來，淵明是真心歸隱，不肯接待貴人，貴人自然不來了。但他在詩裡，只是說「心遠地自偏」，心思遠於榮利，不接待貴人，他的住處就顯得偏僻，貴人就不來了。這裡顯示出他憎惡當時官場的惡濁，不願與官場中的貴人交往，在躬耕中過艱苦生活的高尚品格。接下來寫他在東籬下採菊，悠然自得中看到廬山。他感到山氣在黃昏時好，看到飛鳥互相回去。這裡講的「山氣」當指山上的雲氣，雲氣和飛鳥又有什麼好呢？這是寫景，景中含情，是情景交融。他從雲的無心出岫，想到自己不為追求榮利，而出來做官，看到鳥的相與飛還，感到自己厭倦官場生活而辭官歸隱。……這種「真意」正是他鄙棄當時官場的惡濁，決意辭官歸隱中流露出來的。這點在詩裡不用說，所以「欲辨已忘言」。這種情景交融的含蓄寫法，正是這首詩的藝術成就，所以它的風格是高妙的。[49]

他透過此詩的內容情意與含蓄寫法，推定它的風格為「高妙」，這與方東樹「閒逸」之說，正可彼此印證。而「高妙」或「閒逸」，其切入角度雖各異，但指的都是偏於陰柔的風格，如要近一步推它究竟「偏」了多少，則只有從章法風格中去窺得大概了。

其次看王維的〈送梓州李使君〉詩：

49 《文學風格例話》，頁79-80。

> 萬壑樹參天，千山響杜鵑。山中一夜雨，樹杪百重泉。漢女輸橦布，巴人訟芋田。文翁翻教授，不敢倚先賢。

此乃「一首投贈詩，是寫當地（梓州）的風景土俗，並寓歌頌之意」[50]。它採「先實後虛」的結構寫成：「實」的部分，含前三聯，先以開端四句，寫「梓州」遠近之風景，再以「漢女」二句，寫「梓州」特別之土俗。其中「萬壑」二句，一訴諸視覺，一訴諸聽覺，來寫遠景；「山中」二句，藉「先久後暫」的結構，以寫近景：「漢女」二句，用「先正後反」的條理，來寫土俗。而「虛」的部分，則為末二句，以「寓歌頌之意」作結。這樣一路寫來，可說「切地、切事、切人」，十分得法。對此，喻守真詳析云：

> 此詩首四句是懸想梓州山林之奇勝，是切地。同時頷聯重複「山樹」二字，即是謹承起首「千山萬壑」而來。律詩中用重複字，此可為法。頸聯特寫「巴人漢女」，是敘蜀中風俗，是切事。有此一聯就移不到別處去。結尾尋出文翁治蜀化民成俗，是切人，以文翁擬李使君，官同事同，是很好的影戲，是切人。這兩句意謂梓州地雖僻陋，然在衣食既足之時，亦可施以教化，不能以人民之難治，就改變文翁教授之政策，想來梓州人民亦不敢倚仗先賢而不遵使君的命令。[51]

解析得很深入，有助於對此詩的了解。附結構分析表：

---

50 喻守真：《唐詩三百首詳析》（臺北市：臺灣中華書局，1996 年 4 月臺二三版五刷），頁 147。

51 同前註，頁 148。

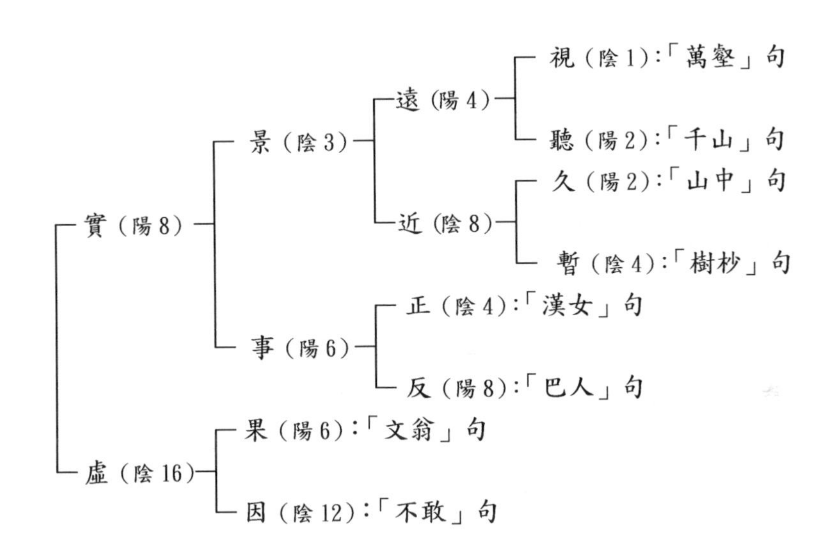

如單以陰陽結構來呈現，則如下表：

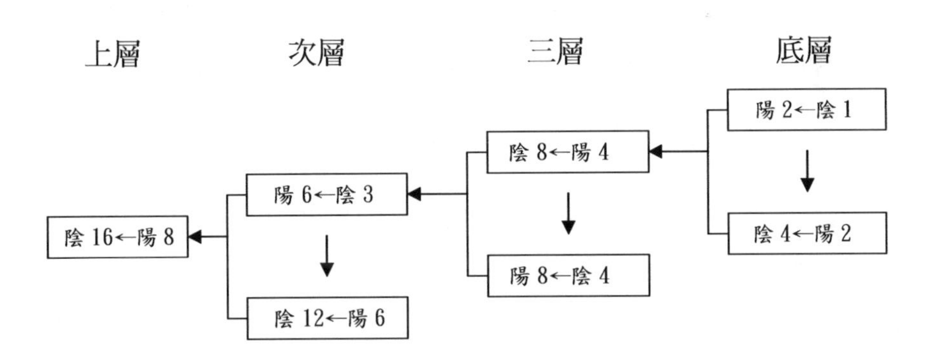

此詩之結構由四層重疊而組成：它最上層之「先實後虛」（逆、移位）乃其核心結構，其「勢」之數為「陰16、陽8」；次層有「先景後事」（順）、「先果後因」（逆）等兩個「移位」結構，其「勢」之數為「陰15、陽12」；三層有「先遠後近」（逆）、「先正後反」（順、對比）等兩個「移位」結構，其「勢」之數為「陰12、陽12」；底層有「先視覺後聽覺」（順）、「先久後暫」（逆）等兩個「移位」結構，其「勢」

之數為「陰 5、陽 4」。總結起來看，此篇所形成之「勢」，其數為「陰 48、陽 36」，如換算成百分比（四捨五入），則為「陰 57、陽 43」。這是非常接近「剛柔互濟」的「偏柔」風格，關於這點，周振甫分析云：

> 對王維這首詩的前四句，紀昀評為「高調摩雲」，許印芳評為「筆力雄大」，可歸入剛健的風格。值得注意的是，許印芳提出王維這類詩，兼有清遠、雄渾兩種風格，就意味講是清遠的，像寫既有萬壑的參天大樹，又有千山的杜鵑啼叫。經過一夜雨，看到山上的百重泉水。這裡正寫出山中雄偉的自然景象，沒有一點塵囂，透露出清遠的意味來。但從自然的景物看，又是氣勢雄渾的。假使不能賞識這種清遠的意味，就不能讚賞這種自然景物，寫不出雄渾的風格來。這個意見是值得探討的。[52]

內容情意，亦即意味，就辭章而言，是決定一切的根源力量，既然本詩就「意味講是清遠的」、就景象講是「雄渾」的，那麼這首詩就當以「清遠」（陰柔）為主、「雄渾」（陽剛）為輔，也就是說此詩的風格是「清遠中有雄渾」的。假如這種看法沒錯，則由「內容的邏輯結構」（篇章結構）所粗算出來的「勢」之數為「陰58、陽 42」，正好可解釋這種現象。大致說來，這首詩雖說「偏柔」，卻可算接近「剛柔相濟」，而「剛柔相濟」，在美學中是受到極高之推崇的[53]。

又其次看杜甫的〈登樓〉詩：

> 花近高樓傷客心，萬方多難此登臨。錦江春色來天地，玉壘浮雲

52 《文學風格例話》，頁 49。
53 《中國古典美學史》，頁 184。

變古今。北極朝廷終不改，西山寇盜莫相侵。可憐後主還祠廟，日暮聊為〈梁甫吟〉。

這首詩是作者傷時念亂的作品，他一開始便把一因一果的兩句話倒轉過來，敘先因「萬方多難」而「登樓」，次由「登樓」而見「花近高樓」（樓外春色），末由見「花近高樓」而「傷客心」，開門見山地將一篇之主旨「傷客心」拈出；這是「凡」的部分。接著先以三、四兩句，用「先低後高」的結構，寫「登臨」所見之樓外春色；這是「目」之一；再以五、六兩句，寫「萬方多難」；這是「目」之二。最後藉尾聯，承「傷客心」，寫「登臨」所感，發出當國無人的慨歎，蘊義可說是極其深婉的；這是「目」之三。這很顯然的，是在篇首便點明主旨（綱領），然後依此分述的，所謂「綱舉目張」，條理都清晰異常。對此內容，喻守真作了如下說明：

本詩首四句是敘登樓所見的景色，正因「萬方多難」，故傷客心，春色依舊，浮雲多幻，是用來比喻時事的擾攘。頸連上句是喜神京的光復，下句是懼外患的侵陵，一憂一懼，曲曲寫出詩人愛國的心理。末聯是從樓頭望見後主祠廟，因而引起感喟，以謂像後主的昏庸，人猶奉祀，可見朝廷正統，終不致被夷狄所改變也。末句隱隱說出自己的懷抱，大有澄清天下的氣概。少陵一生心事，在此詩中略露端倪。[54]

他把這首詩的涵義，闡釋得極其清楚。附結構分析表：

54 見《唐詩三百首詳析》，頁 233-234。

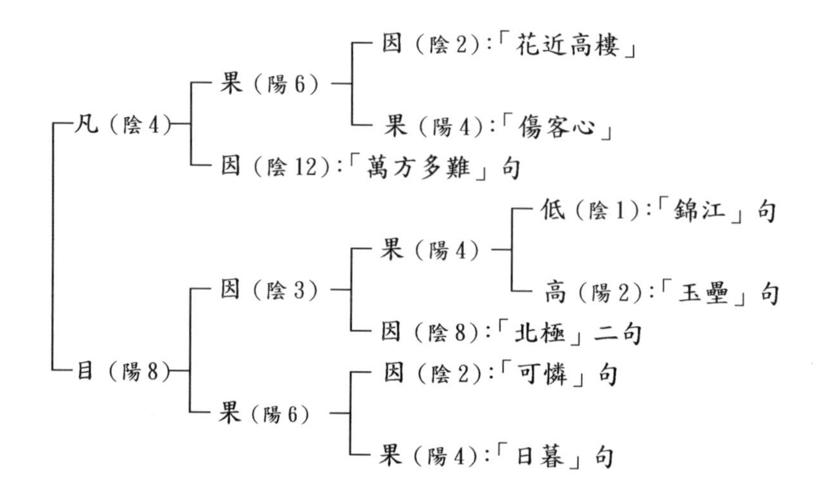

如單以陰陽結構來呈現，則如下表：

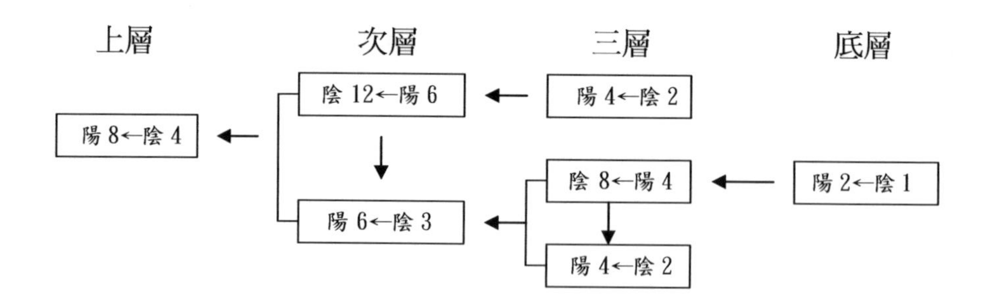

此詩含四層結構：其底層有「先低後高」（順）的「移位」結構，其「勢」之數為「陰 1、陽 2」；三層有二疊「先因後果」（順）與一疊「先果後因」（逆）等「移位」結構，其「勢」之數為「陰 12、陽 12」；次層有「先果後因」（逆）、「先因後果」（順）等「移位」結構，其「勢」之數為「陰 15、陽 12」；上層以「先凡後目」（順、移位）為其核心結構，其「勢」之數為「陰 4、陽 8」。總結起來看，此詩所形成之「勢」，其數為「陰 32、陽 34」，如換算成百分比（四捨五入），則為「陰 48、陽 52」。顯然比起上一首來，更符合理想中的「剛柔相濟」風格，只不過，杜甫此作是些微偏剛的，與王維詩之稍稍偏柔者有所不同。對於此詩之風格，周振甫以為：

> 這首詞（詩），從登樓所見，有錦江春色、玉壘山浮雲。從「傷客心」裡聯繫到「萬方多難」，「寇盜」相侵，想到諸葛亮，用思深沈，所以說「雄闊高渾」，高即指用思深說，而雄渾即屬於剛健的風格。這首詩，不光「錦江」一聯是剛健的，全詩的風格也是剛健的。[55]

對應於本詩「陰 48、陽 52」的「勢」之數來看，所謂「雄渾即屬於剛健的風格」，指的正是本詩的主要格調，而所謂「深沈」，則屬於陰柔的風格，指的該是本詩的輔助格調。這樣來看待這首詩，應是很合理的。

最後看姜夔的〈暗香〉詞：

> 舊時月色。算幾番照我，梅邊吹笛。喚起玉人，不管清寒與攀摘。何遜而今漸老，都忘卻、春風詞筆。但怪得、竹外疏花，香冷入瑤席。　　江國、正寂寂。歎寄與路遙，夜雪初積。翠尊易泣，紅萼無言耿相憶。長記曾攜手處，千樹壓、西湖寒碧。又片片、吹盡也，幾時見得。

這闋詞題作「辛亥之冬，余載雪詣石湖。止既月，授簡索句，且徵新聲，作此兩曲。石湖把玩不已，使工妓隸習之，音節諧婉，乃名之曰〈暗香〉、〈疏影〉」。乃一首詠紅梅之作，作於光宗紹熙二年（1191），

55 《文學風格例話》，頁 54。

採「先實後虛」的結構寫成。「實」的部分，自開篇起至「吹盡也」止。其中先以起首五句，用「先反（昔盛）後正（今衰）」之結構，就梅花之盛，寫當年梅邊吹笛、喚人攀摘的雅事；這寫的是「反」（昔盛）。再以「何遜」四句，採「先全後偏」之結構，就梅花之衰，寫如今人老花盡、無笛無詩的境況；接著以「江國」六句，承「何遜」四句，仍就梅花之衰，反用陸凱詩意，寫路遙雪深、無從寄梅的惆悵；以上寫的是「正」（今衰）。然後以「長記」二句，用「先『虛』（回憶）後『實』（眼前）」之結構，先承篇首五句，透過回憶，藉當年攜遊西湖孤山所見梅紅與水碧相映成趣的景致，以抒發無限懷舊之情；再以「又片片、吹盡也」句，就眼前，寫梅花落盡、舊歡難再的悲哀，回應「何遜」十句來寫。而「虛」部分即結尾一句，將時間伸向未來，發出「不知何時才能見得著」的感歎作結。作者就這樣以一實一虛、一盛一衰、一昔一今，作成強烈的對比來寫，將自己滿懷的今昔之感、懷舊之情，表達得極為婉轉回環，有著無盡的韻味。有人以為此詞托喻君國，事與徽、欽二帝北狩有關[56]，因無佐證，不予採納[57]。潘善祺以為此詞「雖為憶友，然贈梅、觀梅、落梅，始終貫穿全詞，環繞本題」，並說：「此詞由昔而今，又由今而昔，憶盛歎衰，樂聚哀散。回環往復，如蛟龍盤舞，曲盡情意，確是大家手筆。」[58] 幾句話就指出了本詞的特色與成就。附結構

56 宋翔鳳：「詞家之有姜石帚，猶詩家之有杜少陵，繼往開來，文中關鍵。……《暗香》、《疏影》，恨偏安也。蓋意愈切，則詞愈微，屈、宋之心，誰能見之。」見《樂府餘論》，《詞話叢編》3，頁 2503。陳廷焯：「南渡以後，國勢日非。白石目擊心傷，多於詞中寄慨。不獨〈暗香〉、〈疏影〉二章，發二帝之幽憤，傷在位之無人也。特感慨全在虛處，無迹可尋，人自不察耳。」見《白雨齋詞話》卷二，《詞話叢編》4，頁 3797。

57 常國武：「此詞不過是借梅花的盛衰，抒發作者自己由年輕時的歡愉轉入老大的悲涼，以及自己與故人由當年共同賞梅到而今兩地乖隔、舊遊難再的悵惘而已，與亡國之恨毫無瓜葛。」見《新選宋詞三百首》（北京市：人民文學出版社，2000 年 1 月一版一刷），頁 403。

58 陳邦炎主編：《詞林觀止・上》（上海市：上海古籍出版社，1994 年，4 月一版一

分析表：

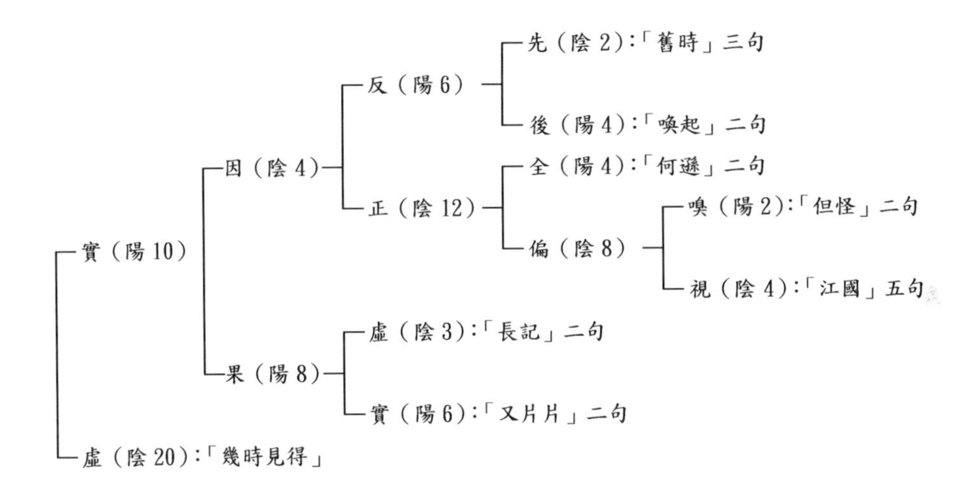

如單以陰陽結構來呈現，則如下表：

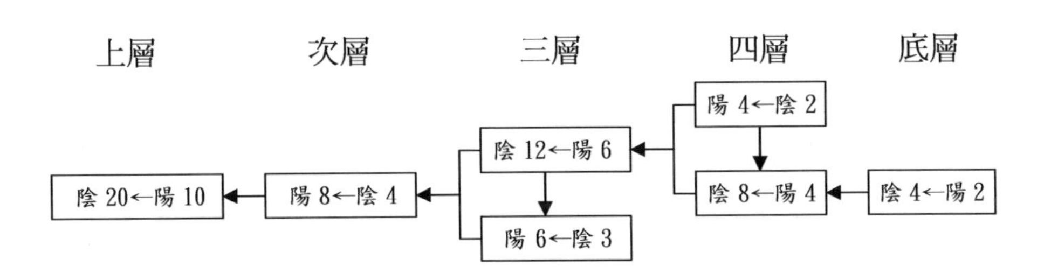

此詞含五層結構：它最上一層之「先實後虛」（逆、移位）為其核心結構，其「勢」之數為「陰 20、陽 10」；次層為「先因後果」（順）的「移位」結構，其「勢」之數為「陰 4、陽 8」；三層有「先反後正」（逆、對比）、「先虛後實」（順）的「移位」結構，其「勢」之數為「陰 15、

刷），頁 590。

陽 12」；四層有「先先後後」（順）、「先全後偏」（逆）等「移位」結構，其「勢」之數為「陰 10、陽 8」；底層為「先嗅覺後視覺」（逆）的「移位」結構，其「勢」之數為「陰 4、陽 2」；將此五層加在一起，其「勢」之數總共為「陰 53、陽 40」；如換算成百分比（四捨五入），則為「陰 57、陽 43」。可見這闋詞所形成的是較偏於陰柔的「柔中寓剛」之風格。周振甫說此詞：

> 借梅花來懷念伊人，表達了無限深情。句句不離梅花，但又在表達對伊人深切懷念的深情，所以是清空之作，這種感情清雅而富有詩意，所以又是騷雅的。[59]

這種「清空」、「騷雅」之說，源於張炎之《詞源》[60]，「清空」，主要是指風格；

而「騷雅」，主要是說「另有寄託」，而劉揚忠指出：

> 白石詞同詞史上柔婉豔麗與雄放豪壯兩大類型皆有不同，他一洗華靡而屏除粗豪，別創一種清疏飄逸、幽潔瘦勁之體，用以抒發自己作為濁世之清客、出塵之高士的幽懷雅韻與身世家國之感。[61]

他所說的「清疏飄逸、幽潔瘦勁」，當等同於「清空」，是指介於婉約

---

59 《文學風格例話》，頁 76。

60 張炎：「詞要清空，不要質實。清空則古雅峭拔，質實則凝澀晦昧。……白石詞如〈疏影〉、〈暗香〉、〈揚州慢〉……等曲，不惟清空，又且騷雅，讀之使人神觀飛越。」見《詞源》卷下，《詞話叢編》1，頁 259。

61 劉揚忠：《唐宋詞流派史》（福州市：福建人民出版社，1999 年 3 月一版一刷），頁 489。

與豪放之間的一種風格。姜白石的這種風格，與其說是屬「剛柔相濟」，不如說是「柔中寓剛」的。如以這首《暗香》之章法結構來看，這種「柔中寓剛」(「陰60、陽40」)的偏柔風格，就表現得相當明顯。

以上幾首詩詞，都曾由周振甫在《文學風格例話》中加以引述，引述時大都從作者境遇、內容情意或一些技巧方面切入，以探究它們的風格。這種風格，如上所述，用其「陰陽二元」所形成之篇章結構來推求，更能辨入細微。而由於用作者境遇、內容情意或一些技巧來推求，往往需要極高的學養，且學養不同，就會有不同的體會，這就難免陷入「自由心證」的窘境，所以透過篇章結構來作某個程度的認定，對於作品風格作較精細的了解，是大有幫助的。當然，結構分析所切入之角度有異，其面貌便有異，這樣必然會影響其結果，因此作某些調整，以求合情合理，是有其必要的。

可見篇章風格，是和由「陰陽二元」所形成之層層篇章結構的「移位」(順、逆)與「轉位」(抝)息息相關的。而「移位」(順、逆)與「轉位」（抝），又因其所產生之「勢」，強弱各有不同，使得層層篇章結構之「陰柔」或「陽剛」起了「多寡進絀」（多少、消長）的變化，結果就由「多」而「二」而「一0」，而形成一篇辭章之篇章風格。

總結起來看，雖然在目前，對各種篇章結構所引生「陰柔」或「陽剛」之「勢」數（倍）的推斷，還十分粗糙，以致影響量化結果；但畢竟已試著從「無」生「有」地跨出一步，作了破天荒之探討。這樣雖冒著招來「走火入魔」之譏的危險，卻強烈地希望藉此拋磚引玉，能使辭章風格學，甚至整個辭章學之研究，加緊腳步邁向科學化，在「直覺」、「直觀」之外，拓展「有理可說」的無限空間！

第三節　篇章「多、二、一（0）」結構的美感效果

篇章的「多、二、一（0）」結構，由於是建立在「陰陽二元對待」之基礎上的，所以既可在哲學上找到它的源頭，當然也可在美學上尋得它的歸宿。

要深入了解篇章現象，以呈現其整體內容，除了須探討其哲學源頭外，也有結合其心理基礎，進一步探析其美感效果的必要。由於篇章結構所講求的是邏輯思維，以「陰陽二元對待」為期基礎；而以「陰陽二元對待」為基礎所組織的「多、二、一（0）」結構，它們所形成之層層節奏（局部）和一篇韻律（整體），是最容易感動人的。宗白華在其《藝術學》中說：

> 有謂節奏為生理、心理的根本感覺，因人之生理，均兩兩相對，故於對稱形體，最易感入。[62]

說的就是這個道理。而李澤厚也在其《美學四講》中說：

> （審美注意）長久地停留在對象的形式結構本身，並從而發展其心理功能如情感、想像的滲入活動。因之其特點就在各種心理因素傾注在、集中在對象形式本身，從而充分感受形式。線條、形狀、色彩、聲音、時間、空間、節奏、韻律、變化、平衡、統一、和諧或不和諧等形式、結構的方面，便得到了充分的「注意」。讓感覺本身充分地享受對對象形式方面的這些東西，並把主觀方面的各種心理因素如感情、想像、意念、願望、期待等

62 《宗白華全集》1，頁 506。

等，自覺或不自覺地投入其中。[63]

這雖然是針對造型藝術來說，卻一樣適用於篇章結構與規律之上，其中所謂「時間、空間、節奏、韻律」，便涉及到篇章局部的「移位」與「轉位」、「調和」與「對比」與整體的「多、二、一（0）」結構，而「變化、平衡、統一、和諧」，則涉及到篇章的四大律（秩序、變化、聯貫、統一）。

既然篇章結構或規律，是容易引起人之「審美注意」的，那就必然也可容易地獲得美感效果。邱明正在其《審美心理學》中說：

> 在這（審美心理活動）一過程中，主體通過求同、求異性探究，把握對象審美特性，使主客體之間、主體審美心理要素之間的矛盾、差異達於和諧、統一，獲得美感；或保持主客體的差異、矛盾、對立，以確保自己審美、創造美的獨立性、自主性和獨特個性。這一過程，是種有著內在節奏的有序運動的過程。[64]

經過這種「有著內在節奏的有序運動的過程」，人（主體）之對於篇章（客體），自然可以「獲得美感」。

底下就針對篇章「多、二、一（0）」之結構，論述其美感效果，並舉幾首主要以「虛實」與「平側」兩種章法形成其篇章結構的作品為例，略作說明：

---

63 李澤厚：《美學四講》（天津市：天津社會科學院出版社，2001 年 11 月一版一刷），頁 158-159。

64 邱明正：《審美心理學》（上海市：復旦大學出版社，1993 年 4 月一版一刷），頁 92。

一　「多」的美感效果

所謂的「多」，就是「多樣」。歐陽周、顧建華、宋凡聖等在其《美學新編》中說：

> 所謂「多樣」，是指整體中所包含的各個部分在形式的區別和差異性，前面所舉各種法則（整齊一律、對稱與均衡、比例與尺度、節奏與韻律）都包含在這一總的形式美總法則中，成為其一個組成部分或一個側面。[65]

這種「多樣」，對章法而言，凡是核心結構以外的各個局部性結構，都在它的範圍內。其中的每一章法或結構單元，無論是順或逆、調和性或對比性，都可以因為「移位」（章法單元如「由正而反」、結構單元如由「先賓後主」而「先凡後目」）或「轉位」（章法單元如「正、反、正」、結構單元如由「先賓後主」而「先主後賓」），而產生變化，形成節奏與秩序。所以對應於章法四大律，「 多」就是指「產生變化，形成節奏與秩序」的多種結構，而可由此獲得「秩序美」與「變化美」。

一般說來，「秩序」是由形式之「齊一」或「反復」而呈現。陳望道在其《美學概論》中說：

> 形式中最簡單的，是反復（Repetition）。反復就是重複，也就是同一事物的層見疊出。如從其他的構成材料而言，其實就是齊一。所以反復的法則同時又可稱為齊一（Uniformity）的法則。這種齊一或反復的法則，原本只是一個極簡單的形式，但頗可以

---

65 歐陽周、顧建華、宋凡聖等：《美學新編》（杭州市：浙江大學出版社，2001 年 5 月一版九刷），頁 80。

隨處用它，以取得一種簡純的快感。[66]

對這種「反復」或「齊一」，歐陽周、顧建華、宋凡聖等在其《美學新編》中則稱為「整齊一律」，結合「節奏與秩序」，作了如下說明：

> 又稱單純一致、齊一、整一，是一種最常見、最簡單的形式美。它是單一、純淨、重複的，不包含差異或對立的因素，給人一種秩序感。顏色、形體、聲音的一致或重複，就會形成整齊一律的美。農民插秧，株距相等，橫直成行；建築物採用同樣的規格，長短高矮相同，門窗排列劃一；在軍事檢閱中，戰士們排成一個個人數相等的方陣，戰士的身材、服裝、步伐、敬禮的動作、歡呼的口號聲完全一致，都表現了一種整齊一律的美。我們常見的二方或多方連續的花邊圖案，在反復中體現出一定的節奏感，也屬於齊一的美。這種形式美給人一種質樸、純淨、明潔和清新的感受。[67]

可見「多」（多樣），是會因其形式之「齊一」或「反復」而形成簡單「節奏」，而「給人一種秩序感」的。

至於「變化」，乃一種動力作用不已之結果，也是形成「多樣」的根本原因。《周易．繫辭上》說：「剛柔相推而生變化。……變化者，進退之象也。」而〈繫辭下〉又說：「易，窮則變，變則通，通則久。」可見「窮」是變化的條件，而變化又與象不可分割。對此，陳望衡在其《中國古典美學史》中闡釋說：

---

66 陳望道：《美學概論》（臺北市：文鏡文化事業公司，1984 年重排出版），頁 61-62。

67 《美學新編》，頁 76。

> 《周易》的這些關於變的觀念對中國文化包括中國美學影響深遠。……「象」最大的功能就是能變。……「變」既是空間性的，表現為物體位置的變異；又是時間性的，表現為時光的線性流程。〈繫辭上傳〉云：「法象莫大乎天地，變通莫大乎四時。」最大的象是天地，最大的變通應是春下秋冬四時的更迭。這實際上是提出，我們視察事物應該有兩種相交叉：空間的─天地（自然、社會）；時間的─四時（歷史）。[68]

既然「變化」是時、空交叉的，而章法又離不開時空，所以這種「變化」的觀點，用於章法，不但可以解釋章法或結構單元之「移位」（齊一、反復）與「轉位」（往復）與時空交叉之關係，也可以和人之心理緊密地接軌。陳望道在其《美學概論》中說：

> 人類心理卻都愛好富於變化的刺激，大抵喚取意識須變化，保持意識的覺醒狀態也是需要變化的。若刺激過於齊一無變化，意識對它便將有了滯鈍、停息的傾向。在意識的這一根本性質上，反復的形式實有顯然的弱點。反復到底不外是同一（縱非嚴格的同一，也是異常的近似）狀態之齊一地刺激著我們的事。反復過度，意識對於本刺激也便逐漸滯鈍停息起來，移向那有變化有起伏的別一刺激去的趨勢。[69]

而「變化」是會形成較複雜之「節奏」的，歐陽周、顧建華、宋凡聖等在其《美學新編》中就針對由「變化」所引生的「節奏」，加以解釋說：

---

68 《中國古典美學史》，頁 188。
69 《美學概論》，頁 63-64。

> 節奏是一種連續的合規律的週期性變化的運動形式。郭沫若說：「把心臟的鼓動和肺臟的呼吸，認為節奏的起源，我覺得很鞭辟近裡了。」是有道理的。世界上沒有一樣事物是沒有節奏的：日出日沒，月圓月缺，寒往暑來，四時代序，這是時間變化上的節奏；日作夜眠，起居有序，有勞有逸，這是人們日常生活上的節奏；人體的呼吸、脈搏、情緒乃至思維，都像生物鐘一樣，是一種有節奏的生命過程。當外在環境的節奏與人的機體的律動相協調時，人的生理就會感到快適，並引起心理上的喜悅。[70]

可見時空或生活變化，甚至生命過程，都會引起「節奏」，與人之生理律動相協調，產生「心理上的喜悅」。而這種由「變化」、「節奏」所引起的「心理上的喜悅」，說的正是美感效果。

底下就舉兩個例子來看看，先看蘇軾的〈河滿子〉詞：

> 見說岷峨悽愴，旋聞江漢澄清。但覺秋來歸夢好，西南自有長城。東府三人最少，西山八國初平。　　莫負花溪縱賞，何妨藥市微行。試問當壚人在否，空教是處聞名。唱著子淵新曲，應須分外含情。

此詞題作「湖州寄益守馮當世」，當作於熙寧九年（1076），時作者在密州，而馮當世（京）在成都[71]。它首先以起二句，主要就虛空

70 《美學新編》，頁 78-79。

71 石聲淮、唐玲玲：「題說『湖州寄益守馮當世』，詞中內容是馮當世作益守時的事，馮當世作益守在熙寧九年丙辰（西元 1076 年）。這年蘇軾在密州，題說『湖州』，時和地相矛盾。」見《東坡樂府編年箋注》（臺北市：華正書局，1993 年 8 月初版），頁 91-92。

間，突出「岷峨」（借指成都），寫馮當世在四川平定茂州夷人叛亂的功績（見《宋史・馮京傳》），一如周宣王時召虎之平淮夷，以表示慶賀之意。接著以「但覺秋來」二句，主要就實時間，承上寫自己「秋來」，因有馮當世鎮守家鄉四川，故有好的「歸夢」。然後以「東府」二句及整個下片，又主要就虛空間，鎖定「成都」來寫：它首以「東府」二句，呼應「江漢澄清」，指出馮當世來鎮守四川，成就了有如唐朝韋皋震服「西山八國」的功業，所以宋神宗特召知樞密院事（熙寧九年十月，見《續資治通鑑》卷 71），成為「東府三人（王珪、吳充、馮京）最少」[72] 的顯要，以極力讚美馮當世；次以「莫負花溪」四句，勸馮當世不妨在公餘，微服出行，走訪那成都著名的花溪、藥市與文君壚，以察訪民情；末以「唱著子淵」二句，用漢代益州刺使王襄舉王褒，而王褒後來作〈聖主得賢臣頌〉來加以歌頌的故事（見《漢書・王褒傳》），要他識拔當地人才。這樣以「虛（空）、實（時）、虛（空）」的結構來寫，不但讚美了馮當世的武功（主），也對他的文治（賓），作了很高的期許。雖然前後用了很多典故，卻絲毫不損其意味。附結構分析表如下：

72 東府，指樞密院，與中書省，並稱二府。三人，指中書門下平章事吳充、王珪二人，加上馮京。時（西寧九年）王珪五十八歲、吳充和馮京五十六歲，大約馮京出生的月份早，所以說「最少」。見《東坡樂府編年箋注》，頁 93-94。

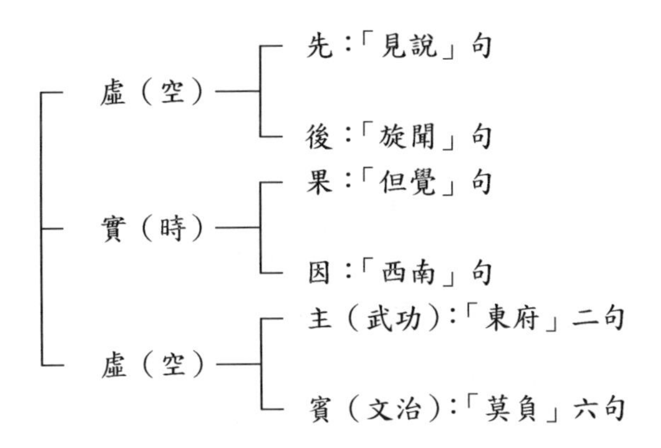

其中就「章」而言，以「先後」、「因果」、「賓主」等形成「移位」結構，而就「篇」而言，以「虛、實、虛」形成「轉位」結構。這樣在變化中含秩序，秩序中有變化，將內容材料組織起來，帶動層層節奏而串成一篇韻律，產生美感，以「引起心理上的喜悅」。

再看歐陽修的〈五代史宦者傳論〉：

> 自古宦者，亂人之國，其源深於女禍。女，色而已；宦者之害，非一端也。蓋其用事也近而習，其為心專而忍。能以小善中人之意，小信固人之心，使人主必信而親之。待其已信，然後懼以禍福而把持之，雖有忠臣碩士，列於朝廷，而人主以為去己疎遠，不若起居飲食前後左右之親為可恃也。故前後左右者日益親，則忠臣碩士日益疎，而人主之勢日益孤。勢孤則懼禍之心日益切，而把持者日益牢，安危出其喜怒，禍患伏於帷闥，則嚮之所謂可恃者，乃所以為患也。患已深而覺之，欲與疎遠之臣，圖左右之親近，緩之則養禍而益深，急之則挾人主以為質，雖有聖智，不能與謀，謀之而不可為，為之而不可成，至其甚則俱傷而兩敗。故其大者亡國，其次亡身，而使姦豪得借以為資而起，至抉其種

> 類，盡殺以快天下之心而後已。此前史所載宦官之禍，常如此者，非一世也。夫為人主者，非欲養禍於內，而疎忠臣碩士於外，蓋其漸積而勢使之然也。
>
> 夫女色之禍，不幸而不悟，則禍斯及矣。使其一悟，捽而去之可也。宦者之為禍，雖欲悟悔，而勢有不得而去也，唐昭宗之事是已。故曰深於女禍者，謂此也，可不戒哉。

這是以宦官與宮妾並提，而側重於宦官之上加以論述，所呈現的是「平、側、平」的結構。文中以此篇章結構，說透宦豎之隱，可為人君寵信宦寺者戒。其中以俱能蠱惑聰明的宦官與宮妾並提，並藉由比較指出宦者亂國，深於女禍，過商侯有云：「特申彼抑此，以甚宦者之罪源深」[73]。又從宦官和宮妾中，側重於宦官，以「因果」、「點染」的結構，將宦者為害與人主受害更作鋪陳，藉此宦官之禍得以凸顯。而最後又重提宦官與宮妾，不但呼應起首的「平提」的結構，也重申宦者亂國，深於女禍之意。整體而言，因宦官與宮妾的並提，則在女禍的陪襯下，宦者亂國主題思想的出現將不顯突兀且更具說服力，接著側重於宦者，讓宦者之禍與女禍有輕重的取捨，而之後再次並提宦官與宮妾，又讓文章結束在較大的討論角度。則在「平、側、平」的結構中，藉由討論範圍的拓展與收束，主題既得到客觀的討論，也有充分地加以凸顯，以見宦者禍患之大，實乃人君不可不慎者。附結構分析表如下：

73 過商侯：《古文評註》卷四（臺北市：綜合出版社，1969年12月出版），頁6。

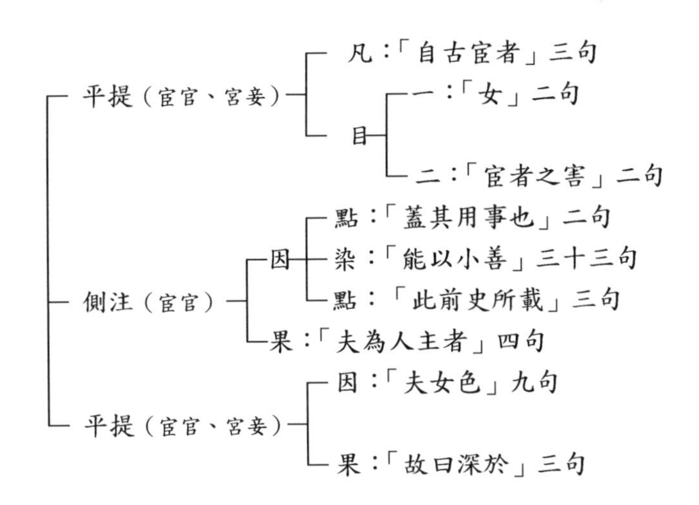

其中就「章」而言，以「凡目」、「因果」（兩疊）形成「移位」結構、以「點、染、點」形成「轉位」結構，而就「篇」而言，以「平、側、平」形成「轉位」結構。這樣在變化中含秩序，秩序中有變化，將內容材料組織起來，帶動層層節奏而串成一篇韻律，產生美感，以「引起心理上的喜悅」。

由上述可知，篇章之「多樣」美，是由其結構之「秩序」（順或逆）與「變化」（順與逆），引生時間或空間性之節奏而呈現的。

二　「二」的美感效果

所謂的「二」，是「陰」（柔）與「陽」（剛）。由於事事物物，都可形成「二元對待」，而分陰分陽。因此陰陽可說是層層對待，且一直互動、循環的。就以章法單元或結構單元而言，除了本身自成陰陽之外，又可以其他結構形成「二元對待」，而形成另一層陰陽。其中屬於陰性的，便成調和性結構，而造成陰柔之美；屬於陽性的，則成對比性結構，而造成陽剛之美。陳雪帆（望道）於其《美學概論》裡說：

> 兩個極相接近的東西並列在一處，其間相差很微，便多成為調和（Harmony）的形式。兩個極不相同的東西並列在一處，其間相去很遠，便多成為對比（Contrast）的形式。例如從正黑色，漸次淡薄到正白色的一列中，取正黑色和其次的但黑色相並列時就是調和；取兩端的黑白兩色相並列時就是對比。……凡是調和的兩件東西，總是互相類似的，並無甚麼觸目的變化。所以接觸到它時，也就每每覺得它有融洽、優美、鎮靜、深沉等情趣。……對比的形式，因為變化極明顯，每每帶有華美、鮮活、健強及闊達等情趣，與調和所隨有的情調，差不多相反。[74]

他用顏色為例來說明，很能凸顯「調和」與「對比」的不同，而由此所引生的「情趣」，又以「融洽、優美、鎮靜、深沉」與「華美、鮮活、健強及闊達」加以區別，也很能分出「陰柔之美」與「陽剛之美」之差異來。而歐陽周、顧建華、宋凡聖等在其《美學新編》中，也對這種「調和」與「對比」因素之造成及其所引生之美，提出如下說明：

> 對比，指的是具有顯著差異的形式因素的對立統一。如色彩的濃與淡、冷與暖，光線的明與暗，線條的粗和細、直與曲，體積的大與小，體量的重與輕，聲音的長與短、強與弱等，有規則地組合排列，就會相互對照、比較，形成變化，又相互映襯、協調一致。這種對立因素的統一，可收到相反相成、相得益彰的效果。色彩學上的對比色就是這個道理。如紅與綠互為補色，可產生強烈的色對比和反差。「桃紅柳綠」、「紅花綠葉」、「紅肥綠瘦」、「萬綠叢中一點紅」等，使人感到特別鮮明、醒目，富有動感。

---

74 《美學概論》，頁 70-72。

> 所以民間有俗話說：「紅配綠，花簇簇」，「紅間綠，看不足」。由對立因素的統一造成的形式美，一般屬於陽剛之美。調和，指的是沒有顯著差異的形式因素之間的對立統一。它只有量的區別，是一種漸變的協調，並不構成強烈的對比。如果說，對比是差異中趨向於「異」，那麼，調和則是在差異中趨向於「同」。以色彩為例，紅與橙、橙與黃、黃與綠、綠與藍、藍與青、青與紫、紫與紅，都是相似色，在同一色中又有濃淡、深淺的層次變化，如綠有深綠、淺綠、暗綠、墨綠、嫩綠、翠綠、碧綠等。這種相似或相近的顏色相互配合協調，在變化中保持大體一致，就會給人一種融和、寧靜的感覺。……由非對立因素的統一造成的形式美，一般屬於陰柔美。[75]

他們不但把事物「調和」與「對比」之 差異與各自所造成的美感，都說明得很清楚，也把「調和」一般屬於「陰柔美」、「對比」一般屬於「陽剛美」的不同，明白地指出來[76]，有助於了解「陰柔美」與「陽剛美」產生的一般原因。

這種「調和」與「對比」之形成，是可以另用「襯托」的一種創作技法來作解釋的，董小玉說：

> 襯托，原係中國繪畫的一種技法，它是只用墨或淡彩在物象的外廓進行渲染，使其明顯、突出。這種技法運用於文學創作，則是指從側面著意描繪或烘托，用一種事物襯托另一種事物，使所要表現的主體在互相映照下，更加生動、鮮明。襯托之所以成為文

75 《美學新編》，頁 81。

76 仇小屏：《古典詩詞時空設計美學》（臺北市：文津出版社，2002 年 11 月初版一刷），頁 278-335。

學創作中一種重要的表現手法，是由於生活中多種事物都是互為襯托而存在的，作為真實地表現生活的文學，也就不能孤立地進行描寫，而必然要在襯托中加以表現。[77]

既然「生活中多種事物都是互為襯托而存在」，而「襯托」的主客雙方，所呈現的就是「陰陽二元對待」的現象。這種現象，形成「調和」的，相當於襯托中的「正襯」與「墊襯」；而形成「對比」的，則相當於襯托中的「反襯」。對於「正襯」、「墊襯」與「反襯」，董小玉解釋說：

襯托可以分為正襯、反襯和墊襯。正襯，是只用相同性質的事物來互相襯托，使之更加生動，更富感染力。也可以說是用美好的景物來襯托歡樂的感情，用淒苦的景物來襯托悲哀的感情。……反襯，是指用對立性質的客體事物來襯托主體，達到服務主體的目的。即用淒苦的景物來襯托歡樂的感情，用美好的景物來襯托悲哀的感情。……襯墊，又叫鋪墊，它是指為主要情節和故事高潮的到來，從各個方面、各個角度所作的準備。它的作用在於「托」或「墊」。[78]

這樣，無論是「正襯」、「墊襯」或「反襯」，亦及無論是「調和」或「對比」，都可以形成「美」，而對「多」（多樣）或「一（0）」（統一），更有結合的作用，在顯示出「多」（多樣）與「一（0）」（統一）之「美」時，充當必要的橋樑。所以歐陽周等《美學新編》說：

---

77 董小玉：《文學創作與審美心理》（成都市：四川教育出版社，1992 年 12 月一版一刷），頁 338。

78 同前註，頁 339-341

> 對比是強調相同形式因素中強烈的對照和映襯，從而更鮮明地突出自己的特點；調和是尋求相同形式因素中不同程度的共性，以達到治亂、治雜、治散的目的。無論是對比還是調和，其本身都要求在統一中有變化，在變化中求統一，把兩者巧妙地結合在一起，就能顯示出多樣與統一的美來。[79]

底下就舉兩個例子來看看，先看辛棄疾的〈沁園春〉詞：

> 三徑初成，鶴怨猿驚，稼軒未來。甚雲山自許，平生意氣；衣冠人笑，抵死塵埃。意倦須還，身閒貴早，豈為蓴羹鱸鱠哉。秋江上，看驚弦雁避，駭浪船回。　　東岡更葺茅齋。好都把、軒窗臨水開。要小舟行釣，先應種柳；疏籬護竹，莫礙觀梅。秋菊堪餐，春蘭可佩，留待先生手自栽。沉吟久，怕君恩未許，此意徘徊。

這闋詞題作「帶湖新居將成」，作於宋孝宗淳熙八年（1181）。此所謂「帶湖新居」，在江西上饒縣，經始於作者第二次帥江西時（1180）[80]。因作此詞時，作者正在江西帥任內，故一開篇即由虛空間切入，以絕大篇幅（自篇首至「留待」句止）繞著「新居」來寫。它先以「三徑」三句，突出將成之整個「帶湖新居」，交代好題目；再以「甚雲山」四句，承上述「稼軒未來」，寫該來而未來的無奈；接著以「意倦須還」六句，就主觀與客觀兩層，表出自己該來、欲來的的原因；這是著眼於「全」（新居之整體）來寫的。然後以「東岡」九句（自「東岡」

79 《美學新編》，頁 81。

80 洪邁有《稼軒記》詳述此事，見鄧廣銘：《辛稼軒年譜》（臺北市：河洛圖書出版社，1979 年 6 月臺影印初版），頁 82-83。

句起至「留待」句止），針對「帶湖新居」，仍不離虛空間（含虛時間），依序寫要在它適當的地點葺茅齋、栽花木的一些打算；這是著眼於「偏」（新居之局部）來寫的。至於「沉吟久」三句，則由虛轉實，寫此刻此地在仕隱之間，猶豫不決、難以言宣的心意[81]，呼應篇首的「未來」作收；這主要是就實時間來寫的。

作者就這樣在「先虛（空）後實（時）」的框架下，將自己矛盾的心理活動作了生動的呈現[82]。附結構分析表如下：

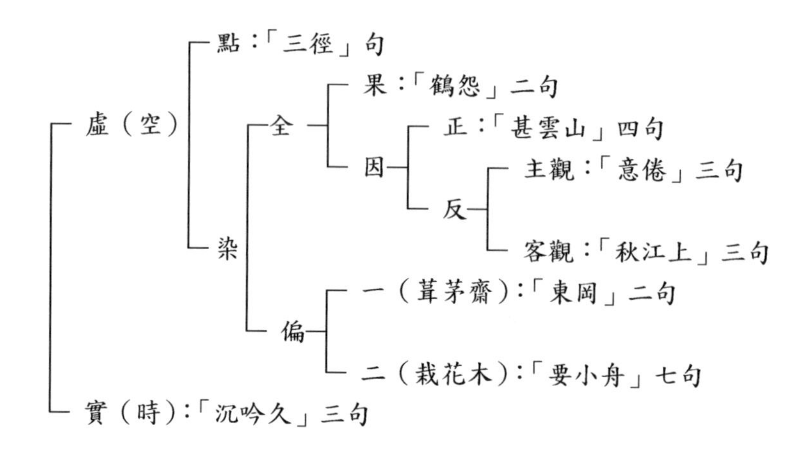

其中就「章」而言，以「主客」、「因果」、「並列」、「篇全」、「點染」等形成調和性的「移位」結構、以「正反」形成對比性的「移位」結構；而就「篇」而言，以「虛實」形成調和性的「移位」結構。這樣在調和中含對比，對比中有調和，將內容材料聯貫在一起，帶動或起或伏的節

81 常國武：《辛稼軒詞集導讀》（成都市：巴蜀書社，1988 年 9 月一版一刷），頁 159-160。

82 喻朝剛：「此詞通篇寫心理活動，從不同側面表現用世與退隱的矛盾。」見《辛棄疾及其作品》（長春市：時代文藝出版社，1989 年 3 月一版一刷），頁 156。

奏而串成一篇韻律，產生美感，以「引起心理上的喜悅」。

再看歸有光的〈吳山圖記〉：

> 吳、長洲二縣，在郡治所分境而治，而郡西諸山，皆在吳縣。其最高者，穹窿、陽山、鄧尉、西脊、銅井，而靈巖、吳之故宮在焉。尚有西子之遺跡，若虎丘、劍池，及天平、尚方、支硎，皆勝地也。而太湖汪洋三萬六千頃，七十二峰，沈浸其間，則海內之奇觀矣！余同年友魏君用晦為吳縣，未及三年，以高第召入，為給事中。君之為縣，有惠愛，百姓扳留之不能得，而君亦不忍於其民，由是好事者繪〈吳山圖〉以為贈。
>
> 夫令之於民誠重矣。令誠賢也，其地之山川草木，亦被其澤而有榮也；令誠不賢也，其地之山川草木，亦被其殃而有辱也。君於吳之山川，蓋增重矣。異時吾民將擇勝於巖巒之間，尸祝於浮屠老子之宮也，固宜。而君則亦既去矣，何復惓惓於此山哉？昔蘇子瞻稱韓魏公去黃州四十餘年，而思之不忘，至以為思黃州詩，子瞻為黃人刻之於石。然後知賢者於其所至，不獨使其人之不忍忘而已，亦不能自忘於其人也。
>
> 君今去縣已三年矣，一日與余同在內庭，出示此圖，展玩太息，因命余記之。噫！君之於吾吳有情如此，如之何而使吾民能忘之也。

此文採「先順後補」的結構來謀篇：以「順敘」寫「因令贈圖，因圖作記，因贈圖而知令之不能忘情於民，因記圖而知民之不能忘情於令」[83]，而以「補敘」在文末說明寫記因緣。其中「順敘」的部分，呈

83 吳楚材、王文濡：《精校評註古文觀止》卷十二（臺北市：臺灣中華書局，1972 年

現「側、平、側」結構，先從賢的一面著手，運用「因果」法，「敘出圖山之由」[84]，言及令尹之賢，此為第一次的「側注」。接著，轉而從為令上生發，將令尹賢與不賢並提，對此《古文筆法百篇》有云：「賢、不賢兩層拓開，反正淋漓，高渾無匹」[85]。其後又側重令尹之賢，以不同的角度與材料，進行再一次的渲染。整體而言，兩次的「側注」選用著不同的材料、著重不同的角度，盡情地緊扣題旨來作發揮[86]，相較於單次的「側注」，令尹之賢得到更多的凸顯。而「平提」的部分，在賢之外又轉出不賢一項，除了拓開文境，亦讓賢與不賢相互應照，藉以襯托賢之可貴，且因出現在兩次「側注」之間，又能產生統合前後的力量。可知「側注」、「平提」、「側注」的交錯運用，為文章發展帶來豐富的變化，正呼應李扶九「筆墨之妙，尤深於開拓斷續離合之法」[87]之語。附其結構分析表如下：

11 月臺六版），頁 34-35。

84 同前註，頁 35。

85 《古文筆法百篇》，頁 20。

86 仇小屏：《篇章結構類型》（臺北市：萬卷樓圖書公司，2000 年 2 月初版），頁 524。

87 《古文筆法百篇》。

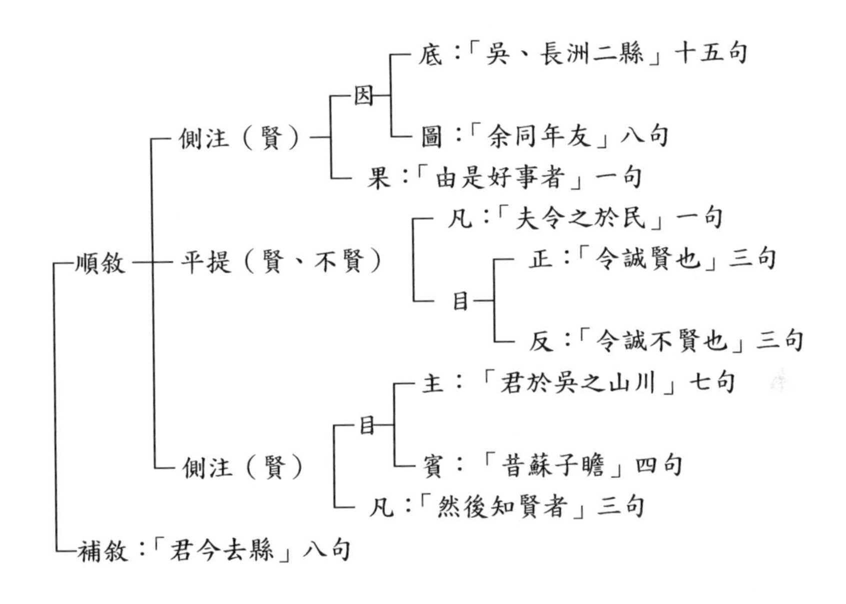

其中就「章」而言，以「底圖」、「賓主」、「凡目」（兩疊）、「因果」等形成調和性的「移位」結構、以「正反」形成對比性的「移位」結構、以「側注」形成調和性的「轉位」結構；而就「篇」而言，以「順補」形成調和性的「移位」結構。這樣在調和中含對比，對比中有調和，將內容材料聯貫在一起，帶動或起或伏的節奏而串成一篇韻律，產生美感，以「引起心理上的喜悅」。

可見以「調和」與「對比」為主的「二」之美，是有聯貫「多」與「一（0）」之美的作用的。

三　「一（0）」的美感效果

所謂的「一（0）」，籠統地說，就是「統一」，也可說是「和諧」。這是統括「多」與「二」所獲致的結果，如就章法來說，則是聯結在時、空結構中，由「反復」（秩序）與「往復」（變化）所引起之「節奏」、「調和」與「對比」所呈顯之「剛柔」（陰陽），以串成整體「韻律」、突出情理（主旨）、形成風格、氣象，而達於「和諧」的一個境界。而這種「統一」或「和諧」，可以從「形式原理」方面來探討。陳望道在其《美學概論》裡說：

> 所謂形式原理，就是繁多的統一。我們對於美的形式，雖不一定其如此如彼，只是四分五裂雜亂無章，總覺得是與審美的心情不合的。所以第一，「統一」實為對象所不可不具的一個要質。而且它所統一的又該不只是簡單的一、二個要素。如只是一、二個要素，則統一固易成就，卻頗不免使人覺得單調。所以第二，繁多又為對象所不可不具的一個要質。我們覺得美的對象最好一面有著鮮明的統一，同時構成它的要素又是異常的繁多。卻又不是甚麼統一與否定了統一的繁多相並列，而是統一即現在繁多的要素之中的。如此，則所謂有機的統一就成立。能夠「統一為繁多的統一，而繁多又為統一的分化」。既沒有統一的流弊的單調板滯，也沒有繁多的流弊的厭煩與雜亂。所以古來所公認的形式原理，就是所謂繁多的統一（Unity in Variety），或譯為多樣的統一，亦稱變化的統一。[88]

所謂「統一為繁多的統一，而繁多又為統一的分化」，將「多」與「一（0）」不可分的關係，說得很明白。而這「多」與「一（0）」，是要徹下徹上的「二」來作橋樑的。對這「多樣的統一」，歐陽周、顧建華、宋凡聖等在其《美學新編》裡，也加以闡釋說：

> 所謂統一，是指各個部分在形式上的某些共同特徵以及它們之間

88 《美學概論》，頁 77-78。

> 的某種關聯、呼應、襯托、協調的關係，也就是說，各個部分都要服從整體的要求，為整體的和諧、一致服務。有多樣而無統一，就會使人感到支離破碎、雜亂無章、缺乏整體感；有統一而無多樣，又會使人感到刻板、單調和乏味，美感也難以持久。而在多樣與統一中，同中有異，異中求同，寓「多」於「一」，「一」中見「多」，雜而不越，違而不犯；既不為「一」而排斥「多」，也不為「多」而捨棄「一」；而是把兩個對立方面有機結合起來，這樣從多樣中求統一，從統一中見多樣，追求「不齊之齊」、「無秩序之秩序」，就能造成高度的形式美。……多樣與統一，一般表現為兩種基本型態：一是對比，二是調和。……無論對比還是調和，其本身都要要求在統一中有變化，在變化中求統一，把兩者巧妙地結合在一起，就能顯示出多樣與統一的美來。[89]

可見「一（0）」與「多」也形成了「二元對待」，有機地結合在一起。也就是說，「一（0）」之美，需要奠基在「多」之上；而「多」之美，也必須仰仗「一（0）」來整合。在此，最值得注意的是，歐陽周他們特將這種屬於「二元對待」的「調和」（陰）與「對比」（陽），結合「多」（多樣）與「一（0）」（統一）作說明，凸顯出「二」〔「調和」（陰）與「對比」（陽）〕徹下徹上的居間作用。這對章法「多、二、一（0）」結構及其所產生美感方面的認識而言，有相當大的幫助。

而這個「一」中的（0），簡單地說，在辭章中指的是風格、韻律、氣象、境界等辭章之抽象力量。這些抽象力量，是與『剛』（對比）、『柔』（調和）息息相關的。就以風格而言，即可用「「剛」（對比）、「柔」（調和）」來概括。關於這點，姚鼐在其〈復魯絜非書〉中就已提出，

89 《美學新編》，頁 80-81。

大致是「姚鼐把各種不同風格的稱謂，作了高度的概括，概括為陽剛、陰柔兩大類。像雄渾、勁健、豪放、壯麗等都可歸入陽剛類；含蓄、委曲，淡雅、高遠、飄逸等都可歸入陰柔類。就這兩類看，認為『為文者之性情形狀舉以殊焉』」，性情指作者的性格，跟陽剛、陰柔有關；形狀指作品的文辭，跟陽剛、陰柔有關。又指出這兩者『糅而氣有多寡進絀』，即陽剛和陰柔可以混雜，在混雜中，陰陽之氣可以有的多有的少，有的消，有的長，這就造成風格的各種變化」[90]。據此，則陽剛（對比）和陰柔（調和），不但與風格有關，而為各種風格之母；也一樣與作者性情與作品文辭有關，而為韻律、氣象、境界等的決定因素。

對這種道理，吳功正在其《中國文學美學》裡，以美學的觀點，從「陰陽」這一範疇切入說：

> 由一個最簡括的範疇方式：陰陽，繁孵衍化出盛多的美學範疇：言與意、情與景、文與質、濃與淡、奇與正、虛與實、真與假、巧與拙等等，顯示出中國美學的一個顯著特徵：擴散型；又顯示出中國美學的另一個顯著特徵：本源不變性。這兩個特徵的組合，便顯示出中國美學在機制上的特性。如劉勰的《文心雕龍》就以此作為理論的結構框架。關於審美的主客體關係，劉勰認為，心（主體）「隨物以宛轉」，物（客體）「與心而徘徊」。關於情與物的關係：「情以物興，故義必明雅；物以情觀，故詞必巧麗」。其他關於文質、情文、通變等範疇和問題，也都是兩兩對舉，都有著陰陽二元的基本因子的構成模式。[91]

90 《文學風格例話》，頁 13。

91 吳功正：《中國文學美學》下卷（南京市：江蘇教育出版社，2001 年 9 月一版一刷），頁 785-786。

在此，他提出了兩個重要觀點：一是指出心（情）與物、文與質、情與文、通與變等等範疇，都與「陰陽二元」有關。二為「陰陽二元」的特徵，既是「擴散」（徹下）的，也是「本源不變」（徹上）的。也正由於「陰陽二元」，是諸多範疇構成的基本因子，有著擴散（徹下）、本源不變（徹上）的特徵，所以既能繁衍為「多」，也能歸本於「一（0）」。由此可知，陽剛（對比）和陰柔（調和）之重要，因而也凸顯了「二」（陽剛、陰柔）在「多」、「一（0）」之間不可或缺的地位。

這樣看來，這（0）之美，是統合了「多」、「二」、「一」所形成的；而「多」、「二」、「一」之美，則依歸了（0）而呈現的，這就說明了此種篇章「多、二、一（0）」結構美之一體性。

底下就舉兩個例子來看看，先看蘇軾的〈浣溪沙〉詞：

> 軟草平莎過雨新，輕沙走馬路無塵。何時收拾耦耕身？　日暖桑麻光似潑，風來蒿艾氣如薰。使君元是此中人。

這首詞為一套組詞的最後一首，此組詞題作「徐門石潭謝雨，道上作五首。潭在城東二十里，常與泗水增減、清濁相應。」作於元豐元年（1078），時作者在徐州（彭城）。它一開篇就由實空間切入，以「軟草」二句，特別著眼於「道旁」（遠）的莎草與道中的輕沙，寫走在「道上」（近）所見道旁雨後的清新景象，預為下句敘隱逸之思鋪路。接著由實轉虛，將時間推向未來，以「何時」句，即景抒情，抒發了隱退的強烈意願。繼而以「日暖」二句，又回到實空間，特別著眼於「桑麻」的光澤與「蒿艾」的香氣，應起寫走在道上所見雨後的另一清新景象，以強化隱逸之思；最後以結句，主要著眼於實時間，寫此時所以會有強烈的隱退意願，是由於自己原本就來自於田野的緣故。這樣用「實（空）、虛（時）、實（空、時）」的結構來組合材料，將隱逸之旨表達得極為明白。附結構分析表如下：

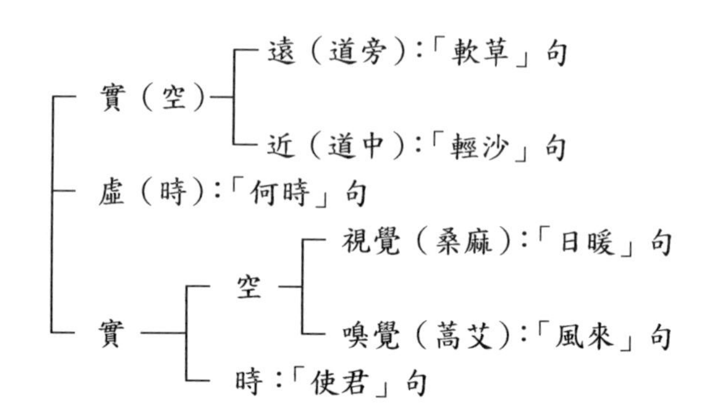

其中就「章」而言，以「知覺轉換」、「遠近」、「時空交錯」等形成調和性的「移位」結構，而就「篇」而言，以「實、虛、實」形成調和性的「轉位」結構。這樣在變化中含秩序，秩序中有變化，將內容材料組織起來，帶動層層節奏而串成一篇韻律，突出「隱退」之思（主旨）與「閒逸」的風格來，讓人產生美感，以「引起心理上的喜悅」。

再看《孟子·梁惠王下》的一段文字：

> 齊人伐燕，勝之。宣王問曰：「或謂寡人勿取，或謂寡人取之。以萬乘之國，伐萬乘之國，五旬而舉之，人力不至於此。不取，必有天殃。取之何如？」
> 孟子對曰：「取之而燕民悅，則取之；古之人有行之者，武王是也。取之而燕民不悅，則勿取；古之人有行之者，文王是也。以萬乘之國，伐萬乘之國，簞食壺漿以迎王師，豈有他哉？避水火也。如水益深，如火益熱，亦運而已矣。」

此章文字說明征伐之道，趙岐注：「言征伐之道，當順民心。民心悅，則天意得，天意得，然後乃可以取人之國也。」其中先以「點」交待齊人伐燕得勝，續以一問一答形成「染」的結構。而在齊宣王與孟子的問答中，又各自形成「先平後側」的結構。問題中齊宣王以平等地位提明「勿取」、「取之」兩種面對燕國的可能選擇，之後側重「取之」，可看出兩者在齊宣王心中的先後。而面對齊宣王的詢問與表態，孟子並未直接作答，他依著齊宣王的詢問，將「勿取」、「取之」兩種可能，同以「平提」結構呼應，談及古之賢君文王、武王分別作出「勿取」或「取之」的不同決定，藉以釐清決定事情的依據應是民心之所嚮。之後，孟子再側重於「取之」之上，談到百姓簞食壺漿樂於「取之」的舉動實乃避水火的表現，從中凸顯順應民心的重要，提醒著齊宣王其實需要思考的不是「取之」或「勿取」，只有民心向背才是關鍵，正如朱熹注所云：「言齊若更為暴虐，則民將轉而望救於他人矣」。

文中兩次「平提」到「側注」的結構轉換中，看到齊宣王的問與孟子的答都在「勿取」與「取之」間，對於「取之」的凸顯。其中孟子乃採取與齊宣王相同的「平側」篇章結構進行回答，除了可以確實地回應齊宣王的提問之外，更重要的是同樣地以平等地位列出「勿取」、「取之」，再側重於「取之」的回答將順應著齊宣王的思維模式而來。雖然，齊宣王偏重的是「取之」一事本身，而孟子偏重的是「取之」一事背後所代表的民心向背，但如此一來，齊宣王接受民心向背才是事情關鍵的程度便大為提高，孟子的回答顯得既含蓄又具有說服力。則在兩次「平提側注」一前一後的搭配下，順應民心的重要得到最大的發揮。附其結構分析表如下：

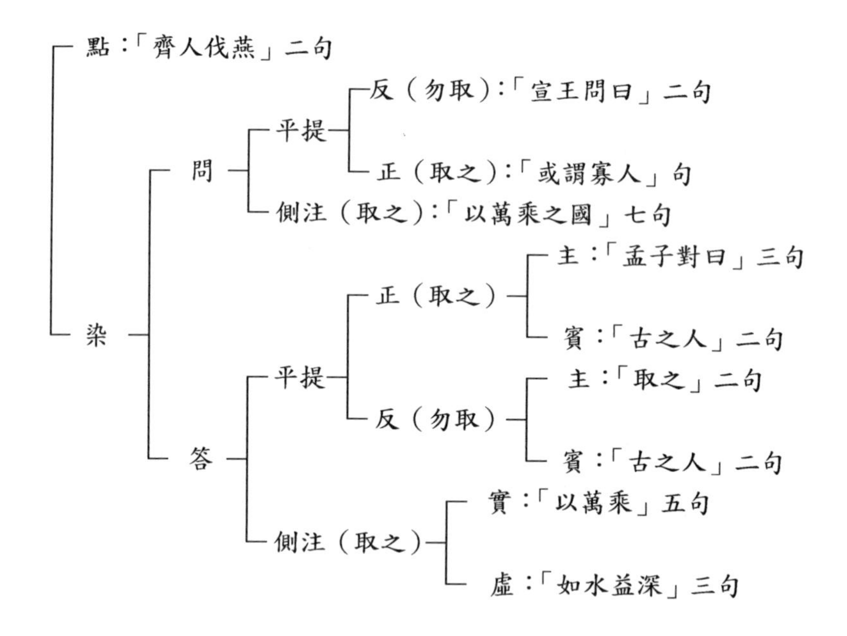

其中就「章」而言，以「賓主」（兩疊）、「虛實」、「平側」（兩疊）、「問答」等形成調和性的「移位」結構，以「正反」（兩疊）形成對比性的「移位」結構；而就「篇」而言，以「點染」形成調和性的「移位」結構。這樣在調和中含對比，對比中有調和，將內容材料組織起來，帶動層層節奏而串成一篇韻律，突出「征伐之道，當順民心」之一篇主旨與「雄偉奔放」[92]的風格來，讓人產生美感，以「引起心理上的喜悅」。

可見屬於一篇「主旨」與「風格」的「一（0）」，為全文之樞紐，是有統合「多」與「二」的功能的。

由於篇章的「多、二、一（0）」結構，乃以「陰陽二元對待」為

92 郭預衡：「有了這樣（遠大）的志氣，發為文辭，也就有一種雄偉之氣、奔放之勢。這樣的例子在《孟子》一書中俯拾皆是。」見《中國散文史》上（上海市：上海古籍出版社，2000 年 3 月一版一刷），頁 138。

基礎所形成。其中的結構，是以核心結構為核心的，非屬於「調和」（陰柔），即屬於「對比」（陽剛），既可徹下，亦可徹上，是為「二」；而在核心結構以外，由「移位」（秩序）、「轉位」（變化）所形成之諸多結構，為「多」；至於統合全文之主旨與所形成之整體風格（韻律、氣象、境界等），則為「一（0）」。因此這種「多、二、一（0）」之結構，如對應於美學的「多、二、一（0）」結構，自然可形成「秩序美」、「變化美」（「多」：移位、轉位）、聯貫美（「二」：調和、對比）與統一美（「一（0）」：主旨、風格等），而讓人「引起心理上的喜悅」。